诺贝尔文学奖作家作品

有产业的人

THE MAN OF PROPERTY

[英] 约翰·高尔斯华绥 著

阮书锋 译

北京出版集团
北京出版社

图书在版编目（CIP）数据

有产业的人 / （英）约翰·高尔斯华绥著；阮书锋
译 . — 北京：北京出版社，2020.6
（诺贝尔文学奖作家作品）
ISBN 978-7-200-14473-4

Ⅰ. ①有… Ⅱ. ①约… ②阮… Ⅲ. ①长篇小说—英
国—现代 Ⅳ. ① I561.45

中国版本图书馆 CIP 数据核字（2018）第 245747 号

诺贝尔文学奖作家作品
有产业的人
YOU CHANYE DE REN

［英］约翰·高尔斯华绥　著
阮书锋　译

*
北　京　出　版　集　团
　　　　　　　　　　　　出版
北　京　出　版　社
（北京北三环中路 6 号）
邮政编码：100120

网　址：www. bph. com. cn
北 京 出 版 集 团 总 发 行
新 华 书 店 经 销
北 京 华 联 印 刷 有 限 公 司 印 刷
*
889 毫米 × 1194 毫米　32 开本　11.75 印张　273 千字
2020 年 6 月第 1 版　2020 年 6 月第 1 次印刷
ISBN 978-7-200-14473-4
定价：49.80 元
如有印装质量问题，由本社负责调换
质量监督电话：010-58572393
责任编辑电话：010-58572757

作家小传

约翰·高尔斯华绥（John Galsworthy，1867—1933），英国作家、戏剧家。1867年8月14日，高尔斯华绥出生在伦敦南部一个富裕的律师家庭。受父亲影响，高尔斯华绥先后在哈罗公学和牛津大学学习过法律，并于1890年取得律师执照。不过，之后他并没有从事律师这一行业，而是开始周游世界。在1891年至1893年间，他在欧洲游历，结识了波兰裔作家约瑟夫·康拉德，并受其影响，开始了文学创作。

从1895年开始，高尔斯华绥开始陆续发表作品，但是直到1904年他出版了长篇小说《岛国的法利赛人》之后，人们才开始关注他。1906年，他出版了长篇小说《有产业的人》和剧本《银匣》，由此在英国文坛上赢得了一席之地。其中，《有产业的人》与十几年后出版的《骑虎》（1920）和《出租》（1921）构成了他作品的第一个三部曲《福尔赛世家》。在这个三部曲里他成功塑造出了索米斯·福尔赛这一形象，并史诗般地描写了福尔赛家族是如何走向没落的。随后他还创作了另外一个三部曲《现代喜剧》，包括《白猿》（1924）、

《银匙》（1926）和《天鹅之歌》（1928）。这个三部曲的结构和《福尔赛世家》是完全一致的，描写的则是新一代福尔赛家族的家庭生活和情感纠葛。此后，他又创作了第三个三部曲《尾声》，包括《女侍》（1931）、《开花的荒野》（1932）和《河那边》（1933），描绘出了福尔赛家族是如何走向没落的。

高尔斯华绥除了在小说方面取得了巨大的成就，在戏剧方面也有很高的造诣，主要的剧作有《银匣》（1906）、《斗争》（1909）、《正义》（1910）、《鸽子》（1912）、《皮肤游戏》（1920）和《忠诚》（1922）等。

高尔斯华绥被认为传承了英国文学中的现实主义传统，与威尔斯、贝内特并称为"20世纪英国现实主义三杰"。

1932年，高尔斯华绥获得了诺贝尔文学奖。次年1月31日，66岁的高尔斯华绥在伦敦不幸病逝。

授奖词

瑞典学院诺贝尔奖评委会会员　安德斯·奥斯特林

　　纵观约翰·高尔斯华绥的写作经历，我们不难发现，虽然他的写作经历并非顺风顺水，他的文坛之路也并非一片坦途，可是他一直拥有着一股坚韧的精神。高尔斯华绥是含着金钥匙出生的，没有经历过困苦。他曾经在哈罗公学和牛津大学学习过法律，但是他毕业之后并没有从业，而是开始周游世界。28岁时，他走上了写作这条路。由于他出身上层社会，对于写作带有偏见，所以他选择写作只是为了玩一玩。一开始，他为自己取了一个约翰·辛约翰的笔名，并打算以此发表两本故事集。但是后来他觉得自己的水平有所欠缺，就放弃了这个想法。直到1904年，37岁的他才发表了《岛国的法利赛人》。两年后，他又发表了长篇小说《有产业的人》。这两本书为他带来了极大的声望，并奠定了他日后创作《福尔赛世家》的基础。

高尔斯华绥日后的写作，都沿袭了《岛国的法利赛人》的讽刺。《岛国的法利赛人》的主角是一位英国绅士，由于常年背井离乡，他对本国的思想以及文化都渐渐地淡忘了，并在接受其他国家的思想和文化之后对本国的一切感到厌恶。他之所以会有这样的表现，是受到了在火车上偶遇的一个比利时浪人的影响。他没有想到，这会是改变他命运的一次偶遇。当时，高尔斯华绥也刚刚结束游历，还想着以萧伯纳为榜样，向旧资产阶级权贵社会开战。不过，萧伯纳选择的是爱尔兰人惯用的智力武器，而他选择的武器是英国人擅长的感情和想象。高尔斯华绥在作品中经常会提及英国统治者的法利赛式的自私，偶尔会在少数作品中着重描写。他总是坚持不懈地反对英国国民性中片面的、粗暴而不入流的方面，这说明他对于这一切有多么痛恨。

他以福尔赛这种人为典型，矛头直指英国中上阶层的富商。这些人粗鲁无礼，却要故作斯文。他们时刻防范，担心被人看穿，可是几杯酒下肚之后，就会原形毕露，大出洋相。由艾琳代表的美厌恶和"有产业的人"生活在一起。而由于作者想要泄愤，所以索米斯·福尔赛几乎成了一个悲剧人物。对于作者是否从一开始就打算为《福尔赛世家》写续集，我们不得而知。但是从已经出版的部分来看，这部小说写得十分扎实有力。高尔斯华绥再次提笔写福尔赛时，已经是15年之后，当时由于世界大战的缘故，他的心境发生了很大的改变。他写下了《骑虎》（1920）和《出租》（1921）以及两个短篇插曲，完成了福尔赛的家族史。但是在这一事业完成之前，高尔斯华绥又写了结构完全相同的另外一个三部曲《现代喜剧》，包括《白猿》（1924）、《银匙》（1926）和《天鹅之歌》（1928）。可以说，这两个三部曲都是巨大的文学成就。高尔斯华绥通过和自己同时代的三代人的命运，成功地把握了这个从广度和深度上都十分困难的题材，在英国文坛上战功赫赫。若是被问起哪个地方有什么非常出色的名著，我们一定会在第一时间想到欧洲大陆上这些描写家族史的出色的作品。

这些纪事体小说看起来结构是比较固定的，就像《福尔赛世家》一样，以主角的生活来反映个人际遇、冲突和生活中的百般滋味。所描写的事情虽然很烦琐，但是这些烦琐的事件又能体现出历史性。读者应该不会忘记，书中有这样一个情节：在一个阴天，索米斯和他的第二位妻子在散步时偶遇了维多利亚女王出殡，并短暂回顾了女王在位的这些年。"社会风气和时尚都变了，人又退化成了猴子，上帝变成了财神，可是这一切全都是自欺欺人。"《福尔赛世家》向我们展示的就是维多利亚时代以来社会翻天覆地的变化。从第一个三部曲中我们可以看出：随着"绅士"观念的变化，贵族和特权政治发生崩塌，如同疾风骤雨之前的印度夏天。第二个三部曲被称为"戏剧"而不是"家族史"，是因为作者描写的是新英格兰遭遇的危机，它的任务就是把过去的废墟和战时的临时兵营建设成未来的家园。它就像一个展品繁多的陈列馆：有商人、三姑六婆、仕女、绅士、政客、艺术家、小孩，还有狗——这是一个长长的画卷，从不同角度向我们展示着生活中的每一个方面。

作者把一个旧式家族风雨飘摇的生活描绘成了史诗，对每一个人物的刻画都十分高超，但是，社会生活的法则却总是在起作用。

不过，品读高尔斯华绥在小说中的观点的演变，对我们也是大有裨益的。当他可以豁达地看待人性时，他就摇身一变成了一个批评家。对此，人们常把他对索米斯的处理拿来举例。因为他冷静的、刨根揭底的评论，索米斯这个人物就完完全全地裸露在我们面前了，也让我们对这个人物印象最深刻。《天鹅之歌》有一段很出色的描写：

受到某种力量的驱使，老索米斯回到了祖先生活过的西海岸。虽然现场只有一块石头，可是他还是凭借地图找到了当年的地方。他沿着一条小路，走到了一个鲜花开放的山谷，这里有新鲜的空气和粗犷的海风。于是，他裹紧身上的大衣，靠在那块石头上沉思：这里这么偏僻，祖先们是自愿留在这里生活的吗？他们最先选中的就是这里吗？他猜测着，那个时候的英国人肯定是有一队马的，生火的方式肯定是泥煤加木炭，他们的身边也肯定会跟随着妻子，因为他们是妻子的顶梁柱……他就这么思考着，身处这个老地方，体会着这道不明的感情。慢慢地，他感觉自己的身体里面涌出了某些东西，这是祖先们深入骨子里的冒险精神。回想起来，老乔里恩①和他的父亲以及叔叔伯伯们不就是这样的吗？那种掩盖不住的闯劲是如此的嚣张跋扈，这是深入到骨子里的，至死也不会丢掉的东西。然后，他似乎明白了一切。

显而易见，高尔斯华绥眼里最后一个旧英国人的形象就是索米斯，他是个非常忠厚的人，不带有任何欺骗，而且非常真诚，尽管他也会冒险。他评价人生时，所采用的基本方法正是用镇静而通俗的手法把自己的写实风格表现出来。在时光的浸染下，那些人物变得越来越平庸，不再是人群中的焦点，而这恰恰是大英帝国子女们性格中的柔弱面吧，真是让人啼笑皆非！一言以蔽之，高尔斯华绥

①福尔赛世家的成员，是索米斯的伯父，也是作者极力刻画的一个有人性的资产阶级。

的后期小说基本上都通过对人性的探索和对家庭生活的描写，进而把自己的爱国主义情感表达出来，甚至在上述所提到的作品中这种情感的表露，还是通过更加抑郁、更加含蓄的诗情。他这样的目的在于对英国文化中被隐藏的优点进行维护。就如同人们宁愿一直躲在自己建造的历史悠久的厢房里面，或者像英国花园里古铜色的山毛榉和百年紫杉沐浴在9月的阳光下一样。

因为时间的关系，我不能在这里详尽地分析高尔斯华绥的其他作品，那些作品从水平上来说，丝毫不逊色于《福尔赛世家》系列小说，可是从史诗性的格局这一角度上来说，却有过之而无不及，这一特点最集中表现在他的三部成熟期的小说中，分别是《庄园》（1907）、《友爱》（1909）和《殷红的花朵》（1913）。他在《庄园》中塑造了最精致的女性形象潘迪丝夫人。这个形象堪称完美，可惜的是，这个形象却遭到了传统约束的破坏，要不然，潘迪丝夫人必定是一位高贵气质尽显、稍微带着悲观主义色彩的天真烂漫的淑女！作家在《友爱》中展现出来的是一个深谋远虑的、既引人同情而又让人嘲讽的唯美主义者，这个人物自称自己是维护伦理道德的人，可是迫于伦敦无产阶级的压力，最终放弃了行动，为秉承保护他人、拯救世俗的美好愿望而献出了自己的生命。除此以外，还有一位叫斯通先生的可怜虫，也是高尔斯华绥笔下独具特色的人物，对乌托邦心存幻想，整天在夜空下喃喃自语。当然，《殷红的花朵》这部心理分析的巨著，我们也一直铭记在心。作家通过优美的笔触，对那些欲壑难填却又不敢采取行动的人的心理进行了描绘。哪怕在短篇小说中，作家都可以在短小的篇幅中，把自己独有的风格展现出来，只是通过对比明暗色调，作家都可以创造出吸引人眼球，让读者点头称赞的效果。比如，在《品质》中，作家在对一名德国鞋匠进行描写时，就对他一方面骄傲于自己的技艺，一方面又自卑于所从事的是收入微薄的手工劳动的心理进行了刻画，因为这一冲突，他的整颗心都处于痛苦之中。

一直以来，他的描述艺术都对教育性和正义感非常重视，并极大地影响了当时的思想观念和生活习惯。他的戏剧作品也是这样，在戏剧中，他时常提及社会问题，最起码在某一范畴中带来小小的变化，其中一个例子就是对英国的监狱管理进行反映。他的戏剧所达到的效果通常在场景以外，因为他总是采用高明的笔法来把自己非同一般的智慧表现出来。他的戏剧的核心思想，通常是对正义和人性进行表现。比如在剧本《森林》（1924）中，他不留余地地揭示和攻击了大英帝国那种想要对全球进行控制的企图。《展览》（1925）则展现出了这样的场景：在家庭矛盾中是没办法厘清个人和报界的斗争的，蛮横的报纸的神奇作用，就如同一架对一切都视而不见的机器，毫无顾忌地大肆宣扬事件，让所有人都束手无策！

《忠诚》是对一桩名誉案件的反映，剧中的安全机关的作用在于，对人的忠诚进行调查，可是它却调查了一个人的方方面面，事无巨细。在其他戏剧中，这种描写都会让作品的逻辑结构更加严密；有时甚至还能体会出其中的些许诗意，哪怕只在一些细枝末节上。对于《鸽子》（1912）和《一点爱意》（1915）这两出戏，我是非常认可的，尽管其舞台效果欠佳，可是剧本的创作却非常成功。当然，和他的小说相比，高尔斯华绥的戏剧还是稍逊一筹，它们只是用来对作者早年的那份对纯真的坚持、对自由的渴望进行了验证，哪怕只是传承雪莱的志向。甚至在他非常镇定的剧本里，我们也遇到了一个非常偏执、敏感的人，任何事物都不会让他觉得放松，他还一力反对考虑不足，并为了实现公平竞争一直严格要求自己。

屠格涅夫曾经是他在写作技巧方面最早的一个老师。从高尔斯华绥拥有诗样魅力的浓重笔调中，我们可以感受到高明的俄罗斯人的叙述技巧。高尔斯华绥拥有超乎一般精准的直觉，可以自如地运用各种暗示和明喻。可是，高尔斯华绥有一点不同于其他作家的地方，这也是他的独门秘诀，那就是高尔斯华绥的嘲讽笔法。他的嘲讽笔法非常丰富：一种主要是否定，就如同凝结在严寒的暗窗上的那层冰霜；还有一种是正视人生，它是有意思的、有人情味的、暖暖的。高尔斯华绥采用的是后者。每每他运用嘲讽的笔调，对那些让人忍俊不禁的事件进行描写时，就如同在发问：它为何是这样的？为什么这是必需的？有改变的办法吗？有时，高尔斯华绥会在他的戏剧里引入大自然，让俗世的人情冷暖和大自然的各种景致融合到一起，产生新奇的效果。得益于这种嘲讽的手法，他巧妙地借用了心理分析的奇妙形象，创作出一系列富有理解和怜悯的好作品。

高尔斯华绥曾经对外公开，和谐、匀称和平衡是他的艺术宗旨。这刚好说明他改变了理念，因为精神理念太难企及，他自己都对其产生了怀疑。不久，我们就发现这位诗人一直在对那些自负的典型绅士们发动攻击，而他自己早已换了另外一副形象，因此他不仅可以和人类打交道，也可以对他的唯美本能孜孜以求。高尔斯华绥作为一名文学家，和一个词——温润如玉特别像。就如同他的作品所表现出来的一样，他正是通过这种方式，把自己的光辉献给了我们时代的文化。

因为高尔斯华绥先生贵体欠安，所以今天这个奖项我们没办法亲自交到他手上，只能根据他的希望，由英国外交大臣克拉克·科尔先生代领1932年度的诺贝尔文学奖。

现在，就请科尔先生上台领奖。

目　录

第一部分

琼的订婚典礼

在福尔赛家族中，地位尊贵的中上阶层一般不会轻易抛头露面，但是，家族内部举办喜事的时候例外，此时他们一定会参加。对于应邀参加的人而言，这是一次与上流社会接触的难得机会。具备心理分析能力的应邀者既能看到让人赏心悦目的华丽场面，又能留意到这其中隐藏的社会问题。简而言之，他们已经意识到正是家族中含有的一种隐形的韧性力量才使福尔赛家族让人敬畏，并成为社会的重要组成部分。福尔赛家族就是一个社会缩影，这是很显然的事情。福尔赛家族的成员之间并不存在好感和同情。纵观福尔赛家族的历史，应邀者不仅能一目了然地看出社会进化，也能了解到国家机器的起起落落、宗法社会的跌宕起伏、野蛮部落群集的与时俱进。对于应邀者而言，福尔赛家族的经历就跟一棵树苗长成参天大树的过程是一样的，它们之所以能从无数株垂死的植物中脱颖而出，是因为具备坚强、独立、韧性的品质。在不久的将来，这棵大树会生长得枝繁叶茂，繁茂到你都想去阻止它。

如果1886年6月15日下午4点左右，你刚好出现在位于斯坦霍普门的老乔里恩·福尔赛家里，那么，你有可能会成为这个家族辉煌时刻的见证者。

琼·福尔赛小姐是老乔里恩的孙女，她将和她的未婚夫菲利普·波辛尼先生在这里举办订婚典礼，整个家族都在为这次庆典做准备。福尔赛家族的全体成员都要参加这次庆典，就连不经常出席的安姑母也将参加，他们每个人都打扮得光鲜靓丽。安姑母大部分时间都待在兄弟蒂莫西家的客厅一角看书或者做针线活。这个客厅四周都挂着福尔赛家族世家三代的照片，安姑母所在的角落旁边放着一个插有蒲苇的浅蓝色花瓶，它像保镖一样，时刻保护着她。安姑母今天出现了，她那笔直的腰板和饱经沧桑的脸无不展现着这个家族传承已久的财产观念。

订婚、结婚、生子是福尔赛家族里的大事，每当这时，全员都要参加。如果家族中某位成员即将死去，他们会早早采取防范措施。但是，截至目前，这个家族还没有一个成员死去，他们认为他们是不会死的，死亡与他们的原则相对立。一些年轻的福尔赛成员大多都懂得深谋远虑的道理，他们讨厌那些吞食自己财产的人。

订婚那天，应邀宾客可以和福尔赛家族里的任何人接触。与宾客相比，福尔赛家族的成员们都穿得整洁又得体，他们表现得更像一个个将士，表情严肃又好奇，内心兴奋又矜持。索米斯·福尔赛的脸上向来挂着傲慢，订婚典礼当天也不例外，他的这种傲慢感染着每位家族成员，并且激发他们时刻保持警惕性。

这次订婚庆典是整个家族史的转折点，也为接下来的精彩事情拉开了序幕，这都源于福尔赛家族成员的警惕性。

福尔赛家族成员都不喜欢某种东西，这种厌恶是家族性质的厌恶，而非个人性质的厌恶。他们这种厌恶在订婚典礼上表现得非常明显，比如，他们穿着华丽，以大户人家的姿态去迎接宾客。福尔赛家族成员今天的表现就好像他们遇到了让他们不得不现出原形的劲敌。这种浓烈的敌意促使他们时刻防御着。对于这个家族而言，他们好像第一次清楚地察觉到一些陌生而又危险的事物正在靠近他们。

有位男士斜靠在钢琴上，他身材魁梧，穿着两件别有红宝石胸针的背心。如果在普通场合，他一般会选择穿别有钻石的绸缎背心。胸针上方是他那张带有亚洲人肤色的黄色方脸以及暗淡无光的双眼。在绸缎背心的衬托下，他显得格外高贵与庄严。他是斯威森·福尔赛。他此刻正站在窗台呼吸新鲜空气。他还有一个双胞胎弟弟，名叫詹姆斯·福尔赛。老乔里恩称哥哥为胖子，弟弟为瘦子。虽然詹姆斯和哥哥一样魁梧，都有6英尺①高，但是，自从出生的那一刻起，詹姆斯似乎为了让他们兄弟两个的体重维持在一个平均数上，就一直十分消瘦。詹姆斯不仅身体不灵便，脑袋里还整天装着许多事情。他走路的时候，眼睛一会儿盯着地面，一会儿又去关注四周发生的事情。他脸蛋两边的胡须包围着布满皱纹消瘦的脸颊和没有丝毫胡楂的上嘴唇。此刻，他正在把玩一件瓷器。距离他不远的地方，一位名叫索米斯·福尔赛的年轻人正在跟一个棕色衣服的女士聊天。要知道索米斯·福尔赛不是别人，正是詹姆斯的独生子。他深褐色的头发漂亮极了，只是有点秃顶，他的脸色像纸张一样白，但是整张脸上没有一点儿胡楂，显得非常干净。他把脸

_____
① 合约1.8米。——编者注

抬得高高的，从鼻孔中都能感受到他的高傲，那感觉就好像吃了鸡蛋无法排泄出去一样。表兄弟乔治站在他背后。乔治的父亲是罗杰·福尔赛，在整个家族中排行第五。乔治个子很高，是个圆脸，他不但用高高在上的眼神望着索米斯，并且还打算讲几句难听话。每个人都被这种气氛感染着。

安姑母、海斯特姑母①、茱莉姑母②并排坐着。茱莉姑母在年纪很大的时候嫁给了塞普蒂默斯·斯茂，但是这个姑父身体不好，早早就死了。如今姑母跟她的姐妹一直住在位于贝斯沃特路的房子里。这所房子的主人是蒂莫西·福尔赛，在整个家族中他年龄最小，排行第六。她们人手一把扇子，脸上擦了很少的腮红，衣服上都戴着耀眼的装饰，通过她们的装扮就能明显感受到今天庆典的严肃和盛大。

老乔里恩已经80岁了，他是整个家族的族长，也是这次庆典的主人，此刻，他正站在客厅中间。老乔里恩满头银发，留着长长的白胡子，额头圆圆的，眼睛小小的，眼球是深灰色的。他给人的感觉就是一位族长，虽然脸庞很清瘦，眉骨很高，但是他身上依旧散发着青春的气息。他腰板笔直，双眼明亮又清澈，没有丝毫的傲慢，反而让人觉得落落大方。这么多年以来，他都遵照自己的原则做事，不会瞧不起任何人，因此，他从来没有遇到过坎坷，这种权利就好像是为他量身定制的一样。

詹姆斯·福尔赛、斯威森·福尔赛、尼古拉斯·福尔赛、罗杰·福尔赛都是老乔里恩的兄弟，他们也都参加了这次庆典。五兄弟既有相似之处，也有不同之处。

---

①两个福尔赛家族的老姑娘。
②茱莉娅的简称。

虽然他们五个各有特色，但是有一点却非常相像，那就是他们稳如磐石的下巴。除此之外，他们身上都带有明显的种族标记，这些种族标记由来已久，现在已经无法查出它们的源头，但是，这刚好是整个家族财富最好的证据和传承的精髓。

在青年福尔赛一代中，乔治身材魁梧；阿奇博尔德虽然面容憔悴，但是精力旺盛；尼古拉斯的坚定让人欣慰；尤斯塔斯不仅表情严肃，还具备上流社会该有的那种决绝。他们身上的标记大多雷同，虽然说或者不说没什么两样，但我还是要说，这正是福尔赛家族精神层面的印记。在今天下午的每时每刻里，所有福尔赛家族成员的脸上都会流露出对菲利普·波辛尼的几分怀疑。大家都知道，菲利普是个穷光蛋，可是，还有女孩愿意跟他订婚、结婚，并且，这个女孩还是福尔赛家族中的一员。这种怀疑不单单源自他的贫穷，就连福尔赛家族的成员也不知道这种怀疑产生的根源，来自家族的风言风语已经将一切覆盖了。不用怀疑，接下来还会有更离奇的事情发生。菲利普给安姑母、茉莉姑母、海斯特姑母请安，他头上的灰色帽子既破又脏，看起来非常寒酸。"好可爱，真特殊，真罕见。"海斯特姑母路过一条漆黑的走廊时居然把菲利普的帽子看成了小猫，并且尝试将它赶走。海斯特姑母想不明白，汤姆怎么交了这么一个下流朋友。她看到帽子依旧待在原地，心中顿时多了几分忧虑。

艺术家总是追求能体现场景、地点、人物特色的关键环节。对于具有艺术家特质的福尔赛人而言，菲利普的帽子吸引了他们整个家族的眼球。帽子承载了整件事的含义，这就是他们发觉的关键环节。家族里的每个人都会自问："我是否会戴着这种帽子去别人家做客呢？""不！"每个人的答案都一样。有些想象力丰富的人会接着说："那顶帽子压根儿就不会出现在我的脑海里。"

乔治被这件事逗得哈哈大笑。很明显，菲利普是为了寻开心才戴那顶帽子的。擅长挖苦别人的乔治笑着说："他就像个'强盗'一样，实在太不懂礼貌了！"

从那以后，福尔赛家族里的所有人都知道了"强盗"这个外号，并且这个外号也被大家广泛使用。

这件事发生以后，三个姑母都为这顶帽子的事情责怪琼。

"我的琼，你应该劝阻他，让他以后再也不要戴那顶帽子了！"三个姑母异口同声地说。

琼毫不在乎，还以前心胸狭隘的口气说："我才不在乎，更何况菲利普从来也不关心自己头上戴的是什么！"

谁都没有料到琼会这样回答。他居然不关心头上戴的是什么，这真是让人难以置信。更何况，他们两个即将结婚。菲利普真是个有能耐的人，要知道，老乔里恩的财产都要留给琼。菲利普是个建筑师，但是，这不是他戴那帽子的理由。福尔赛家族中虽然没有出过建筑师，但是他们或多或少也有一两个建筑师朋友，他们的朋友从来没有在伦敦任何的社交场合中戴过这种帽子。

啊，实在是太鲁莽了！只是琼没有亲眼见证这一切。琼虽然不到19岁，但是在装扮方面颇具天分。索米斯夫人每天都打扮得很精致，自从琼提醒她羽毛装饰已经过时之后，她就再也没戴过，这充分说明了她对琼的审美的认同。

对于这桩姻缘，福尔赛家族的人虽然抱有怀疑，也并不认为他们会长久，甚至有些担忧这件事，但是，老乔里恩通知他们过来参加典礼，他们也没有拒绝。自从乔里恩夫人死去以后，这12年以来，这种规模宏大的典礼还是首次在斯坦霍普门举行。

福尔赛家族的成员全都到场了，他们虽然观点不同，但他们还是紧密抱成一团，以应对随时可能出现的危险。他们家族有个特点跟牛比较像，比如，当一条狗突然来到它们的地盘时，它们就会团结作战，每时每刻都做好要将闯入者置于死地的准备。毋庸置疑，他们之所以出席这场典礼，是为了给送什么样的结婚礼物做准备。对于家族而言，结婚礼物的选择跟新郎的身份密切相关。"你打算送什么样的礼物呢？""尼古拉斯准备了一整套银钥匙！"新郎大多数都盼望自己能收到精美的礼物，但是前提是他必须长得帅，会穿衣打扮，并且有自己的事业。关于礼物的问题，福尔赛家族经过讨论，基本达成了一致，最终，他们在蒂莫西的家里商量出了最后的方案，所有人都选择了与自己地位相匹配的礼物。蒂莫西的房子在贝斯沃特，三位姑母就住在这里。

菲利普的那顶帽子让整个家族感到紧张。福尔赛家族是名门望族，但凡有一丁点儿家族荣誉感的人，都会注意维持自己中产阶级的形象，因此菲利普的那顶帽子才会让整个家族感到紧张。假如有谁感觉没有什么不妥，那他一定是疯了！

这个时候，那个给大家带来紧张感的菲利普·波辛尼正立在门前跟琼聊天。他的鬈发瞧上去有些乱了，他好像感觉到四周的一切跟平时不一样。他有一种自娱自乐的神情。乔治跟待在他身边的兄弟尤斯塔斯说：

"你看他像不像一个忙着逃命的强盗？"

事后，斯茂夫人称他为"长相奇特的孩子"。菲利普·波辛尼的身材不高也不低，他非常健壮，脸色是浅黄色的，上须是灰褐色的，颧骨高高隆起，脸颊凹向里面。他的前额在双眼上方突起直到头顶的地方，颇似动物园里狮子的前额。他有一双暗淡无光的深棕色双眼，这种暗淡让见到他的人为他担忧。马车夫按照老乔里恩的吩咐将菲利普和琼送到剧院后，回来跟男管家这样说道：

"我真是拿捏不准对他的分寸。我感觉，他的长相跟仅仅被驯化到一半的美洲豹很像。"福尔赛家族的人隔三岔五就会走到他身边来观看他。

琼甘愿为菲利普抵挡那些来自福尔赛家族的无关紧要的好奇心。琼看起来十分瘦小，以前就有人形容她只剩毛发和精气神了。她全身的肌肤雪白，有一双毫不畏惧的蓝色大眼睛和具有家族特色的下巴。她的脸庞和身材在金红色头发的衬托下显得十分纤长。

有位身材前凸后翘的女士正在认真观察琼和菲利普，观察的时候，她还时不时发出笑声。这位女士曾经在福尔赛家族的某些成员的眼中可以跟希腊女神相媲美。

她交叉着的双手上戴着一双浅白色的手套，此刻她侧着脸颊，四周所有男士的目光都被她那迷人的模样所吸引。她轻轻扭动的身体显得毫不做作，空气似乎都情不自禁地跟她扭动起来了。她的脸庞苍白却带有几分润泽，深褐色的圆眼睛给人带来温暖的感觉。

只要她开口说话，男士们就紧紧盯着她那带有几分神秘微笑的双唇看。她的双唇看着很诱人，带着几分亲昵和香甜，就跟花朵似的。

琼和菲利普丝毫没有察觉到这位被奉为女神的女士正在观察自己。菲利普第一个留意到她，并询问自己的未婚妻这位女士叫什么。

在琼的带领下，菲利普来到了这位身材前凸后翘的女士跟前。

"她叫艾琳，是我最要好的朋友。"琼说，"我命令你们两个也变成最要好的朋友！"

他们三个被琼这种命令式的语气给逗乐了。正当他们笑得开心的时候，艾琳的身后突然站了一个人，这个人不是别人，正是艾琳的丈夫——索米斯·福尔赛。索米斯对他们说：

"太好了！能否也给我引荐一下！"

事实上，索米斯和艾琳在公共场合经常是形影不离的，如果非要隔开，索米斯的目光也绝对不会离开她半步，他那谨慎而又饥渴的目光看起来非常奇怪。

詹姆斯·福尔赛，也就是索米斯的父亲，正站在窗台旁边细心地研究瓷器上所带的标记。

"我很惊讶，他们的订婚居然能得到老乔里恩的允许。"詹姆斯跟安姑母说，"这个菲利普是个穷光蛋。我听说他们最近几年应该不会结婚。当初，威妮弗雷德跟达尔第结婚的时候，我让达尔第把欠的每一分钱都还清了。看来还是我比较明智！"

坐在天鹅绒座椅上的安姑母此刻正在翘首企盼。她的一圈圈鬈发盘在前额上，这是她几十年来一成不变的发型，为此，整个家族的人也感觉不到时光的流逝。安姑母不怎么爱说话，更不喜欢回答问题，因为她要保护自己已经衰老的嗓子。安姑母的神情是对提心吊胆的詹姆斯的最好的回答。

"唉！"詹姆斯说，"艾琳不富有，我也帮不了她。索米斯这次也束手无策了。艾琳在他的讨好下居然变得比以前还要瘦弱。"

詹姆斯傲慢地把瓷器重新放回钢琴上，瞧了瞧站在门口的那群人。

"我认为，这就是最好的了。"他出人意料地说。

安姑母并没有过多关心他在胡说些什么，因为她能猜透他的想法。艾琳就算再穷，也不会蠢到做错事。可是，据说艾琳提出要和索米斯分居，但是索米斯不接受……

安姑母的沉思被詹姆斯打断了：

"为什么没有看见蒂莫西呢？他没陪她们一块儿来吗？"

闭口不言的安姑母很不情愿地从牙缝中挤出一句话：

"最近，白喉成了流行病，他担心出门会被传染上，所以没来。"

詹姆斯回复说："啊，他对自己可真好。我如果像他那样保养身体，可能我的身体还无法适应呢。"

他说这句话的真正意图是眼红、忌妒还是鄙视，这个还真不好说。

说实在的，几乎没有多少人见到过蒂莫西。他在整个家族中年龄最小，一直做图书出版工作。很久以前，当经济还十分繁盛的时候，他就预言经济迟早会衰退。事实上，他预言的经济衰退并未出现，可是大家还是对他的预言深信不疑。他持有某家出版宗教书籍的公司的股份，为了降低经济衰退带来的损失，他用股份带来的收益买了三厘利息[①]的公债。

福尔赛家族的成员们得知这个消息之后，立刻将他孤立出去，因为他们从来没有买过低于四厘利息的公债。他的精神世界被这种孤立打败了，但他却比那些谨小慎微的人强许多。他似乎成了福尔赛家族的神话——那个常常在福尔赛家族中出入的安全化身。他既没结婚也没孩子。在他眼中，结婚是件搞笑的事情，孩子完全就是多余的。

詹姆斯拍着瓷器继续说："这是假的伍斯特古器。我猜乔里恩跟你讲过关于菲利普的事情吧。我听说，他的工作、收入、亲戚朋友都没有可圈可点的地方，但是话又说回来，关于他的一切我都不知道，压根儿就没人跟我讲过。"

---

①那时政府发行的年利息率为3%的一种公债。

安姑母衰老的脸颊抖动了一下，她那鹰勾鼻和方下巴表现得更加明显；她修长的手指紧紧交叉在了一起，好像在告诉自己要做一个意志坚定的人。

安姑母在福尔赛家族中的地位很特别，因为她在整个家族中年龄最大。这里全是自私和利欲熏心的人，他们看到安姑母严厉的模样，都被吓得畏手畏脚，并且只要时机合适，他们必定会躲得远远的！

詹姆斯把两条腿交叉放在一起，继续说道："乔里恩刚愎自用，他的孩子也走了。"詹姆斯顿了顿，脑海中浮现出了老乔里恩的儿子，也就是琼的父亲小乔里恩的形象。小乔里恩的生活过得很糟糕，他为了跟一个外国女教师在一起而舍弃了自己的妻儿，从此终生都给葬送了。

"啊！"詹姆斯继续说道，"当初他做这个决定的时候，一定想过自己要付出的代价。现在，琼的陪送嫁妆他要给多少才合适呢？——我猜想他每年都会给琼1000英镑，因为他的钱只会花在琼身上，除了她，再没有其他人了。"

有位男士向詹姆斯这边走了过来，詹姆斯立刻迎上去握手。这位男士穿得既整齐又干净，他是个光头，脸上没有胡楂，长长的鼻子一点儿都不挺，嘴唇肉嘟嘟的，浓密的眉毛底下是一双让人看了直打寒战的灰色眼睛。

"嘿，亲爱的尼古拉斯，这段时间你过得好吗？"詹姆斯询问。

两只冰冷的手刚握在一起，尼古拉斯·福尔赛就把自己的手抽了出来。他如同鸟儿那样快速，神情看起来就跟成熟过早的低年级学生一样。

"我过得非常糟糕。"尼古拉斯伤心地说，"我这一周彻夜难眠。就连大夫也搞不懂这是什么病。那个大夫真狡猾，整天只知道要钱，可是，我的病情并没有好转，我就不应该找他。"

"大夫！"詹姆斯凶巴巴地说，"我的家人不断生病，为了给他们看病，我把伦敦的大夫都请过一遍了。但是这些大夫大多都是废物！他们只会讲空话，压根儿就不会治病。比如斯威森，在大夫的治疗下，反而现在变得更加肥胖，面对全身都是脂肪的他，大夫也拿他没办法。你瞧他胖的！"

斯威森·福尔赛穿着两件亮颜色的背心，这时跟斑鸠一样摇摇晃晃地朝他们走来。他很高，方脸，体形肥胖。

"哈喽，大家好——"他做作地打招呼说，并且从"好"的发音上就能听出来他有多做作。

这三兄弟看起来都有点儿恼怒，一般当三兄弟中的某个人盯着另外两个人观察时，另外两个人都会极力掩饰，以防自己的疼痛被发现。

"斯威森，我们刚刚还提到你，你依旧那么胖！"詹姆斯说。

斯威森竖着耳朵吃力地听着，他眼神涣散，给人感觉他的眼珠子就要蹦出来。

"我为什么要变瘦？我现在状态极佳。"他斜靠在一旁，继续说，"我才不愿意跟你们一样，瘦得像竹竿儿！"

斯威森很注重外表，为了防止胸部凸起，他将身体收了回来，纹丝不动地站在原地。

安姑母用包容和慈祥的眼神挨个观察了这三兄弟，这三兄弟也彼此望向了她。安姑母虽然已经变成老太婆了，但是她很伟大！安姑母今年86岁了，可能还要再活10年或更久，但是那个时候她的身体可能就没现在好了。双胞胎兄弟斯威森、詹姆斯75

岁了，排在最末的尼古拉斯七十多一点。不过，他们三个身体硬朗，这算是个好消息。跟林林总总的钱财相比，他们最在乎的还是自己的身体状况。

"我很健康。"詹姆斯继续说，"可是，我明显感觉自己用脑过度，大事小事都要我处理。我还要到巴思①去。"

"你要去巴思！"尼古拉斯自豪地说，"我还到过哈罗盖特②。但是我不喜欢那里，那里没有海边湿润的空气。我觉得雅茅斯③是个值得一去的地方。但是我在那里除了睡觉，什么都没干……"

"我的肝脏好像生病了。"斯威森也跟他们一起聊天。"这个地方的疼痛感非常强。"他摁着右肋说道。

"这是你运动太少的缘故。"詹姆斯两眼死死地看着瓷器小声说。但是没过多久，他也叫道："我这个地方也有疼痛感。"

斯威森布满皱纹的脸气得像火公鸡一样红。

"运动！"斯威森说，"我也爱运动，在俱乐部我就拒绝坐电梯。"

"这我就不确定了。"詹姆斯心直口快地说，"我对其他人的事情一概不知，他们不愿意跟我分享……"

斯威森瞥了詹姆斯一眼，然后问道："你知道如何消除我这里的疼痛吗？"

詹姆斯开心地回答："你可以试试我用的混合药物……"

"亲爱的爷爷，您好。"

琼出现在詹姆斯面前，她主动跟他握手，瘦小的她抬头望着这

---

①英国的一个城市名。
②英国英格兰北部的约克郡一个镇。
③加拿大西南部的一个海港城市。

位身材高大的爷爷。

詹姆斯脸上的笑容瞬间不见了。

"你好呀！"詹姆斯边说边仔细端详着她，"明天你准备去威尔士探访菲利普的那几个姑母吗？威尔士长期阴雨绵绵。另外，我想告诉你的是，这个瓷器是假的伍斯特。"他弹了弹瓷器又说道，"我送给你母亲作为结婚礼物的瓷器绝对不是假的。"

琼和三位叔祖握过手之后，便径直来到安姑母身旁。年老的安姑母怀揣激动和慈爱的心情，颤抖着亲吻了琼的脸颊。

"啊，我的小宝贝！"安姑母说，"我听说你这次要去一整月！"

而后安姑母目送身材娇小的琼从自己身边离开。安姑母已经是个老太婆了，她那圆圆的大眼睛跟电影里小鸟的眼睛一样，感觉似乎要跳出来了。她看着琼在拥挤的人潮中穿行，不知不觉间产生些许不舍，此刻，宾客们都在慢慢离去。安姑母一想到终有一天自己会死去，心里就慌乱起来，她的手指紧紧握在一起，继续不断加强自己的意念。

"是的，"安姑母心想，"这么多人对她这么好，还前来道喜，她应当高兴。"门口站着的有律师、医生、在证券所上班的人，总之各行各业都有，他们都是中上层阶级，穿着都很考究——在这群人当中，福尔赛家族的人所占的数量不超过1/5，可是在安姑母眼中，他们全都是福尔赛家族的人——其实，是或者不是并没有什么区别——因为她会留意跟自己有血缘关系的人。她只知道福尔赛家族，至于其他家族可能连听都没听过。福尔赛家族里不为人知的小秘密、谁得了什么病、谁跟谁订婚或者结婚，整个家族的相处模式和他们的盈亏状况——安姑母统统都知道，这些就是她的资产，她的趣事，她生活的动力。除了这些，就只余下那些不明不白的真相和不值一提的人了。当死神来召唤她的时候，她只能舍弃这个家。这个家成就了她，也增强了她的自尊心，如果这个家不存在，整个家族的人都要死去。她想死死地守着这个家，所以她的贪念也日益增长。即使她在一天天变老，她也会尽心尽力守护好这个家。

安姑母想到了小乔里恩——琼的父亲，也就是跟外国女教师浪迹天涯的人。这件事给老乔里恩和整个家族带来了重重的一击。这个前途无量的青年居然能干出这种事！对家族来说这真是重重的一击，但是小乔里恩的丑事并没有搞得沸沸扬扬。同时幸运的是，他的妻子愿意跟他继续保持婚姻关系。这都是很多年前的事了！小乔里恩的妻子早在6年前死了。据说，那时，他刚跟那个女教师结婚，如今已经是两个孩子的父亲了。即便如此，他也没有资格来参加这次典礼。安姑母向来看中家族荣誉，经他这样一闹，难免会给家族带来污点。安姑母曾经为拥有这样一个前途无量的青年侄子而骄傲，可是现在她压根儿就不想见到他，更别提礼貌地对待他了。她那颗固执又老化的心脏因为这件事而悲伤过度，现在想起这件事，她还是很生气。她的眼中涌现出泪花，随后她悄悄地掏出细麻手帕拭去了。

"哦，是我最敬爱的安姑母吗？"

安姑母听到这样一句话。

原来是索米斯·福尔赛。他长得一点儿都不帅，虽然脸上没有胡楂，但肩膀很低，脸庞凹进去，体形瘦弱，总之，他的模样给人以精明沉思的感觉。索米斯居高临下地望着她，斜视的样子好像要从鼻子一旁看过去一样。

"关于琼订婚这件事，你有什么想法？"索米斯问。

安姑母满眼傲气地看着他。索米斯是小乔里恩之外最受安姑母疼爱的人。安姑母感觉他能传承整个家族的传统精神，而这个传统很快就会从她的手掌中挣脱出来。

"我对这个青年还是挺满意的。"安姑母说道，"他长得帅气，又充满活力，只不过，我不确定他是不是琼恋爱对象的最佳人选。"

索米斯扶着放在旁边烤着金漆的蜡烛支架。

"我想，琼一定会驯化他。"索米斯说道，他默默地将口水吐在自己手指上，然后用手指去触摸圆形的灯泡。"现在这种真古漆很难买到，如果把它放在乔布森的拍卖行里，那必定价格不菲。"他兴致勃勃地说着，好像也察觉到自己是在讨好安姑母。他不愿意跟别人吐露自己的心声。"但是，我愿意买。"索米斯继续说，"这件古漆物值得花高价钱来购买。"

"这种事情，你倒成了行家。"安姑母回答说，"这段时间，我的宝贝艾琳过得还好吗？"

听到艾琳的名字，索米斯的笑脸顿时烟消云散了。

"她好得不得了，"索米斯生气地说，"她经常说自己失眠，但是她的睡眠质量比我好太多了。"他边说边看艾琳，此刻，他的妻子正在门口跟菲利普聊天。

安姑母发出一声长长的叹息。

"或许，"安姑母说，"艾琳不能和琼关系太近。琼是倔强的孩子，啊！我最疼爱的宝贝！"

索米斯的脸红彤彤的，那种红色穿过瘦弱的脸庞，在两眼之间停顿，这是索米斯思维凌乱的标志。

"我不明白那个肤浅的青年身上有什么闪光点吸引了艾琳。"他心直口快地说道。看到有人走来，他立刻扭头，佯装自己在观察蜡烛支架。

　　"我听说老乔里恩又买了一处新宅子，"索米斯的父亲问，"他富甲一方——钱多到都不知道该怎么花了！据说他的新宅子在蒙彼利埃广场，那里距离索米斯的房子不远！没有人跟我提过这件事，就连艾琳也没说过！"

　　"那处宅子是在黄金地段，离我家很近，"斯威森说，"从那里去俱乐部，坐马车只要8分钟。"

　　"对这个家族而言，宅子在那个地段很重要，这也很常见，这正是家族成功的宝贵秘诀。"

　　大约19世纪初期，他们的父亲从多塞特郡①搬来了这里，那时，他们的父亲还是个农民。

　　周围的朋友都称他为杜赛特·福尔赛总经理，之前，他是石匠工，后来慢慢变成房地产商。

　　晚年时，他迁到了伦敦，从那以后就一直从事房地产开发，直至死去。他的坟墓在海格特公墓里。他的10个儿女继承了30000多英镑的财产。老乔里恩之前讲过关于他的事情，可以说，他是集严谨与庸俗于一身的人，压根儿不具备文明的行为。事实上，整个家族的第二代人都认为他并没有给家族增光添彩。他们在他的性格中发现的唯一具有上流社会的气质的要数他常常饮用马德拉白葡萄酒了。

　　关于家族史，整个家族中海斯特姑母最有发言权，她是这么说的：我不记得他干过任何惊天动地的大事，至少，从我记事起就没干过。啊，我最亲爱的，房子的主人正是他。他很魁梧，发色和你叔祖父斯威森很像。他有多高？——其实，他只有5英尺5英寸②高，

────────

① 位于英国南部。

② 合约1.7米。——编者注

脸上都是斑。在我的记忆里，他喝马德拉白葡萄酒的次数最多。你们可以再跟安姑母确认一下。他的父亲是从事哪个行业的？他的父亲——哦——是靠海的多塞特郡的一位农民。

詹姆斯为了搞清楚福尔赛家族的发源地到底是什么地方，还特地到多塞特郡参观了一圈。他发现那个地方依旧保留有两个农场和一辆两轮的货运马车，通过印在淡红色土地上的车辙，可以清楚地看出马车驶向的是海边的磨坊；有两座灰色的小教堂坐落在那里，较大的小教堂里还有一个拱形的围墙。磨坊里的水缓缓流入小溪，猪在河边寻找食物。那里弥漫着浓浓的雾气，很久以前，福尔赛家族就从那里诞生了。他们的祖先脚踩黄土，面朝大海辛勤耕耘。休息日的时候，他们喜欢无忧无虑地四处走走，这个习惯一直延续到现在。

无论如何，詹姆斯盼望着能在那里挖掘出价格不菲的东西，最好是能找到数额惊人的遗产，但是，结果令他非常失望。此刻他正极力掩盖那次败北的参观。

"那个地方很一般，"詹姆斯说，"它就是一个陈旧又平常的乡村……"

大家从"陈旧"这个词语中得到了些许宽慰。有时候，老乔里恩给人一种忠厚的感觉，他在谈到祖辈时喜悦地说："我觉得自耕农并没有什么不好的。"并且，"自耕农"这三个字他还总是说两遍，似乎只有这样做才能给他带来宽慰。

他们都是中上层阶级，在世人看来，福尔赛家族真是让人艳羡。他们都拥有各种各样的股票，但是没有买公债，他们不在乎三厘利息的公债，因为他们知道就算买了利润也很小，只不过，蒂莫西是个例外。他们喜好收藏名人字画，当得知慈善机构能为他们家族生病的仆人带来福利时，他们也会适当捐款。父亲的职业是建造房子，因此，子孙身上似乎拥有这种基因，他们都对房地产很敏感。最开始的时候，整个家族是一些原始教派的信徒，但是，久而久之他们全都信奉了英国国教。他们不仅自己做礼拜，还会逼迫妻儿去参加上流社会的礼拜。假如有人对他们教徒的身份存疑，他们必定会为此事感到惊吓和忧愁。家族中的某些成员为了显示他们对基督教的尊敬，还特地买下了教堂的座位。

这个公园被他们的住所环抱着，虽然中间存在间隔，但是依旧跟哨兵站岗的模样像极了，伦敦的正中央恐怕就是这个公园了，这里承载了他们的期望，并且这份期望坚定不移。在他们看来，假如他们弄丢了这份期望，自己在社会上的地位就降低了一级。

老乔里恩待在斯坦霍普门；詹姆斯待在公园巷；斯威森到现在都没有妻子，并且也不打算找——所以他自己待在海德公园橙蓝相间的套房里——索米斯的房子离骑士桥很近；罗杰带着家人待在王子花园的住宅里[1]。我们将焦点转向海曼一家——海曼娶的是嫁给福尔赛家族的某位媳妇的姊妹——他的房子在坎普登山上，这座山非常高，跟长颈鹿的脖子一样，它的高度让观看者脖子能仰到抽筋。尼古拉斯真是太幸运了，他住在开阔的兰仆林住所。我们最后来说一说蒂莫西的住所，他的住所在贝斯沃特路附近，这里虽然不是十分繁华的地段，但是安姑母、茱莉姑母、海斯特姑母都住在这里，并受到他的庇护。

此时，詹姆斯一直在想事情，他跟老乔里恩提起了位于蒙彼利

---

[1]罗杰是整个家族中的一位优秀人物，他希望他的4个儿子都能从事新行业，并且能脚踏实地。"这是购置房产的关键，"他经常说，"除了这些，我别的什么都不做。"

埃广场附近的那套房子，他非常好奇，老乔里恩到底是花了多少钱才买下的。他对那套房子非常感兴趣，这两年一直在观察，但是，那里可是寸土寸金啊！

老乔里恩跟詹姆斯详细讲述了自己买房子的全过程。

"只剩22年了？"詹姆斯再次声明，"我真的很喜欢那套房子——但是，你的报价高得离谱！"

老乔里恩用疑惑的眼神看着詹姆斯。

"我不打算买那套房子了，"詹姆斯急忙说，"价格远远超出我的预期。索米斯很清楚这套房子的行情——我估计他肯定会提醒你，你的报价高得离谱——你有必要听一听他的意见。"

"我不需要他的意见，"老乔里恩不屑一顾地说，"我压根儿就不好奇他说的内容。"

"唉！"詹姆斯小声说，"你总是固执己见，你应该考虑一下他的提醒。再见了！我们要乘着马车去惠灵汉姆了。我听说琼明天就要出发去威尔士。明天你要自己一个人在家待着了。你明天计划做些什么呢？要不来我家共进晚餐吧！"

老乔里恩表达谢意之后，委婉地拒绝了他。老乔里恩送他们来到门前，当看到他们坐上四轮四座大马车时，他好像忘记了刚才的愤怒，脸上又露出了笑容——詹姆斯的妻子面朝马车行进的方向坐着，她很高，披着一头深褐色的头发，给人一种严肃的感觉，在她左边坐着的是艾琳——詹姆斯父子俩背对着马车行进的方向坐着，他们都跟自己的夫人四目相对，似乎有所盼望。他们屁股下面坐的是弹簧坐垫，所以避免不了摇来晃去，但是，他们谁都没有说话，身体很自然地跟着马车行进的节奏晃动，他们离开的时候还有太阳，老乔里恩就是这样送别他们的。

他们走在路上，依旧没有一个人说话，不过，最后詹姆斯的妻子打破了这份宁静。

　　"这群人是我见过最离奇的人。"

　　索米斯看了一下地面并点了点头，表示赞同母亲的说法。这时，他刚好跟艾琳对视，看到艾琳的脸上透露出无法言说的表情，这刚好是他平常总是见到的表情。詹姆斯妻子的这番话可能说出了所有人的心声，大概今天参加庆典的人都有这种感觉。

　　在整个家族中排在第四和第五的是尼古拉斯跟罗杰，他们是最后离开的两位客人。此时，他们共同顺着海德公园朝普里德街的地铁站走去。他们也有自己的四轮马车，像家族里的长辈一样，无论在哪种情况下，但凡他们可以乘坐自己的马车，就绝对不会选择坐出租马车。

　　典礼这天恰是6月中旬，那天阳光灿烂，长在海德公园的树木看起来也格外繁密，可是兄弟两个压根儿就没有留意这些，而是在从容风趣地交谈着。

　　"的确，"罗杰坦白说，"艾琳真的是非常漂亮。只不过，据说她跟索米斯并不是很谈得来。"

　　在福尔赛家族中，罗杰的额头最高，气色最好。他们走在路上，罗杰一直在观察附近的房子，有时他用手中的伞当尺子去丈量，按他的话来说，他这样做是为了计算出房屋到底有多高。

　　"艾琳很缺钱。"尼古拉斯声音洪亮地说。

　　尼古拉斯的妻子拥有大笔财富，他们结婚的时候，婚姻法还不完善，已婚妇女的财产并没有受到保护，所以，尼古拉斯私吞了妻子的财富。老天爷对他真是太好了，也正是如此，他才拥有了发家致富的本钱。

"艾琳的父亲是从事哪个行业的？"

"据说，她父亲是一个名叫海伦的教授。"

罗杰失望地摇头。

"教授应该没有多少钱。"罗杰说。

"听说，艾琳的外祖父是一家水泥厂的老板。"

罗杰脸上露出笑容。

"只不过，好像倒闭了。"尼古拉斯接着说。

"真的吗？"罗杰惊讶地说，"艾琳和索米斯该苦恼了。你一定要相信我说的话，烦恼会降临到索米斯身上的——艾琳身上有更多国外女人的作风。"

尼古拉斯舔嘴唇，故意做出一副色色的表情。

"艾琳真的是个美妞。"尼古拉斯边说边斥责挡道的清洁工离开。

"他是如何追到艾琳的？"片刻之后，罗杰问，"索米斯花费在给艾琳买衣服上面的钱就绝对不是小数目吧！"

"我听安姐说，"尼古拉斯回答说，"索米斯曾疯狂地追求艾琳，他表白了5次，但是都被拒绝了。詹姆斯对他儿子的婚姻非常担心，这一点我看得清清楚楚。"

"唉！"罗杰说，"詹姆斯的遭遇真让人沮丧。以前，詹姆斯和达尔第有过口角争执，他为有这样的女婿而感到头疼。"罗杰平复了一下心情，脸上重新出现了笑容。罗杰不断地把玩手中的雨伞，很多次都把伞举得跟眼睛一样高。跟他走在一起的尼古拉斯也有了几分笑意。

"她脸上没有一丝血色，并不是我的菜，"尼古拉斯说，"但是，她火辣的身材让我着迷！"

罗杰并未回复他。

"我感觉艾琳浑身上下充满了魅力！"罗杰半天说出这样一句话——要知道，这可是整个家族至高无上的称赞。"依我看，琼的订婚对象也不是干大事的人。我从伯基特饭店的员工那里得知，他是一个艺术家——英国的建筑物是他立志要改革的对象。但是，他压根儿就没有资金！我很好奇蒂莫西会怎么评价这件事。"

他们两个很快走到了地铁站。

"我要去坐二等车厢，你呢。"

"打死我都不去坐二等车厢，"尼古拉斯恐惧地说，"谁也不知道坐二等车厢会被染上哪种病菌。"

尼古拉斯购买了一等座，目的地是诺丁山门；罗杰购买了二等座，目的地是南肯辛顿。他们两个的火车一分钟以后就到了，于是，他们朝着各自的车厢走去。他们两个都有点儿伤心，都希望对方能够做出调整，空出时间陪自己。他们两个都满腹怒气，但是罗杰仅仅想到："无论什么时候，尼古拉斯都是个倔强的人！"

尼古拉斯也小声嘀咕：

"无论什么时候，罗杰都不是个随和的人！"

意气用事的人在福尔赛家族中少之又少。伦敦已经被这个家族降服并同化，这个家族的成员根本没有时间意气用事！

老乔里恩欣赏歌剧

老乔里恩嘴里叼着雪茄，旁边放了热茶，自己一个人坐在家族的后屋里，这一幕发生在订婚典礼后的第二天下午5点左右。他很疲惫，雪茄依旧燃着，他却进入梦乡了。他的头发上落了一只苍蝇，四周的安静将他的呼吸声衬托得格外响亮。在雪白胡子下面，他嘴唇张合有度地呼吸着。他手上的青筋和皱纹非常显眼，掉落在空壁炉上的雪茄慢慢燃尽了最后一片烟叶。

后屋里装饰了多种颜色的玻璃，窗外的风景和光线都无法穿透进来，因此非常昏暗。房间里的家具全是深绿色的，有天鹅绒和雕刻精美的桃花心木——对于这套家具，老乔里恩的看法是这样的："将来，这套家具绝对能卖上好价钱！"

老乔里恩想到，就算以后自己去世了，这些东西依旧很有价值，感到十分满足。

家族的后屋是个充满奢侈与昏暗的地方，老乔里恩那满头的银发以及贴在高背座椅上的圆头，有一种伦布朗①风格，只不过，他白色的胡子终结了这种风格，进而让他看上去有些军人的风采。40年前老乔里恩还未结婚的时候，那个老旧的钟表就陪伴着他，且从来没有停止过工作。它总是发出嘀嗒嘀嗒的声响，满怀羡慕地见证着这位主人永不复返的过往。

他压根儿就不喜欢这个后屋。雪茄放在后屋一角的一个日式橱柜中，只有想抽雪茄的时候，他才会来后屋，如果不是这样，他一整年都很少来，此刻后屋也正在冷落他。

他在睡觉的时候，颧骨跟下巴高高凸起，太阳穴却凹进去了，他整张脸的模样正是他衰老的最好说明。

他睡醒了。可是琼已经离开了！詹姆斯提醒过他，今天他注定非常孤独，詹姆斯总是这么卑鄙。可老乔里恩一想到自己抢在他前面买下了那套房子，心里就美滋滋的。

他不值得同情！他太在乎价格了，他思考的所有东西都跟钱

———————
① 17世纪的荷兰画家。

密切相关。但是，老乔里恩反思了一下，自己买下的价格会不会真的很高。这件事他可要慎重思考——如果琼的订婚庆典要让他倾尽所有现金，那这场订婚绝对要泡汤。琼去拜恩斯家里做客的时候，恰巧遇到了菲利普，他在这个公司工作。老乔里恩知道拜恩斯这个人，认为他太爱唠叨了，并且他似乎是菲利普的姑父。自从见到菲利普之后，琼就被他深深吸引了，天天追着他。琼很倔强，她想干的事就一定能干成。截至目前，琼认识了很多异性，但是，这些异性都是些没有什么理想的人。菲利普一穷二白，可是，琼依旧选择了他——菲利普做事毛躁，又喜欢说大话，债台高筑，自顾不暇。

有一天，琼急急忙忙找到老乔里恩，告诉他自己要和菲利普订婚。之后，她自认为很幽默地说了一句：

"菲利普太可爱了，如果一周都没有吃的，他会靠吃可可维持生命！"

"假如你们两个在一起了，他也要你吃可可吗？"

"啊！当然不会了，他现在比之前努力多了。"

老乔里恩拿开叼在嘴中的雪茄，他那雪白的胡子上还有一滴咖啡，他心疼地看着她，琼虽然瘦小，但是在他心里的分量却无人能及。他比琼更明白什么叫努力。但是，琼紧紧抱着爷爷的膝盖，下巴贴在他身上，小鸟依人般开心地跟爷爷分享自己有多喜欢菲利普。老乔里恩的烦躁无处释放，只能不停地弹着烟灰。

"你跟他们都一样，都是不达目的誓不罢休。假如你不听劝，非要往火坑里跳，以后当你遇到难处的时候我可帮不了你。"

他跟琼达成了一种协议，她跟菲利普结婚的前提是菲利普每年至少要净赚400英镑。

"我是给不了你太多钱。"老乔里恩说。不过，琼对他的这种说话方式早就屡见不鲜了。"这个家伙可能会给你提供用之不尽的可可吧！"

订婚典礼结束之后，老乔里恩就很少见到自己的孙女了。这个协议真是糟糕透了！老乔里恩给琼准备了一大笔钱，但是他并不是让她跟这个来历不明的家伙游手好闲地生活一辈子的。之前，老乔里恩也目睹过类似的事。这些人最后的结果都并不好。最棘手的事情是，他压根儿无法说服琼。自从生下来，琼就是个倔强的孩子。这件事情，他也不知道该如何是好。无论如何，他们两个不能任意挥霍。他绝对不会退让，除非菲利普达到他的要求。老乔里恩能想象到，琼跟这个青年也会吵架，菲利普对赚钱没有规划，他跟猪有什么两样。他们着急去看望菲利普住在威尔士的几个姑母，老乔里恩猜想这些姑母的脾气肯定也好不到哪里去。

老乔里恩目不转睛地看着一面墙，只有眼睛是睁着的，身体的其他部位一动不动……詹姆斯这个人真是无所不用其极，竟然让那个无知的索米斯给我提供意见！索米斯不仅无知，还非常骄傲，他总是把脸仰得高高的，狂妄自大。很快，他将以有产业的人这样一个身份去购买乡下的房子。他也配称自己是有产业的人！切！索米斯方方面面都效仿他的父亲，他总是一心想着买便宜的东西，真是个冷漠的穷光蛋。

老乔里恩站起来走到橱柜旁，将新买的一整包雪茄整齐地放进盒子里。从价格上来看，这包雪茄也不差，可是现在再也买不到像汉森那么好的雪茄了——汉森是布里杰烟行生产的一种老牌顶级菲诺斯雪茄。只有那种烟才配称为雪茄！

这样的观点跟香水的暗香类似，能让老乔里恩回忆起在里士满待的那个美好晚上。那天晚饭过后，老乔里恩跟尼古拉斯·特莱弗雷、特拉奎尔、杰克·赫林、安东尼·桑恩渥西共同待在皇家大酒店的阳台上吸烟。那个时候，老乔里恩的雪茄最好！让人怜悯的老尼克①——死去了，杰克·赫林——死去了，特拉奎尔——他的老婆把他折磨去世了，桑恩渥西——早就变成什么都做不了的老头了。

老乔里恩跟他那个时候的好朋友相比，还算是健康状况较好的一位，除此之外，还有一个斯威森。但是，斯威森异常的肥胖，并且现在他们俩也并没有什么共同话题。

老乔里恩感觉这一切好像刚发生一样，他自己仍然是个年轻人！他站在橱柜旁清点雪茄的数量，在他的记忆里，这种感觉最让人难受。尽管他的头发全都白了、只剩他一个人了，可是他的心态依旧很年轻。他清晰地记得在汉普斯特西斯②公园的那个周末的下午，他跟自己的儿子小乔里恩外出散步，他们两个顺着西班牙人修建的路段径直来到海格特公墓，之后又到儿童山，然后又重新返回公园，最后在杰克·斯特劳的城堡里共进晚餐——那个时候天气晴朗！雪茄也是自己喜欢的味道！如今再也没有那种天气了。

当琼5岁还是个咿咿呀呀学大人说话的小女孩时，平常带她的是两个家庭的女主人——她的妈妈和奶奶，那时每两周的周末，老乔里恩都会领着她去动物园逛逛。他们两个站在琼最喜欢的关有熊的笼子上面，用伞尖将面包送进笼子里给熊吃；那个时候老乔里恩身上的雪茄的味道真好闻！"

雪茄！这么多年过去了，老乔里恩对气味的鉴赏能力依旧没有减弱——上个世纪50年代的时候，他在气味方面的鉴赏能力可是首屈一指的。每当人们谈论到老乔里恩时，就会称赞说："他可是

---

①尼古拉斯的昵称。
②一个位于伦敦周围郊区的风景优美的游览区和住宅区。

全伦敦顶级的品茶师！"老乔里恩也凭借这种鉴赏能力赚了不少钱——他跟特莱弗雷都是当时有名的茶商，他们就是凭借这个发财致富的。这两家的茶不同于其他家，他们的茶散发着只有名副其实的茶叶才具备的那种清香。他们两家位于市区的茶馆里总是散发着一些神奇又新颖的气味，他们拥有自己专有的港口、船舶、交易渠道，并且他们的买卖对象只有东方人。

那种买卖很吃苦！但是他依然做了！那个时候买卖都是这样做的！但是如今这些年轻人压根儿就不理解吃苦的内涵。老乔里恩对买卖上的所有事都亲力亲为，仔细思考，掌握每个过程，如果遇到难题，他会为解决这个问题而整夜不睡觉。代理商全都由他亲自选择，他向来以此感到自豪。他事业有成的妙招就在于他在选用人才方面具备一双慧眼，做这个行业的买卖，他最开心的就是可以展示自己选用人才方面的向导能力。他是个能力很强的人，所以卖茶并不是他的最终职业。如今，他的茶行生意每况愈下，已经转成有限责任公司了，跟那个时候的状况相比，他十分后悔。那个时候，他做得很出色！假如他从事律师行业也一定会平步青云！甚至他还考虑过要去竞争参议会议员。尼古拉斯·特莱弗雷经常提醒他说："假如你没有那么谨小慎微，那么所有的事情你都会完成得很好！"老尼克虽然很优秀，却喜欢过灯红酒绿的生活！那个遗臭万年的特莱弗雷压根儿就不爱惜自己的身体，所以如今他已经去世了。老乔里恩依旧安静地清点着雪茄，他的大脑中突然出现了一个疑问："难道我真的太谨小慎微了？"

他拿起装好的雪茄盒，放进位于胸口的衣兜里，然后把衣服穿好，顺着台阶向前走，经过一个长楼梯以后，他顺利来到卧室。这所房子很大。他心想："等琼出嫁了——前提是她的未婚夫能赚够那么多钱，她就会去外面租房子住，然后我可以把这所房子转租给别人。我们家一共有6个仆人，他们每天都非常慵懒，并没有发挥多大的作用。"

老乔里恩按响了呼叫铃，男管家急忙跑过去。这位男管家个子修长，下巴上有一小撮胡须，走起路来非常轻，并且天生还有一种沉默不语的气质。老乔里恩准备去俱乐部吃晚餐，他吩咐男管家，把正装拿来。

"去火车站送琼公主的马车应该回来很久了吧？下午两点就在车棚里了吧？晚上6点半的时候，让马车过来接一下！"

7点整，老乔里恩抵达了俱乐部。他要去的俱乐部是中上层人员的社交场所，这里曾经见证了他们的辉煌时刻，现在早已过时了。这个俱乐部经常出现在人们的交谈中，可能正是因为这个原因，它才让人更加败兴。人们给它起名叫"分裂俱乐部"，并且认为它不久就要关了。人们早就对这种说法习以为常了，老乔里恩也到处宣扬它不久就会关门，但是他并不接受这个事实。身体健康的俱乐部会员面对他这种矛盾的态度，气得脸都绿了。

"你为什么到现在都不离开这个俱乐部呢？"斯威森每次都生气地询问他，"你怎么不加入'多嘴俱乐部'呢？在伦敦，你只有在我们的俱乐部里才能花不到20先令买一瓶白雪香槟。"然后他小声说，"如今这种酒也只有5000打了。我天天晚上喝，一次都没落过。"

"我琢磨琢磨。"他回复斯威森说。老乔里恩琢磨的时候，总是会把50基尼[①]的会费算在里面，再加上入会批准结果要四五年之后才能下来，因此老乔里恩对于入会这件事总是处于"琢磨中"的阶段。

跟他的自由党同盟相比，老乔里恩年纪已经不小了。众所周

---

①英国第一代由机器生产的货币，1816年不再流通，变成收藏品了。

知，老乔里恩很早就质疑俱乐部的政治观点，他还含沙射影地指出这些政治观点全都是"放屁"。他虽然成功加入了这个俱乐部，也为此觉得开心，但是他的观念跟俱乐部格格不入。老乔里恩总是看不上这个俱乐部，如果不是因为几年前他是商人，"什锦俱乐部"不批准他加入，他绝对不会愿意加入"分裂俱乐部"的。真让人生气！"什锦俱乐部"的人也没有比自己强到哪里去！久而久之，他就更加看不起这个愿意接受他的俱乐部。加入这个俱乐部的成员都不是鼎鼎有名的人物，他们大多住在市里——从事的行业包括股票经纪人、律师、拍卖商——可以说是囊括了各行各业！老乔里恩跟那些心高气傲但是又没有什么独到看法的人很像，他也看不起自己所处的这个阶层。老乔里恩老实地恪守着这个层级的人该有的习俗，具体体现在社交和社交之外的其他方面，但是私底下，他还是觉得这个层级的人都是碌碌无为的。

伴随着年龄的增长，老乔里恩也逐渐明白了某些人生道理。对于未能加入"什锦俱乐部"这件事，他也渐渐淡忘了。如今"什锦俱乐部"在他心目中的地位至高无上。按照常规来说，已经过去那么多年了，他应该早就成为"什锦俱乐部"的会员了，但是由于他的介绍人杰克·赫林是个粗心的家伙，谁也不知道哪个地方出了问题，就连工作人员也无能为力。到底是什么原因呢？可是，小乔里恩却成功加入了"什锦俱乐部"，老乔里恩坚信如今自己的儿子依旧是这个俱乐部的会员：原因是8年前，他收到了儿子从这个俱乐部寄给他的一封信。

老乔里恩已经有几个月都没去光顾"分裂俱乐部"了，如今这个俱乐部虽装潢得红红火火，但是给人的感觉却跟急着出售的旧房子和旧船似的。

"抽烟房的颜色真难看！"老乔里恩心想，"但是，餐厅的颜色倒是让人很喜欢！"

餐厅的主打色是暗淡的巧克力色，然后用淡绿色装饰，这刚好跟他的审美相符。

对老乔里恩来说，点过晚餐之后，他会选择在熟悉的那张桌子的那个角落里坐着。25年前的假期，老乔里恩总是带着自己的儿子坐在这个位置吃晚餐，并且还带他去特鲁里街剧院看演出。

特鲁里街剧院是他儿子之前最喜欢的剧院。他回忆起之前小乔里恩的表现：他经常在爸爸对面坐着，虽然内心很兴奋，但是依旧表现得不动声色。

老乔里恩点的晚餐——汤、炸肉排、小鲱鱼、水果馅饼，这些都是儿子喜欢吃的。啊！老乔里恩渴望儿子能出现，并且还坐在自己对面！

他们已经分别14年了。在这14年中，老乔里恩总是自责，他感觉在处理儿子那件事上他有许多地方做得不好。小乔里恩最先爱上的是安东尼·桑恩渥西的女儿——达娜厄·桑恩渥西[①]，她可是个万人迷。后来他失恋了，还受到了沉重的打击，是琼的母亲把他从痛苦中解救了出来。可能他当时就应当及时阻拦他们两个结婚，可能小乔里恩和琼的母亲都还太小。自从小乔里恩跟万人迷结束恋情后，他就盼望儿子能早点成家。但是，结婚还未满4年，他的儿子就抛妻弃子，跟另外一个女人私奔了，这件事闹得满城风雨！假如让他赞同小乔里恩的这种做法，那无论如何是办不到的，原因是理性和素质——他原则的强有力的组合因素就体现在这些方面——它们警告老乔里恩，不管从理性还是素质方面考虑，都必须否定小乔里

---

① 如今改名为达娜厄·佩留。

恩的做法。可是，老乔里恩被莫大的苦恼缠绕着，小乔里恩太自私了，从来没有把别人的感受考虑在内。那个时候，头发红彤彤的琼已经开始会爬了，老乔里恩常常被琼缠着，她可是老乔里恩的宝贝儿，他的整颗心里装的全都是琼，仿佛自己就是为她而生一样。他看事情向来都非常透彻，按照事情的发展形势来看，在小乔里恩和琼中间他只能选择一个。在这种状况下，根本不存在两者兼得的可能。这就是让他悲伤的原因。最后这个又小，生活还不能自理的小东西就成了他最终的选择。琼和小乔里恩必须舍弃一个，所以他要舍弃小乔里恩。

他们从上次告别到现在就没再见过一面。

老乔里恩曾经试图给儿子一笔钱，但是儿子果断谢绝了。可能小乔里恩的谢绝是最让他伤心的事，因为这代表着他对儿子的父爱之门彻底关闭了，给予或谢绝都充分说明他们的父子之情已经荡然无存了。

这次的晚饭是他吃过的最普通的一次。这次的一品脱①香槟又涩又干，跟往常的尤乌·克里果香槟一点儿都不一样。

喝完咖啡，老乔里恩突然记起自己还要去看歌剧院的演出。他喜欢翻看《泰晤士报》——因为他对这份报纸深信不疑——他从报纸上的演出通知得知了今晚的节目——德国音乐家贝多芬的《费德里奥》。

只要不是由那个年轻人瓦格纳演出的稀奇古怪的德国哑剧就好。

老乔里恩头上那款老式的帽子一下将他的年龄暴露出来。这顶帽子非常大，是一款折叠型的礼帽，但是由于已经陪伴老乔里恩很久了，原本挺挺的帽檐已耷拉下来了。老乔里恩又从装有雪茄盒的

————————
①品脱（Pint）是容量单位，568毫升约1英制品脱。

口袋里掏出一副手套，这款手套很薄，并且是紫色的羊羔皮，它之所以散发出一种浓烈的俄国皮革气味，可能是因为长期跟雪茄盒装在一个口袋里的缘故。老乔里恩坐上了一架二轮马车。

向来冷清的道路上此刻人山人海，这种景象让他惊讶，出租马车的马匹好像也被这种气氛感染了，欣喜若狂地向前走着。

"附近宾馆的生意必定很火爆。"老乔里恩心想着。几年以前，这些大宾馆根本不存在。想到自己还有一部分产业在这一地带，他十分满足。这里如今真热闹！房价应该也上涨了很多！

可是从这个层面上讲，老乔里恩又重新陶醉在那种奇怪而又超凡脱俗的思考中，这种思考状态很少发生在福尔赛家族的其他成员身上。从一定层面上来说，他之所以比其他家族成员出人头地，也正是得益于他拥有这种思考状态。每个人都非常微小，并且越来越微小，真不知道以后人们将会变成什么模样！

下马车的时候，老乔里恩不小心绊了一下。付过车费之后，老乔里恩直接去售票厅购买正中间靠前的票。他笔直地站着，手里攥着一个钱包——他喜欢把钱放进钱包里。他的钱包款式非常老旧，现在的年轻人不仅不用这种款式的钱包，且大多数人甚至会直接把钱装到衣兜里。售票员机械地将头伸出售票窗口，恰似一只狗机械性地将头伸出狗窝一样。

"啊！"售票员惊讶地说，"乔里恩·福尔赛先生，对吧？没错，就是你！先生，你已经很久都没有光顾这里了，你过得还好吗？嘿嘿！时间一眨眼就过去了，我们现在都不年轻了！啊！还记得以前你和你的家人以及拍卖商——特拉奎尔先生、尼古拉斯·特莱弗雷先生每一季都会订六七个中间靠前的座位。"

老乔里恩的神情中流露出几分凝重，他拿出一基尼支付了票钱。这里的人都还记得他。歌剧院里已经响起了前奏曲，他像一匹奔赴战场的老马一样走向座位。

老乔里恩刚坐下来就把大礼帽取下收好，还像之前一样拿出那副紫色手套，随后又把眼镜戴上，认真环顾了剧院的四周。看过之后，他才摘下眼镜，把它放在大礼帽上，两眼目视着前方的剧幕。环顾之后，他感觉自己老了，越来越没用了。以前来歌剧院的都是那些长相出众的女士。他那种即将要见到某位歌唱大明星的兴奋心情也荡然无存了！之前对生活的那种沉醉和全然释放的感觉跑哪里去了？

那个时候的他是歌剧院里的常客！如今歌剧也没有多少了！这一切应该归责到瓦格纳身上，是他搞臭了歌剧，优美的乐曲和歌唱大明星也不再光顾歌剧院了。啊！那些风华绝代的歌星全都去世了！老乔里恩坐在台下欣赏着台上的老剧情，内心毫无触动。

老乔里恩穿着侧面带有松紧条的优等皮靴，搭配他那齐耳的白色鬈发，从下到上看起来一点儿都不老。虽然他还像之前过来看演出时一样健康或者说差不多一样健康，比如他的视力就跟原来差不多。可是他为什么感觉到的却是疲惫和失落呢！

老乔里恩一辈子见过太多残缺的事物了，可以说他已经习以为常了——以前残缺的事物多不胜数呢——残缺的事物他全都能欣赏了，可是为了让自己永远朝气蓬勃，他懂得还要有所控制。可是，对于现在的他而言，这种懂得已经丧失功能了，只留下心灰意冷的恐惧感。老乔里恩孤独感很强，不管是剧中犯人的合唱还是弗罗莱恩的歌唱，都不能将这种感觉赶走。

如果儿子能陪在自己身边那就再好不过了！如今小乔里恩已经40岁了。老乔里恩只有这么一个儿子，但是在小乔里恩的一辈子里有14年都浪费了。现在整个社会也逐渐将他之前的过错淡忘了。他已经成家了。他支持儿子这样做，因此情不自禁地将一张500英镑的支票给他寄过去了。但是小乔里恩写了一封信，并且把支票附在里面，从"什锦俱乐部"发出寄给老乔里恩，里面的内容是这样的：

我最敬爱的父亲大人：

　　谢谢您的大礼，这充分说明我在您心里并没有那么坏。我不能接受这张支票，我认为最适合的办法就是您能把它存在我儿子[1]的名下。他和我们姓氏相同，并且也是一名虔诚的基督教徒。

　　祝您身体健康。

您疼爱的儿子：

小乔里恩

　　这封来信跟小乔里恩的一言一行都非常吻合。他自始至终都是平易近人的年轻人。老乔里恩是这样回复的：

我最亲爱的儿子：

　　我已经把那500英镑的支票转给你儿子了，在乔利·福尔赛的户名下，5%的利息。我期待你越过越好。现在我的身体状况良好。

永远爱你的父亲：

乔里恩·福尔赛

　　他每年1月1日都会将多加的100英镑和一整年的利息准时转入这个账号。这个账号的存款数额在逐渐增长——等到下一年的这个时候，上面就会有1500多英镑了！老乔里恩年复一年这样做，我们不

---

[1]我们称他为乔利。

知道他能从这件事上获得多少宽慰，可是这件事之后，他们父子俩就没有再写过一封信。

虽然老乔里恩很爱儿子，可是当年发生的事情却让他无法拉近与儿子的距离。他本能地认为，应当从得失而非道德方面来评判小乔里恩的一切行为。老乔里恩的这种本能由两部分组成，一部分是先天的，另一部分是通过对人或物的观察而得出的后天阅历。依照那时的猜测，小乔里恩毫无疑问过得非常惨。因为老乔里恩看过的所有小说、布道、戏剧里都是这样的。

从他收到小乔里恩退还的那500英镑开始，他就察觉到事情似乎有些不太对劲。小乔里恩怎么没有一点儿颓废的模样呢？可是那个时候，没有人知道原因。

当然，老乔里恩从别人那里得知——实际上，这种得知是他刻意打听的结果——他儿子现在的住所就在圣约翰伍德。小乔里恩有一所带花园的住所，就位于紫藤大道附近。他经常跟夫人一起出席各种社交场所——当然，在老乔里恩眼中，出入这些场所的人都是稀奇古怪的人。毋庸置疑——结婚以后，他们一共生育了2个孩子——一个是男孩，叫乔利，另一个是女孩，叫霍莉。没有人真正清楚小乔里恩的近况究竟如何。小乔里恩不仅在劳埃德公司做保险员，还做了一些投资，用的是他外祖父留给他的遗产。小乔里恩喜欢画画，特别是水彩画，他清楚地记得这一点。有一次，他发现一家店铺的橱窗里挂着写有小乔里恩署名的泰晤士河风景画。从这之后，他常常暗地里把小乔里恩的画买回来。他并不感觉这些画画得好，只因为那上面的署名是他的儿子。他将这些画统统放进抽屉锁起来，从来没有挂过。

老乔里恩待在这个宏大的歌剧院里，忽然有种想见儿子的冲动。他回忆起以前儿子在他腿间来回穿梭的场景，那个时候他总是穿着一身棕色亚麻布的西服；他回忆起教儿子学骑马的日子，那个时候老乔里恩总是跟马一起跑；他回忆起他第一次送儿子去上学的场景。他的儿子向来就是个既善良又讨人喜欢的小孩子！自从他去伊顿公学上学后，他的一言一行似乎也变得温文尔雅了，但是，在老乔里恩眼中，这是一件值得高兴的事情。因为温文尔雅的举止只有花费很多钱在学校这种地方才能培养出来，但是小乔里恩跟自己的父亲向来都能和平相处。即便他去剑桥上大学了——依旧可以跟父亲和平相处——去剑桥上大学虽然确实很远了，小乔里恩却收获颇丰。公立大学和学校在老乔里恩心中的分量从未减轻。动人的是，对于本岛最高等学校的教育制度，老乔里恩抱有敬佩和猜疑的矛盾心理，但是他却一辈子都没有机会去这种地方上学……如今琼也不在了，也许可以说她彻底抛弃了他，如果能跟小乔里恩再见一面那该多好啊！他目不转睛地看着那位歌星，心中又有违背家庭、违背原则、违背阶级的愧疚感。这次的表演真糟糕——非常糟糕！弗罗莱恩这个表演者实在是个傻蛋！

表演结束了。现在人们对表演的要求可真低！

在拥挤的街道上，他野蛮地从一个既胖又矮的青年绅士手里夺过人家定好的出租马车。蓓尔美尔街是他回家的必经之路，但是在转弯的地方，马车夫却朝圣詹姆斯街走去，并没有载着他穿过绿色公园。他想挥手告诉马车夫，但是经过一个转弯，马车居然来到了"什锦俱乐部"对面。这样一来，老乔里恩整整一个晚上的思念就扑面而来。老乔里恩让马车夫停在了俱乐部门口，他想跟俱乐部的人员确认一下自己的儿子还是不是这里的会员。

老乔里恩进去了。这个地方的厨师在伦敦数一数二，俱乐部的大厅一点儿都没变，跟之前他和杰克·赫林在这里用餐时一样。他机智而又悄无声息地把俱乐部扫视一圈。在他这一辈子里，他的这种大气的气派曾受到许多人的敬仰。

"请问乔里恩·福尔赛依旧是你们的会员吗？"

"对的，先生，他此刻就在俱乐部，请问您贵姓？"

被这样一问，他竟然不知所措。

"他是我儿子。"他回答说。

讲完这句话后，老乔里恩就在壁炉那边站着。

这个时候，小乔里恩刚好从里面走出来。他戴好帽子从大厅经过，刚好在俱乐部的前台与父亲碰面。小乔里恩已经老了，头发也不黑了。他的脸跟老乔里恩一模一样，除了他比老乔里恩瘦点儿，他的胡子全都朝下——脸上浮现出浓厚的困意。当时他的脸色立马变了。他们两个很多年都没见过面了，这次见面难免有点儿尴尬，这种戏剧化的场景可能世上少有发生。他们两个握手之后，就各自沉默了。最后，老乔里恩哆嗦着说：

"我的儿子，你过得怎么样？"

他礼貌地回复说：

"爸爸，您过得怎么样？"

虽然老乔里恩手上戴着那双紫色羊皮手套，但是依旧能够清楚看到他的双手哆嗦不停。

"假如我们的线路相同，"老乔里恩说，"我愿意载着你。"

这种场景就跟他们每晚手拉手一起回家一样，他们从俱乐部出来之后就直接登上马车了。

在老乔里恩眼中，小乔里恩已经不是孩子了。"总的来说，小乔里恩更加有男人味了。"他对儿子的评价是这样的。小乔里恩那张天性善良的脸庞上多了一些桀骜不驯的神色。他所处的生活环境要求他必须具备这种自我保护的能力，他好像很早就预料到了这一点。小乔里恩的长相跟福尔赛家族一样，可是他的神情跟深思的哲学家或学者更加相似。在15年的时间里，他应该是经常反思自己。

毫无疑问，时隔十几年之后，他再次跟父亲见面一定非常惊讶——老乔里恩不仅瘦弱，而且已经衰老了许多。可是此刻在出租马车上，父亲的这些变化好像根本看不出来。小乔里恩依旧能够清楚地回忆起父亲那沉稳的模样、笔直的腰板、犀利的眼神。

"爸爸，您的身体看上去很好。"

"就那样吧。"他说。

关于小乔里恩，他有很多疑问，他不想把这些疑问埋藏在心底，他感觉必须要说出来才好。这一次，是老乔里恩先找的儿子，他感觉自己有必要先去搞明白小乔里恩目前的经济情况。

"儿子，"老乔里恩说，"我很好奇你如今的经济情况如何。我料想你应该欠了很多钱，是吗？"

老乔里恩之所以这样说，是希望儿子能够如实回答。

小乔里恩嘲讽地回复说：

"并不是！我没有欠一分钱！"

他察觉到儿子不高兴了，就悄悄触摸了一下儿子的手。老乔里恩差点儿把儿子惹生气。但是，就算这样也值得，他向来没有跟父亲斗过气。马车接着向前走，他们又重新安静下来，这个时候，马车已经把他们载到斯坦霍普门了。他想让儿子回家坐坐，但是他拒绝了。

"你的女儿并不在家，"他急忙说，"琼跟她的未婚夫去威尔士了，我料想你可能早就知道她订婚这件事了吧。"

"她订过婚了？"他自言自语地说。

他们下了马车，老乔里恩付了1英镑的车费，要知道，他还从来没有把1英镑看成1先令付过车费。

马车夫开心地把钱含在嘴里，驾着车走了。

他拿出钥匙温柔地去开门，门刚打开，他就急忙招呼儿子进来，他认真地把衣服挂在架子上。在小乔里恩看来，父亲的面部神情跟想要偷拿樱桃的小孩儿很像。

餐厅的门没关，煤气开得也不大；一个酒精茶壶放在茶盘正上方，正发出咝咝的声响；有一只长相微凶的猫待在餐桌上睡觉，它距离茶盘很近，很快被老乔里恩发出的嘘声赶跑了。这件事让老乔里恩原本紧绷的神经得到了缓解。猫就在他面前，他用拍打大礼帽的声音把它吓跑。

"它身上又有跳蚤了。"老乔里恩边说边跟着猫走出餐厅。他在二楼下一楼的楼梯口嘘了好多声，似乎是要帮着猫出去，恰巧，这个时候男管家出现在了一楼的楼梯口。

"帕菲特，你去睡觉吧，"他说，"熄灯锁门的事情就由我来做吧！"

当老乔里恩再次来到餐厅的时候，糟糕的是，猫比他先到，那只猫翘着高高的尾巴，似乎在炫耀它很清楚老乔里恩为什么要让管家去睡觉……

在老乔里恩的一生中，他的家庭决策经常失误。

小乔里恩憋不住笑了。他酷爱讥讽，他感觉今晚发生的所有事似乎都在嘲讽他自己，例如厨房的猫和琼订婚的事情。他跟猫的关系都比跟琼的关系近。这种因果轮回让他感觉很搞笑。

"琼的模样变了吗？"小乔里恩问道。

"琼非常娇小，"老乔里恩回复说，"其他人说她随我的长相，可是他们都不正确。琼跟你妈妈长得很像——尤其眼睛和头发极为相似。"

"嗯！如今琼的长相出众吗？"

老乔里恩的性格里有浓厚的福尔赛家族特色，他绝对不会随便讨好任何人，特别是他们深爱的人。

"琼并不难看——她的下巴拥有福尔赛家族的典型特点。儿子，自从琼不在这里了，这个家就非常凄凉。"

小乔里恩为老乔里恩脸上的神情再次感到惊讶，这种惊讶跟他首次见到父亲的时候是一样的。

"您有什么计划吗？我料想琼把她的爱都给了她的未婚夫。"

"您有什么计划？"他复述着儿子的这句话，语气中有一些怒气，"只有我自己在这里住，实在是太可怜了。我也不确定这样的日子什么时候才能终结。我真心期望……"老乔里恩忽然顿了一下，之后又继续说，"关键是，我的房子该如何处理。"

小乔里恩环顾了一圈这所房子。这所大大的房子既空寂又冷清，从他小的时候起墙上就挂着那幅巨大的静物画——很多小狗闭着眼在睡觉，它们的鼻子放在成捆的胡萝卜下面。这一场景跟挂在四周的洋葱和葡萄很不搭。虽然这所房子几乎没有什么用途，可是小乔里恩很难想象他父亲能接受比这个更小的房子。这一点让他感受到了明显的嘲讽气息。

老乔里恩坐在一把大座椅上，这把座椅还带有可以放书的木板，在福尔赛家族、社会地位、信仰方面，老乔里恩可是领头人物。老乔里恩的额头既宽又长，满头白发，在勤俭持家、井井有条做事但对钱又无比喜爱方面，他是榜样人物。但是在伦敦，老乔里恩却是个最孤单的老人。

老乔里恩舒服而又忧伤地在这所宅子里坐着，他宛如可有可无又具有宏伟能量的玩偶一样，在家庭、社会地位、信仰等方面，宏伟能量没有半点兴趣，简单机械地推进社会向前发展，经过恐怖的中间程序到达遥不可及的结果。这些都是他所感觉的，小乔里恩的某些观点有点儿看破红尘的感觉。

可怜的父亲！可是这正是老乔里恩最后的结果，老乔里恩一辈子勤俭持家，这也正是他的目标！老乔里恩孤单一个人，并且还在逐渐衰老，他非常希望有一个人能陪他聊聊天。

老乔里恩转过身望着儿子。他有许多事情要跟儿子聊，很多年过去了，他从来没有遇到合适的时机跟儿子聊这些事情。之前他从来没有跟琼说过自己的观点；之前他相信苏豪区的财产投资一定会增值；他虽然对新煤矿公司的负责人皮平的长期沉默不语感觉心慌，但是他依旧是那个公司的董事长；美国高格瑟公司的股票持续下跌，真是糟糕透了；他还曾经讨论过如何使用遗产赠送的方式来规避遗产税。

不过，老乔里恩手里攥着茶杯——一刻不停地在搅动这杯茶——聊天的感觉出现了。在这种状况下，他开始了对生活的新幻想。在一块完美的聊天国土里，老乔里恩能找出能抵挡希望和失望的海浪抵达的港口，他能通过想象的鸦片来抚慰自己的心灵。它带来的效果不仅能让他想出救出财产的方法，还能让他想出让生命中那些不会死去的东西永远存储下来的方法。

小乔里恩是很优秀的倾诉对象，这也是他最大的优点。小乔里恩双眼直勾勾地看着父亲的脸庞，偶尔还提出一些疑问。

老乔里恩还在滔滔不绝地讲着，钟表突然敲响了，已经一点了，在钟声响起的同时，他那些旧习惯又表现出来了。他掏出表后，非常惊讶地说道：

"儿子，这个点我一定要去睡觉。"

小乔里恩急忙起身去搀扶父亲。父亲的双眼不敢直视他，一直在躲闪，父亲的脸色流露出疲惫和失落。

"珍重，我亲爱的儿子，你一定要把自己照顾好。"

不一会儿，小乔里恩朝大门走了过去。前方的路他似乎看得不是很清楚，不过从他轻微哆嗦的嘴中突然传出了笑声。在这15年里，他头一次感觉到生活是一件很复杂的事情，并且这种复杂程度远远超出自己的想象。

斯威森家的宴会

斯威森开在公园对面的那家橙蓝色相间的餐厅非常热闹，此刻，12套餐具已经整齐地摆放在了圆桌上。

餐厅正中间挂的是一盏玻璃枝形吊灯，像钟乳石一样大，上面点满了蜡烛，烛光洒在镀金框架的大镜子上、大理石材质的桌面上、金灿灿的座椅上、沉甸甸的绣花坐垫上。从这些装饰和摆设就能看出，所有家庭骨子里都是很爱漂亮的，他们有的是办法让自己摆脱偏远的乡下，跻身上流社会。事实上，斯威森非常讨厌简陋又朴实的事物，他喜欢富丽堂皇的事物，这些让他在自己的朋友圈里成了尽人皆知的审美专家，只不过他的品位有点儿高。只要是去过斯威森住所的人，没有一个不认为他是有钱人，斯威森的幸福感也因此得到了极大的满足。这一辈子，恐怕除了这件事就再也没有其他事让他满足过。

斯威森之前替别人经营房产，他向来看不起这个行业，特别是这个行业当中的房产拍卖部门。从那个地方退休后，斯威森就一门心思研究富丽堂皇的东西，他的这种转变也是能理解的。

斯威森的晚年生活既奢侈又安乐，就跟苍蝇落入蜂蜜罐中一样。从太阳升起到太阳落山，他的大脑中就没有产生过什么想法，因而这两种矛盾的感情交织在一起。他凭借自己的能力赚得了许多钱，所以他一边志在必得、积极奋进；另一边又自命不凡，不愿意让自己的灵魂被工作所玷污。

斯威森穿着一件白颜色的背心，坐在了餐具柜旁。他盯着男仆，看他打开冰桶里的三瓶香槟。他的背心镶着金边，还带有黑玛瑙大扣子。领子竖在头周围——他不敢胡乱动，要不然就会划伤自己——但是他坚持要穿这件衣服。他下巴的白肉从衣领下面露出来了，并且静止在那里。他的双眸来回扫视着瓶子。斯威森的心里很矛盾，他的内心独白是这样的：乔里恩非常在乎自己的身体，他到底会喝一杯酒还是两杯酒呢。詹姆斯现在是一滴葡萄酒都不喝了。尼古拉斯——他跟范妮只能喝白开水，这也没有什么奇怪的！这里面没有算索米斯。这群侄子们还都很年轻——索米斯31岁——却依旧没有学会喝酒！可是菲利普呢？

按照斯威森的逻辑，他是绝对不会提到自己还不熟悉的菲利普的。他停了一会儿，心中的疑惑又来了。但是这不是容易区分的事情！琼只不过是处于热恋中的女孩子。甘甜的香槟是艾米丽①的最爱。老茱莉虽然不懂如何品鉴酒，但是对她而言这酒一点儿酒味都没有。还有海蒂·切斯曼！提起这位故友，斯威森的所有思绪就都涌现了，他原本清透明亮的双眼也无法看清眼前的东西了：假如海蒂喝掉半瓶酒，斯威森也并不觉得有什么奇怪！

可是想起其他的客人，斯威森的脸上立马浮现出一种猫捉老鼠

①詹姆斯的夫人。

44

的神情：索米斯夫人！尽管她喝酒不多，可是会品酒。跟她一起品尝美酒真是件最开心的事情了！她的模样楚楚动人——并且她也很看好他！

斯威森只要一想起她，内心就跟喝完香槟一样开心！邀请她来品尝美酒真是一件值得兴奋的事情。索米斯夫人长相出众又懂得穿衣打扮，一举一动还非常优雅——能够接待她真是荣幸。今天晚上，他头一次摇晃了一下处于衣领包围中的头，即便摇晃带给他许多疼痛感。

"阿道夫！"斯威森说，"在冰桶里再放一瓶酒。"

也许斯威森要喝许多酒，如果没有布莱特医生的药方，他可能喝不了这么多酒。斯威森感觉自己的身体好了很多，平常他也非常关注自己的健康，中午从不进食。最近几周，他明显感觉浑身舒服了许多。他再次发声，给阿道夫下达最终的命令：

"等到该把火腿端出来的时候，你记得加一些西印度果汁。"

斯威森到前厅去了，两腿叉开坐在座椅边上。身材高大魁梧的他坐在那里纹丝不动，乍一看，他似乎是在盼望什么，看起来既奇怪又可爱。一旦有人进来通报，他就立马站起来。这样的晚餐聚会他有好几个月都没有举办过了。这次宴会的主题是祝贺琼顺利订婚，虽然最初有一些烦闷，可是当请帖和晚餐准备好之后，他的兴奋之情又油然而生。

斯威森大脑放空，就这样静静地坐在椅子上。他把一块厚重的磨光金表放在手中，这块金表跟椭圆形的黄油球类似。

有个个子很高、嘴巴周围长了一圈络腮胡子的人走了过来。这个人之前是斯威森用的一个仆人，如今在经营一家蔬菜水果店。这时只见斯威森高声喊道：

"切斯曼夫人，塞普蒂默斯·斯茂夫人！"

　　随后这两位女士走过来了。切斯曼夫人喜欢穿红色衣服和鞋子，并且她脸蛋上还有一处非常显眼的大红色，双眸散发出严肃和活力。她朝斯威森走了过去，将那只戴有黄颜色长手套的手伸了出去。

　　"哇，斯威森！"她说，"我们已经很久没见过面了，你过得怎么样？啊，斯威森，你好像比之前胖了好多！"

　　斯威森恶狠狠地注视了下切斯曼夫人，此刻他内心感受一览无余。一股无法言说的怒气涌上心间。长相肥胖本来就是一件很庸俗的事情，如果再去探讨这个话题那就是件最庸俗的事情了，他无非是肩膀宽了一些而已。他转过头来跟妹妹打招呼，紧紧抓着妹妹的双手，随后用严厉的语气询问：

　　"茱莉，这段时间你过得好吗？"

　　在四个姐妹中，塞普蒂默斯·斯茂夫人个头最高。她那副长相出众的圆脸衰老得不再让人喜欢，她的脸上有太多的赘肉，这些赘肉就好像被装在铁丝面罩里似的，她那天夜晚突然取下面罩，使得全脸的赘肉都呈块状，像极了肉球。更过分的是她的双眸也开始向外凸起了。她对失去塞普蒂默斯·斯茂的漫长的幽怨就是运用这种方式记载下来的。

　　她之所以鼎鼎有名，是因为说话经常出错。她跟她的家人极为相似，基因里就存在倔强的天分，尽管她说错话了，但是她义无反顾，并且还将错就错。自从塞普蒂默斯·斯茂死去之后，她身上这种骨子里的倔强和绝不说谎的品质也不复存在了。如果有条件的话，她依旧会口若悬河，有时候遇到她非常感兴趣的话题，她能一连说上好几个小时，但是她讨论的大多都一成不变，她经常抱怨命运总是捉弄她。她从来都没有发现她的倾听者的命运往往是那么可怜。

塞普蒂默斯·斯茂生病的时候，她总是待在他身边照顾他，也正是因为这个原因，她养成了一种习惯。之后，她还多次把大把大把的时间都花费在陪护病人、儿童跟其他一些孤苦伶仃的人身上，她甚至还会想方设法把他们逗乐，这种感觉她永远都戒不掉：这个世界对她而言似乎是个背信弃义的世界，她无法从这种感觉中走出来。她每周末都要跟那位十分幽默的托马斯·斯科尔斯传教士见面，听他布道，她因此也发生了很大的变化。但是当她在其他人面前提起这件事情时，她总是把这件事描述得非常悲痛，并且其他人都信以为真。家人把她当成笑柄，一旦某个人让家人感觉非常苦恼，家人就会将其称为"一个不折不扣的茱莉"。茱莉精神有点儿失常，如果她不是福尔赛人，按照这种失常状态，她恐怕活不到40岁就与世长辞了。但是那个时候她都72岁了，脸色看上去还是那么的好。她总是给人带来一种悠然自得的感觉，并且她的这种本事还未彻底释放出来。茱莉养了3只金丝雀和1只名为汤姆的猫，还跟海斯特姐姐一起养了1只鹦鹉。也许这些让人怜悯的动物和人还是有区别的，它们也许觉得茱莉的晦气并不是她的错，因此都体贴地跟在她身旁。

今天晚上她穿的是一件黑棉纱，胸口前是淡紫色的，并且在那里还有一个三角领的开口，她那细细的脖子上戴了一条黑丝绒丝带。尽管这身装扮的颜色没有那么鲜艳，可是瞧上去却极为奢华。家族的每个人几乎都觉得，想要给人一种高贵的感觉就应当穿黑色、淡紫色的晚礼服。

茱莉对着斯威森嘟嘴说：

"你很久都没有到我们那里去了！安姐很挂念你。"

斯威森把两个大拇指插在背心上的两个袖口中，回答说：

"应该给安姐请个医生，她现在走路越来越不稳了！"

"尼古拉斯·福尔赛先生，尼古拉斯·福尔赛夫人！"

尼古拉斯·福尔赛先生的脸上挂满了笑容，他那矩形的眉毛都竖起来了。前些日子，尼古拉斯在筹划聘用位于印度高山地区的某个部落共同去锡兰开采金矿，如今他已经顺利办好一切了。对于这个筹划他非常骄傲——尽管过程艰难，可是最终依旧实施了——他必定很骄傲。按照这个筹划，金矿的产量能翻倍，至于收益如何倒也无关紧要了。他常常跟其他人争辩，根据已有的经验，反正人早晚都要死去，至于是可怜巴巴地死在自己的国家，还是在其他国家因矿下潮湿而提前去世，这些都不重要。假如改变自己的生活习惯能给大英帝国创造价值，那他必定去做。

没有人敢质疑尼古拉斯的能力。面对他的听众，尼古拉斯抬起塌鼻子补充说：

"这几年我们都没有拿到分红，正是因为没有几百个像他们这样的家伙，瞧瞧如今的股票市场，恐怕我们连10先令都拿不到。"

之前尼古拉斯在雅茅斯住过，回来的时候，他感觉自己年轻了10岁。他跟斯威森握手，并打趣地说：

"哇，我们又相见了！"

尼古拉斯夫人站在他身后笑了，她的脸色非常憔悴，似乎是高兴，又似乎是恐惧。

"詹姆斯·福尔赛先生，詹姆斯·福尔赛夫人！索米斯·福尔赛先生，索米斯·福尔赛夫人！"

斯威森将脚跟并起来，这样让他看起来精神焕发。

他双眼睁得圆圆的，去跟艾琳握手。艾琳非常漂亮——只是她的脸上一点儿血色都没有，除此之外，她的身材、眼睛、牙齿都没有任何瑕疵！她配索米斯真是绰绰有余！

拜上帝所赐，她的眼睛是深棕色，头发是金黄色，这种独特的安排为她吸引了不少异性的眼光，听别人说这种搭配也代表着意志不坚定。艾琳穿的连衣裙是金黄色的，颈部和肩部的白皙皮肤均裸露在外面，她的魅惑力也因此而增添了不少。

艾琳站在索米斯身前，索米斯双眼直勾勾地盯着她的颈部看。斯威森仍然握着那块表，表上的时间显示8点已过。这比晚宴规定的开始时间延迟了30分钟——他午饭都没吃——因而他的心底出现了一种奇特而又不知来由的烦躁。

"乔里恩为什么没有准时到，这跟他一贯的风格不符合！"斯威森对艾琳说，他情不自禁地烦躁起来，"我想必定是琼耽误了他的出发时间！"

"热恋中的人从来都没有守时过。"艾琳回复说。

斯威森脸色红彤彤地凝视着艾琳。

"他们应该是有什么重要的事情，要不然是不会来晚的。这句话只是为了赶潮流说的谎言而已！"

烦躁过后，老祖先那种不可言说的大怒好像也在小声诉说和埋怨不止。

"叔叔，你来评价一下我刚买的星星吧？"艾琳轻柔地问道。

一颗镶有11个钻石的璀璨的五角星挂在艾琳衣服胸前的花边上。这颗五角星将斯威森的眼球深深吸引了。宝石可是他的最爱，拿宝石来转移他的注意力再合适不过了。

"谁给你买的？"斯威森问道。

"当然是索米斯。"

斯威森煞白的双眼好像要瞪出来了一样，他似乎猛然发现了让自己痛苦不已的事情，但是艾琳的脸色却一点儿变化都没有。

"我敢打赌，你在家待久了一定会觉得无聊至极，"斯威森说，"无论哪一天，只要你肯赏光同意到我家跟我共进晚餐，我必定会拿出整个伦敦最贵的酒来招待你。"

"琼·福尔赛小姐——乔里恩·福尔赛先生！波辛尼先生！"

斯威森动了动胳膊，小声说了句：

"此刻就是晚餐时间——大家开始吧！"

斯威森拉着艾琳一起去吃晚餐。自从艾琳嫁到福尔赛家以来，他还从未请她吃过饭。菲利普的两旁分别坐的是琼和艾琳。詹姆斯和尼古拉斯夫人坐在琼的另一边，紧挨着他们的分别是老乔里恩和詹姆斯夫人，尼古拉斯和海蒂·切斯曼，索米斯和斯茂夫人。他们就这样以斯威森为中心坐成了一个圆圈。

福尔赛家族的晚宴上还会遵循一些旧传统。例如，并不会有开胃小菜。谁都不知道原因是什么。年轻的福尔赛家族把这一切归咎到价格高昂的牡蛎身上。最大的可能应当归因于欲望上，他们想要吃到更多美味的食物，开胃小菜只不过是可有可无的食物罢了。但是唯独詹姆斯家违背了旧传统，因而他们有时也会吃一些开胃小菜。在公园巷这一带，开胃小菜非常畅销，因此他们家也紧跟了这种风气。

大家坐好后全都一言不发，气氛中充满了敌意，他们相互之间漠不关心。直到第一道菜上来，这种僵局才被打破，虽然中间也有人发表观点。例如，他们说："我也搞不清楚究竟怎么回事，汤姆又病了！""我猜想安姐早上依旧待在楼上，是吗？""范妮，你请的是哪个医生？""真的是斯塔布斯吗？""他什么病都看不好，是个徒有虚名的医生！"——"威妮弗雷德？她应该是4个孩子的妈妈，难道我说错了吗？她瘦得像一根木棍！"——"斯威森，这瓶雪利酒花了你多少钱？我觉得这个酒喝起来跟白开水一样！"①

第二杯香槟刚满上，在座的人就听到一阵嘤嘤声，他们多次确认之后才发现原来是詹姆斯在讲故事。詹姆斯所讲的故事很长，讲了很久，以至于把羊脊肉上完以后的时间全都占用了。整个福尔赛家族的人都认为这道菜是招牌菜。

每次福尔赛家族聚会，这道菜都是必上的菜品之一。羊脊肉吃起来有嚼头，并且味道极为鲜美，最适合"有地位"的人来食用。它的营养高，口感棒，吃完之后让人念念不忘。这跟放进银行里的存款类似，有过去时也有将来时，也是一道各持己见的菜品。

哪个地方饲养的羊口感最好呢？对于这个问题，每个福尔赛人都有自己的看法——老乔里恩笃定地认为是饲养在达特姆尔高原上的羊，詹姆斯认为是威尔士的羊，斯威森认为应当是英国南部的无角短毛羊，尼古拉斯认为新西兰的羊最好，可是大家一点儿都不在乎彼此的观点！罗杰是所有兄弟里面最具创造性的一个，他会把自己内心所想的内容编造出来，只见他居然信口开河地说卖德国羊肉的店铺里面的最好。当然，他这种创造性也让他为自己的儿子造出了一个新职业，由此他信口开河地说出这些也没有什么奇怪的。尽管大家对他的说法存疑，可是买肉的单子却证实了他的说法。从单子上可以看出，他在这家店铺买肉的金额的确比其他家多。在家人争辩的场合中，老乔里恩曾经有一次跟琼讲了一句他总结的人生经验：

"你自己瞧瞧，福尔赛家族的每个人精神都不正常，等你再大一点儿就懂了！"

只有蒂莫西并没有参加这次关于羊脊肉的讨论。尽管他感觉吃

①斯茂夫人把香槟误认为是雪利酒，因此感觉没有那么香甜。

羊脊肉很过瘾，但是他说吃进去之后就感觉不踏实。

对于那些关注福尔赛家族心理的人而言，整个家族这种喜欢吃羊脊肉的习惯可是非常有价值的信息，这不单单表示福尔赛家族非常顽固，不管对整个家族还是对个人而言，都足以说明福尔赛家族在脾气和性格上归属于正义的现实阶级。现实阶级追求健康和可口，他们绝对不会心血来潮地眼红华丽的外表。

当然，福尔赛家族中年轻的一代人跟他们的喜好不同，珍珠鸡或大龙虾色拉是他们更喜欢吃的食物——这些食物外表出众，可是营养价值却极低——他们中间女士所占的比例最大。或许，假如是男士，那就是他们的老婆或妈妈给他们惯成了这种习惯。之前她们刚嫁入福尔赛家族就被逼着吃羊脊肉，所以她们私下里对羊脊肉充满了敌视，她们孩子的性格也或多或少受到了她们的影响。

对于可口的羊脊肉的辩论已经终结，桌子上新上了一道图克斯伯里火腿，火腿表面还滴了少量的西印度果汁——斯威森在全神贯注地品味着图克斯伯里火腿。他甚至暂停了跟其他所有人的交谈，只为自己能痛痛快快地享受这道美味的菜肴。

索米斯坐在塞普蒂默斯·斯茂夫人旁边，他正在认真察看着。此刻，菲利普成了他的观察对象，这自然有他的原因，因为菲利普跟他这段时间筹划的某个施工工程有关。他有可能帮自己实现这个筹划。从表面上看，他十分睿智，身体贴在座椅上坐着，静静地用面包屑做成一个壁垒。索米斯留意到，他的衣服虽然剪裁得十分精致，可是有点小，并不合身，就跟许多年前就做好的一样。

菲利普跟艾琳聊了几句，艾琳立刻就笑容满面，这些索米斯都看在眼里。对于艾琳这种表现，索米斯并不陌生——只是艾琳从来都没有在他面前这样过。如果不是茱莉姑母这个时候在跟他说话，他就打算去偷听他们在聊什么。

"索米斯，换作是你，你会不会认为那件事非常奇怪？这件事发生在上个星期天，敬爱的斯科尔斯传教士进行了既睿智又充满嘲讽味道的布道。这位传教士以前讲过：'假如一个人为了救赎自己的心灵而失去了所有财产，这种结果对他有利吗？'传教士指出，这就是中层阶级勉励自己的话。目前来看，这位传教士究竟要表达什么呢？这有可能也正是中层阶级所坚信的——我也搞不清楚。索米斯，你觉得呢？"

索米斯漫不经心地回复说："我怎么知道他想表达什么呢？你难道不认为斯科尔斯总是到处骗人吗？"菲利普将参加宴会的所有人都瞧了一遍，他似乎是在跟艾琳讲述所有人的特征，索米斯非常好奇他究竟跟艾琳在聊些什么。艾琳赞同的笑容明显表达了她跟菲利普的观点是一致的。她的观点似乎总是跟别人一致。

艾琳突然朝索米斯这边看过来，索米斯迅速将头低了下来。艾琳脸上的笑容不见了。

总是骗人？可是索米斯讲这句话究竟是什么意思？假如斯科尔斯先生，一个传教士，总是骗人——那么所有人说的话就都不能相信了——这实在是太恐怖了！

"传教士原本就喜欢骗人！"索米斯说道。

茱莉姑母听到索米斯这样说，吓得目瞪口呆，此刻索米斯听到艾琳的讲话了，她似乎讲的是："已经待在这里了，就不要再抱有任何幻想了。"

这个时候，斯威森盘子里的火腿肉已经被吃得干干净净了。

"你都去哪些地方买蘑菇？"

斯威森跟艾琳聊天的感觉就跟一位讨好主子的用人一样。

"斯迈利·鲍勃家的蘑菇最好——他们卖的蘑菇总是非常新鲜。家里的用人不愿意去他家买，因为太麻烦了！"艾琳将身体转向斯威森回复说。菲利普看着艾琳，同时自己又在傻傻地笑，索米斯把这一幕都看在眼里。菲利普的笑容非常古怪，看起来呆若木鸡，就跟小孩儿开心时候笑的一样。对于乔治给他起的"强盗"的绰号——菲利普并不赞同。索米斯看到菲利普转身跟琼说话就笑了，是那种带有嘲讽意味的笑——索米斯并不欣赏琼，但是这个时候琼看起来似乎不是太开心。

这一点儿都不奇怪，原因是詹姆斯刚跟琼聊过天。

"詹姆斯爷爷，我在回家路上的河边发现了一块很好的地皮，那里非常适合建房子。"

詹姆斯吃饭喜欢细嚼慢咽，但是，当琼讲完这句话的时候，他不再吃东西了，也停止了咀嚼。

"啊？"詹姆斯好奇地问道，"你说的这个地方在哪里。"

"邻近本格伯恩市。"

詹姆斯将一片火腿送入口中，琼耐心地等待着。

"我料想你并不知道那块地是不是自由保护地产，对吧？"詹姆斯问，"关于那块地的卖价你也不知道，对吧？"

"谁说我不知道！"琼大声说，"我打听过了。"她那张被红褐色头发遮住的小脸看起来非常紧张，这点很让人怀疑。

詹姆斯像检察官那样审视着她。

"怎么？该不会是你想买这块地吧！"詹姆斯的兴致忽然被带起来了，他将手中的叉子放下。

琼也感觉到詹姆斯的兴致起来了，所以壮大了胆量。很久以前，她就在酝酿一个计划。她想要说服几位叔叔们到乡下建房生活，这样做对她的叔叔们来说是好事，对菲利普来说也是好事。

"并不是这样的。"琼解释说，"那个地方真的很好，对——你也许——家族其他人而言，在那个地方建房是最明智的选择。"

詹姆斯继续审视着她，顺便将一片火腿送入口中。

"那个地方的土地价格应该很高。"詹姆斯说。

琼原本认为詹姆斯会对那块地感兴趣，但是事实并不是这样。福尔赛家族的所有成员都这样，当他们得知某个非常满意的事物即将被别人抢去的时候，他们只不过是在表面上看起来很卖力而已。可是琼似乎想要好好地把握这次机会，她接着表达自己的想法。

"詹姆斯爷爷，你可以尝试搬到乡下生活。如果我有许多钱，那我是一刻都不会留在伦敦的。"

瘦高的詹姆斯心动了，他从来没有想过琼能有如此明智的选择。

"你不愿意去乡下买房生活的原因是什么呢？"琼继续说，"去那里对你益处多多。"

"你这样说的原因是什么？"詹姆斯兴奋地问，"买宅子——你觉得我买宅子能得到哪些益处，是盖房子吗？——我做的投资利息连4%都不到。"

"那些都不重要！在乡下你能呼吸到清新的空气。"

"清新的空气！"詹姆斯吼道，"清新的空气能给我带来多少财富？"

"我本以为清新的空气是所有人都喜爱的！"琼轻蔑地说。

詹姆斯拿出纸巾将嘴巴擦干净。

"你压根儿不懂钱的作用。"詹姆斯边说边躲避琼的眼神。

"我不明白！我希望我一辈子都不要弄明白！"让人心疼的琼用牙齿紧紧咬着嘴唇，内心有种无法言说的羞辱感，然后静静地坐着，一句话也不说了。

她的亲戚为什么都这么有钱，但是菲利普却穷得连明天的买烟钱都没有。他们为什么不愿意帮助他呢？他们真的很自私。他们为什么不愿意在乡下盖房子呢？琼大脑中全都是这些纯真的决断念头，真是让人心疼，并且，她偶尔会遇到巨大的钉子。她被詹姆斯搞得灰头土脸，索性就转身跟菲利普聊天，却发现他跟艾琳聊得热火朝天，她的心一下子就凉了。琼满眼怒气地瞪着菲利普，她的表情跟老乔里恩遇到困难时一模一样。

詹姆斯心里非常慌乱。那种感觉就跟有人逼迫他去做那些利息5%的投资一样。琼被老乔里恩宠得太不像话了。如果琼是他的女儿，那么她绝对不会讲出这种话。詹姆斯从来没有对自己的孩子严格要求过，他注意到了这一点，并且也深有体会。詹姆斯愤怒地捣鼓着自己盘子里的草莓，他将很多奶油放在上面，然后一股脑全吃完，这些美味的草莓是绝对不能让它们逃掉的。

詹姆斯心烦也并不奇怪。他向来做的就是房屋抵押工作，这份工作要求他们必须将利息维持在既高又安全的状态下，根据尽可能多地靠压榨对方而增加自己和顾客的利益这一原则来谈判，在他的一生中，没有哪段人际关系不是靠金钱来权衡的，最终金钱占据了他的整个大脑。这份工作，他做了54年。

金钱让他光鲜靓丽，为他照亮前路，如果没有钱，他什么都看不到，什么也分辨不出来。"我希望我一辈子都不要弄明白钱的作用。"居然有人在他面前说出这样的话。这不仅让他非常尴尬，还让他非常生气。他明白这句话并没有任何实际意义，否则他估计要被吓坏了。未来的世界又将怎样呢！詹姆斯忽然想到小乔里恩的事情，他的内心得到了些许慰藉，因为小乔里恩有一个跟自己相似的父亲！可是这又让他回忆起那些更加让人不开心的往事。那些关于索米斯和艾琳的风言风语是什么情况？福尔赛家族跟其他自尊心很强的家族一样，也有属于他们的商场。在商场里，福尔赛家族会交换秘密，还会给股票定价格。从福尔赛交易所可以知道，艾琳对嫁给索米斯这件事懊悔不已。但是没有人会认同她的想法。她最开始的时候就应该清楚自己想要的是什么，任何一个沉稳的女人都不会犯这种错误。

詹姆斯悲伤地思索着：索米斯和艾琳拥有一所位置极好的房子，他们没有小孩儿，也不用为钱发愁。关于自己的工作状况，索米斯不愿意多说，可是不久的将来他一定会干出一番事业。生意上，他能得到资本收入——索米斯跟詹姆斯很像，他上班的地方是一家名气很大的律师事务所——福尔赛·博思达·福尔赛——索米斯做事非常细致。经他处理的房屋抵押案件全都出色结案——并且抵押品的收回权也都及时取消——这简直跟中了头彩一样！

艾琳没有任何理由不开心，可是詹姆斯却听别人说艾琳一直不愿意跟索米斯睡在一起。这件事的结果他大概已经知道了。假如索米斯酗酒成性，她这样做还能理解，但是索米斯从来没有喝醉过。

詹姆斯盯着艾琳仔细观看。他那未被发现的神情表现出一些冷漠和质疑，还有一些恳求和害怕，同时夹杂着个人的抱怨。他为什么这样担心呢？这种担心可能是多余的，女人们都是些胡闹搞笑的东西！她们总是夸大其词，你都不知道她们说的哪些你能相信。但是她们什么都不告诉你，你只能去询问其他人。詹姆斯再次暗地里观察艾琳，然后又看看坐在艾琳对面的索米斯。这时，安姑母正在跟索米斯说话，他仰起头又看向菲利普。

"索米斯非常疼爱艾琳，我明白，"詹姆斯想，"从索米斯给她买的东西上就能看出来。"

索米斯对艾琳很好，可她却不喜欢他，这真的说不过去，这样想来，索米斯感觉心里非常难受。

最可恶的是，艾琳是个万人迷，詹姆斯愿意打从心底喜欢她，但前提是她必须跟索米斯亲密。这段时间艾琳跟琼关系很近，这对她而言不是一件好事，而是一件很糟糕的事情。如今艾琳变得越来越有想法。詹姆斯想不通，什么都不缺的她到底还想要什么呢？她嫁入豪门，什么都有。詹姆斯感觉他应该好好筛选一下艾琳的朋友。按照艾琳现在的趋势发展下去，她肯定会遇到麻烦。

事实如此，琼总是喜欢支持那些可怜的人。一定是艾琳跟琼说了她想跟索米斯分开住，琼也帮她做这样的思想工作：假如条件允许，跟索米斯分开是可以的，有些不幸是需要自己面对的。经过琼的一番劝告后，艾琳沉默不语，开始深思，好像这种冷血性的抗争给她带来了莫大的恐惧。琼从艾琳那里得知，索米斯把她攥得紧紧的，绝对不会轻易放手。

"谁会关心？"琼大声吼道，"你自己意志坚定就行了——让索米斯做他自己感兴趣的事！"在蒂莫西家，琼肆无忌惮地讲出了这些话，琼说的这些话后来也传到了詹姆斯耳朵里，所以，詹姆斯的气愤和惊讶就不足为奇了。

假如艾琳听从了琼的劝说——詹姆斯无法想象——被艾琳抛弃的索米斯该怎样才好？可是他感觉这种想法会将自己压垮，所以他立刻从这种想法中逃离出来。他的大脑中呈现出一种恐惧的幻影，家族成员的交谈声在他耳旁嘤嘤作响，家人都盯着这件丑事，自己身边居然发生这种丑事，并且还发生在儿子索米斯身上！幸亏艾琳没钱——她穷得跟乞丐差不多，因为她每年只有50英镑！詹姆斯怀揣着一种轻视的感情回忆起死去的海伦教授，他没有给她留下一丝一毫的东西。他将两条腿盘起来放在桌子下面，痛快地喝着美酒。当桌上的女士起身离去的时候，他居然坐在那里纹丝不动。他一定要找索米斯聊聊——他一定要警告索米斯，让他保持高度警惕。如果这种变故真的发生在索米斯身上，那么他们父子两个就不能什么都不做。琼的酒杯里还有许多酒，这让詹姆斯非常讨厌。

"归根结底，都是琼在作怪，"詹姆斯喃喃自语地陷入了思考，"艾琳自己无论如何都想不到这些。"詹姆斯是个满脑子都充满想象的人。

他的思考被斯威森的讲话声打断了。

"我花400英镑买了一件上等的艺术品。"

"啊！400英镑！那真不是一笔小数目！"尼古拉斯人云亦云地说道。

他们所说的艺术品是一组雕刻精美的雕像，它的材质是意大利大理石，雕像下方还有一个很高的底座①。整个房间的文艺气息都源自这件艺术品。6个工艺精湛的裸体女雕像构成了这组雕像，她们5个女雕像全都指着中间的女雕像，中间的女雕像也指着自己。这组雕像给欣赏它的人带来了快感，同时它的特别价值也被人们感受到了。这件艺术品几乎就跟茱莉姑母面对面，整个晚上，她都无法控制自己的眼睛去欣赏它。

老乔里恩讲话了，这个话题正是他起的头。

"400英镑，简直胡扯！你真的花了400英镑买这件艺术品？"

今天晚上，斯威森竖在衣领间的下巴又感觉到疼痛，由此他忍不住摇晃了一下。

---

①底座也是大理石材质。

"英国货币400英镑，一分不多，一分不少！我并不为我买的东西而感到后悔。这跟常见的英国雕塑不同——这是正宗的意大利现代雕塑！"

索米斯嘴角上扬，微笑了一下，之后看着跟自己面对面坐着的菲利普。这个时候，菲利普正在抽雪茄，吞云吐雾中露出了笑容。此刻的菲利普看上去简直跟"强盗"没什么两样。

"雕刻这件雕塑耗费了不少功夫。"詹姆斯急忙解释说，这组巨大的雕塑真的深深打动了他。"这件雕塑放在乔布森拍卖行，一定能卖很高价钱。"

"这组雕像是一位让人怜悯的外国人雕刻的。"斯威森说，"他出价500英镑——但是我只愿意出400英镑。事实上，它能卖到800英镑。这个外国人非常穷，他自己都快饿死了！"

"啊！"尼古拉斯插话说，"这些艺术家总是穿得破破烂烂，给人一种可怜兮兮的感觉，我都不知道他们的生活究竟是什么样子的。小弗莱乔莱蒂收到范妮和孩子们的邀请，来家里拉小提琴，假如他每年能赚100英镑，那已经很棒了！"

詹姆斯摇着头说道："啊！我真不知道他们的生活究竟是什么样子的！"

老乔里恩嘴里吸着一根雪茄，站起来了，他走到离雕塑很近的地方认真观察起来。

"对于这组雕塑，我出200英镑都感觉不值！"老乔里恩总结说。

索米斯瞧见父亲和尼古拉斯忐忑地看了对方一下，坐在斯威森身旁的菲利普仍然在吞云吐雾地抽着雪茄。

"我很好奇他如何评价这组雕塑？"索米斯心想，这组雕像已经"过时"很多年了，这一点他十分了解。这件雕塑真的是之前的老东西，早就不能在乔布森拍卖行拍卖了。

斯威森最终回复道："在欣赏雕像方面，你一窍不通。你只能欣赏你的画罢了！"

老乔里恩返回座位，不停地抽着雪茄。像斯威森这样顽固的家伙，他是不会愿意跟他争辩的。斯威森就像一头蠢驴，一座雕塑——一顶草帽他都能弄混。

"这的确就是用石膏做的人！"老乔里恩补充道。

斯威森满肚子的怒火没地方释放，他只好用拳头用力去捶打桌子。

"石膏做的人！我很好奇你家有哪件东西能有这个雕塑的一半好！"

斯威森刚讲完，原始祖先嗡嗡的说话声好像又在族人耳旁响起。

詹姆斯不想让争吵越来越激烈，所以他主动站出来调停。

"波辛尼先生，你有什么看法？作为一名建筑师，你应该能欣赏这些艺术品吧！"

在场的每个人都看向菲利普，对于他的回答，所有人都充满了好奇和质疑。

整个晚上，索米斯第一次开口说了一句：

"对呀！菲利普，你有什么看法？"

菲利普沉着地回复道：

"这件雕塑很独特。"

虽然菲利普说这句话的时候看着斯威森，可是他却用余光在观察老乔里恩的神情。索米斯并不满意这个答案。

"它为什么很独特？"

"因为它很质朴。"

所有人听他说完之后都一言不发，大家都明白他这句话是什么意思，只剩斯威森还在思考菲利普的话是不是在讨好自己。

规划房子

斯威森举办晚宴后的第四天，索米斯走出喷有绿色油漆的前门，走到房子对面的广场看自己的房子，他深深感觉到这所房子需要重新上色了。

索米斯出来的时候，艾琳正双手交叉在膝盖前，静静地坐在客厅的沙发上，很明显，她总是盼望着索米斯出去。出现这种情况一点儿都不奇怪。事实上，每天都会出现这一幕。

索米斯搞不懂艾琳究竟对自己哪个地方不满意。自己又不酗酒，又没欠外债，又不赌博，又不说脏话，又不粗暴！朋友们又不爱吵闹！他晚上也准时回家！实际上这些方面都没有问题。

他明显感觉到艾琳对他有种埋藏在心里的讨厌，他认为，这份讨厌很难懂，同时这份讨厌也让他非常生气。她就不应该嫁给他，她一点儿都不爱他，虽然她以前也尝试过去爱他，但是最终以失败告终了。很明显，这些理由都很勉强。

福尔赛家族的一贯作风决定了他们不会因为某个人的老婆不爱他而想出许多乱七八糟的理由。

因而，被逼无奈的索米斯把问题的来源全都归因到他老婆身上。他第一次对一个女人如此上心。无论他们两个走到哪里，他都发现，艾琳是全场男士瞩目的焦点。透过他们的模样、气度、声音就能窥探他们的内心。在万众瞩目之下，艾琳的一言一行依然完美无瑕。她就是这种女人——在盎格鲁—撒克逊民族里十分罕见——天生就被别人爱或者爱别人，如果没有了爱，像她这类女人很难活下去。可是索米斯并没有想过这一点。在索米斯眼中，艾琳的吸引力不仅是她自身的价值，也是他的宝贵财富。事实上，他也发觉到，艾琳既能得到其他人的爱也能去爱其他人，但是她唯独不爱他。"那她嫁给我的原因是什么呢？"索米斯经常会产生这样的想法。那个时候他究竟是如何追到艾琳的，他已经不记得了。索米斯在一年半之前总是待在艾琳身旁，侍奉她，想尽办法让她开心，买许多礼物送给她，隔三岔五就会跟她求婚，天天缠着她，以至于其他想要追求艾琳的人都无法靠近她。艾琳讨厌他的家庭环境，那天，索米斯发现了这一点，所以他灵活运用这一点，竟然出乎意料地成功了。索米斯能记起来的恐怕只剩下这个头发金黄、眼睛是深褐色的女孩对自己发嗲、耍小脾气的样子。忽然有一天，艾琳妥协了，她同意嫁给他。索米斯非常激动，至于艾琳的面部表情——奇怪、妥协而又失落，他根本记不得了。

这种诚挚而又深情的求爱方式向来是得到书本和人们的认同的，"世上无难事，只要肯用心"，男子倾其所有去追寻自己喜爱的女子，并且获得圆满的结局。从他们步入婚姻殿堂的那一刻起，他们的生活应当被甜蜜和圆满所包围。

索米斯顺着一条布满绿荫的道路朝东边走了过去，他一直都在认真寻找着什么。

他的房子该重新刷漆了，要不然他只能在乡下建一所房子，搬到那里去住了。

那一个月里，这个问题他思考了几百遍。完全不用着急行动！索米斯有很多钱，每年他的资金都在变多，现在已经达到每年3000英镑；但是他的财富可能依旧达不到他父亲的标准——詹姆斯总是盼望自己孩子的经济情况能比现在更好。"8000英镑对我来说并不是大数目，"索米斯心想，"压根儿用不着逼着罗伯森或尼克尔还账。"

经过一家画行的时候，索米斯停在门口瞧了瞧，他素来喜欢收藏画作。他收藏的画全都堆放在蒙彼利埃广场62号的一间小房子里，那里到处都是画，并且所有画都贴墙放，原因是家里地方太小实在没法挂。他经常在晚上从市区回家的时候带上买的画。有时候他会在周日下午到这个小屋子里来，待上好几个小时。他经常在灯光下仔细观察这些画作，并且查看画作反面的标示，有时也会做些标记。

在这些画中，风景画比较多，人物在风景画中只是装饰。他对伦敦无缘无故的反对就寄托在这些画作上。他不仅反对伦敦，还反对高耸入云的楼层以及密密麻麻的街道。无论是他还是他的家族以及他所在的阶级，都在这里生活了一辈子。他偶尔也会携带一两幅画作坐着马车，在去市区的路上停在乔布森拍卖行待一会儿。

他不喜欢跟别人分享这些画。私底下他对艾琳的眼光还是很相信的，可能正是因为这个原因，他向来不征求艾琳的建议。艾琳也会去那间小房子，尽一下女主人的义务，只是去的次数屈指可数。因为索米斯没有约她一同观看这些画作，所以她压根儿就不看。这件事让索米斯感觉十分不舒服。他讨厌艾琳的这种高傲，但私下里却又十分害怕这种高傲。

透过画行橱窗的玻璃，他看到了自己的影子，他的影子也正看着他。

他那盖在大礼帽帽檐下面的光滑的头发，看起来跟帽子的颜色一样有光泽。他的脸庞惨白又消瘦，下巴上一点儿胡楂都没有，嘴唇非常有棱角，坚毅的下巴上有一些刮胡子时候留下来的浅青色，穿在身上的黑色燕尾服的扣子扣得紧紧的，这些都说明他是一位既慎重又有心机的人，他的心思缜密而固执，他总是佯装出一副镇定自若的神情。但是他那双灰色中透露着冷漠的眼睛流露出紧迫感，眉毛也挤成了一条线。他那双盼望而又缜密的眼睛察看着镜子中的自己，好像它们明白他心里的弱点一样。

他将几幅画作的主题和画家记了下来，随后评估它们的价格，只是这次他背地里鉴赏时的那种得意不复存在了，所以他打算接着向前走去。

假如索米斯决定要盖房子，那么还可以在62号再将就住一年！目前盖房子非常适合，这几年盖房子的成本还不是非常高。他认为罗宾山附近的地很有价值，他去的时候正值春天，去那里的目的是察看尼科尔的抵押房产——没有哪个地方比那里更合适！如果地皮是在海德公园周围20英里①之内，那么地价一定会攀升，如果在那里盖好房子出售，必定可以赚很多钱。所以如果房子样式建造得好，那它一定是一项很不错的投资。

对于福尔赛家族而言，索米斯将成为第一个在乡下有房子的人，可是他一点儿都不在乎。对于一个真正的福尔赛家族人而言，热衷，特别是对社会地位的热衷，是一种奢华，只有当他们满足了自己的物质欲望，他们才会包容自己稍稍放松一下。

不让艾琳继续待在伦敦，不给她外出走动和探访客人的时机，不要让她跟那些给她灌输思想的朋友亲近！最关键的就是这件事！她跟琼的关系太亲近了！琼讨厌索米斯。索米斯也讨厌她。可是他们体内流着同样的血。

①合约32.2公里。——编者注

艾琳不能继续留在伦敦，这样一来所有的问题就迎刃而解了。她应该会喜欢乡下的新房子和那些装饰的，她的眼光向来就很特别！

为了保证房子能卖个高价，房子的款式必须要新颖，要无与伦比，跟帕克斯新盖的房子类似，带个塔楼。可是据帕克斯说，他的建筑师是个胡搅蛮缠的人。你不会知道和这些人的问题出现在哪里。假如他们稍微有点儿名声，他们会让你花钱如流水，似乎感觉花再多的钱都无所谓。

可是绝对不能用一般的建筑师———一想起帕克斯的塔楼，他就坚定地丢掉了用一般建筑师的想法。

这就是他想起菲利普的原因。自从上次斯威森举办晚宴之后，他就跟别人打听了一下，尽管得到的消息有限，却足以让他激动：“菲利普属于新学派。”

"灵感多吗？"

"灵感非常多，只不过稍微有些不稳定！"

索米斯不仅不知道菲利普会建怎样的房子，也不确定他到底要价多少。索米斯根据从别人那里得知的消息判断，他可以自定要求。他越想越觉得心动。这种顺其自然的想法每个家族成员几乎都有，这应该算是整个家族的内部事务。虽然必须要出钱，可是他能拿到"最惠国待遇"——对索米斯而言，这所房子一定要是独一无二的伟大建筑，他料想到菲利普会把握这次机会来展现他的能力。

索米斯扬扬得意地想着，菲利普务必要接手这项工作。原因是他跟福尔赛家族的其他成员相同，所有事情只要能赚钱，他绝对从头到尾都是一个乐观者。

菲利普上班的地方就在斯隆大街，距离索米斯家不远，这为他紧盯这个计划提供了方便。

然后，艾琳最要好的朋友就是琼，既然她好朋友的未婚夫拥有这次机会，那她一定愿意离开伦敦。琼跟菲利普的婚事很可能就仰仗这次机会。就常规而言，艾琳无法干涉琼的婚姻。索米斯对自己的妻子很了解，他清楚无论什么时候艾琳都不会做这样的事。只要琼开心了，索米斯就算是占了上风。

菲利普虽然看上去想法很多，可是他又——这是他身上最让人喜爱的地方——模样蠢蠢的，不爱跟人计较，就跟不知道黄油应该涂在哪块面包上一样。关于钱的事情，菲利普应该很好商量。索米斯就这样思索着，他并不是在刻意糊弄菲利普。这只不过是他大脑中一种自然而然的想法——所有出色的生意人都有这种想法——当他穿过人群来到德门山的时候，待在他四周的成千上万的商业高手的想法都跟他一样。

所以，他们那个伟大的阶级的让人费解的规律能够满足他——这种规律也适用于人性。索米斯开心地在脑海中筹划着，他感觉在钱上面，菲利普是很好商量的。

索米斯在拥挤的人群中艰难地向前走着，以往他总是低头走路，可是这次圣保罗大教堂深深吸引了他，他将头抬得高高的，认真观察着。教堂那个古色古香的圆顶让索米斯十分着迷。所以，一周之内，他在去城里的路上停了两三次。他下车来到大教堂，站在侧道上认真察看教堂内碑上的名字跟碑文，常常会看5到10分钟。这座璀璨的大教堂竟然如此让他着迷，这真是让人匪夷所思，原因只能是这样的：这样做可以让他一整天聚精会神地关注自己的生意。

假如他忧心忡忡，例如有意外的紧要的事情，再或者有一件需要他花费大量精力去解决的事情，他必定会到大教堂去，在那里认真地观察每一个墓志铭。之后他再静悄悄地出来，平稳地走到齐普赛街，他的脚步带着些许轻盈，似乎看到了自己想买的东西。

他今天早上又去了大教堂，可是，他这次并不是静悄悄地去看墓志铭，而是纹丝不动地站着，盯着教堂里的柱子和墙上的裂缝看。

他抬起的脸庞上挂着一些敬重和严厉的神色，这种神色教堂里的人都有，在这座宏大的教堂里，他们的脸就跟涂了面粉一样白。他的双手戴着手套，交叉握在一起，并且将身体前面的伞柄也握得紧紧的，随后两只手都抬了起来。可能他察觉到了某些神圣的灵感。

"噢，我必须空出一间房子用来挂我的那些画作。"他想。

当晚从市区回来以后，他就径直来到了菲利普的办公室。他看到菲利普身穿一件衬衣，嘴里叼着烟斗，拿着尺子在一张平面图上画分割线。菲利普询问他是否要喝一杯，他拒绝了，随后他直截了当地表达了自己来找他的目的。

"假如这周日你有空的话，我们一起去一趟罗宾山吧，我看中了一块地皮，我想知道你的建议。"

"你准备在罗宾山盖房子吗？"

"可能吧，"他说，"我们先不讨论这个，我想知道你的建议。"

"没问题。"菲利普回答说。

索米斯认真地观察了一遍菲利普的办公室。

"你的办公室的位置有些高。"索米斯评价说。

索米斯之前打听到的有关菲利普经商的性质和领域派上了用场。

"截至目前，我还是很喜欢这个地方，"菲利普回复说，"你只不过习惯住那些别墅罢了。"

菲利普将烟斗里的烟灰抖出来，然后将空烟斗放到牙齿正中间，可能这样才能方便他接着交谈。索米斯观察到，菲利普的脸颊像被吸进去了一样向里面凹着。

"你这办公室的租金是多少？"索米斯问。

"挺多的，50英镑。"菲利普答道。

这个回复让索米斯印象很好。

"嗯，价格不低。"索米斯说，"我周日上午11点来接你。"

周日上午，索米斯坐着一辆二轮马车接上菲利普就一起来到了车站。到达罗宾山以后，由于找不到出租马车，他们只好步行了1.5英里，到达那块地皮。

那天是个很好的日子——8月1号，烈日当空、晴空万里——走在通往山中的窄道上，一片黄色尘土随着他们的脚步飘荡起来。

"这种黄土是沙砾土。"索米斯边说边从侧面看了一眼菲利普今天穿在身上的外套。菲利普的胳膊下面夹着一个古怪的手杖，外套的侧兜里装有一卷纸。索米斯不仅留意到了菲利普的外表特征，还留意到了其他奇怪的特征。

除了绝顶聪明或本质上是强盗的人，每个人都会或多或少地注意自己的穿着。尽管索米斯并不喜欢菲利普这种奇怪的行为，却又有点儿开心，原因是菲利普这种奇怪的性格能够给他创造价值。假如这个人对他建造房子有帮助，至于他穿什么还重要吗？

"我之前跟你说过，"索米斯接着说，"我将把这套房子当成惊喜呈现到大家面前，因此在他们面前你一个字都不要提。反正在没有建好之前，我会守口如瓶的。"

菲利普点头同意了。

"假如有女人想介入这件事，"索米斯接着说，"你就跟她们说你也不知道什么时候才能竣工。"

"的确！"菲利普回应说，"女人们跟魔鬼一样！"

这种感觉索米斯向来都有——只是一直埋藏在心里。但是，这种感觉他一次都没说过。

"啊呀！"索米斯低声说，"照这样说你也开始……"他停顿了一下，然后带着一种不可抑制的愤恨说："琼一直都是个暴脾气。"

"天使有脾气并不是什么坏事。"

索米斯从来都没有叫过艾琳天使。在其他人那里赞美艾琳就相当于将自己的秘密公之于众，与此同时自己的弱点也显现出来，索米斯不能做这种有悖良心的事，所以他没有再多说什么。

他们经过兔子饲养场，来到一条还未铺好的路上。有一条马车车辙跟这条路形成90度交叉，并引领他们来到沙砾坑。越过沙砾坑，映入眼帘的是一片植被密集的树林，以及从村里冒出的炊烟。这坑坑洼洼的地面被几簇青草覆盖着，草丛中的鸟儿在阳光下飞翔。向远方望去，在无边无际的农田和树桩前方是一片广袤的草原。

索米斯一直在前面给菲利普带路，他们穿过沙砾坑，一直来到特别远的地方才停下。这里就是索米斯选中的地皮，但是他为自己要向别人吐露这个秘密而感到不安。

"房产销售就住在那个村里，"索米斯说，"我们的午餐由他们供应，我觉得我们应该吃过午餐再去解决这件事。"

因此索米斯继续走在前面，把菲利普带到了那个村里。在那里住着的房产销售是个叫奥利弗的高个子，他的脸很胖，看起来很冷漠，他的胡子是灰白色的。奥利弗早早来到村口迎接他们两个。用餐时，索米斯总是盯着菲利普，自己几乎没吃什么东西。他有时还拿起手中的丝质手绢默默地擦额头。最终菲利普吃完了饭，并站起来了。

"我猜想你必定要谈生意，"菲利普说，"我现在就去外面瞧瞧。"索米斯还没有回答他，他就大步流星地出去了。

这家房产的顾问律师正是索米斯。在那个空间狭小的村舍里，索米斯用了1个小时左右来跟房产销售一同看房屋平面图，之后还聊了尼科尔以及别的房子的贷款问题。最后，索米斯好像突然想起来似的，谈到了这块地皮。

"你们这群人，"索米斯大叫，"我是头一个要在这块地皮上建造房子的人，你们就应当给我优惠。"

奥利弗摇头反对。

"索米斯先生，你想定的这块地皮，"奥利弗解释说，"已经是我们公司价位最低的了。斜坡顶部的价格比这里高很多。"

"你们记着，"索米斯赌气说，"我还在考虑，有可能我压根儿就不建造房子了。这块地皮的租金太高了。"

"啊，先生，如果你真的要放弃，我会为你惋惜的。之后，你会为你犯下的这个错误懊悔不已。在伦敦，没有哪块地皮有这样的视野和这么低的租金。如果我们投放了广告，必将会吸引一大拨人前来订购。"

他们对视了一眼，对对方的神情都心知肚明："你经商的方法让人佩服，但是你不要盼望我能完全信任你。"

"啊，"索米斯反复说，"我还没有最终决定，这件事办不成的可能性应该大一些！"说完，他就一只手拿着雨伞，把另一只冰冷的手朝房产销售伸去，但是尚未碰到他的手，索米斯就将自己的手收回来了，随后他便离开了这里。

索米斯一边思考着，一边缓慢地返回那个地点。他的直觉告诉他，房产销售没有撒谎，这块地皮的价格真的很低。他感觉到房产销售并不是真的以为这块地皮价格很低，这才是巧妙之处。也就是说，那个房产销售的直觉不如他。

"不管价格能不能优惠，我都决定定下了。"他心里这样想。

他的脚前有许多云雀在翱翔，空中有许多蝴蝶在飞舞，野草丛中飘来一阵扑鼻的花香。一阵欧洲蕨的多汁气味从森林里飘来，躲在森林里面的鸽子在叫着，远处飘来一股温和的小风，与教堂钟声的节奏应和着。

索米斯低着头向前走，嘴唇一张一合，就像在期望美食一样。可是当他重新返回那个村舍的时候，居然没有看见菲利普。片刻之后，他穿过兔子饲养场，向斜坡那个方向走去。他原本想大喊一声，但是又怕听到自己的声音。

兔子饲养场跟大草原同样孤单，整个饲养场静寂无声，偶尔会传来兔子钻洞的哗啦声以及云雀的叫声。

索米斯是整个福尔赛家族的伟大拓荒者，他正在朝这片旷野的文明挺进。他感觉自己的兴奋感已经消退了，这片荒芜、杂乱的歌唱以及燥热而芳香的空气让他有一些恐惧。他正在顺着来时的路返回，菲利普出现了。

菲利普四仰八叉地躺在一棵巨大的橡树下，这棵橡树生长在斜坡的边陲地带。虽然它长得非常茂盛，可是随着树龄的增加，它也变得粗糙了。

索米斯轻轻拍了一下菲利普的肩膀，他才抬起头来。

"索米斯，你好！"菲利普说，"我觉得这个地方建造房子最合适！你过来看一下！"

索米斯看了看这个地方，随后冷漠地回复说：

"这个地方的价格比那里贵一倍半，你的眼光可真好。"

"先不要考虑费用，你瞧一瞧这儿的视野！"

他们的脚下是一片成熟的玉米地，从那里向远处望去，是一片面积极小、黑漆漆的杂乱树林。农田和平原一直扩展到远方广阔的丘陵。在右边还能望见绵延成一条细银线的泰晤士河。

天空湛蓝，阳光灿烂，漫长的夏天好像要管辖这幅美景。蓟花的冠毛好像陶醉于湛蓝的天空中，也跟随天空飘浮。四周都是嗡嗡声，热浪也在玉米上翻滚，这一切就好比欢快的时间在天地之中展开的嬉戏。

索米斯看着这些，一些念头涌上心间。在这里建房子既能欣赏这些美丽的景色，还能将这些景色据为己有！这里给了他温馨、活泼、明亮的感觉，这种感觉跟4年前，他被艾琳的美丽所打动并且想要将她占为己有的感觉相同。索米斯趁菲利普不注意看了他一眼，发现他的眼睛跟被驯服了一半的美洲豹的眼睛很像，似乎正在环顾四周的风景。菲利普脸上凸起的地方正在接受着阳光的洗礼。他那高颧骨，尖下巴，高眉峰以及那张粗糙、激情又悠然自得的脸庞让索米斯很不舒服。

他们感到一阵热风穿过玉米地迎面而来。

"我可以在这里给你建造一座让所有人都赞叹不已的房子。"菲利普自信地说，他们之间的沉默就这样被化解了。

"我想说的是，"索米斯冷漠地回答说，"这钱又不是你出。"

"我在这里建造一座宫殿，8000英镑就够了。"

索米斯脸色惨白——他非常纠结。他双眼盯着地面，固执地说：

"我拿不出那么多钱。"

随后他一边向四周张望，一边带领菲利普返回他中意的那块地皮。

他们耗费了很长时间在这里琢磨建造房子的一些琐事，索米斯随后又返回房产销售所在的村里。

索米斯和菲利普半个小时以后出发去了车站。

"唉，"索米斯小声说，"我最终将你看中的那块地皮买下了。"

索米斯内心在挣扎，他又沉默了，他向来瞧不起菲利普，但是他是如何劝说自己放弃之前所坚持的想法的呢?

福尔赛的大家庭

伦敦是个伟大的城市，住在这里的索米斯同跟他地位、年龄相仿的人一样，懂得现在蜂拥而至的意大利大理石只是玩玩的东西，并且也认为天鹅绒材质的红颜色座椅已经不再流行。同样，他们也有能力将自己的房子装饰得非常洋气。他的房子的独特之处就在于有铜门环，而且窗户由向内开改为向外开，窗户边上放着一个装有金钟植物的花盆，位于房子后面的小院里铺有淡绿色瓷砖，种在孔雀蓝大花盆里的粉色的八仙花摆放在院子四周。整个院子被浅黄色的日式遮阳伞笼罩着，在这个院子里，好奇的院外人看不到院内的人，房子的主人或客人能边品茶，边把玩索米斯新买的银盒子。

房子的内部装饰是拿破仑时代和威廉·莫里斯[1]的风格。房子的面积还是很大，拐角装饰得很像鸟巢，那里摆放的银制小饰品与刚下的鸟蛋相似。

---

[1]威廉·莫里斯（1834—1896），英国诗人以及社会主义者，1861年曾因为室内装饰而引起巨大反响。

这间房子整体看起来完美无瑕，但是却存在两种不同的观点。艾琳自命清高，把这里看作一个荒芜的岛屿。索米斯则将这里看成是一种投资，用心经营它，他所依照的应该是经商规律。索米斯早在马尔伯勒读中学的时候就掌握了这种经商规律。在夏天穿白背心，冬天穿加绒背心，他是第一人。他在公共场所一定会确保领带规规矩矩地放在衣服里面。在演讲日那天的集会上，他朗诵莫里哀，上台前，他必定会将皮鞋上的灰擦去。

索米斯跟很多伦敦人相同，凡事都追求完美。你绝对看不到他有一根头发是凌乱的，有一条领带是褶皱的或系偏的！他的衣领永远布满光泽！如果不洗澡绝对不出门——洗澡是很时尚的事情，他瞧不起那些不洗澡就出门的人！

对于艾琳，你能想象到，她就像女神一样在溪水旁沐浴，既能养精蓄锐，还能欣赏自己凹凸有致的身体。

在充满争斗的屋子里，艾琳屈服了。跟在本岛上进行斗争的盎格鲁—撒克逊和凯尔特民族一样，假如其中一个民族具有包容性和易受外界影响，那么他们就会被迫要接受传统思想的控制。

所以这座房子和其他不计其数的野心勃勃的房子一样。所以人们经常称赞说："索米斯那所招人喜欢的小房子真的很特别，索米斯——品位真的很高。"

詹姆斯·皮博迪、伊曼纽尔·斯巴格诺莱蒂、托马斯·阿特金斯的小说是索米斯日常喜欢读的，事实上，这些小说也正是那些硬撑门面的中产阶级所喜爱的。即便盖房子和看小说装门面不能归为一类，可是这句话描述得很到位。

距离上次去罗宾山一周后，也就是8月8号晚上，索米斯和艾琳正坐在这所"品位真的很高"的房子里吃晚饭。无论是这个家庭还是其他家庭，每周日晚上都盛行吃热菜。自从索米斯娶了艾琳，他就立下了这样的规矩："每周日晚上家里的用人一定要做热菜——这些用人无事可做，每天只是拉六角手风琴。"

大家一直遵守着这个规矩，并没有什么异议。原因是——索米斯非常讨厌这种事情——用人们更愿意听从艾琳的吩咐。尽管艾琳瞧不上老祖宗定下的规矩，可是所有人都不能停止吃热菜这个习惯，她却觉得这一点可以接受。

这对夫妇斜对着坐在漂亮的红木做成的餐桌旁吃饭。他们吃晚饭时，餐桌上并没有桌布——这种品位跟一般人不同——截至目前他们一句话都没说。

索米斯喜欢在餐桌上谈生意，或炫耀他都购买了哪些东西，他滔滔不绝地讲着，但是艾琳的一言不发并不会让他感觉很尴尬。今天晚上，索米斯打算将建造房子的事情告诉艾琳，但是他一个字也说不出来。这一个星期的时间，他总是在策划建造房子的事情，如今他决定要将这件事告诉艾琳。

想要告诉她，但是心里又很忐忑，这种矛盾的感觉让他很生气。艾琳毫无原因地给他造成了这种感觉——小两口就应该如胶似漆，活得像一个人一样。可是从他们吃晚饭开始，艾琳一眼都没看他。他很好奇艾琳的脑子里在想什么。假如有个人跟他一样，赚钱给她——是的！赚钱给她！他的心感觉到了片刻的疼痛——可是她却只是看着墙——似乎屋内的墙都要合为一个一样，这些让他很难过。她的一言一行让人气得想起身离去。

艾琳的脖子和胳膊上照有玫瑰色的灯光——吃晚饭时，艾琳穿着一件露香肩的连衣裙，让索米斯很着迷，同时也给他带来了一种不可言说的感觉：索米斯感觉自己比家族里的其他人更幸福，他们的老婆吃饭的时候最多穿个便装，或喝茶时穿个裙子，她们压根儿比不过艾琳。在灯光的照耀下，她那淡黄色的头发、白净的皮肤跟深褐色的眼睛构成了特别的对比。

他家的餐桌是深色调的，餐桌上摆着新鲜的玫瑰花、红色的玻璃杯以及典雅的银制餐具，谁的餐桌能比他的好看？艾琳的模样如此出众，有哪一个男人不为她的美貌所倾倒？福尔赛家族的血液中并没有感谢，他们没有时间去思考这些，因为他们一门心思地在争胜负或经营生意。因此索米斯如今的感觉不仅让他难受，还有一些困扰。虽然艾琳属于索米斯，但是她并不真正属于他。假如艾琳是一朵玫瑰花，索米斯必定会把她摘下来，捧在手心里，窥探出她内心的秘密，可是这一切都不可能。

在他的物质财产中，他收藏的银器、字画、房子、投资都能给他带来隐私和亲切感，可是艾琳什么感觉都给不了他。

在这所房子里，索米斯的字迹布满每一面墙。一种诡异的警示告诉他，艾琳天生就不属于他，但是他那种执拗的经商性格督促他跟这种警示相抗衡。艾琳已经嫁给他，并被他征服，成了他的妻子。遵照婚姻法，他只不过拥有了艾琳的身体——假如他真的拥有了她的肉体还好说，但是现在他居然也不相信了，这真的违背了基本法——财产法。假如有人询问他想不想拥有艾琳的灵魂，这个问题会让他感觉既搞笑又荒谬。可是他真的只想这样做，墙上的字迹却又代表他压根儿做不到。

她一直一言不发，冷漠被动，就算不喜欢索米斯，也一点儿都不表现出来，好像她担心自己的言行举止会让索米斯误会，以为她真的在乎他。索米斯反躬自省说："我真的一辈子都要这样吗？"

索米斯跟他同代的小说读者相同，在对生活的看法方面无法摆脱文学的干扰。对于这点，他坚信时间能解决。

在小说里，丈夫最终都能俘获老婆的芳心。即便是他不喜欢的那些悲剧小说，女主人临终前也会表达一些感慨和悔过之情，假如丈夫死去——这个例子真晦气——女主人也会伤心而又懊悔地扑入丈夫的怀里。

他总是带着艾琳去剧院看那些题材是现代社会婚姻问题的戏剧。值得庆幸的是，现实的婚姻问题跟戏剧里的婚姻问题没有丝毫相像。索米斯领悟到，尽管剧中有情人，但是最终都是有情人终成眷属的圆满结局。看戏剧的时候，索米斯认为情人让人非常怜悯。戏剧闭幕之后，索米斯乘着马车跟艾琳一同回家，但是走在路上的时候，他就发现自己这样想是不对的，但是他依旧很开心，因为这部戏剧的结局非常圆满。那个时候，有一种类型的丈夫很流行。他们多数都身体强壮，性格豪放，在戏剧里最终的结局也很完美。索米斯认为这种人不值得怜悯，如果不是顾及周围的环境，他必定会大声讲出对这种人的讨厌。可是他感觉需要做一个成功的丈夫，或者是"身体强壮"的丈夫，他深刻体会到丈夫应当对老婆态度强硬一些。有可能这种讨厌来自他骨子里那种隐藏的残酷的秉性，也许是造化反常导致的，所以他压根儿都不会表露自己的心声。

可是，今晚艾琳一言不发，这有点儿奇怪。她的脸上从来没有出现过这种表情。这种奇怪的感觉容易让人紧张，所以索米斯也开始紧张了。他吃完最后一道菜，就吩咐女用人用银器制成的清理工具把桌子上的面包屑清理掉。女用人出去之后，索米斯倒了满满一杯酒，询问艾琳说：

"今天下午谁来了？"

"琼。"

"她有什么事吗？"福尔赛家族的每个人都不会随随便便到别人家。"琼是过来跟你谈论菲利普的事情吗？"

艾琳并未回复。

"我认为，"索米斯接着说，"相比之下，她对菲利普的爱更深一些。无论菲利普去哪里，她都跟他一起。"

艾琳的目光让他觉得不痛快。

"你这样说话就不对了吧！"艾琳大声说。

"怎么不对了？这是很明显的。"

"没人看得出来，就算看出来了，他们也不会讲出来。"

此时此刻，索米斯控制不住自己的脾气了。

"作为老婆，你真称职！"索米斯说。像她这种异于往常的反应，索米斯很想知道原因。"你跟琼关系太好了吧！我必须警告你一下：琼既然选择了菲利普，那么她就会慢慢跟你疏远。以后你见她的次数也会少很多，因为我们马上要搬到乡下。"

他能在生气的时候把这个消息告诉艾琳，这让他很开心。他原本以为艾琳听到这个消息会哭，但是艾琳听完以后选择了沉默不语，这让他很紧张。

"你看起来并不关心这件事。"索米斯不得不补充说。

"这件事我已经知道了。"

索米斯狡猾地瞟了一眼艾琳。

"你听谁说的？"

"琼。"

"谁告诉她的？"

艾琳不再回复。他不仅困惑又忐忑，说：

"这件事可以给菲利普创造扬眉吐气的机会，真是不错。我想琼已经把这一切都给你讲了吧？"

"是的。"

艾琳继续沉默，他问：

"我感觉你并不喜欢去乡下住，是吗？"

艾琳没有说话。

"唉，我真搞不懂你在想些什么。待在这里，你似乎从来都没有满意过。"

"搬去乡下跟我满不满意半毛钱的关系都没有！"

艾琳起身，拿着玫瑰花瓶离开了，他却仍然待在原地一动不动。他签合同的原因难道就为了这个？他准备花上万英镑的原因难道就为了这个？菲利普说的那句话又在他耳边回响："女人们跟魔鬼一样！"

但是没过多久，他就冷静下来了。这个结果比他设想的要好很多，他原本以为艾琳会大哭一场。他设想的要大大超出这一丁点儿的不愉快。这个结果还算不错，再怎么说琼也为他打破僵局做出了努力。菲利普肯定把这一切告诉琼了，他应该早就想到这些。

索米斯拿出一根雪茄抽着。最起码她没有哭闹！她的想法是会变化的——这是艾琳最让人满意的地方。尽管艾琳高冷、寡言，可是她不会随随便便跟索米斯吵架。干净、明亮的餐桌上迎来了一只七星瓢虫，他将烟圈吹到它身上，并且还在思索那所房子的事情。担忧一点儿用都没有，待会儿跟艾琳和好如初吧。天暗下来了，待在院子里的艾琳在遮阳伞下缝制衣服。这个夜晚既美妙又温馨……

事实上，那天下午琼兴高采烈地找到艾琳，对她说："索米斯真是个善良的人！这样的工作正是菲利普所需要的——这对他来说真是一件好事！"

艾琳看起来十分迷茫，琼继续解释说：

"你们在罗宾山买地了！这件事情难道你不知道吗？"

她真的不知道。

"啊！既然这样，这件事不应该由我来告诉你！"琼不慌不忙地看着艾琳，高兴地说，"你看上去好像一点儿都不在乎似的。你知不知道，我正期盼的正是这件事——这么长时间以来，菲利普总是想要找到这样的机会。如今你就能知道他的能力了。"因此，琼将整件事情都和盘托出了。

琼自从跟菲利普订婚之后，就不太关注好朋友的状况了。跟艾琳在一起的时候，琼喜欢讲述自己的心事。虽然琼感觉艾琳非常可怜，但是有的时候，琼依旧会面带笑容，那种笑流露出看不起艾琳的意思，似乎是说：你这一辈子之所以这么痛苦，你咎由自取，是你犯下的那些低级的错误导致的！

"那套房子的设计全部让菲利普来做，这真好——"琼忽然放声大笑，她那瘦弱的身体也跟随笑声一起抖动。她抬起手敲打了一下棉布窗帘，"你知不知道，因为这件事我还厚着脸皮问过詹姆斯爷爷……"可是，她忽然不想回忆起那件事，所以并没有说下去。琼感觉艾琳对她讲的这些一点儿都不感兴趣，很快就告辞了。当她走到人行道上的时候，回头看见艾琳还站在家门口。琼用力地挥手，但是艾琳只是用手触摸前额，并未挥手，随后就关上大门，进去了……

不久，索米斯来到客厅，他隔着窗户暗中观察艾琳。

艾琳坐在遮阳伞下纹丝不动，双肩上白色的花边也跟随心跳一上一下地抖动着。

这个沉默寡言的女人就这样在黑夜里纹丝不动地坐着，好像将自己的一丝热情都掩盖了起来，似乎整个身体都在抖动，她的心里正在发生着一些变化。

索米斯在别人还没发现的时候，悄悄返回了餐厅。

详谈詹姆斯

没过多久，整个福尔赛家族就都知道索米斯要在乡下建造房子了，这件事引起了轰动。对于这个家族而言，凡是跟钱财挂钩的事情都是大事。

这不能责备索米斯，因为这并不是他的初衷，他也不想让别人知道。只不过琼无法克制，她将这件事情一五一十地告诉了斯茂夫人，她还叮嘱斯茂夫人，这件事只能让安姑母知道——因为琼认为安姑母既老又让人怜悯，这是一件能让她开心的事！安姑母因为身体抱恙，已经好久没外出了。

斯茂夫人迅速将这件事讲给安姑母听。安姑母枕着枕头，用她特有的颤抖的嗓音笑着说：

"对琼来说，这不是坏事，可是这件事很危险——希望他们能小心谨慎一些！"

当安姑母独处的时候，她眉头紧皱，好像不祥的征兆即将来临。

安姑母虽然卧床很久，但是这些天她没有间断锻炼自己的意志。这一切，从她的脸庞以及总是做收缩运动的嘴角就能看出来。

女用人史密赛尔还是个小姑娘的时候，就开始伺候安姑母。安姑母提到她时，总说："史密赛尔是个好姑娘，如果做事再快点儿，那就更好了！"史密赛尔每天早上都要为安姑母举办那种传统而又庄严的梳妆仪式，每次她都谨小慎微。那个放在纯白色硬纸盒里的扁平灰色鬈发，史密赛尔每天都要拿出来——这是个人地位的象征——将它们缓慢地放到安姑母手中，随后便转身离去。

安姑母每天都会找海斯特姑母和茱莉姑母来聊一聊：蒂莫西、尼古拉斯的最新动态；菲利普已经开始为索米斯建造房子的事情奔忙，那么老乔里恩是否在琼的劝说下，答应让他们把婚期提前；小罗杰的老婆真的怀孕了；阿奇动完手术恢复得如何了；斯威森如何处理位于威格摩尔街那套房子，之前在那里租住的房客不仅对斯威森的态度很差，还输光了所有的钱；最关心的是索米斯和艾琳的关系如何，艾琳仍然不愿意跟他睡在一起吗？安姑母每天早上都对女用人说："我卧床这么久真是待够了，史密赛尔，今天下午2点左右，你必须扶我下去走走。"

斯茂夫人不仅将索米斯建造房子的事情讲给安姑母听，还悄悄告诉了尼古拉斯夫人，并且叮嘱她务必不要告诉别人，但是尼古拉斯夫人偏要找威妮弗雷德·达尔第验证一下这个消息。尼古拉斯夫人认为，威妮弗雷德是索米斯的妹妹，这件事情她一定比谁都清楚。就这样，詹姆斯正是通过索米斯的妹妹才知道了这件事，他非常生气。

"什么事都自作主张，不问问我的意见！"他生气地说。詹姆斯并未来找索米斯，因为他畏惧索米斯那什么都不说的严肃模样，所以就带着雨伞去蒂莫西家了。

詹姆斯了解到海斯特姑母和塞普蒂默斯夫人已经知道了这件事，此刻，她们好像正准备讨论这件事。对于雇用菲利普这件事，她们认为对菲利普而言不是坏事，但是也不是什么好事。乔治叫菲利普什么来着？对了，"强盗"！这个名字真搞笑！乔治一直都很幽默！无论如何，她们都认为应该把菲利普看成家人，但是假如将他归为福尔赛家族的成员，又让人感觉很怪异。

这个时候，詹姆斯开始说话了：

"我们谁都不知道他的能力如何。我真不明白索米斯找他来做什么。是不是艾琳插手了这件事，不行，我要去找……"

"你的儿子，"茱莉姑母阻止他说，"他亲口跟菲利普讲，不想让其他人知道这件事。他不想让这件事变成别人讨论的话题。我敢肯定，假如让蒂莫西知道了，他会很愤怒，我……"

詹姆斯把手放在耳旁，大声说：

"你刚才讲的什么？我现在非常聋，根本听不到别人说话的内容。艾米丽的脚趾受伤了。我们月底才出发去威尔士。总有各式各样的事情发生！"他已经探听到自己想知道的，就戴好帽子离开了。

那天下午天气很好，詹姆斯穿过公园来到了索米斯家。艾米丽脚趾受伤了，只能卧床，雷切尔和西塞莉去乡下走亲戚了，因此他准备去索米斯家用晚饭。他沿着贝斯沃特路的一旁一直走到一条倾斜的小路上，随后又依次从骑士桥大门、草地穿过。这片草地的草一点儿都不茂盛，草地上有一些被太阳晒黑的绵羊，同时还有几对男女和流浪汉。这些流浪汉脸贴地趴着，好像战争刚结束后的尸体一样。

他走得很快，根本顾不上看两边的事物。这个公园就像战场一样，他在这里拼搏了一生，但是如今这个公园的模样却无法带给他任何灵感。这些流浪汉是从竞争中被淘汰掉的。坐在草坪上的恋人们相互依靠，他们好不容易逃脱繁忙的工作，换来片刻的舒心时光。可是，这些场面也并未给他带来灵感。这种灵感都是很早的事情了。他的鼻子就跟绵羊一样，总是在关心草地。

最近，他的某位房客总是不按时结清房费，这在他看来是个考验，他究竟该不该将他赶出去？假如把他赶走，圣诞节前房子就空着了，这个风险他是否愿意承担？斯威森的房子刚租出去，但是情况并不乐观，可是那是他自找的——谁让他把房子空了那么久。

詹姆斯一边往前走，一边谨慎思考着那位房客的事情。他小心地握着木质伞柄弯曲处的下面，握着这个地方既可以防止伞顶触碰地面，又可以保护伞绸免遭磨损。詹姆斯高高瘦瘦的肩膀弯曲着，他的双脚敏捷又刻板地从公园里穿过。好多无所事事的人待在公园里，他们正在接受明亮的光线的照耀——财产之争的人证也在这里面，但是詹姆斯就像海鸟儿一样从海面上飞过。

当詹姆斯从阿尔伯特门走过来时，有人拍了一下他的胳膊。

这个人正是索米斯。他从工作的地方出来，刚走到皮卡迪利大街的阴凉处，准备回家就看到了他的父亲。

"你妈妈生病了，需要卧床养着，"他对索米斯说，"我正准备到你家去，将这件事情告诉你，我认为这样做不会影响到你。"

他跟索米斯看起来似乎一点儿感情都没有，这符合福尔赛家族的特征，可是尽管这样，詹姆斯和索米斯也并不是一点儿感情都没有。可能他们都是彼此的投资。固然，他们也会相互担心对方的幸福，也会因为彼此的陪同而开心。对于许多生活方面的隐私，他们闭口不谈，脸上也从不表现出一点儿关切之情。

他们被一种无法言说的东西捆在一起，这种东西隐藏在国家和家族的性格之中——这就是众所周知的血缘关系——他们都不属于冷漠无情的物种。事实上，就詹姆斯而言，儿女之爱是他活下去的动力。他存钱的一部分原因是为了他的孩子们，有可能他要把钱都留给孩子们。已经78岁的他，除了存钱，还有什么能让他快乐呢？给孩子们存钱是詹姆斯生活的目的。

尽管詹姆斯常常认为自己是无私奉献者，可是即使在整个伦敦城也找不到比他更正常的人了。他在伦敦拥有很多产业，他对这个城市的感情也非常深厚，这个地方就是他活动的中心场所。让人感到惊讶的是，中产阶级那种本能竟然能在他身上找到。其他兄弟都没有詹姆斯正常。老乔里恩具备顽强的意志，偶尔也会柔软一下，讲述他的人生道理；斯威森非常狂妄，经常受挫；尼古拉斯能力过强，尝尽苦头；罗杰沉迷于企业之中。唯独詹姆斯是地地道道的中间派。在众兄弟中，就思想和外表方面而言，他都最不起眼，正是因为这个原因，他能活下去的可能性才最大。

　　跟家族的所有人相比，他更看重"家族"，也将整个家族的荣耀看得更重。在对待生活态度方面，詹姆斯总是带有一种原始的氏族观念。全家人围坐在壁炉旁，一家人在一起讨论，听大伙抱怨，这些都是他喜欢的事情。詹姆斯的一切想法就跟提炼出的"奶油"一样。这种"奶油"来自其他家人的脑袋，经詹姆斯提取出来。不仅如此，他还从千家万户的家庭中提取出"奶油"。年复一年，周复一周，他来到蒂莫西家，坐在靠近街道的客厅中——两条腿重叠放着，他那张下巴上一点儿胡楂都没有的嘴巴被雪白的长胡须覆盖着——他坐着，目光直视沸腾的锅，奶油在锅里翻滚。随后，他便带着一种无法言说的满足感离去了，他认为这样做能让他感到高兴和精神抖擞。

　　他在顽强的自我保护意识之下，偶尔依旧会有几分柔情。他去一次蒂莫西家，就相当于在妈妈跟前浪费了1个小时。詹姆斯对孩子的感情承载了他对保护家庭的深切渴望，想象着孩子们在金钱方面、健康状况方面或名誉方面不被社会所厚爱，那么他就跟做噩梦一样。当他得知老朋友约翰·斯特里特的儿子自己申请要入伍的时候，他跟发牢骚一样地摇了摇头。他想不明白这位老朋友为什么会同意儿子的决定。当老朋友的儿子被长矛刺死的时候，他无比伤心，还四处宣扬这件事，他之所以这样做，就是想要表明：他早就预料到结果会是这样——老朋友对自己的孩子太缺乏耐心了！

有一次，女婿达尔第在做石油股票时亏损了，他的资金链暂时出现了问题。这件事给詹姆斯带来了巨大的苦恼，给他的感觉似乎所有的钱财都将要消失。詹姆斯耗费了3个月，直到去巴登旅游散心后才从苦恼中走出来。提起那件事，詹姆斯就感觉到后怕，假如他不资助达尔第，恐怕后者早就加入到破产者的行列了。

詹姆斯的身体非常健康，可是当他感觉到耳朵有一丝疼痛，他就觉得自己马上就要死去了。有时，老婆和孩子也会生病，但他却认为这是个人恩怨造成的，是上帝在惩罚他，故意打破他心底的宁静。可是，假如生病的人跟他一点儿关系都没有，他根本不会这样想，反而总是说这些人生病是因为没有保护好自己的肝脏。

詹姆斯常常说："他们如果不生病，那才是怪事！假如我也跟他们一样粗心大意，那我必定会生病。"

那天晚上，他来到索米斯家时，就认为生活总是刁难自己：艾米丽脚趾受伤了；雷切尔在乡下瞎逛，谁都不觉得他可怜；安姐病重——他认为她甚至熬不过这个夏天，他已经去看过她3次，但是她卧床不起，没办法见他。关于索米斯建造房子的事情，他务必要详细地调查一下。关于索米斯和他老婆的矛盾，他也不知道以后他们会过成什么样——有可能所有事全都会发生！

他一来到蒙彼利埃广场62号，整个人都萎靡不振。这个时候已经7点半了，艾琳穿着睡衣坐在餐厅里准备吃晚饭。她的睡衣是一款金黄色的长裙子——她之前在宴会、社交场合、舞会上穿过这件衣服，如今在家也穿——衣服的胸口处被一些花边装饰着。他的双眸立刻看向艾琳。

"你在哪里买的这些衣服？"他声音洪亮地说，"雷切尔和西塞莉的穿衣品位连你的一半都不如。那个玫瑰针绣花边——是假的吧！"

艾琳走近詹姆斯，好让他发现自己的错误。

当温柔的艾琳靠过去的时候，她身上淡淡的香水味将詹姆斯的心全都融化了。但是，福尔赛家族的每个人自尊心都很强，他们不愿意就此认输，所以他解释说：他不懂，可是他感觉艾琳应该在买衣服方面花费很高。

锣声响起来了，晚饭时间到了，艾琳用雪白的胳膊挽着索米斯，一同来到餐厅。艾琳把索米斯送到他经常坐的地方。那个地方是个拐角，也是艾琳的左边。这里的灯光很柔美，所以他并不需要担心心情会随着天色暗沉而失落。这个时候，詹姆斯准备跟这对夫妇说说他的事情。

没过多久，他就感觉自己的内心就像光照下成熟的水果似的。他有一种被人疼爱、被人夸赞、被人偏爱的感觉，但是詹姆斯并未听过一句称赞的话或者得到过一次疼爱。他感觉现在吃的食物非常合自己的胃口。这种感觉在家里是绝对不会有的。他也不清楚自己是从什么时候开始如此沉醉在香槟的美味之中。听到香槟的牌子和价格的时候，他才吃惊地发觉这种香槟其实他在家里囤了很多，但是他却嫌弃它口感不好。那个时候他执意要找卖酒的人，告诉他自己被欺骗了。

品尝过舒心的食物之后，他抬起头说：

"这个地方很多东西都不错。那个糖筛你是以什么价格买的？

毋庸置疑，价格绝对低不了！"

挂在对面墙上的那幅画让他非常满意，因为这是他送的礼物。

"它这么好，让我很意外！"他说。

吃过晚饭，他们返回客厅，詹姆斯虽然走在艾琳后面，但是跟得很紧。

"这就是我所说的少而精的晚饭！"詹姆斯自言自语说道，他开心地朝艾琳的肩膀呼气，"并不是多么丰盛的晚餐——法国味也并不浓厚。可是家里就是做不出来。即便我给厨娘每年开60英镑的工资，她依旧做不出这样的晚餐！"

截至目前，詹姆斯还没聊到建造房子的事情，索米斯谎称业务忙，抽身去楼上了，詹姆斯也就没有提这件事。索米斯去了楼上收藏有画的房间里待着。

此刻，客厅里只有詹姆斯和艾琳。他的兴致被葡萄酒以及饭后的甜酒带得很好。他认为自己对艾琳也非常宠爱。"艾琳是个让人疼爱的好孩子，她在认真听你讲话，好像能听懂一样。"他边说边看着艾琳的模样，从她那全头都是波浪卷的金色头发到脚上古铜色的鞋。艾琳将后背倚靠在拿破仑时代的座椅上——她的腰挺得笔直，身体却软绵绵的，走起路来摇摇晃晃，好像紧挨着爱人的手臂一样。艾琳的嘴角挂着微笑，眼睛似睁非睁。

不知道是肠胃消化不好，还是詹姆斯感觉到艾琳那勾魂的姿势存在很大隐患，他顿时安静了下来。在他的记忆里，这还是他第一次跟艾琳单独相处。当他注视艾琳的时候，他的大脑中产生了一种奇特的感觉，就好似遇到了一件稀奇古怪的东西一样。

此刻，艾琳坐得那样靠后，究竟在想什么？

这样一想，当他再次张嘴说话的时候，声音就非常洪亮，就好似刚从美梦中清醒过来一样。

"你天天都忙什么呢？"詹姆斯说，"一次都没有去公园巷看望我们！"

表面上看艾琳找出的借口似乎很牵强，他没有看着艾琳。他不想听到艾琳说出不想见他们，否则就太尴尬了。

"我料想你应该没有空余时间，"詹姆斯说，"你跟琼走得很近。琼经常跟她的未婚夫待在一块儿，我想如今你对她而言非常重要，你总是陪伴着她，不仅这件事上是这样，其他很多事情也同样。据说，琼现在总是不着家。你乔里恩大伯对她这种做法很不满意。我推测很有可能是家里只剩他一个人，他感觉到孤单。据说，琼跟她的未婚夫天天腻在一起。我料想琼的未婚夫每天都会在这里出现。你对菲利普有什么看法？你感觉他思维清晰吗？在我看来，他晕头晕脑的。我感觉男方比女方傻多了！"

艾琳脸色通红，他疑惑地看着艾琳。

"可能你并不了解菲利普。"艾琳说。

"我怎么可能不了解他？"他随口而出，"这种人我最了解！——人们不是都称他们为艺术家！所有人都称赞他们睿智——别人都觉得菲利普是个聪明人。你应该比我更了解！"詹姆斯接着说了一句，他看着艾琳，眼光中流露出些许怀疑。

"索米斯把房子建造的设计交给了菲利普。"艾琳小声说，很明显，她想换个话题。

"我刚好想聊索米斯建造房子这件事，"他接着说，"我想不明白索米斯找他来做什么，那么多顶尖的建筑师他一个都不用？"

"波辛尼先生可能就是一位顶尖的建筑师呢。"

他站起来，低着头将身体转过去。

"还就是这样，"詹姆斯说，"现在的年轻人大多数都喜欢凑在一起。你们总是自以为是，觉得自己知道的东西就是最好的。"

他不想再跟她说话。他站在艾琳跟前，指着她的胸口，那模样就好像忌妒她的漂亮一样：

"我最后想提醒你一下，这些搞艺术的人，不管他们怎么称呼自己，都是指望不上的。我提醒你，务必跟他保持距离！"

艾琳笑了，可是她的笑中藏着一些不屑。她的软弱好像烟消云散了。她的胸口一起一伏，看起来一点儿都不屈服。她的双手从座椅的手柄处拿起来，然后指尖交叉放在一起。艾琳用深褐色的双眸望着他，但是眼神却非常神秘。

他伤心地望着地板。

"我只不过是表达一下自己的想法，"詹姆斯说，"你没生孩子真可惜！假如有孩子，你就会有动力，也就不会跟现在一样无所事事了！"

她的脸色暗下来了，可能詹姆斯也感觉到艾琳那覆盖在花边衣服下面的身体突然变僵硬了。詹姆斯跟许多没有勇气的人相似，担心他说的话会带来坏结果，然后他立刻用强势的方法压服她。

"你似乎并不是很喜爱到处走动。你怎么不愿意跟我们一同去惠灵汉姆走走呢？或者有时去歌剧院玩玩也可以。你这么年轻，应该对所有事情都激情满满才对。你可是个年纪轻轻的女孩子啊！"

她的脸色更深沉了，一种紧张感突然向詹姆斯袭来。

"啊，我什么事情都不了解，"詹姆斯说，"没有人跟我讲。索米斯照顾自己应该没问题。假如有问题，我也不会管——就是这样的。"

他咬着食指，用余光偷瞄了一眼艾琳。

艾琳刚好看到了他的偷瞄。她的眼神中不仅有怒气，似乎还在想着什么。她盯着詹姆斯。他一句话都不说了，身上居然冒出了冷汗。

　　"啊，我该离开了。"片刻之后，詹姆斯说。一分钟之后，詹姆斯起身，脸上有种惊讶的表情，似乎渴望别人能挽留他。艾琳跟他握了握手，不仅将他送到大门口，甚至还送到了街上。詹姆斯打算放弃坐马车，徒步走回去。他让艾琳代他向索米斯转达晚安，并且叮嘱艾琳，假如她有出去逛逛的想法，可以告诉他，他随时愿意坐马车带她到里士满兜风。

　　他走到家以后，上楼叫醒睡着的艾米丽。艾米丽已经24小时没熟睡了。他很想告诉艾米丽，他儿子的家庭情况很让人担忧。这个话题他足足说了半个小时，结束的时候他说自己今晚要想一下这件事，恐怕没法睡觉了。但是，他躺下翻了个身之后便打起了呼噜。

　　索米斯从放有画的房间里出来，来到楼梯顶端隐蔽的位置站着，看见艾琳拿着刚收到的信件归类。艾琳去了客厅，但是过了不到一分钟就又出现了，她似乎站在那里听什么声音。之后，艾琳慢慢抱着一只猫来到楼上。他看到艾琳凝视着这只猫，这只猫也在她耳边发出喵喵声。艾琳为什么一次都没有这样对他呢？

　　她忽然发现了索米斯，脸上的神情立刻就不一样了。

　　"送来的信有我的吗？"索米斯问道。

　　"3封。"

　　索米斯站在那里，艾琳默默地去了卧室。

老乔里恩的过错

当天下午，从皇家板球场①出来的老乔里恩准备回家。还未走到汉密尔顿街，他的想法就变了，因此他拦了一辆出租马车去紫藤大道。他已经决定了。

琼一整个星期都不怎么在家，她有很久都没有陪伴老乔里恩了。实际上，这种现象从她订婚开始就有了，老乔里恩也从来不强求她能陪伴自己。他从来没有求过别人！琼现在心里只装着一件事——未婚夫和未婚夫的工作——所以老乔里恩就被她丢到一座大房子里，让一群仆人陪伴着，他非常可怜，整天连个说话的人都没有。老乔里恩经营的俱乐部停业整改，董事会成员也全都休假了，所以，他去市里一点儿事都没有。琼希望她的爷爷能多出去走动走动，但是她并不能陪他一起，因为伦敦还有她的未婚夫。

可是他一个人又能到哪儿去呢？他自己是不会出国的，因为他既讨厌住宾馆，又担心坐船会损伤肝脏。罗杰在温泉疗养院待着——这一套并不适合像老乔里恩这种年龄的人，那些古怪的地方全都是哄人的！

他常常用这些规矩来束缚自己，从而让自己变得更加孤独。他脸上的皱纹越发明显，原本坚硬慈祥的脸庞如今也变得郁郁寡欢了。

所以，他决定那天下午去逛逛圣约翰伍德。每座房子前方都有一片修剪得像球形的刺球花，绿油油的灌木丛中到处都是金黄色的光芒。这里似乎就是夏日艳阳举办宴会的小花园。老乔里恩兴致勃勃地看了一下四周。福尔赛家族的成员都会来到这个地方看一看，尽管每位成员都声称自己不会把这个地方放在眼里，可是他们却偷

---

①皇家板球场属于马里尔德板球协会，伊顿和哈罗这两个著名贵族公学和各大学的球赛都在这里举行。

偷地对这里产生了好奇心。

老乔里恩的马车在一座独特的浅黄色房子前停下了，就外表而言，这座房子似乎很久没有粉刷了。房外是门和土路。

老乔里恩神色从容地下了马车。他的大脑袋、双鬓斑白的头发和垂下来的胡子都隐藏在大礼帽下面。他把头抬起来，固执的眼神中流露出一点儿怒气。他之所以这样是被逼的！

"乔里恩·福尔赛夫人在吗？"

"啊，先生，夫人在的！——请问我该如何称呼您呢？"

老乔里恩眨巴着眼睛看着女仆，并将名字报上。他认为，这位女仆好像是个有意思的人。

在女仆的带领下，老乔里恩穿过黑漆漆的大厅，来到面积很小、只有两间房子的屋内。这里的每一件家具都被印花棉布覆盖着，女仆让老乔里恩坐在椅子上等候。

"先生，您在这里稍等一下，我这就到花园里告诉他们您来了。"

他坐在盖有印花棉布的椅子上后眼睛四处打探。他认为，无论是这个地方的房子还是家具都实在是太简陋了。每样物品都有一种——老乔里恩也讲不出来——破旧的感觉，又或者让人感觉到在这里生活的人过得很拮据。摆在他眼前的这些家具，没有哪件能卖到5英镑。墙壁许久未粉刷，上面还用水彩画装饰着。天花板上出现了一条长裂缝。

这种房子不仅破旧，还属于二等风格的建筑。租住这种房子一年的租金应该不超过100英镑。想到福尔赛家族的成员——自己的亲骨肉——竟然在这种地方住着，他就非常心疼，这种感觉是无法言说的。

女仆见过主人回来了，她询问老乔里恩是否愿意到花园去。

他大步从一个落地窗前经过。下台阶时，老乔里恩留意到窗户似乎也需要粉刷一下了。

小乔里恩、他的老婆、两个孩子以及名为巴尔塔萨的狗，他们都坐在花园里的一棵梨树下。

他朝他们走过来，他活了一辈子，从来没有这么勇敢过。可是他脸上的肌肉并没有抖动，行为也并没有表现出丝毫的紧张。他那双凹进去的眼睛紧紧盯着所谓的敌人。

短短的两分钟内，老乔里恩成功展示出坚毅、沉着、精力充沛的特征。这些特征适用于他自己以及这个阶段。他们之所以成为这个国家的重要组成部分，也正是因为这些特征。他们在处理私事的时候都非常冷静，很少受到个人情感的影响，这种个人主义就在他们身上表现出来。不列颠人曾经的生活就是散居，民族血液就这样不知不觉被个人主义所吞没，他所在的那个阶级个人主义就极为严重。

巴尔塔萨嗅了嗅老乔里恩的裤边。它是一只不仅友善而且还喜欢愤愤不平的杂交狗——俄国贵宾犬和苏格兰牧羊犬交配才有了它——它的鼻子对不同寻常的场面似乎很敏感。

尴尬的场面结束之后，老乔里恩就在柳条做成的椅子上坐着。他的膝盖两侧分别是自己的孙子和孙女，两个孩子没有见过年龄如此大的长辈，所以一句话都不说。

他们两个长相不同，这似乎跟每个人的出生环境密切相关。乔利的出生伴随着罪孽，他那张脸既胖又短，脸蛋上有个酒窝，亚麻色的头发朝后梳理着，性格固执但却讨人喜欢，他跟福尔赛家族最像的地方要数眼睛了。霍莉出生的时候，她的爸爸妈妈已经结婚了，她皮肤偏黑，看起来很严肃，灰色的双眸布满思虑，跟她的妈妈像极了。

那条杂交狗巴尔塔萨绕着三个花坛各兜了一圈，似乎想要借此来表达对这种场面的鄙视。然后，它坐在了老乔里恩的对面，尾巴不停摆动，目不转睛地看着老乔里恩。

尽管待在花园里，老乔里恩依旧感觉这个地方很简陋；他坐的柳条座椅发出嘎吱的响声；种在花坛里的花都枯萎了；远处脏兮兮的墙角下有一条小路，是由猫踩出来的。

他跟两个孩子都在认真地观察对方，尽管感觉很奇怪，但是却非常相信对方，只有老年人和孩子才会有这种感觉，这个时候，小乔里恩正忐忑地望着他的老婆。

他老婆的脸蛋红彤彤的。她的脸形本来就属于椭圆形，眉毛笔直，眼睛很大并且还是灰色的。她的头发一点儿都不乱，靠近前额的头发正在慢慢变白，这一点儿跟老乔里恩非常像。她灰白色的头发把红彤彤的脸蛋衬托得更加突出，看见的人不自觉会有点儿心疼。

她的面部表情——他从前一次都未看见过，这种表情她经常不在他面前表现——充满了怨恨、焦灼及恐慌，眉头紧皱的眼睛难过地看着，她一句话都不说。

乔利一个人说个不停。他眼前的这位老人留着长长的胡子，双手青筋凸起，两腿交叉坐着，跟他的爸爸很像，乔利也准备学做这个姿势。关于这位老人的所有事情，他都非常感兴趣，尽管乔利只有8岁，可是他依旧是福尔赛家族的一员，因此他并没有讲出他自己钟爱的玩具——商店橱柜里成套的士兵玩具，他的爸爸曾经承诺会给他买。毋庸置疑，这对他来说价格太高了，这种奢望的东西不应该在这种场合讲出来。

祖孙三代沐浴在阳光下，他们静静地坐在已经很久都没有结果实的梨树下面。

老乔里恩布满皱纹的脸颊有一块皮肤非常红，这是老年人晒完太阳之后的正常反应。他将孙子的手攥在自己手里，他的孙子已经上到他膝盖的地方了；小孙女也被这种场面所吸引，学着哥哥的模样爬到爷爷身旁；巴尔塔萨在地上翻滚挠痒痒，它发出的声音很有乐感。

小乔里恩的老婆忽然起身向屋内走去。大概一分钟之后，小乔里恩随便找了个理由也跟随老婆进屋了。只有老乔里恩跟两个孩子还待在花园里。

上帝携带他那奇特的嘲讽，使用因果轮回的规律，开始作用于老乔里恩的内心深处。老乔里恩对小孩们的疼爱，对小生命的热爱，曾经让他在儿子和孙女琼之间选择了孙女琼，现在他似乎又有这种感觉了，他要在琼和两个小孩子之间选择这两个小的了。两个小孩儿就像烈火一样在老乔里恩胸中点燃。这些小天使们肉嘟嘟的胳膊和腿毫无畏惧，非常需要有人照料。看着两个孩子肉嘟嘟的脸庞，有种说不出的严肃或高兴。两个小家伙总是叽叽喳喳在你身旁待着，他们哈哈的笑声非常洪亮。两个小家伙紧紧攥着你的手，并且将他们小巧的身体依靠在他的腿上。两个孩子一个比一个更惹人疼爱。老乔里恩的双眸充满了温暖，声音也温柔了许多，手上的青筋似乎没那么硬了，心也变柔美了。老乔里恩的开心本来就来源于这些孩子。在这个地方，他们肆无忌惮，随便聊天、玩耍、说笑都可以。最终，他所坐的柳条座椅也都因为被他们这三颗快乐的心所感染而光芒四射。

可是走进房间的小乔里恩和他老婆的状况就截然不同了。

小乔里恩看到，老婆双手捂着脸在梳妆台前坐着。

她的哽咽导致她的肩膀都在颤抖。像她这种庸人自扰的性格，小乔里恩自始至终都想不明白。之前像这种喜怒无常的事情他经历过不下一百次。对于自己是如何坚持下来的，他自己也不清楚，因为他不认为这是精神失常，并且他跟老婆并没有走到要离婚的地步。

　　睡觉的时候，她必定会将小乔里恩抱得紧紧的，说："啊！丈夫，你对我包容得太多了！"这句话她重复了无数次。

　　小乔里恩悄悄伸手将剃须刀揣进口袋里。"我必须要离开这里，"他心想，"我必须要去楼下！"他什么都没说就从这个房间离开去了花园。

　　小孙女在爷爷的膝盖上嬉戏，调皮的她把爷爷的手表戴在自己手臂上。小孙子的脸红彤彤的，似乎在向所有人展示他能倒立。巴尔塔萨卧在紧贴着茶桌的地方，被桌子上的蛋糕吸引了。

　　小乔里恩的脑袋里突然跳出一个坏主意，他要终结他们短暂的欢乐时光。

　　父亲为什么要来这个家，他难道就有资格让自己的老婆这么伤心吗？已经过去那么多年了，但是他这次突然到访还是让他们很意外。他很早就应该明白，他来这个家必须要提前通知他们，可是没有一个福尔赛家族成员能考虑到，他的突然到访给他们造成了很大的困扰！假如小乔里恩是这样想的，那么老乔里恩真是百口莫辩。

　　小乔里恩严肃地命令两个孩子，让他们到屋里吃点儿食物。他们两个看到爸爸这么严肃地跟自己说话，都吓到了，因为爸爸第一次这么严肃。哥哥拉着妹妹从花园离开，妹妹还依依不舍地回头望。

　　他给父亲倒了杯水。

　　"我老婆今天身体有点不适。"小乔里恩说，事实上，他很清楚，父亲也应该能猜到他们为什么突然从花园离开。老乔里恩镇定自若地坐着，小乔里恩对他极为憎恨。

"这套房子虽小，整体还可以，"老乔里恩寒暄地说，"我断定你可能把这里租下来了！"

小乔里恩没有说话，只是点头表示认可父亲所说的话。

"这座房子周围的环境真糟糕，"老乔里恩说，"四周的住户都很穷。"

他儿子回答说："的确，我们就很穷。"

原本花园里只有狗挠痒痒的声音，可是现在这份安静也荡然无存了。

老乔里恩简明扼要地说："我今天真不应该来，但是孩子……这段时间，我真的太孤独了！"

老乔里恩讲完这句话，小乔里恩就起身将手放在父亲的肩膀上，试图安慰他。

邻居的房间里传出了弹奏《水性杨花》①的曲子的声音，从声音上能够辨别出这架钢琴已经走调了。阳光已经离开小花园来到了墙角的地方。一只猫依偎在墙角处，正在享受阳光浴，它黄黄的双眼倦怠地看着巴尔塔萨。从远处传来嗒嗒的马蹄声，这种声音让人听了想要入睡。小花园里的一切东西都被周围的蔓草遮盖了，所以我们能看见的仅限于蓝天、房子以及梨树。梨树高耸的树枝上依旧有光照。

他们在小花园坐了很久，有时会聊上一两句。之后老乔里恩就起身离开了，他并没有说下次是否还来。

老乔里恩心里其实是很难过的！这个地方太寒酸了，福尔赛家族的成员就应该住在像斯坦霍普门那样的大房子里。老乔里恩的这

①意大利歌剧作家福尔地的曲子。

所房子空荡荡的，室内的台球室和客厅虽然面积很大，但是一周也不见得有一个人会去。

老乔里恩曾经认为那个女人模样还可以，但是如今她变得瘦骨嶙峋。他明白，如果不是因为这个女人，小乔里恩绝对不会过得这么拮据！还有两个可爱的孩子！啊！这件事办得真是蠢极了！

老乔里恩顺着艾奇韦尔路走着。位于两边的小房子都在提醒他一些黯淡的历史或相关的事情。

这个社会真是罪恶多端！那些唠叨不止的老女人和那些目中无人又草率的人，正是他们给自己的孩子定下了无比残酷的裁决！就是那些早就该见阎王的老女人！老乔里恩拿着手中的伞重重地敲击地面，似乎要用这把伞直击这些人的心脏。他们竟然将自己的孩子和孙子流放，但是他们却站在这些人身上过着舒心的日子！这15年来，他一次都没有破坏过这个社会准则——但是，今天他却破坏了！

老乔里恩的大脑中浮现出了琼以及她已经去世的妈妈。发生的所有事情都让这个老头儿非常心寒。一想到这些事情，他的心里就充满了悲伤！

老乔里恩走了很久，终于来到了斯坦霍普门。他生下来性格就非常乖张，在楼下洗手池清洗过双手之后，他来到餐厅坐等吃晚餐。琼不在家时，餐厅是他唯一要出入的地方——在这里他感觉不到孤独。晚上的报纸还没拿来。早晨的《泰晤士报》他已经看完了，此刻他无所事事。

餐厅对面有一条小道。这条路上很少有车，所以显得十分安静。他虽然讨厌狗，可是狗至少还能跟他做个伴。老乔里恩看了看挂在墙上的那幅画，这是他收藏的所有画中的精品，它的名字叫《日落下的荷兰渔船》。但是他并没有从这幅画上获得快乐。他闭上眼，浓浓的孤独感涌上心头！他很清楚他不能有半句怨言，但是他却禁不住要抱怨。他是个让人怜悯的老头儿——自始至终都让人怜悯——他一点儿勇气都没有！他满脑子里都是这些东西。

男管家进来将餐具摆放整齐之后，发现老乔里恩睡着了，于是就蹑手蹑脚地挪动着。这个男管家全脸都长满了络腮胡子，上唇还留着一小把胡子，这让福尔赛家族的每个人都感觉很奇怪，尤其是像索米斯那样在公立学校接受过教育的人。他们这些有文化的人就喜欢字斟句酌。真的能把他看成男管家吗？喜欢说笑的人总是称呼他为"乔里恩大伯家那个不笃信本国宗教的另类教徒"。众所周知，乔治是个爱开玩笑的人，他调侃男管家并称他为"桑基"①。

男管家在油光锃亮的餐桌和餐具前走来走去，不过悄无声息，这一点任何人都学不会。

老乔里恩偷偷观察着他，同时又佯装自己睡着了。这位男管家是个偷偷摸摸的人——这是老乔里恩一贯的看法——这个人对所有事情都不上心，他一心只想把自己的工作迅速完成，之后便出门赌博、泡妞或干一些其他勾当！一个既胖又懒的家伙！他压根儿就不会关心自己的主人！

虽然事实跟他想的一点儿都不同，但是他又将自己那套人生哲理搬出来。这一点也正是老乔里恩有别于福尔赛家族其他成员的地方。

寻根究底，这位男管家对老乔里恩如此关切的原因是什么呢？他又没有给这位管家付这一部分钱，凭什么盼望他做这些呢？偌大的世界里，假如不为真情付钱，那它必定荡然无存。有可能到达天堂之后就不同了——老乔里恩并不晓得——也无法分辨！所以他再次紧闭双眼！

①桑基（1840—1908）美国歌唱家和赞美诗作家。

男管家忙得一刻都不停，他将餐具从餐柜的不同隔间里拿了出来，这个动作表面上看冷漠残酷，并且偷偷摸摸。他好像无论什么时候都用后背对着主人，这样就能避免让老乔里恩看到这些不雅的画面。他偶尔也会悄悄在银饰餐具上哈气，之后再使用麂皮反复擦拭。他拿起酒瓶的时候总是谨小慎微，拿到跟自己的胡须一样高的位置，同时认真察看瓶内的余量。忙完这件事情以后，他站着凝视主人一分钟左右。他的双眼是浅绿色，眼中流露出一些鄙视的神色：

终究他的主人年龄已经很大了，有可能要不了几天就去世了！

男管家像一只轻巧的公猫一样，迅速而又悄无声息地穿过房间，要去按门铃。他很早就告诉其他人"7点钟准时开饭"。假如他的主人睡着了，他要怎么做？他待会儿就把主人从睡梦中叫醒。老乔里恩晚上还可以接着睡，并且他今晚8点半还要去俱乐部办点事！

听到铃声，一位年龄较小的仆人端着一个装汤的银饰器具进来了。男管家将器具接过来，放到餐桌上，随后来到门口处，那架势好像要迎接贵宾一样。他严肃地对老乔里恩说：

"老爷，晚饭已经准备好了！"

老乔里恩缓缓起身，来到餐桌前开始吃晚饭。

建造房子的图纸

福尔赛家族的每个人都有属于自己的"标签"，这跟那些对于制作土耳其软糖至关重要的小动物一样，换言之，假如他们的住处不存在了，那么他们也就不会被那么多人认识，或是说尽管认识他们但也未必能认出来。环境、资产、朋友、老婆都属于他们的住处。这些东西跟他形影不离，不管在哪个世界，它们都跟他们共同移动。这个世界拥有千千万万个人，他们也有属于自己的住处，跟每个福尔赛家族的人都相同。如果哪个福尔赛人没有自己的住处，这注定无法让人相信——他就跟那种忽略情节的小说相似，人尽皆知，这种情况异于常规。

福尔赛家族的成员一致认为，菲利普就应该划分到没有住处的这类人当中。这类人极其少见并且与幸福无缘，他跟这种人很类似。他们在别人的环境、资产、朋友、老婆中虚度了一辈子。

菲利普的办公室位于斯隆大街的顶楼，门外的牌子上写着"菲利普·拜恩斯·波辛尼建筑师办公室"，这种派头压根儿就没办法跟福尔赛家族的气场比。他的办公室没有单独的会客厅，他用一块布隔成了小屋子，屋子里放的都是一些生活必备品——床、座椅、空酒瓶、烟斗、文件、小说以及拖鞋。办公室里摆放的是一些常规的家具，比如开着一个门的格子橱柜、一张由橡木做成的圆形桌子、能够伸缩的脸盆架、几把硬邦邦的座椅以及布满图纸的办公桌。琼来这里喝过两次茶，但是都是菲利普的姑母跟她一起来的。

如果按照这种算法，房间后面那个就应该是卧室。

福尔赛家族的人调查后发现，他的收入仅限于两笔咨询费，每年只有20英镑，另外还会有其他小额收入，但是他还有一笔不算少的收入——他父亲留给他每年150英镑的遗产。

关于菲利普的父亲生前是做什么的，没有人知道。好像他父亲的老家是康沃尔，在肯尼基做过乡下医生。菲利普的父亲长得很帅气，具备拜伦式的脾气和性格——事实上，他在当地也是家喻户晓的人物。至于菲利普的姑夫——拜恩斯——就是他开了一家比尔德保尔建筑公司——尽管他不是福尔赛家族的成员，但是他却拥有这个家族的性格。关于他的大舅子，他认为没什么值得提起的。

"一个奇怪的人！"拜恩斯会这样说，"提起他那三个孩子，尽管他们心地很善良，可是反应太慢了。他们在印度行政部表现得都很出彩！他最疼爱的孩子就是菲利普。他曾经跟我讲过一些奇怪的话。他跟我说：'妹夫，你的想法一辈子都不要跟你那倒霉的老婆说！可是，我并没有听他胡说八道。我不是那种类型的人！他就是个奇怪的人！'他对菲利普说：'我的孩子，无论你在哪个阶级生存，临死的时候都要体面一些。'他去世时穿的是两排扣子的长款礼服，上面还有宝石胸针和绸缎式的领结。啊，我敢跟你打赌，没有一个人见过死人还穿成这样的！"

拜恩斯对菲利普充满了怜悯。他略带同情地说："菲利普的脾气和性格也是拜伦式的，遗传了他父亲。这样说的原因是什么呢？你瞧瞧，他当初从我的公司辞职，错失了多好的机会呀。他背着一个双肩包在国外流浪了半年，造成这一切的原因又是什么呢？——为了掌握国外的建筑知识——国外的建筑知识！这些东西又能给他带来什么呢？菲利普是个聪慧的男孩，每年赚的钱还不到100英镑！跟琼的订婚对他而言真是天大的喜事——这让他的生活不再那么起伏不定。他之所以白天补觉，晚上工作，是因为他做事缺乏规划。他身上没有坏习惯——一点儿也找不到。老乔里恩可是家财万贯的人啊！"

拜恩斯对琼的态度极其和善。这段时间，在拜恩斯家总能见到琼的身影。拜恩斯家就在朗兹广场附近。

"索米斯似乎就是为经商而生的！他把建造房子的事情交给菲利普，这对菲利普来说真是好极了，"拜恩斯跟琼说，"我亲爱的侄媳妇，如今，你跟菲利普见面的次数屈指可数，这些都是为了让他更好地发展！年轻人务必要有自己的事业。当初我跟菲利普一样大的时候，我不分昼夜地泡在工作里。我老婆以前常常叮嘱我说'亲爱的，工作永远没有身体重要，不要太卖力工作了'，可是我一次都没有好好对待自己！"

以前琼总是埋怨菲利普不去斯坦霍普门看望自己的爷爷。

有一次，他来找琼，他们刚在一起还不超过15分钟，塞普蒂默斯·斯茂夫人就出现了，她的出现真是太赶巧了。得知她的到来，菲利普迅速藏到小书房里，直到斯茂夫人离他才出来。

"啊，我的琼，"茱莉姑母对她说，"菲利普真是太瘦了！虽然我知道许多订过婚的人都跟他一样，可是你也要想点办法不能让他再瘦下去了。你斯威森爷爷在喝巴罗牛仔汁，听说这个效果很好。"

瘦小的琼在壁炉前站着，她那小小的脸庞哆嗦着，满是敌意。琼认为姑母这次不请自来的造访对她而言是种侵害。她不屑地回复说：

"忙碌才让他这么瘦，有所作为的人没有一个胖子！"

茱莉姑母嘟着嘴，她向来都非常瘦，能让她从瘦中找到安慰的只能是她还有机会吃胖这个想法了。

"我觉得，"茱莉姑母有些沮丧地接着说，"你应该制止那些叫菲利普'强盗'的人，如今索米斯决定聘用他当建筑师，这个称号最好不要继续叫，以免别人误解。这件事对他至关重要，我真心希望他能重视。索米斯是个极具鉴赏力的人！"

"鉴赏力！"琼怒气满满地说，"我压根儿就没感觉他有鉴赏力，换句话说，我们家族的人都没有什么鉴赏力！"

琼的这番话让斯茂夫人大吃一惊。

"你斯威森爷爷，"斯茂夫人说，"他的鉴赏力就很高呢！索米斯现在住的房子多么有品位，你该不会连这个都否定了吧？"

"哼！"琼回复说，"是艾琳让那里变得不同了！"

茱莉姑母试图避开这个尖锐的话题：

"艾琳愿意到乡下住吗？"

琼死死地盯着斯茂夫人，那种神情好像良心马上要蹦到眼睛里一样，没过多久，这种神情就不见了。但是琼自己观察得更加细腻，就跟双眸死死盯着自己的良心一样忐忑不安。琼骄傲地回答说：

"艾琳当然愿意，她有什么不愿意的呢？"

茱莉姑母突然有种慌张感。

"我也不清楚，"茱莉姑母说，"我想艾琳应该愿意跟自己的朋友待在一起，不愿分开。听你詹姆斯爷爷说，她对生活一点儿兴趣都没有。我们感觉——我想说的是蒂莫西的感觉——艾琳适合多出去走动走动。我想假如她去乡下了，你就会变得很孤单！"

琼双手交叉放在后脑勺的位置，声音洪亮地说："我太盼望了，蒂莫西爷爷管好自己，不要插手其他人的事情！"

个子高高的茱莉姑母挺着笔直的腰板站了起来。

"蒂莫西从来不插手别人的事情。"茱莉姑母说。

琼突然产生了愧疚感，她跑到姑母身旁亲了她一下。

"茱莉姑母，对不起，可是我真心不建议大家去插手艾琳的事情。"

琼这种表现让茱莉姑母措手不及，她无话可说。她将绿色手提袋拿起，又将黑丝披肩放到胸前，打算回去。

"你的爷爷这段时间过得好吗？"姑母走到大厅的过道里问，"菲利普占用了你所有的时间，我想你爷爷一定很孤单！"

她弯着腰在琼的脸上亲了一下，之后迅速离开了。

姑母刚走,琼的眼泪就哗哗地往下掉。她急忙跑进小书房,这个时候,她的未婚夫正坐在桌子旁边,专注地在信封上画小鸟。琼坐在他旁边哭着说:"啊,菲利普!这些事情让我很难过!"她内心火热,跟她的发色一样。

周日早晨,当索米斯正在剃胡子的时候,仆人告诉他菲利普来了。索米斯走到艾琳的卧室门口,对她说:

"菲利普正在楼下坐着,你先替我去接待他,我剃完胡子就下楼,马上就好了。我估计他是过来送即将要建造的那所房子的样图吧。"

艾琳并没有说话,她整理好衣服就去楼下了。关于在乡下盖房子这件事,艾琳的真实想法是什么,索米斯一点儿都不知道,她并没有说过自己不赞成这件事。至于菲利普,艾琳似乎对他很友善。

艾琳和菲利普在楼下的小院子里聊天,索米斯隔着更衣室的窗子看到了这个场景。他慌慌张张地把胡子刮完,以至于下巴上有两个地方都破了。他们两个在院子里聊得很开心,索米斯心想:"艾琳和菲利普反而很投缘!"

索米斯说得没错,菲利普这次来就是为了让他看样图。

他拿着帽子跟菲利普出去了。

房子的样图就在菲利普的橡木办公桌上。索米斯的脸像白纸一样,镇定自若地咨询着菲利普。他弓着身子,看了很久的样图,沉默不语。

最终他疑惑地对菲利普说:

"这座房子真是特别啊!"

房子整体是矩形,共2层,带屋顶的院子环绕在四周,二楼的走廊也环绕着整个院子。院子的屋顶由8根柱子支撑着,上面覆盖着玻璃。

福尔赛家族的成员都会认为，这所房子很特别。

"很多地方都没有利用上。"他接着说。

菲利普在办公室走来走去，此刻他脸上的神情让索米斯非常讨厌。

"这所房子的设计理念，"菲利普说，"是让房间的每个角落都布满新鲜空气供你呼吸——像真正的上等人那样！"

索米斯将他的拇指和食指伸开，似乎是在丈量他那即将来临的上等人的地位一样，然后答道：

"啊！对呀，我清楚。"

一种奇怪的神情出现在建筑师脸上，在讲述设计理念的时候，他看起来很兴奋。

"这个地方我原本规划的是一座别致的房子。假如你不赞同这种设计，希望你能提前告诉我。大多数人认为别致是不必放在心上的事情——多建一间厕所难道不好吗？别致的房子也没什么用，不是吗？"菲利普忽然把手指移动到位于中间长方形部分的左半边，"这是个宽敞的地方，这里可以摆放你收藏的字画，之后我用帘子将这里和外面分开。装上帘子，这个51英尺乘以23英尺6英寸的地方就属于你了。这里有个双面炉子放在中间，一面对着院子，一面对着摆放字画的地方。窗户最后统一集中在这个地方。从窗户进来的光线在东南方，从院子里进来的光线在正北方。多余的字画你可以挂在其他房间或走廊的墙上。"菲利普继续说，虽然菲利普望着他，可是好像并没有把他放在眼里，这种感觉让索米斯很不舒服——"建筑跟生活很像，假如房子缺乏设计，那么别致就无从谈起了。现在的青年可能会告诉你这些东西已经落伍了。无论如何，这所房子的确很特别。我们想都不敢想，我们的生活理念竟然可以体现在建筑上。我们习惯性地把房间摆满装饰物和外表华丽却毫无用处的小物件，我们的眼球都被这些东西吸引了。与其截然相反的是，我们应该好好放松一下自己的眼睛。这种效果只有铿锵有力的线条才能勾勒出来。设计贯穿于整件事情中，没有设计，别致何从谈起？"

索米斯生来就擅长嘲讽，这个时候，菲利普的领带吸引了他所有的目光。菲利普的领带没有戴正，胡楂也很明显，并且穿着一点儿都不齐整。他的作息规律似乎都被自己所从事的行业扼杀了。

"这张样图跟营房很像，难道不是吗？"索米斯说。

菲利普没有迅速作答。

"我知道你想要哪种房子了，"菲利普说道，"你喜欢利道马斯特建造的那种房子——那种风格可能跟漂亮和敞亮的房子归为一类，楼阁里住的是用人，前门向里延伸，这样你就能走下来了。我跟利道马斯特是发小，他是个很优秀的青年，你不如去找他吧！"

索米斯听到菲利普这番话，感到十分惊讶。他对这份样图非常满意，只不过太爱面子，不愿意把自己的真实想法大胆讲出来罢了。想从他嘴中听到称赞的话语简直比登天还难。那种口是心非的人不是他喜欢的类型。

他发觉自己现在处于骑虎难下的境地，在称赞的话语和这个优秀样图之间，他只能选择一个。菲利普有可能会销毁样图，并且不再给他建造房子。菲利普真是这样的人，像个大孩子一样！

跟菲利普相比，索米斯感觉自己优秀多了。但是对菲利普而言，索米斯身上散发着一种特别和类似催眠的作用，可是这种感觉他一次都没有。

最终，索米斯支支吾吾地说："这份——这份样图真的是匠心独运。"

索米斯并不认为"匠心独运"这个词有什么可信度，他甚至讨厌这个词，所以他认为自己这样说并没有违背自己的初心。

菲利普好像很满意这个答复。他本来就喜欢听别人这样赞美自己！索米斯非常满意自己的机智。

"这个——这个地方面积很大。"索米斯说。

"空间、阳光、空气，"菲利普的喃喃自语被他听到了，"如果住在利道马斯特建造的房子里，那么你跟上等人群就无缘了——原因是那些开工厂的人总是找他建房子。"

索米斯摆出一副不屑一顾的态度。以前人们也将他看成上等人，如今就算拿许多钱跟他做交易，换他去跟那些开工厂的人归为一类，他也是绝对不会同意的。但是设计这类东西，他压根儿就信不过。现在这种感觉又涌现了。嘴上说设计和别致有用吗？索米斯认为，这所房子似乎很冷。

"我老婆怕冷！"索米斯说。

"啊？"菲利普嘲讽说，"你老婆？艾琳讨厌寒冷吗？你看这里！我感觉她应该不会觉得寒冷。"他指着那四个卡在院墙上的记号，"这四个地方将装上铝制的热水管道，我已经买过了，并且会把这里装扮得很华丽。"

索米斯满脸疑问地瞧着这些记号。

"装上这些非常棒，"索米斯说，"但是费用高吗？"

菲利普将手伸进口袋，掏出一张纸。

"这所房子就应该全部用石头砌成，可是，跟我想的差不多，这种材质的价格可能超出了你的预算，所以我换成石面和砖墙了。

按照设计图，屋顶应当由铜做成，可是我用绿色的石板替代了。实际上，包含所有的金属制品在内，你大概的花费是8500英镑。"

"你确定是8500英镑吗？"他问道，"我给你报的最高预算可是8000英镑啊！"

"低于8500英镑，这所房子就无法建造，"菲利普沉着地说，"你要么建，要么不建！"

这种沟通方式可能最适合索米斯。这个时候，他非常疑惑。他心里的呼声告诉自己要舍弃这些规划。可是这个样图很棒，并且他也很清楚——这个样图不仅完美无缺，还能让他变得很威风。用人们住的房间也都很棒。居住在这种房子里，他的社会地位也会得到提升——整座房子都非常独特，并且里面装扮得也很漂亮。

索米斯接着深入研究这张图纸，菲利普则去房间换衣服，然后又去剃胡子。

在回蒙彼利埃广场的路上，他们各自沉默不语，索米斯用余光不停地观察着菲利普。

假如他着装整齐——索米斯的想法是这样的——这个"强盗"的模样还算英俊。

索米斯和菲利普走进客厅的时候，艾琳正弯着腰在整理她的那些花。

艾琳想要吩咐用人，让他们把琼也请过来。

"不可以，不可以，"索米斯急忙说，"我们还要谈生意呢！"

吃午饭的时候，索米斯对菲利普非常友好，不停地叮嘱他多吃点儿。菲利普兴致勃勃的样子让索米斯很高兴，他吩咐艾琳，让她下午陪着菲利普，自己还依照惯例去二楼欣赏字画。到了吃下午茶的时间，索米斯下楼来到客厅，这个时候他老婆正在和建筑师聊天——按照索米斯的描述——他们聊得热火朝天。

索米斯藏在门口，他暗自开心，所有事情都在顺顺利利地进行着。菲利普能和艾琳聊得来，这真是一件好事。这样看来，艾琳对建造房子这件事应当是默许了。

他静静地看着画，打算假如有必要的话，他可以再多出500英镑。可是他非常想让菲利普的预算降一降。降低预算一点儿都不难，关键就在于菲利普愿不愿意。在确保房子整体效果不变动的前提下，菲利普还是可以想到很多降低预算的方法的。

所以索米斯打算找到合适的时机把这些话讲出来，他看到老婆端了一杯茶给菲利普，光线穿过百叶窗照进客厅，艾琳的脸通红通红的，她那金黄色的头发和双眸发出耀眼的光芒。菲利普的脸也通红通红的，看上去似乎有点不知所措的样子，可能是同一束阳光的原因吧。

光线把索米斯搞得非常烦躁，所以他立刻站起来把窗帘拉上。之后艾琳给索米斯送了一杯茶，索米斯冷酷地说：

"那所房子8000英镑能不能搞定？可以从小细节来缩减开支。"

菲利普喝完杯子里的茶，将茶杯放稳之后，回复说：

"没有一个地方可以缩减！"

索米斯非常明白，他的要求已经严重违反了菲利普那些不为人知的妄想。

"唉，"他略带生气地说，"看来你必定要原封不动照着你的样图来建了？"

几分钟之后，菲利普打算离开，索米斯起身将他送出大门。菲利普好像很高兴的样子，但是索米斯并不知道原因。菲利普脚步轻快，并且越走越远，索米斯郁郁寡欢地返回客厅。他老婆正在整理谱子。这个时候，一种好奇心突然涌上索米斯心头，他询问老婆：

"你觉得菲利普是个什么样的人？"

索米斯盯着地毯，焦急地等待艾琳的回话。这次等待的时间很久。

"我也不清楚。"艾琳最终这样回答。

"你觉得他的长相帅气吗？"

艾琳笑了。索米斯认为艾琳的笑中带有嘲讽之意。

"的确，"艾琳说，"帅气十足。"

安姑母过世

9月底的某个早晨，安姑母已经无法拿起放在史密赛尔手中的假发了。用人们急忙将大夫请来。大夫瞧了一眼她那衰老的脸庞，就当场公布安姑母过世的消息了。

茱莉姑母和海斯特姑母无法接受这个事实。她们根本就没预料到结果竟然是这样的。真的，让人疑惑的是，她们难道没有想过这种结局是迟早要来的吗？安去世之前并没有留下什么遗言，甚至连一点儿征兆都没有，就这样悄然离去了。私底下，她们觉得安这样做太不近人情了，并且这种做事风格也跟她不符。

福尔赛家族的一员居然就这样与世长辞了，这给他们带来了很大的触动。假如安姑母开了这样一个头，那么别的成员就全都会效仿！

一个小时之后，茱莉姑母和海斯特姑母才决定跟蒂莫西讲安去世这件事。要是他不知道这件事该多好！他最好一点一点慢慢地知道这件事！

在蒂莫西家门口，两位姑母小声交谈了很久。跟他讲过之后，她们两个又开始小声交谈。

两位姑母担心间隔太久再把这件事情告诉蒂莫西，他会极其难过。但是，蒂莫西的现状并没有大家想的那么糟糕。不过，他依旧卧床不起！

茱莉姑母和海斯特姑母分别之后，两个人都在偷偷地抹眼泪。

茱莉姑母返回自己的卧室，这个巨大的打击将她重重击垮。她泪流满面，难过地哭泣着，脸颊上那些紧实的皮肤也都哭肿了。安就这样离开了，没有安陪伴，她不知道接下来该如何生活。她们两个住在一起73年了，在这73年里，只有一小部分时间她们没在一起，此刻发生的一切是那么不能让人相信啊。每过一段时间，她就打开抽屉，将放在浅紫色包下面的迷你新手帕取出来。想想安在凄凉的地方长眠不醒，她那颗柔软的心就要碎了。

海斯特姑母是个罕言寡语、性格温顺、注重保养的人。这个时候，她坐在客厅的沙发上，百叶窗都拉上了。最开始她哭得很伤心，但是慢慢地就不明显了。再怎么伤心也不能伤了元气，这是她一贯讲究的原则。身材瘦小的她纹丝不动地坐着，这个时候，面前的这个壁炉成了她的研究对象，她慵懒地将双手搭在黑丝绸礼服的膝盖上。毋庸置疑，家族里的人需要海斯特姑母提供一些帮助。好像这样做了能起到一定的作用一样！但是尽管这些事情全做了，还是不能阻止安的去世！假如这样，那又为什么要去叨扰她呢？

老乔里恩、斯威森以及詹姆斯5点就来了；罗杰又犯了风湿病，无法前来；尼古拉斯在雅茅斯，也来不了。海曼夫人天刚亮就来了，瞧了一眼安姑母之后就又回去了。她离开的时候还让别人转告蒂莫西——但是并没有人告诉蒂莫西——她认为蒂莫西应该早早告诉她。实际上，这种感觉每个人都有，他们一致认为应该早早告诉他们，要不然他们好像丢失了什么东西一样。詹姆斯言之凿凿地说：

"我早就预料到她无法康复了，我也提醒过你们她很可能等不到这个夏天过完就会去世。"

海斯特姑母没有说话。如今马上就要进入10月了，大家再为这个争辩不停还有什么意义呢？有些人什么时候都觉得不合自己的意。

海斯特姑母看到老乔里恩、詹姆斯以及斯威森来了，便吩咐用人将茱莉姑母请来。茱莉姑母火速从二楼下来。虽然她已经用清水洗过脸了，但是依旧遮不住那种肿肿的样子。斯威森的裤子是浅蓝色的——他知道这个消息之后立刻从俱乐部跑来，并没有回家换衣服。茱莉姑母眉头紧皱地观察着他的裤子，即使这样，她的面部神情也好过平时，先天惹事的性格表现得越来越强烈。

他们5个一同到楼上看望安的遗体。安姑母躺在铺有一床棉被的白床单上，这个时候，她特别需要温暖。将枕头移走之后，她的后背和头部连成一条线，显得非常平，这跟她顽强的性格非常相似。她的额头上戴着一条毛巾，毛巾的两端自然垂到耳朵附近，她那张毫无血色的脸出现在床单和毛巾中间。她的双眼紧闭，并没有看站在她身边的这些亲人。她的脸庞非常宁静，宁静中却带着坚韧。如今安姑母变得骨瘦如柴，但是皱纹并没有造访她的脸庞——下巴是方形的，脸是方形的，颧骨、凹进去的额头、鼻子跟假的一样——这一幕幕就是无法服输的灵魂向死神服软之后所呈现的画面，此刻正毫无目的地看向上面，似乎要重新找到那颗灵魂，将她的管辖权夺回来一样。

斯威森刚看了一眼就匆匆离去了。之后，他解释说这种场面让他难受。斯威森走着下楼，不，确切地说应该是一路小跑，因为整个房间好像都在跟随着他的脚步声颤抖。他拿起帽子，坐上一辆四轮马车，马车夫并不知道他要到哪里去。当他到达自己家时，整整一个晚上瘫坐在座椅上，纹丝不动。

晚饭的时候，他没什么食欲，只吃了很少的松鸡，喝了一点儿香槟。

老乔里恩立在床尾，双手在前面放着。在屋内的这些人当中，只有他自己能清晰地记得母亲死去时的模样。虽然他面前躺着的是安，可是他心里却在回忆母亲去世时的情景。安年龄很大了，最终依旧死去了——每个人都要死亡！老乔里恩的脸庞纹丝不动，眼睛好像在看远方。

老乔里恩身旁站着的是海斯特姑母。此刻她并没有号啕大哭，她的泪水已经流干了——她的追求命令她不能再浪费精气神了。她的双手动来动去，眼睛并未看安，只是看着四周，她想尽办法从这种难过中逃脱掉。

在同辈亲人里，詹姆斯的情感表露得最显眼。他的眼泪顺着纤瘦脸颊上的横向皱纹落下。他毫无头绪，不知道哪里才是他能诉说心中苦楚的地方。茱莉的状况并不乐观，海斯特还不如茱莉。詹姆斯原本以为安的逝世应该不会让自己那么伤心，可是他错了。安的去世让他接连几星期都难以平复自己的心情。

海斯特姑母悄无声息地离开了，茱莉姑母依旧在这里徘徊，因为她想要做一些她认为必须要做的事情，两次都不小心撞到了东西。老乔里恩在回忆之前的事情，撞击声将他拉回现实，他瞥了一眼茱莉姑母，眼神中流露出一丝严肃的神情，然后就离开了。詹姆斯自己依偎在安的床旁，他偷瞄了一下周围，发现所有人都没有看他，就弯着腰亲吻了安的额头，然后慌慌张张地走了。詹姆斯来到大厅，见到了史密赛尔，便询问她关于葬礼的事情，但是史密赛尔给他的感觉是，关于葬礼她一点儿都不知道。詹姆斯愤怒地埋怨着，假如安的葬礼他们都不关心，那么家族里的一切事情就都不会顺利完成。最好的方法就是让史密赛尔把索米斯找来——索米斯对这种事情了如指掌，蒂莫西爷爷一定伤心极了——必须要有专人照料才可以。然而海斯特姑母和茱莉姑母的情况也并不乐观——她们哪有精力去思考关于葬礼的事情！并且詹姆斯猜想，安去世之后，她们两个也很快会生病。史密赛尔应当把大夫请来，让她们先吃点儿药。詹姆斯感觉，安姐姐就是因为请的大夫不够好，所以才会去世，假如给她看病的是布兰克医生，或许她现在还健健康康地活着呢。詹姆斯还叮嘱史密赛尔，假如她遇到不知道该如何处理的事情，她可以随时差人到公主巷来送信。并且，葬礼上必定会用上他的马车。詹姆斯询问史密赛尔能否给他找些吃的，葡萄酒和饼干就可以——他的中午饭还没吃呢！

葬礼前的几天过得风平浪静。众所周知，安姑母认定蒂莫西是她那为数不多遗产的继承人，所以大家并没有讨论这个问题。遗嘱的执行者只有索米斯一个人，葬礼的一切事宜也都交由他来负责，并且必要的时候，他还要给福尔赛家族的每位男士都送上这样的请柬：

致×××

请于10月1号中午到海斯特公墓参加安·福尔赛女士的葬礼仪式。10点45分马车将在贝斯沃特路"凉亭"会合。用鲜花悼念逝世者。收到请回信。

葬礼那天早晨异常寒冷，伦敦的上空灰蒙蒙的一片，詹姆斯的马车10点半就到了，他是第一个来的。马车上载的是詹姆斯和他的女婿达尔第。达尔第模样俊俏，胸脯方方正正，穿的是紧紧扣着两排扣子的礼服。他暗黄色的脸庞有一点儿胖，他的胡子是卷曲的，两腮的胡子总是露出来，用尽各种办法也无法剃净，好像象征着他那种深入到骨髓里的性情，这种性情在经商者的行列中很是常见。

　　索米斯以遗嘱执行者的身份来迎接客人。蒂莫西仍然无法下床，葬礼举行过后他可能就无须再卧床了。两位姑母等葬礼举办过后才会下楼，假如谁想要回来，可以在这里吃午饭。罗杰是第二个来到这里的，因为他的风湿病还未彻底痊愈，所以他走起路来腿脚依旧不利索，他那3个儿子——托马斯、小罗杰以及尤斯塔斯都跟着他。他们刚到没多久，罗杰的另外一个儿子乔治坐着二轮马车也到了。他跟索米斯一同站在大厅的门口处，正在询问索米斯葬礼是否能捞点儿钱。

　　索米斯讨厌他，他也并不喜欢索米斯。

　　紧接着到达的是海曼家的两个——杰西和贾尔斯，他们虽然一言不发，但是他们的穿着完全遵照葬礼的规则，还故意将裤子上烫出一些褶皱。之后老乔里恩一个人到了。然后是尼古拉斯，他的脸上看不出一丝伤心，每次他的头和身体的晃动都带着一些刻意隐藏起来的快乐。他那个温顺的儿子跟他一同来了。菲利普和斯威森同一时间来到门前——他们站在原地互相谦让对方，让对方先进去，但是当门一打开，他们两个同时进去了。到达大厅之后，他们又在互相表达歉意。两人在争论时，斯威森的领结不小心给弄歪了，他弄好之后就上楼了。海曼家的另一位成员也来了。尼古拉斯那两个已经结婚的儿子以及崔迪曼、施滨德以及华里也都来了。这三个人都是福尔赛家和海曼家的女婿。所有人都到了，一共21人。福尔赛家族里的所有男士都来了，当然，不包括蒂莫西和小乔里恩。

他们一大群人来到红绿相间的客厅里，这种明亮的色调将他们的服装衬托得异于往常。所有人都在找位置坐，想要通过这种方式来遮挡自己所穿的黑裤子。他们的裤子和手套的颜色有些不搭——有点浮夸的感觉。菲利普的裤子是灰色的，并且他还没有手套，许多人都惊讶地注视着他，但是私下里却非常羡慕。所有人都在窃窃私语着，但是他们并不是在讨论安姑母，而是在聊着对方的事情，似乎这就是对安姑母最好的祭奠。举办葬礼仪式的目的就是让他们祭奠逝世者。

不久后，詹姆斯突然大声说：

"对了，我想我们该出发了。"

他们都向楼下走去，并且井然有序地登上了自己的马车。

殡仪车缓慢地向前行进着，所有马车都紧紧跟随在后面。第一辆马车里坐的是老乔里恩和尼古拉斯；第二辆马车里坐的是斯威森和詹姆斯这对孪生兄弟；第三辆马车里坐的是罗杰和小罗杰；第四辆马车里坐的是索米斯、小尼古拉斯、乔治以及菲利普。后面的八辆马车，每辆上面都坐有三个人或四个人。带敞篷的马车里坐的是大夫；紧随着的出租马车里坐的是管家和用人，出租马车自始至终都距离前面的马车很远；最后一辆马车是空的，它只是为了凑够13这个数字。

在贝斯沃特路上，送葬的马车走得非常缓慢，但是一旦走到小路上，马车的速度就变快了，之后就一路快速地行进着，直到抵达教堂。在行进的过程中，马车路过一些热闹的大街时也会走得很慢。坐在第一辆马车里面的老乔里恩和尼古拉斯在讨论自己的遗嘱内容。坐在第二辆马车上的孪生兄弟尴尬地交谈一次之后，就都沉默不语了。他们两个的耳朵都不是太好，想要对方听到自己说话就必须讲得很大声。面对这种尴尬的场面，詹姆斯只讲了一次话：

"我一定要去哪个地方找块墓地。斯威森，你都准备好了吗？"

斯威森用严厉的眼光看着他，回复说：

"我不想跟你聊这个话题！"

在第三辆马车里，交谈时有时无，他们时不时望向窗外，看看究竟走了多远。乔治感慨说："啊，这位老婆子去世得可真不是时候。""我觉得每个人最多活到70岁就可以了。"小尼古拉斯小声回复说，但是他认为这条规则并不能运用在福尔赛家族的成员身上。乔治透露，他60岁时还曾两次计划自杀。小尼古拉斯摸着下巴在端详，同时面带笑容，他觉得这种说法得不到父亲的赞赏，父亲在60岁之后还挣了许多钱呢。啊，70岁就是上限了！那个时候乔治必定会说，到了该死去的年龄，并且自己的孩子们应当继承这些钱财。原本一言不发的索米斯此刻也加入了聊天者的行列。乔治刚才询问他经手葬礼能捞多少钱的问题，他还怀恨在心，所以他缓缓抬起双眼说道，说这些话的人一般都是不会赚钱的穷光蛋，他自己可是准备活很久呢。乔治被这句话伤得很深，因为大家都知道他向来都很穷。菲利普漫不经心地小声说："哎，说得真对！"聊天伴随着乔治的哈欠声结束了。

马车抵达葬礼举办地之后，安姑母的棺材就被抬进了教堂，其他的人排成两队跟在棺材后面进去了。这一队的男子全都是死者的亲属。在伦敦这种繁华的大都市里，这种场面非常壮观。伦敦是个多姿多彩的城市，这里存在的工作岗位、兴趣、责任多种多样，这座城市充满了令人发指的冷漠和恐惧的个人主义。

战胜这一切正是福尔赛家族成员在这里生活的原因，不仅如此，他们还要展现自己的凝聚力，以及伴随他们家族发展而来的财产原则。这些财产原则正是导致这个家族活力满满、繁茂发展、人丁兴旺并且还能发展到鼎盛的原因。这位与世长辞的老婆子的灵魂正在召唤他们将这一切展现出来。这次之后，她再也不能号召家族人团结起来了，他们的力量就来源于团结——最终，安姑母获胜了，尽管她逝世了，可是这个家族仍然完好无损。

　　对安姑母而言最幸运的是，她并未见到整个家族分崩离析进而丧失平衡。她也受到财产原则的影响，她从那个身材修长、腰板笔直的女孩子变成一个刚强又稳重的女人，然后又从稳重的女人变成一个瘦骨嶙峋、老气横秋和病痛缠身的老婆子。当这个世界抛弃她的时候，她跟巫女似的，性情也更加突出——她跟她的妈妈一样都在守护着福尔赛家族，财产原则同样也影响着这个家族。

　　福尔赛家族的生机和进步，以及整个家族的发展和壮大，安姑母全都目睹过，但是她那衰老的双眸还没再来得及回顾一下，她就撒手人寰了。安姑母原本加把劲还能回顾这一切。她很有可能通过她那衰老的双手和哆嗦的吻来保持整个家族的生机和发达，可是谁又能预料到呢？啊！即便这个人是安姑母，她也同样扭转不了自然法则。

　　"否极泰来！"这种莫大的嘲讽来自自然界。福尔赛家族的成员也没有违背这个规律，他们团结起来，准备在衰败之前举办最终的盛典。他们并排站着，脸庞有向左的，也有向右的，但是都没有任何表情，也猜不出他们在想些什么。可是，有时有些人看着教堂的顶部，眉毛挤到一起，那表情似乎是看到了不愿意看到的画面一样，又跟得知了什么恐怖的消息一样。那低沉的回答，相同的音调，一致到无法猜测的家庭音调，听着非常奇怪，让人无比惊悚，就好比有个人在慌张地效仿这些启发，自言自语一样。

祷告完毕，所有人排好队，护送安姑母的遗体去往墓地。墓穴已经打开，四周站了许多穿黑色礼服的男子。

安葬在这片圣洁高地上的人都是社会上的中上层人士。每个福尔赛家族成员的眼睛都顺着不计其数的墓地向下看。那一侧——虽然伦敦城距离这里很远，但是依旧能看到，光线没有出现在这里，似乎这是在悼念那些死去的女儿以及福尔赛家族的妈妈和护卫者。灰色的财产网中囊括了不计其数的钟楼和房屋，就跟趴在墓前祷告的人一样。安姑母的墓地也在这里，福尔赛家族中年龄最大的就是她了。

简短的祷告词讲完并且抛撒一些泥土之后，安姑母的棺材就入土了。从此以后，她就永远睡在这里了。

福尔赛家族的五兄弟都低着头在墓旁站着，他们都是安姑母的受托人。他们最想看到的是安姑母毫无痛苦地去世。她的财产屈指可数，无须讨论，可是除了这些之外，所有应该做的都要做到……

紧接着他们戴上帽子，转身看着墓碑上新刻的文字：

安·福尔赛之墓
乔里恩·福尔赛和安·福尔赛之女
卒于1886年9月27日
享年87岁零4天。

可能用不了多久，这上面还会刻上其他人的名字。这种感觉让人惴惴不安，死亡与他们密切相关，这一点是家族的每个人都没有想到的。每个福尔赛家族的人都想逃脱这种苦楚，经过这次葬礼，那些没有勇气想起的东西又浮现在大脑里——所以葬礼刚结束，他们便开始忙自己的事情，并且把葬礼的事淡忘掉。

空气冷飕飕的，狂风带着温柔又凛冽的劲头吹往山顶，飘过墓地，用冰冷的空气包裹着福尔赛家族的成员。他们分成小组，一路小跑去找在墓地旁边等候的马车。

斯威森准备去蒂莫西家吃午饭，如果有人愿意去，他可以用带篷的马车载着他们。斯威森的马车不大，大家并不愿意跟他挤在一起，所以没有一个人要去，他只能自己离开。接下来离开的是詹姆斯和罗杰，他们也打算去吃午饭。剩下的人也都逐渐离去了。老乔里恩的三个侄子坐着他的马车，他打算仔细端详这些年轻人的长相。

墓地事务所还有一些杂事需要解决，因此索米斯和菲利普同坐一辆马车走了。索米斯跟他还有很多需要聊的东西。事情办好后，他们步行来到了汉普斯蒂德，随后便在一家西班牙旅馆里吃了午饭。关于建造房子的详细内容，他们讨论了很久。然后他们乘坐电车去马伯拱门。他们分别之后，菲利普就去斯坦霍普门找琼。

索米斯回家时极为开心。吃晚饭的时候他告诉艾琳，他跟菲利普聊得很好，表面上看菲利普真是一个知晓情理的人。他俩走了很多路，走路对他的肝脏有益无害——索米斯已经很久没健身了——总之一句话，今天他很开心。假如今天不是安姑母举办丧礼的日子，他务必要带艾琳去歌剧院，但是此刻他只能待在家里度过这个漫长的夜晚。

"'强盗'三番五次提到你。"索米斯忽然说。他被一种无法言说的占有欲簇拥着，想要发挥一下占有者的权利，所以他离开座椅来到艾琳身旁，在她的后背上吻了一下。

第二部分

盖房子

今年冬天没有那么寒冷。跟索米斯之前考虑的一样，经济不景气，很适合盖房子。所以4月底，索米斯计划在罗宾山盖的那所房子的框架就已经完成了。

索米斯的花销终于见到实物了，他每周都要过来查看一次或者两次，偶尔会过来三次；索米斯能花费几个小时认真观察那些建筑材料，与此同时他又小心地不让灰尘粘在自己的衣服上；再或者到正在建的门廊里一声不吭地转来转去，偶尔又会绕着院里的柱子来回走动。

他在这些地方一站就是好几分钟，似乎想要看出这些材料的实际情况。

索米斯跟菲利普协商好，4月30日来看账本。这一天，他提前5

分钟就来到菲利普的帐篷内——他的帐篷建在老橡树旁边。

看到菲利普把账本放在折叠桌上，索米斯对着他点头示意了一下，然后坐下开始翻看。过了很久，索米斯抬起头。

"我没看明白，"索米斯大声说道，"账本上的记录远远超出了计划的700英镑。"

他用余光扫了一眼菲利普，然后快速地说：

"那些工匠看你态度坚定，他们自然就不要那么多钱了。如果你不睿智，他们就会跟你耍心眼儿……每个地方你都将价格压低10%，最终多出100英镑，我都能接受。"

菲利普摇着头回答说：

"这已经省到不能再省的地步了。"

索米斯在怒气的驱使下推了一下桌子，账本掉落了。

"如果是这样，我能说的就是，"索米斯冲动地说，"这件事情被你弄得糟糕透顶！"

"这个问题我不止一遍地跟你讲过，"菲利普不甘示弱地说，"盖房子超出预算是很正常的事情，你还需要我跟你重复多少次！"

"我明白，"索米斯吼道，"有时多花费10英镑我是不会介意的，可是，我不知道居然能超出700英镑！"

他们两个的性格也是造成这次矛盾的重要原因。菲利普想要按照自己的念头，将房子建造得跟样图一样，因此他不愿意看到规划因为任何原因而中止，或者是在凑合中建造；索米斯也想要按照自己的念头——将这笔钱的价值发挥到最大限度，这个念头让他深信花12先令就能买到13先令的货物。

"盖这所房子是我干过的最后悔的事情，"菲利普忽然说，"我的规划都被你整得泡汤了。你期望自己的房子能升值，你的房子应该是整个村里面积最大的，可你却那么爱惜你的钱财。假如你想终止合作，我会将那700英镑补上，可是我是坚决不会再接受你的雇用了！"

索米斯不再那么冲动。菲利普没有那么多钱，他是知道的，他全当他说的这些都是气话。他很清楚，假如菲利普现在跟他终止合作，那他想要搬进这所房子恐怕就遥遥无期了。况且，现在正是关键时期，房子的好与不好跟建筑师是否用心紧密相关。不仅如此，索米斯还需要顾及一下他老婆的感受！艾琳最近的表现很反常。她开始喜欢上菲利普了，索米斯坚信是这样的，只有这样艾琳才会同意他盖房子。他跟艾琳因为这件事闹翻可不好。

"你没必要发这么大火，"索米斯说，"假如我认可这件事，我觉得你就不需要吼我了。实际上，我只不过想跟你讲明白，我习惯每一分钱都花得很明白，我有权利知晓我的钱都用在哪个地方了。"

"你瞧瞧这个地方！"菲利普说，他那狡猾的眼光让索米斯既吃惊又生气。"我给自己开的工资已经低到不能再低了，假如让立陶·马斯特或其他任何一个人用跟我相同的工作时间来盖这所房子，他会让你付4倍的工钱。你想请顶尖的建筑师，但是你只愿意花1/4的钱，事实上，你已经做到了！"

菲利普讲的都是事实，这一点索米斯非常清楚。因此，虽然他怒气满满，但很清楚假如他们闹僵了，他的损失会更大：房子变成烂尾楼，不仅没法跟艾琳解释，还会招来其他人的嘲笑。

"我们再仔细查看一下，"索米斯郁郁寡欢地说，"这些钱究竟都用到哪些地方了。"

"这样更好，"菲利普说，"假如你同意的话，我们要抓紧时间了。因为我还要去找琼，我们说好一同去戏院。"

索米斯用余光扫了一眼菲利普，问："你难道不是去我们家见她吗？"菲利普跟琼见面的地方总是选在他家。

昨天晚上下了一场春雨，青草香铺满了地面。和煦的小风拂过老橡树的叶子和含苞待放的花朵，待在温暖的阳光下的画眉鸟在尽情地欢唱。

这样的春天给人带来一种无法言说的憧憬、一种苦涩的甜蜜、一种期盼。他站在那里静止不动，注视着树叶和草地，用尽全力将某个事物揽入怀中，具体这个事物是什么他也不清楚。大地散发出来的温暖让人沉醉，这种温暖越过了冬天的严寒，为其穿上御寒的外衣。大地漫长的爱的抚摸似乎在邀请所有人，让我们躺进它那温暖的怀抱里，在其身上翻滚。

索米斯就是在这样的春天里向艾琳求婚，并且成功了。他坐在被砍伐过的树干上，第20次向艾琳发誓，假如艾琳嫁给自己不幸福，他愿意放手，给她该有的自由！

"你愿意起誓吗？"艾琳问。艾琳前几天又提到了索米斯之前的发誓内容。索米斯回复说："荒唐！我绝对不会发这种誓！"但是这个时候，那个誓言突然莫名其妙地浮现在他脑海里。一个男人竟然为女人起誓，这真是一件离谱的事！可是以前为了能赢得艾琳的芳心，他随时愿意起誓！如果这样能让艾琳感动，他现在也愿意这样做。只不过艾琳是个冷酷无情的女人，任何人都无法将她融化。

沐浴在清新、温暖的春风里，索米斯想起了他跟艾琳相识的过程。

1881年春天，索米斯正在看望乔治·利佛赛治，这个人既是他的校友，又是他的客户。乔治出生在布兰克森，因为他要开采伯恩茅斯附近的松材，才将在那里建松材公司的业务交给索米斯去完成。乔治的老婆是个情商很高的人，为了迎接索米斯的到来，她特地安排了一场音乐茶会。索米斯不懂音乐，所以他非常讨厌这种迎接方式。就在音乐茶会接近尾声时，一个女孩深深吸引了他，她一个人站着，身上还穿着孝衣。透过她那件既薄又贴身的裙子能看出她身材修长，但瘦瘦的。她的双手戴着手套，交叉放在身体前面，嘴巴张开一点点，用她那圆圆的棕色的眼睛观察着来来往往的行人。她的头发既直又垂，黑色衣领附近的头发闪着金属般的亮光。索米斯在观察她的同时，自己也产生了许多男人该有的反应——一种与众不同的感官的享受，一种莫名其妙的坚持——这种感觉被小说家和经验丰富的老婆子称为一见倾心。索米斯盯着她看的同时，来到了乔治的老婆身旁。音乐茶会没过多久就结束了。

"那个黄头发棕色眼睛的女孩叫什么名字？"索米斯问。

"她啊——哎，她叫艾琳·海伦。她的父亲今年刚过世，他生前是个教授。她现在跟她的后妈生活在一起。她人不错，长相也很出众，只是太穷了！"

"麻烦你介绍我跟她认识一下吧。"索米斯说。

索米斯发觉艾琳不爱讲话，并且对于他屈指可数的交谈也很少回应。可是索米斯决定务必要再跟她见上一面。阴差阳错，他的决定居然在一次偶然的机会中实现了。在码头，索米斯见到了艾琳和她的后妈——艾琳的后妈喜欢在中午12点到下午1点这个时间段到那里散步。他办法很多，在短时间内就跟她的后妈认识了，同时他认为这个后妈正是自己要找的帮手。对一个家庭的收支情况的敏感，让他在短时间内就得知艾琳给后妈的生活费用远远低于她自己的开支——每年50英镑；同时索米斯还知道这位后妈想改嫁，因为她才刚步入中年。但是艾琳长相出众却还没出嫁，这极大地阻碍了她的改嫁。因此，他已经悄悄地将自己的规划设计好了。

索米斯突然从伯恩茅斯离开，一句话都没有留。一个月之后，他又来了，可是他只是将自己的想法告诉了艾琳的后妈，并没有让艾琳知道。索米斯说他不在乎时间的长短，反正他铁了心要追求艾琳。索米斯等的时间的确很长，他是艾琳变得更加漂亮的见证者：她那干瘪的身体变得更加丰满了，她的双眸因为获得足够的血液而变得光芒四射，她的脸庞红扑扑的。索米斯每一次到艾琳家，都要跟她求一次婚，但是每次他都会带着艾琳的拒绝返回伦敦，他的内心很痛苦，但是他依然不放弃。他的坚持悄无声息，跟墓地那样安静。索米斯绞尽脑汁地想要知道艾琳为什么不接受他。有一次，他发现了一点儿迹象，那是在公共舞会上——舞会对于住在海边的男女而言就是燃烧激情的时刻。他们两个坐在窗户的侧面，华尔兹舞曲将索米斯的激情引发出来了，他心神飘荡。艾琳缓慢地摇着扇子，遮住自己的半边脸，瞧着索米斯。艾琳这种妩媚的表情让他的大脑迅速充血，他迅速抓住艾琳的手，并且用力地亲了一下。可是艾琳却浑身哆嗦——直到今天索米斯还清楚地记得那个场景——与此同时，艾琳那种极其讨厌的眼神也让他记忆犹新。

接下来的一年，艾琳答应了他的求婚。她究竟是因为什么答应求婚，索米斯也不清楚。艾琳的后妈是个经验丰富、聪明的女人，她也没有给他透露太多的信息。索米斯娶到艾琳之后曾经问她："你之前为什么一直不接受我的求婚？"可是他得到的却是艾琳那出奇的安静。他第一次见到艾琳，就感觉她有很多秘密，是个变幻莫测的人，直到今天，他依然有这种感觉。

菲利普在大门口等着，他那英俊的、粗糙的脸庞上带着一种怪怪的、满是渴望的神情，似乎幸福的预兆将出现在春天的上空，在春天感觉到了甜蜜的味道。索米斯看到菲利普在等着。他怎么了？看起来为什么那么兴奋？他的笑意布满了嘴角和眼神，什么东西让他如此盼望？他在等待索米斯的同时，也在大口吸入微风中的花香，他这样做让索米斯非常费解。索米斯压根儿就瞧不上这个寒酸的菲利普，但是他却感到自己遭受了巨大的挫折。他迅速走到了那里。

"瓷砖的颜色非常好选择，"索米斯听到他说，"主色就要是砖红色再搭配一点灰色的那种，这样一来就会有通透的感觉。我应该问问艾琳有什么想法。我准备把通往这个院子的门帘做成皮制的紫色，假如客厅的墙被你们涂成白色，那么幻境的感觉就出来了。房子的所有装修效果都是为我最后所说的这种迷人的魅力做准备的。"

"那个散发迷人魅力的人是艾琳吧！"索米斯问。

菲利普没有回答。

"院子中间应该种一些鸢尾花。"

索米斯骄傲地笑着回答："有时间的话我会去毕奇的花店看看有哪些花合适！"

没有哪个话题能让他们两个聊很久，返回车站的路上，索米斯忽然问菲利普："我猜你一定会觉得艾琳非常风雅吧。"

"对，"菲利普迅速作答，很显然是在顺着索米斯的意思回答，就好像是说："假如你想聊关于你妻子的事情，你去找别人好了！"

听到这样的回答，索米斯整整一下午的怒气和不悦全都涌上来了。

他们两个没有再聊什么，快到车站时，索米斯又问道：

"你觉得工期大概需要多长时间？"

"假如把内部装修也算在内，估计要到6月底才能结束。"

索米斯点头回应。"可是，你要清楚，"索米斯说，"我的预算可比房子的实际花销少。我应当把我的想法告诉你，按道理我不应该插手这件事，可是我是个坚定的人，一旦我认准的东西，我绝对会坚持到底。"

菲利普没有说话。索米斯用他那惯用的厌烦眼神瞥了他一眼——虽然索米斯穿着时尚、态度强横、目中无人、沉默寡言，可是他的嘴巴和正方形的下巴，使他跟英国的斗牛犬神似……

那天晚上7点，琼到达了索米斯家，女用人贝尔森跟她说菲利普就在客厅，艾琳正在楼上梳妆打扮，马上就好。贝尔森打算去告诉艾琳，琼来了，可是琼迅速将她拦下。

"没事的，贝尔森，"琼说，"我自己可以的，你不用去通知艾琳。"

琼将披风脱下，贝尔森没有为她打开客厅门，而是直接下楼了。

一面老款的小银镜跟地毯一起放在橡木箱子上，琼停了下来，拿起镜子照了照，镜子里是一个身材修长、飞扬跋扈的年轻女孩，她的脸小巧但却坚毅，她穿着一条圆领的白色连身裙，她的脖子很细，似乎无法托起那头红色的鬈发。

琼悄悄把客厅门打开，想要给菲利普一个惊喜。房间里到处都是杜鹃花的香味，一股浓浓的甜蜜迎面扑来。

她吸入一大口花香，然后听到了菲利普的讲话声，声音距离她很近，却不是从客厅传出来的。琼听到菲利普说：

"啊！我想跟你讲很多事情，但是我们没时间了！"

艾琳说："你为什么不留下来吃晚饭？晚饭时我们还可以继续聊啊！"

"没办法聊啊！"

琼的大脑一片空白，她只想迅速离开这里，可是她却经过院子里的窗户，来到种有杜鹃花的地方。那里有两个人背对着琼站着，他们的脸被香槟色的花朵遮挡着，他们正是菲利普和艾琳。

琼悄无声息地站着，脸颊通红，但并不是因为羞愧，她怒气冲冲地看着他们两个人的后背。

"星期天你一个人来可以吗？我们一同到新房子去。"

透过花丛，琼看到艾琳正仰着头望着菲利普。艾琳的神情不太像是在搔首弄姿，可是——在琼看来这种情况更严重——女人总想隐藏自己内心的真实情感。

"我已经跟斯威森叔叔约好了，周末跟他出去。"

"那个胖家伙！那就让他跟你一起去吧，路程只有10英里——他的马车完全没问题。"

"斯威森叔叔真是太让人怜悯了！"

琼被周围浓烈的杜鹃花香气搞得想要呕吐，并且她还有点儿眩晕。

"来吧！你一定要来啊！"

"可是，我为什么要去呢？"

"我一定要在新房子见到你——你一定愿意帮助我的……"

这个回答充满了温柔，周围的花儿都听得直掉鸡皮疙瘩。

"好，我答应你！"

琼离开花丛，来到窗外的空地上。

"这里的空气一点儿都不流通！"琼说，"我真是受不了！"

她满眼怒气地看了他们两个一眼。

"你们聊的是新房子的事情吧？你们也知道，那所新房子我也没去看过，不如周末我跟你们一起去看看，可以吗？"

艾琳的脸红彤彤的。

"我跟斯威森叔叔已经约好星期天出去。"艾琳说。

"斯威森叔叔！他一点儿事都没有，你完全可以拒绝他！"

"我讨厌拒绝别人！"

这个时候传来一阵脚步声，琼看到索米斯出现了，就站在艾琳身旁。

"就这样吧，假如大家都没什么事的话，"艾琳带着一种诡异的笑容跟大家说，"我们可以开始用晚饭了！"

琼的晚会

在一片沉默中，晚饭开始了。琼和艾琳坐在一侧，菲利普和索米斯分别坐在她们对面。

每个人都一言不发，汤很快就喝完了——这份汤不错，只是有点太稀了。鱼很快就端上来了。

菲利普想要打破这种尴尬的局面，他尝试着说："今天天气很好，这才是春天该有的模样。"

艾琳小声赞同说："对啊，这才像春天。"

"像春天吗？"琼说，"空气闷得要死！"所有人再次陷入沉默。

这条从多佛运来的新鲜的鳎目鱼要端下去了，真是太可惜了。贝尔森将瓶口满是白色酒沫的香槟端上来。

索米斯说："这种酒口感很好，你们品尝一下。"

随后端上来一盘童子鸡，每个鸡腿都被粉红色的褶皱纸包着。琼吃不下，所有人都沉默不语。

索米斯对琼说："你吃点儿童子鸡吧，这是今晚最后一道菜了。"

可是琼依旧没有吃，饭桌上的饭菜全都收走了。艾琳忽然询问菲利普："我那只画眉鸟唱的歌，你还没听过吧？"

菲利普说："我听过了——它唱的那首打猎歌。上次它在广场上唱歌的时候，我刚好来到这里。"

"它的确很招人喜欢！"

"先生，你要色拉吗？"贝尔森问。

这个时候，索米斯说话了："芦笋真难吃。菲利普，你要不要跟琼喝一杯雪利酒？琼，你一点儿东西都没喝呢！"

琼回复说："我滴酒不沾，你又不是不知道。我讨厌这些东西！"

贝尔森将法国水果奶油布丁放入银盘子中端了上来，艾琳微笑着说："今年的杜鹃花开得可真好！"

菲利普听到后，急忙小声回复说："的确！它的香味让人陶醉！"

琼迅速说道："菲利普，那种味道怎么能让你陶醉呢？贝尔森，给我拿点糖。"

琼拿到糖了。这时，索米斯称赞说："这份水果奶油布丁真是太美味了！"

水果奶油布丁的盘子也收走了。然后大家又沉默了很久。艾琳忽然示意贝尔森："把杜鹃花拿出去吧，琼小姐不喜欢这个味道。"

"不用麻烦，就那样吧。"琼回复说。

不一会儿，贝尔森又将法国橄榄和俄国鱼子酱端上来了。索米斯问道："为什么不用西班牙的橄榄呢？"可是没人讲话。

橄榄也收了。琼拿起酒杯说："请给我来杯水。"贝尔森将水递给琼，紧接着将德国梅子放在银盘里端上来了。大家又沉默了很久。每个人都在静静地吃梅子，场面也很和谐。

菲利普点着梅子核的数目说："今年——明年——以后……"

菲利普还没讲完，艾琳就替他说："什么时候都不会！日落也很辉煌，天空全都是砖红色——美极了！"

菲利普回复她说："应在漆黑夜晚的下面。"

他们望着对方，琼鄙视地说："伦敦的落日！"

一盒埃及香烟放在银盒子里端上来了。索米斯抽了一根，随意地问道："你们的戏剧是几点的？"

无人回应，紧接着端上来的是装在搪瓷杯里的土耳其咖啡。

艾琳安静地笑着说："假如……"

"假如什么？"琼问。

"假如永远都是春天那该多好啊！"

陈年的白兰地酒端上来了。

索米斯对菲利普说："你最好喝一点。"

菲利普端着杯子站了起来，大家都举着杯子。

"你们有需要叫马车的吗？"索米斯问。

琼回复说："我不用！麻烦贝尔森将我的披风送来。"琼从贝尔森手里拿过披风。

站在窗户旁边的艾琳似乎在自言自语地说："这个夜晚真美好！满天的星星！"

索米斯说："你们今天能玩得开心是我最大的希望。"

站在门口的琼大声说道："谢谢。菲利普，我们走吧！"

菲利普声音洪亮地说："我走了啊。"

索米斯轻蔑地笑着说："祝你好运！"

艾琳站在门口，看着他们离去。

菲利普声音响亮地说："晚安！"

"晚安！"艾琳轻声说。

琼让菲利普带着她坐在马车的最高处，因为她需要呼吸一些新鲜的空气。琼静静地坐在马车顶层，沉默不语，任凭脸庞被微风吹拂着。

马车夫曾经一两次扭着头想要唐突地说几句话，可是最终却沉默不语。这对情侣一点儿都不让人讨厌！马车夫似乎也热情满满，他感觉把胸腔内的浊气吐出来是非常有必要的，因此他故意将舌头弄响，扬起马鞭，驱赶着他的马。这两匹马似乎也感觉到春天到来了，在这仅有的30分钟内，马车飞快地奔跑着。

全镇都活力满满，春意盎然。树干被新生的树叶装扮着，树叶并不是顺着树干径直向上生长，似乎在等着春风给它们带来恩典。街上的主角换成了刚刚开启的路灯，灯光将行人的脸照得惨白，天空中的白云静静地、快速地在紫色的夜空中移动。

穿大衣的男人将大衣敞开，手舞足蹈地踏上俱乐部的阶梯；干活的人无事可做；女人们——特别是晚上孤寂的女人们——每个人都形单影只地在路上徘徊，她们的脚步中带着某种渴望，渴望着畅饮一杯美酒和享用一顿大餐，再或者——一次不一样的邂逅。

在路灯和飘动的白云下，街上有不计其数的行人。所有人好像都能感受到春天带来的躁动的幸福。每个人就像踏上俱乐部阶梯的男士似的，他们通通都从自己的社会阶层、宗教信仰、风俗习惯中解脱出来，他们有的戴上高高竖起的帽子，有的脚步飞快，有的传出开朗的笑声，有的一言不发。在激情满满、满腔热情的天空下，所有人好像都没有区别。

琼和菲利普静悄悄地走到戏院里，他们的座位在高处的包厢里。他们刚坐好，戏剧就开始了。包厢里灯光暗淡，每个人都面向舞台坐着，从外面看似乎是面向太阳生长的花朵一样。

琼第一次坐在楼上的位置。她从15岁起就跟老乔里恩一起来戏院看戏，只不过她总是坐在正厅的位置，即在中间第三排，是整个戏院最好的位置。戏票是老乔里恩从商业区回家的路上，在格罗根和伯恩戏院订的，他总是订得很早。拿到票之后，他会放到外套兜里，跟他装雪茄的盒子以及羊皮手套一同交给琼来看管，直到看戏那天晚上才掏出来。在那些岁月里——有个腰板笔直、头发花白的老男人跟一个瘦弱的、活力满满的红头发女孩——他们看了很多场戏，他们回去的路上，老乔里恩经常提到演主角的演员，还说："不行，他演得太差了！小鲍勃森演得很好，你可以去看看！"

今晚的这个时刻让琼兴致勃勃地期待了很久。今晚没有人管她，她是悄悄溜出来的，老乔里恩爷爷绝对想不到，他一定认为她还在艾琳家。琼已经想好了，假如这次计划圆满成功，她要如何犒劳自己，实际上她是为了菲利普。琼想将夹在他们中间那层厚重的、无情的薄膜打破，让他们那种让人费解、痛苦不堪的关系重返冬天之前——开心的、纯粹的恋人关系。她来这里，就是想把话说明白。她两眼无神，眉毛缩在一起，没心思欣赏演出。她的双手放在身体前面，紧紧地握在一起。她的内心被妒忌和猜测反复折磨着。

不知道菲利普有没有看出琼很难受，反正他什么都没做。

舞台上第一场戏已经结束了。

"这个地方太热了！"琼说，"我必须到外面转转。"

琼的脸像纸一样白，她在紧张中看到菲利普不仅忐忑，还有点愧疚。

戏院的阳台不仅露天，还临街，琼靠着墙站在这里，一句话也没说，她想让菲利普先说话。

琼等了很久，再也忍不住了。

"菲利普，我想跟你聊聊。"琼说。

"什么？"

菲利普的语气中带着一丝防备，琼的脸也因此而变得红彤彤的，她情不自禁地迅速说道："我们好久都没亲热了，你一次机会都不给我！"

菲利普沉默不语，盯着楼下的大街看。

她冲动地说："你很清楚，让我为你做什么我都愿意——我想跟你融为一体……"

街上喧嚣一片，伴随着戏院响起的铃声，舞台的幕布拉起来了，可是她依然站在露天阳台上。她的内心正在失望中挣扎着。她要将所有东西都公开吗？她要面对那份让她甘愿放弃自己的感情的挑战吗？琼天生勇敢，所以她问："菲利普，周末也带我去看看那所新房子吧！"

她刚讲完，就露出了一个微笑。她在偷偷观察菲利普，菲利普脸上的所有表情她都观察到了。他满脸的犹豫不决和不愿意，他的脸颊红彤彤的，眉头紧紧皱在一起。菲利普回复说："亲爱的琼，改天可以吗？"

"周末为什么不可以？我又不会妨碍你的工作！"

菲利普用尽力气回复说："周末我约了别人。"

"你该不会是……"

菲利普双眼喷火，抖动着肩膀，回复说："我不能带你去看索米斯的新房子，因为我约了别人！"

琼一言不发，嘴唇都被咬出血了，她回到自己的座位上，可是怨恨的泪水却止不住地往下落。全场一片漆黑，所以她不堪的模样没被其他人瞧见。

可是，所有人都在时刻注视着福尔赛家族的人。

尼古拉斯的小女儿尤菲米亚和她的姐姐忒迪曼夫人坐在琼身后距离有三排的位置，她们正在注视着琼和菲利普。

她们将琼和菲利普在戏院发生的一切都栩栩如生地在蒂莫西家讲了一遍。

"他们坐的是最好的位置吗？""并不是那个位置……""啊！他们当然是在二楼的包间里。去二楼包间是件很时尚的事，现在的年轻人都喜欢这样做！"

行吧——并不是多确切。是在——无所谓了，反正他们的关系过不了多久就要破裂了。像琼那种勃然大怒的人，她们还是第一次见！她们说着说着，都笑出眼泪了。琼返回座位的时候将一个人的帽子踢翻了，她们不仅把这一幕讲出来了，还把那个人的表情也描述出来了。尤菲米亚虽然在默默地笑，可是笑到最后，她总是要发出让人失望的尖叫声，这是众所周知的事情。当斯茂夫人握着她的手反复说着："天啊！把别人的帽子踢翻了吗？"她忍不住尖叫起来，后来让她嗅了嗅盐，她才恢复了清醒。尤菲米亚离开的时候，对她姐姐说："嘻嘻！太搞笑了，她居然将人家的帽子踢翻了。"

琼今晚所受的待遇可能是她平生最惨的一次。上帝晓得她在抑制自己的尊严、猜忌和忌妒方面有多努力。

菲利普将她送到老乔里恩家门口就离开了，她努力控制不让自己哭出来。她务必要将自己的爱人制服，这种观念是她的支柱。直到菲利普走远，琼才清楚地感觉到她自己很痛苦。

是那个沉默寡言的山奇给琼开的门。琼原本打算悄悄地回到自己的房间，但是她的爷爷猜到是她回来了，就特意在餐厅门口等她。

"到餐厅把你的牛奶喝了，"老乔里恩说，"牛奶一直给你保温着呢。你今天去哪儿了，为什么这么晚才回来？"

琼走进餐厅，将胳膊放在壁炉架子上，脚放在炉围上，跟老乔里恩从戏院回来的模样相同。她快支撑不住了，所以跟他说说也没事。

"我们今晚在索米斯家吃饭了。"

"啊！他可是个有产业的人！艾琳和你未婚夫跟你们一起吗？"

"全都在。"

琼的脸庞成了老乔里恩关注的焦点，他那敏感的、极具观察力的目光能观察出所有事情。可是琼没有跟他对视，当琼看向他时，他又将自己极具观察力的目光转向别的地方。老乔里恩已经得到了很多信息，他已经很清楚究竟发生了什么事情。他将牛奶递到琼手中之后就转过身去，还小声说道："你以后不要回来这么晚了，熬夜对你的身体不好。"

老乔里恩用报纸将自己的脸挡着，并且存心将翻报纸的声音搞得很响。当琼过来跟他说晚安，并且亲吻他的时候，他回应说："早点休息，我的乖孩子。"话语中又流露着温和跟颤抖，所有女孩都会被这样的话语所感动，她从餐厅出来后，就泣不成声，哭了整整一个晚上。

老乔里恩看着琼进屋后，就将报纸扔到一边，他用焦躁的眼神盯着一个地方看了很久。

"那个穷光蛋！"老乔里恩心想，"我向来就不看好琼跟他在一起！"

焦躁、困惑和猜测，他无法操控这件事的走向，这让他很难过，所有苦恼一涌而上。

琼难道要被菲利普抛弃了吗？老乔里恩很想对菲利普说："小伙，往这里看！你当真不要我的乖孙女了吗？"可是他不能这样做。到底发生了什么事情，他一无所知，即便他再能干再严谨，可是对于这件事情的发展进度，他无从插手。他猜测会不会是那个穷光蛋在蒙彼利埃广场待的时间太久，然后发生了什么事情所以才会这样的。

"菲利普，"老乔里恩心想，"他不可能是渣男，他虽然看上去像个好人，可是却是个稀奇古怪的人。关于如何评价他这件事，我还真没想清楚。我压根儿不知道该如何去评价！据说，他工作很努力，但是我并没有看到成果。他不是个务实的人，做起事情来毫无头绪。他每次来这里做客，就像猴子一样，郁郁寡欢地坐着。我询问他有没有想喝的酒，他只会说：'麻烦您了，我都行。'虽然我递给他的是上等雪茄，但是他却抽出了价值两便士的德国雪茄的感觉。在我看来，他每次看琼都毫无感情。可是，他们也并不是因为钱才在一起的。假如琼表现出来，恐怕他第二天就会提出分手。可是琼不会这样做———一定不会！琼一心只想跟他在一起！琼的坚持似乎是命中注定的———她永远都将菲利普抓得紧紧的！"

伴随着叹气声，老乔里恩又将报纸打开，可能报纸上的哪个版块能给他带来一丝安慰吧。

琼一个人待在房间里，坐在打开的窗户旁边，公园里沉醉一天的春风从窗口吹入她的房间，她滚烫的脸虽然被吹凉了，可是内心却依旧是一团火。

同斯威森外出

有一首歌记录在一本老旧唱歌本上，里面有两句是这样唱的：

"在他的蓝褂子上，纽扣熠熠发光。啊，他的歌声像鸟儿一样动听。"

斯威森从海德公园大厦出来时，盯着他那两匹停在门口的马，就想起了这首歌。他唱歌虽没法跟婉转动听的鸟儿相比，可是他已经很努力了。

这天下午气温很高，就跟6月的天气一样。斯威森三次派阿道夫去外面试温度，想知道外面是不是还很冷。当斯威森得知外面的气温已经上升了，才穿上那件蓝色的男士大衣，外面并没有再加衣服。他穿成这样，跟歌曲里的鸟儿很像。他那俊朗动人的身躯被大衣包裹着，虽然扣子不是那种熠熠发光的，可是他玉树临风的形象并没有受到丝毫影响。他严肃地走在人行道上，手上戴的是狗皮手套。无论是他的大礼帽，还是他那臃肿的身材或粗糙的模样，一点儿都不像福尔赛家族的人。他让阿道夫在他那厚重的头发上涂了一层头油，头发上有镇定剂和雪茄的味道——我们可以给这个雪茄命名为斯威森牌，它可是斯威森用140先令买来的。老乔里恩绝对看不上这种便宜的雪茄，他只会毫不顾忌地表明，这种雪茄只有马才愿意吃，自己是绝对不会抽的！

"阿道夫，你过来！"

"好的，先生！"

"把格子呢毯子拿来，要新的！"

斯威森很欣赏艾琳的眼光，所以他必定不会让阿道夫来布置这里！

"今天我的车上载有女士，你把两头四轮轻型马车的车篷放下来！"

漂亮的女士必定希望把自己美丽的衣服展示出来。因此——他的马车上今天载有女士！这种感觉跟又过上了许多年前的好生活一样。

斯威森上次跟女士同行还是很早以前的事情，假如他的回忆是准确的，上次他是和茱莉同行的。他们一同走在路上，从头到尾茱莉都极其害怕地蜷缩在一起，他的耐心已经耗尽，只好让她在贝斯沃特路下车，同时生气地说："真该死！你以后再也别想坐我的马车！"斯威森的确没有再跟她一同出行过，他真的不会再那样做了！

斯威森认真检查马头那里的衔铁，这并不意味着他对衔铁这方面的知识很了解——如果他把所有事情都做了，并且还要支付每年60英镑的费用给马夫，他是绝对不会干的，因为这不是他的做事风格。实际上，人们都知道他爱马，无非是因为在德比赛马日上，他被骗了几个钱。可是，有人在俱乐部门口看见他坐着灰色马车——他经常用灰色的马，某人觉得同样是消费，灰马要比其他的马帅气多了——所以，给斯威森起了一个"一缰四马的福尔赛人"的绰号。斯威森还是从老乔里恩的朋友——已经去世的尼古拉斯·特莱弗雷那里得知的这个绰号。特莱弗雷是响当当的马术骑手，可是，他也是英国出事故最多的一个人——斯威森认为只有他自己才配叫这个绰号。斯威森之所以喜欢这个绰号，并非是因为真的有四匹马让他驾驭，而是这个绰号不同寻常，让他觉得很有面子。一缰四马的福尔赛人！多好听的名字！美中不足的是斯威森年龄已经很大了，并不能做到与绰号名副其实。假如他来伦敦的时间能够推后20年，也许他会成为一名出色的股票经纪人。但是当他必须在马术和成功的股票经纪人之间做出选择时，后者还没有成为让中产阶级引以为豪的职业，没办法，他只好做了房产经纪人。

他刚上马车，就有人递过了缰绳。他沐浴在阳光下的脸颊苍老而惨白。他的眼睛睁得很小，缓慢地看着四周——阿道夫已经在车后做好准备了；马车夫戴着帽章在马头前面站着，随时接受命令，准备出发。准备就绪之后，斯威森发出命令，马车和所有人都向前行进，没过多久，他们就到达索米斯家门口了。

索米斯的老婆迅速出来，登上马车——后来在蒂莫西家，他是这样描述艾琳上车时的模样的——"动作很轻盈，宛如——啊——宛如塔格里奥妮，不愿意劳烦其他人，什么也不需要。""她丝毫没有顾及自己的形象！"斯威森一边讲话，一边注视着塞普蒂默斯夫人，这让她很尴尬。他又跟海斯特姑母讲起了索米斯老婆的帽子。"你帽子上那些又大又重的装饰物，人家都没有，就连展开的装饰也没有——这些装饰只会带来灰尘，并不美丽——如今所有女人都喜欢这样的。艾琳的帽子很简单——"他用手在自己的头上画了个圈，"她非常有品位——帽子上带的是白色的面纱"。

"艾琳的帽子是什么材质的？"海斯特姑母好奇地说，她原本兴致不高，可是只要聊到关于穿戴的话题，她就精神百倍。

"什么材质？"他回复说，"这个我肯定不知道呀。"

斯威森很长一段时间都保持沉默。海斯特姑母害怕他会陷入迷糊不清的状态。可是按照她的习惯，她是绝对不会主动将他叫醒的。

"我希望其他人可以把他弄醒，"她心想，"我很讨厌他现在的模样！"

可是，斯威森自己突然清醒了。"什么材质的？"他慢慢地说，"帽子一般都是什么材质的？"

斯威森和艾琳一起走了还不到4千米，就感觉艾琳喜欢跟他一起出来。白色的面纱将艾琳的脸衬托得非常柔美，她的双眼在春日的光照下也闪闪发亮。斯威森跟艾琳聊天的时候，艾琳总是将头抬起来面带笑容地看着他。

周六早上，索米斯看到艾琳在书桌前给斯威森写信，告诉他自己要爽约。索米斯询问艾琳原因。艾琳可以跟她家族的人爽约，但是绝对不能跟福尔赛家族的人爽约！

艾琳注视着索米斯，随后就销毁了信件，然后说道："行吧！"

不一会儿，艾琳又在写信。站在她身旁的索米斯无意间看到这封信的收件人是菲利普。

"你为什么要给菲利普写信？"索米斯问。

艾琳依旧像刚才那样注视着索米斯，安静地回答道："他需要我帮他做一些事情！"

"哼！"他回复道，"还给你布置任务！"

"假如你要帮他，那么你就没有时间做其他事情了！"索米斯说完这句话就沉默了。

到达罗宾山以后，斯威森精神抖擞。他的马很少跑这么远的路程，况且晚上7点半是斯威森固定的用餐时间——他习惯在客人们到达俱乐部以前先吃饭。新厨师总是非常照顾这些早早过来吃晚饭的客人——他真是无比懒惰！

但是，斯威森依旧很乐意来到罗宾山。就福尔赛家族人而言，索米斯要建的这所房子引起了很多人的注意，特别是之前做拍卖商的那些人。因此斯威森才不在乎距离的远近。他在里奇蒙住过几年，那个时候他还很年轻，每天上下班的路上他总是驾着两匹马拉的马车。

一缰四马的福尔赛人，这是别人给他起的绰号！从海德公园到星嘉饭店这一带，他的丁字形马车和他的两匹马都赫赫有名。那个时候某位公爵打算出两倍的高价买下他的马车，他没有同意，如此珍贵的东西一定要握在手中好好珍惜！斯威森那衰老的方形脸上一点儿胡楂都没有，显现出骄傲的神情并且目中无人，他的头在高耸的衣领上扭来扭去，他跟狂妄自大并且自我炫耀的人一模一样。

艾琳真是一个蕴含强大吸引力的女人！随后斯威森又把艾琳的穿着讲述给茱莉姑母听，以至于茱莉姑母听得手都举在空中了。

艾琳穿的衣服似乎是为她量身定制的一样，尺寸不大不小，刚好将她包裹起来——衣服贴着身子，跟鼓面似的。斯威森就欣赏这种简洁大方的连衣裙，他讨厌那些拖泥带水、蓬头垢面的女人！斯威森注视着塞普蒂默斯夫人，因为詹姆斯跟她体型相同，都属于瘦长型的。

"艾琳的品位的确很高，"斯威森接着说，"她做王后也是完全可以的！并且她还十分文静。"

"无论怎么说，你已经迷上她了。"海斯特姑母坐在角落里，慢吞吞地讲出了这句话。

当有人通过语言攻击斯威森时，他都能明显感觉到。

"你是怎么讲话的？"斯威森反驳说，"当我第一眼看到艾琳时，我就清楚她是个美人，可是我不知道这么漂亮的女人应该嫁给什么样的男人。或许——你——知道答案，或许——你——可以找到答案！"

"是这样吗？"海斯特姑母自言自语道，"询问一下茱莉的看法吧！"

距离罗宾山还有很远的距离，可是斯威森的瞌睡一个接着一个，因为他已经很困了，坐着马车兜风并不是他经常做的事情。马车虽然是由他来驾驭，可是他已经闭上双眼了。如果不是训练有素，恐怕他那魁梧的身体早就从马车上掉下来了。

他们到达罗宾山之后依旧没有下车，直到菲利普前来迎接，他们才一同来到这座新建的房子里。走在最前面的是斯威森，从出发到现在他一路都没有换姿势，以至于他的膝盖传来不适的信号。阿道夫见状，急忙将手杖送过来，这是一根结实的马六甲手杖，上面镀着一层金。这所房子还未完工，因此里面的穿堂风非常大，斯威森急忙穿上自己的皮大衣外套。

楼梯——斯威森称赞说——太好了！不仅有派头，而且还很华丽！假如在这里放个雕塑就无比完美了！他接着又驻足在通往内院的大柱子那里，举起拐杖，指着柱子问。

这个地方——算前厅？或者——它应该叫个什么名字呢？可是当头顶的天窗出现在他眼前的时候，他所有的问题就都迎刃而解了。

"啊！这个地方应该是弹子房吧！"

当别人告诉他这块地的规划是用来种花时，他看着艾琳建议道："真的要种花？你最好按照我说的，把这里规划成弹子房！"

艾琳脸上出现了笑容。这个时候，她已经把白纱绕着头缠好系起来了，那模样像修女一样，藏在面纱下那微笑的双眸是斯威森见过的最美的。斯威森将头轻轻点了一下，他清楚这个建议艾琳是会选用的。

斯威森认为餐厅和客厅面积都很大，也很亮堂，他非常满意。当主人把他当成贵宾，盛情邀请他去参观酒窖的时候，他内心在沾沾自喜。提着灯的菲利普走在最前面，斯威森慢慢走下石阶，紧紧跟在菲利普身后。

"这个酒窖简直太棒了，"斯威森说，"在这里存放六七百打酒应该不成问题！"

菲利普认为观赏这所房子的最佳视角在矮丛林那边，他建议大家到那里去观赏，可是，斯威森却驻足在原地。

"这个地方的风景真好啊，"他感叹说，"只不过这里似乎少了把座椅。"

菲利普听到后，立刻将自己帐篷里的座椅搬过来。

"你们两个都走吧，到下面去吧！我想静静地欣赏这里的风景。"

阳光透过橡树洒下来，斯威森就坐在树下，沐浴在阳光之中。他身体笔直地坐着，两只手分别放在膝盖和手杖上面。他的脸庞因为戴帽子的原因，并不显得十分方正，皮大衣的扣子也没有系。他那不着边际的眼神看向远方。

斯威森朝离开的艾琳和菲利普点了点头。实际上，独自待在这里正合他的意，他并没有感觉到丝毫的孤寂。空气中弥漫着香味，并没有滚烫的感觉。这里的景象真是让人心旷神怡，太好了……他的头缓缓地侧向左边，他用力将头摆正，心想：真奇怪！啊——呀！走到下面的艾琳和菲利普在跟他挥手！他也急忙回应他们。他们的精神头真好——风景很不错……他的头又侧向左边，他再次用力将头摆正，最终头又侧向右边，他就这样进入了梦乡。

尽管进入了梦乡，可是斯威森却像是在高地巡逻的战士一样，眼前的所有景象似乎都在他的管辖范围内——壮丽的风景——就像前基督教时代，福尔赛家族中一位最原始的艺术家祖先创造的偶像，以此来记载意识世界对物质世界的管辖！

那时有无数的祖先是微不足道的农民，他们每个周末都喜欢站在自己的土地上，将双手放在腰间，认真盘算着这块地，他们呆呆的眼神中隐藏了他们狂暴的本性，他们本能具备占有欲——想将整个世界据为己有——每位祖先好像都在陪伴着他。

　　尽管进入了梦乡，可是斯威森的灵魂却飘到了很远的地方，那个灵魂天生带有福尔赛家族的妒忌，他的灵魂看到了许多荒谬的幻想场景。艾琳和菲利普好像都在斯威森的密切注视下，他想知道这两个人究竟在干什么——这片杂草丛生的树林里正在上演着浓浓的春意，到处都是嫩绿的树叶和争奇斗艳的花朵，小鸟成群结队地在这里唱着欢快的歌曲，一大片风信子已经盛开了，像一张毯子一样，阵阵香气扑鼻而来，树枝上布满了阳光，好像披了一层金色的外衣一样。斯威森的灵魂跟菲利普和艾琳走在一起，他想瞧瞧他们要干什么，他们走的小路一点儿都不宽敞。他的灵魂距离他俩很近，好像一不留神就撞在一起了。春天的心似乎被艾琳那双眸盗走了。他的灵魂跟透明人似的监督着他俩，他们正在看那只死去不到一小时的鼹鼠，雨水和露水还没将它偷来的蘑菇和毛皮浸透；低头看艾琳，能清楚看到她那双对鼹鼠充满同情的眼睛；再看看菲利普，他的表情异于常态，他目不斜视地看向她。他们继续向前走，路过一块广袤的土地时，那里的伐木工人已经开始工作了，盛开的风信子被踩在脚下，有人将一棵树连根砍断。他们从树旁经过，在快要走出杂草丛生的树林时，从那片隐蔽的山野里传来布谷鸟"布谷——布谷"的叫声。

　　斯威森的灵魂默默地站在他们旁边，四周的空气仿佛静止了，他因此而焦躁不安！很神秘！很特别！

　　他们又一起返回，经过树林的时候，菲利普和艾琳似乎又做了什么对不起别人的事情——他们再次走到砍伐树木的地方，这里非常安静，可以听到鸟儿在歌唱，这里花香扑鼻——为什么——他们跟服了草药似的——顺着小路来到被砍伐的树木旁……

斯威森那透明的灵魂感受到了浓浓的暧昧，他挥动双手，想要发出一些响声来打破这种暧昧。他目不转睛地看见艾琳伸开双手站在树墩上，她虽然在尽力维持平衡，但是身体却依旧摇晃不停，她笑着看向菲利普，菲利普明亮的双眼也看着她，忽然——啊！艾琳居然掉下来了——菲利普刚好接住她。菲利普将艾琳抱得紧紧的，为了避免触碰到他的双唇，艾琳尽力将头仰向后面。但是菲利普却主动亲吻了艾琳，尽管艾琳在反抗，菲利普却声音响亮地说："我爱你——你肯定清楚！"肯定清楚——的确，他俩……他俩谈恋爱了！啊！

那种见到鬼的感觉，让斯威森从睡梦中惊醒。他的嘴里有种无法言说的味道。他这是在哪里呢？

奇怪！这一切原来都是梦！

一锅薄荷味的鲜汤再次出现在斯威森的梦境里。

菲利普和艾琳到哪里去了？他的左腿全麻了，一点儿都动不了了。

阿道夫这个混蛋又去哪儿了，他肯定跑到哪里去睡觉了。

斯威森起身着急地向下望着，他胖而结实的体形在大衣的衬托下显得格外明显。没过多久，艾琳和菲利普就朝这边走来。

菲利普在艾琳身后跟着——有人给他起的绰号叫什么——"强盗"？他垂头丧气地跟在艾琳身后，那场景跟强盗一样。自讨没趣吧，菲利普早就该猜到会是这样的结果。他一点儿都不委屈，看房子站在草地上就可以了！他偏要把艾琳带到那么远的地方。

菲利普和艾琳看到斯威森了。斯威森将胳膊高高举起，跟他们挥手，示意他俩过来这里。可是他们却止步不前了。他们为什么停下来，难道是在交谈？——谈什么呢？他们又接着向前走。艾琳必定打击菲利普了，斯威森早就料到了，一点儿都不惊讶，聊这个又大又不漂亮的房子，这跟他之前经常见的房子不是同一种类型。

斯威森密切注视着他们两个的脸，他目不转睛地盯着他俩看。菲利普看上去非常奇怪！

"你的设计是搞不出什么名堂的！"斯威森嘲笑他的同时，还指着这所房子说——"这所房子的建筑风格真奇特！"

菲利普看着斯威森，似乎他从来没有讲过刚才那番话一样。之后斯威森在给海斯特姑母讲述时是这样说的："一个狂妄自大的家伙，他眼神很奇特——一个坏蛋！"

斯威森并没有说自己为什么会这样评价菲利普，也许是因为他的长相——额头高高的、颊骨方方正正的、下巴尖尖的，也许是他那副穷酸样，这跟斯威森对绅士下的定义一点儿都不符合——那种美酒佳肴之后的幸福感，那种人才是实至名归的上流社会的人。

说起喝茶，斯威森非常开心。他从来就看不上喝茶——他的哥哥乔里恩在茶上面花了很多钱，以前他经常品茶——可是此刻，他不仅嘴里有股怪味，还非常口渴，所以喝什么他都无所谓。斯威森想跟艾琳讲自己嘴里有怪味——艾琳很心善，必定会关心他——可是这好像有失体面。他的舌头在嘴里打磨了一圈，最后把这件事跟口水一起吞下去了。

阿道夫弓着腰待在远处帐篷的一角，他正在烧开水。他看到所有人都回来了，急忙开了一瓶一品脱的香槟。斯威森边点头边微笑着对菲利普说："啊，你跟基督山伯爵很像！" 斯威森读过的小说有半打那么多，这本很有名的小说给他留下了很深的印象。

斯威森戴上眼镜，认真察看香槟的颜色，虽然他迫切想要喝点儿东西，可是他并不是随意的人！然后，他喝了一小口，缓缓地品味。

"这酒很棒，"斯威森总结说，之后又把酒放到鼻子下面闻了闻，"只不过跟我的白雪香槟比还差很多啊！"

就在此刻，他好像知道了一件事，他在蒂莫西家里是这样解释的："我深信菲利普喜欢艾琳！"

从那一刻开始，他就睁大眼睛专注地观察着这个大秘密。

"这个小子，"斯威森跟塞普蒂默斯夫人说，"他无时无刻不跟着艾琳，就跟狗跟在主人身后一样——这个浑小子！艾琳魅力很大——这一点我深信不疑，并且我还要说，艾琳很稳重！"他能回忆起艾琳身上的香气，那种香气扑鼻、花朵半开的花发出的幽香，他的印象是这样的。"可是最初我不敢肯定，"斯威森说道，"直到我看到他帮艾琳捡手帕。"

斯茂夫人的眼神中流露出激动和开心。

"他有没有还给艾琳？"她问。

"还？"他说道，"我看到他的口水都要流下来了，这是我偷偷观察到的！"

由于激动，斯茂夫人只顾着喘气，没办法讲话。

"可是艾琳并未向他发出同意的信号。"斯威森接着说。他忽然停了一两分钟，海斯特姑母似乎被吓到了——他忽然回忆起，艾琳让菲利普握自己的手了，那是在马车上，虽然只有短短几秒钟，可是她却没有主动抽出来……他狠狠地抽了一下马，想要以此来吸引艾琳的注意。可是艾琳却看着后面的菲利普，并且也没有回答他提的第一个问题。他一直没有看到艾琳的脸——因为她没有抬头。

此时，斯威森脑海中浮现出一幅想象的画面。一个在湛蓝湖水中生存的美人鱼正在凝视着坐在岩石上的那个男人，她平躺着，两只胳膊交叉放在裸露的胸前，以防被这个男人看见。美人鱼面带微笑——微笑中透露着被迫的降服和害羞。

坐在他旁边的艾琳当时的笑容很可能就是这样的。

到了斯威森和艾琳单独相处的时候，斯威森趁着醉意跟她讲述自己的烦恼。俱乐部新换的厨师让他很不满意；他在威格摩尔的房子也不让他省心，住在那里的恶棍租客说自己因为帮助姐夫而破产了，并且妻子和孩子也都离开他了；他还担心自己的耳朵有点儿背，右半身总是会有疼痛感。艾琳听完这些，眼睛在眼皮里打转。斯威森的理解是艾琳不仅在思索他的烦恼，还非常怜悯他。斯威森穿着胸前带有装饰的皮大衣，他的帽子戴得并不正，还有无比漂亮的女士跟他一起，这让他产生了一种从来没有过的神奇感。

可是，此时水果摊的老板正带着他的女友出去游玩，他脸上的表情跟斯威森很像。这位老板驾着驴车，飞快地经过斯威森身旁，身体笔直地坐在驾车的位置，宛如一座雕像，脖子里的红色手帕跟斯威森脖子上的领巾很像。而他的女友则围着一条脏兮兮的围巾，并且特意将围巾两端甩在后面，极力效仿那些时尚的人。那位老板握着一根缠有破绳的棍子，不停地挥动鞭子，跟斯威森很像。他偶尔转过头去跟女友亲热，那模样跟斯威森刚才的表情简直一模一样。

最初斯威森并没有察觉到什么，可是很快他便明白这个下贱的家伙是在嘲讽自己。斯威森用力抽了一下马肚子，可是他的马车依旧跟驴车并驾齐驱。他那张黄脸气得通红，他想用鞭子抽打那个家伙，多亏上帝将他拦下，他才没丧失自己的体面。大门处有另外一辆马车经过，斯威森的马车和水果摊老板的驴车被迫挤在一起，两辆车的车轮发生了剐蹭，那辆驴车因为又轻又小，被甩出去翻车了。

斯威森不闻不问，直接就走了。要他去帮那个下贱家伙，那是不可能的事情。假如他的脖子扭伤了，那是他罪有应得！

但是就算斯威森伸出援手，他也什么都做不了。他满眼的恐慌。他的马车摇晃的幅度很大，从旁边经过的人都吓得躲得远远的。他使出浑身力气去拉缰绳，他那粗壮的胳膊终于派上用场了。他的双唇紧紧合在一起，红彤彤的脸上还有一些生气的表情。

每次当马车摆动得厉害时，艾琳总是牢牢抓住栏杆问他：

"叔叔，我们这样很危险吧？"

斯威森上气不接下气地回答说："放心，不危险，马只不过是有些受惊了！"

"我第一次遇到这种事情。"

"你坐好啊！"斯威森瞟了一眼艾琳。艾琳脸上满是微笑，镇定自若。"你坐着别动，"他反复说道，"不用害怕，我会送你回去的！"

眼下发生的事情已经让斯威森感觉到害怕了，可是艾琳的话又给他增添了几分惊奇，这句话好像不应该从艾琳这种性格的人的嘴里讲出来：

"回不回去对我来说都无所谓！"

马车突然偏向一侧，斯威森害怕得都要叫出来了。这两匹马看到前面是上坡路，并且感觉疲惫不堪，最终慢慢停下来了。

"那时——"他在蒂莫西家描述时说，"我用尽全力拉着缰绳，艾琳像我一样镇定自若地坐着。上帝保佑！她表现得毫不在乎，就算脖子扭伤她也不怕！她的原话是这样说的：'回不回去对我来说都无所谓！'"他身体微微向前倾，将重力全部移到手杖上，然后对受到惊吓的斯茂夫人说："索米斯是个很难沟通的人，艾琳说出这样的话一点儿都不奇怪！"

斯威森没有想过，当他们离去之后，菲利普都在干什么。会不会跟他之前形容的那样，像狗一样在四处溜达；会不会又去那个杜鹃啼鸣、春意盎然的杂树林里；会不会在亲吻艾琳那块带着麝香味和薄荷味的手帕；会不会独自一人在树林里潸然泪下，心中满是伤心和幸福；再或者菲利普究竟都做什么了。实际上，斯威森早就将他一股脑儿全忘记了，如果不是来到蒂莫西家，估计他都不会再想起菲利普。

詹姆斯前去看房

对福尔赛交易所不熟悉的人，肯定无法想象艾琳去看房这件事在整个家族中的影响有多大。

斯威森将这段值得终生铭记的出行在蒂莫西家讲述过之后，可能是因为好奇，也可能他想故意作怪，要不然就是他真的为艾琳考虑——假如是这种可能那就再好不过了——很快，琼就听说了。

"宝贝，艾琳的说法让听过的人都很难受！"茱莉姑母说，"她那句'回不回去对我来说都无所谓'是想表达什么呢？"

琼感觉这些描述来得太突然。她脸颊通红，强忍着难受听完这些，然后就跟茱莉姑母道别了。

"太不懂礼数了！"斯茂夫人看到琼离开后，对海斯特姑母说。

根据琼知道这件事之后的反应，大家都料想肯定有什么事发生了。琼看起来很伤心。艾琳是琼关系最密切的朋友，这事有猫腻！

前不久所有人私下里讨论激烈的事情跟这件事也存在一定的关联。尤菲米亚依旧记得那次在戏院里的场景——在索米斯家经常能见到菲利普？对，那样才能讲得通啊！就应该在他家，因为他委托菲利普为他设计房子！说话应当委婉含蓄。整个家族中那些聊不完的话题大多都含混不清、感情复杂，除了很紧要的事之外，所有人说话都很委婉。在福尔赛家族中，所有事情都有条不紊、井然有序地进行着。一次讳莫如深的示意，无意间表露的疑惑或惋惜，都能让家族每位成员充满怜悯的内心受到波动。谁都不愿意被这种波动伤害，家族中所有人的内心都捆绑在一起，这种情感的共鸣也都并无恶意。

大家虽然议论纷纷，却都是出于好意。这些议论能增进大家的交流，让难受的人获得一丝安慰，让生活幸福的人过得更加幸福，毕竟还有许多人也在为跟自己毫无瓜葛的事情而感伤。实际上，他们正是通过这种方式在互通消息，这跟新闻界追求的观念相同，比如，詹姆斯跟塞普蒂默斯夫人互通消息，塞普蒂默斯夫人跟尼古拉斯的两个女儿互通消息，这两个女孩又跟其他人互通消息，大概就是这个情形。福尔赛家族如今所在的阶级只有通过适度的坦白和较多的沉默才能得以保障。

整个家族中的青年人曾经在公共场合表达过自己的观念：他们希望自己的秘密不要暴露在家族人面前，可是福尔赛家族中的风言风语就跟隐形的、力量强大的电流类似，因此福尔赛家族的每件事他们都知道。他们也并不想这样，可是他们并没有办法改变。

家族中有个叫小罗杰的青年，他曾经为了拯救家族中的青年人做出过奉献——他给蒂莫西起了个绰号，叫"老狐狸"。最终小罗杰还是自食其果了。这个绰号被茱莉姑母知道了，然后她又用惊悚的语气告诉了罗杰的老婆，最终小罗杰又听说了。

最后，那些犯错的人都会受到惩罚。比如乔治，在弹子球上花光了所有的钱；小罗杰的结婚对象差一点就是那个跟他在一起的女孩了，可是据说实际上他们两个已经发生过关系了；然后就是艾琳，尽管大家都没有公开表示，可是她的处境让所有人很担忧。

每个话题都能给大家带来开心，况且对他们也有好处。在贝斯沃特路上的蒂莫西家里，时光也因为这些讨论而变得飞快。他们那些不计其数的枯燥时光也因此被打发了。假如没有这些风言风语，住在那个地方的三个人可能无聊死了。在伦敦有好几百户大户人家，蒂莫西家只是其中的一个——这一部分人生活舒心，无所事事，他们因为处于生活的对抗之外，所以他们很公平，假如他们想寻求生存的价值，就必须要加入其他人的对抗中。

这些给人带来快感的家族恩怨让他们没有孤寂感。传言、故事、猜忌、信息——这一切说的正是家族里这些孩子的所作所为，就像刚刚学说话的小孩一样，难道不是吗？如今姐弟三个依旧没有个一儿半女，可是他们聊起家族恩怨时，似乎都已经儿孙满堂，他们内心迫切需要的也正是这些东西。尽管大家并不知道蒂莫西有没有这种迫切渴望，可是毋庸置疑的是，凡是遇到家族里添新丁的事情，他都要伤心一阵子。

小罗杰给他起的绰号并不管用，尤菲米亚挥动着双手大声喊道："啊，就是他们三个！"随后这叫喊声就成了嘲讽，然后就变成哈哈大笑了。这些都起不了什么作用，并且还让人觉得很不友善。

当前这种情况——特别是在家族的每个成员来看——是非常荒唐的——实际上也不能用荒唐来形容——参考以前的事例，这件事其实不足为奇。福尔赛家族的人将很多事情都忘记了。首当其冲的是家族中大多数可有可无的婚恋关系，在这些婚恋关系中，他们已经不记得爱情不是温室里的花朵，只不过是一株长在外面的野草，一晚上就能破土而出，想要快速生长只需要一个小时的阳光。野草结出种子，种子随风飞扬。一株不经意间生长在花园旁边的野草，我们说它是"花"；可是当它在花园以外的地方生长时，我们就说它是"野草"。可是，不管生长在哪里，它的内在都是野的！并且，家族成员永远都看不到——整个家族的生活他们也看不到——当野草破土而出时，恋爱中的彼此无非是绕着花盘旋的飞蛾。

距离小乔里恩有外遇已经有很长一段时间了，福尔赛家族的习惯——绝对不能出轨——这种威慑正在被一点点蚕食。每个人在时机合适时可以恋爱，这跟得麻疹很像，所以想要治愈也必须涂上黄油和蜂蜜的搅拌物——在婚姻中痊愈。

在得知菲利普和艾琳的风言风语时，詹姆斯反应最强烈。他已经忘记当年他追求女孩时的样子，瘦高的身材，深棕色的胡须，经常跟在艾米丽身后。他已经不记得在梅菲尔附近的那座房子了，他最初的那段婚姻就是在那个地方开始的，再或者，他不仅不记得那所房子，还不记得那里的欢乐时光——福尔赛家族的人是不会忘记房子的——之后他将那所房子卖掉了，还净挣了400英镑。

詹姆斯早就不记得那些时光了，那个时候他们心中充满了对未来的期许，但又有些胆怯，甚至一度质疑过他们的关系，因为艾米丽尽管美貌，却非常贫穷，那时詹姆斯一年只能赚1000英镑。那时候艾米丽喜欢将头发梳得很光，再盘起来。她那两条胳膊在贴身上衣的衬托下显得异常白皙，妖娆的腰身被肥胖的裙子遮挡着。他深深地被爱情带来的那种神秘的、难以抗拒的感觉所吸引，从而产生了一种不娶到艾米丽自己就会死掉的感觉。那些时光他早已忘记了。

爱情的火焰中有他曾经留下的足迹，可是无情的岁月早就将这团火焰扑灭了。人生中最糟糕的事詹姆斯都经历了——他已经不记得爱情的模样了。

不记得！很久以前就不记得了，他甚至不记得有爱情这回事。

现在这种关于他儿媳妇的流言蜚语竟然传到他的耳朵里，像个虚幻不清的身影，浮在外面，像个模糊的、不易摆脱的灵魂，同样也跟灵魂一样，带来无法言说的恐惧。

詹姆斯想忘记这件事，可是他每天读报纸看到的那些悲剧又让他身不由己地去思考这件事。他无法停止思考。也许这只是他们传的谣言，没有一点儿事实根据。跟索米斯生活可能让她不开心，可是她终究是个心存善念的人——一个心存善念的小女人！

詹姆斯跟所有人一样，对这些绯闻很感兴趣，他似乎在讲述事实，舌头舔过双唇之后，说道："对吧，应该是——她跟小戴森，据说他们如今就定居在蒙特卡洛！"

可是这些或对或错的事情对他而言——无论是过去、现在或者未来——都没有什么影响。这些或对或错的事情传递的含义是什么？它们在发展过程中经历了哪些伤心和欢喜？那些裸露在外的拈花惹草的事情，有时候是淫秽的，可是让人听上去却兴致勃勃，这些他都见识过，可是他一次也没考虑过隐藏在这些事情之后的曲折的、难以抗拒的天命。他一般不对事物进行主观发挥，比如批评、称赞、推测或夸大其词的讲述。他只是懒惰地听别人说，然后又讲给其他人听，他感觉这样做对自己很好，就跟饭前喝一杯加了苦味剂的雪利酒那样有好处。

可是，当前这件事——这个谣言，这个谣言的气息——却跟他存在紧密的联系，他感觉自己好像掉入迷雾中了，他口中的臭味很浓烈，呼吸变得很困难。

一件不光彩的事！极有可能是不光彩的事！

他之所以能聚精会神地去思考这件事，全凭这句话在大脑中起作用。他已经不记得恋爱的感觉了，因此他也搞不明白恋爱的阶段、结果和含义。他好奇人们为什么愿意为恋爱冒险。

他所熟悉的那群人，每天因为生意上的事情往返于各个城市之间，他们的空闲时间大多都花费在股票、房子、晚餐和游戏上。他认为，人们甘愿为恋爱这种虚无缥缈的东西而冒险是一件很荒唐的事情。

恋爱！他好像听其他人说过。"绝对不能让年轻的男女待在同一个空间里"，这句话给他留下了很深的印象，就跟纬线那样明显——当无法变更的事实摆在福尔赛家人面前时，他们总能用实际的眼光来看待，但是仅限于这类的事情，其他的事情对他而言都是"难堪的事"。

不！实际情况跟这不相同——这种可能性是不存在的。艾琳是个心存善念的人，所以他并不为她担心。可是每当有事情藏在你心里的时候，你是无法释怀的。他是个有焦虑感的人——任何事情他都不会听之任之，猜想和犹豫不决总是让他备受煎熬。詹姆斯害怕原本顺利的事情在他这里出差错，他总是患得患失，等到事情即将发展到让他损失惨重的时候，他才会做出决定。

可是，这种事却在生活中屡见不鲜——事情的发展并不受你所做的决定而影响，如今这件事就是最好的例子。

詹姆斯能帮上什么忙呢？把儿子叫来聊聊？这样整件事情只会被他搞砸。无论如何，他的第六感都告诉他，这件事情会被无视。

整件事的起因就是那所房子。詹姆斯最初就不看好要建的这所房子。儿子想要住到乡下的原因是什么？假如他想斥巨资建房，为什么要找经验缺乏还不知名的菲利普，直接聘请水平高超的建筑师多好。詹姆斯很早就提醒过他们。并且，据说建造这所房子的花销远远超出了索米斯的预算，数额真不少。

不说别的，单单这一个原因就让他感觉形势不容乐观。跟这些自封为"艺术家"的人打交道总能搞出一些糟糕的事情来，讲道理的人是不会跟他们多说废话的。他也曾经警告过儿媳妇。这都是一些什么破事！

他突然想到，这所房子值得他去乡下走一趟。在这个能见度极低的大雾天气里，这种想法竟然给他带来了舒适感。也可能因为这个决定是他亲自做出来的——但是更大的可能性是他想去见识见识那所房子——这让他从中得到了些许安慰。能亲眼目睹嫌疑人菲利普以及砖块、灰浆、木材、石材这些建筑材料，关于他儿媳妇的流言蜚语也许就能找到原因了。

詹姆斯悄悄坐着一辆二轮马车来到车站，然后换乘火车去索米斯的新房子。火车站经常找不到马车——他只能徒步。

詹姆斯缓缓地登上罗宾山，他低着头，高耸的肩膀向前倾斜，瘦弱的膝盖打着弯，可是，他仍然戴着礼帽，穿着大衣，大衣光鲜亮丽，未沾染一丝尘土，他的穿着非常干净。这都应该归功于他的妻子，尽管这些活也不是由她亲自来做——像艾米丽这种身份尊贵的人，用不着自己去打点这些事情，有下人帮她打点就足够了。

詹姆斯问了3次路，每次问路他都在开始和最后各重复一遍，中间让知道路的人再说一遍。他原本就是个很健谈的人，更何况来到不熟悉的环境，他一点儿也马虎不得。

他总是对知道路的人说，他要找的地方是一所在建的房子。无论如何，直到他看到隐藏在树林里的房顶，他才相信指路人并没有说错路，也没有欺骗他。

大地被阴沉的天气覆盖着，灰白色的天空就像跟刚涂抹过的房顶那样。空气既不清新，也没有花香。英国工人不愿意在这种天气里多干一丁点儿工作，他们都在忙自己的工作，一声不吭，就连平时用来转移工作劳苦的说笑，今天都没有了。

这所房子中间有一块空地，一个身着短袖的工人正在那里慵懒地工作着，时不时还发出一些响声——敲打声、刮擦声、锯木头声、车轮轧在木板上的隆隆声。包工头养的狗拴在橡木做成的横梁上，它没过多久就会发出像开水壶烧开时的呜呜声。

一块白色的涂料黏在刚装好的玻璃窗中间，就像一只盲犬那样看着他。

从这座建筑物里继续发出各种刺耳又沉重的响声。可是画眉鸟却非常安静，它在新翻的土地上专注地捉虫子。

詹姆斯走在铺有碎石沙砾的路上，这条正在修的路的尽头就是大门口。他停在这里，头抬得很高。这个地方视角很窄，他只有抬头才能一览无余。可是他纹丝不动地站了许久，可能只有老天才知道他的想法。

他那双隐藏在浅灰色眉毛下的青瓷色眼睛睁得圆圆的，看着某个地方一动不动。他的嘴周围是整齐的络腮胡子，他的上嘴唇突然抽动了几下。从詹姆斯焦躁而又聚精会神的脸部神情就能清楚地看出来，索米斯完全遗传了他的这种窘迫的表情。他也许在自言自语："我也不清楚——人生原来是这么复杂的事情。"

菲利普突然出现在这个地方，把詹姆斯吓了一跳。

詹姆斯的眼睛看着上面——可能是树上的鸟窝吸引了他的注意力——他低头看着菲利普，从他脸上似乎能看出一丝滑稽的讽刺。

"詹姆斯先生，你好呀！你这是要亲自过来察看进度吗？"

众所周知，詹姆斯正是为这个而来，别人猜透了他的想法，这让他很紧张。詹姆斯将手伸过去，回答说："你好呀！"讲这句话的时候，他故意将目光转移到别的地方。

菲利普边微笑边给他让路，那种笑容极具讽刺意味。

詹姆斯已经察觉到这种礼貌的举止背后必定存在可质疑的地方。"我觉得有必要先去看看外面，"他说，"瞧瞧你究竟都做了什么！"

这座房子从西南角到东南角是一条平路，是用切割好的石头铺成的，它的长度有两三英尺，直接通到走廊。顺着走廊是一条斜边，直接通往泥泞的地里，这个地方规划的是草坪。詹姆斯顺着这条路一直走。

"修建这条路的费用是多少？"詹姆斯问，他眼前的这条平路绕过拐角向前延伸。

"你觉得可能会是多少？"菲利普反问。

"这个我就不知道了！"詹姆斯有些尴尬地说，"我猜至少要两三百英镑！"

"你猜得没错！"

詹姆斯生气地看了一眼菲利普，可是后者好像并没有感觉到有什么不合适，詹姆斯感觉可能是自己没听对。

走到花园入口的地方时，詹姆斯驻足欣赏这里的风景。

"这棵树已经没有存在的价值了。"詹姆斯指着橡树对菲利普说。

"你确定要把它砍了吗？它挡住了你的视线，所以你觉得这个地方的花销浪费了，是这样的吗？"

詹姆斯又一次疑惑地看着他——这个人说话为什么这么直接。"啊！"詹姆斯既困惑又不安，他解释说，"我只是不能理解这棵橡树的作用是什么。"

"我明天就让人把它砍了。"菲利普回答。

詹姆斯忽然很惊讶。"不用，"他说，"你可别说这棵树是我让砍的！我什么都不懂！"

"是真不懂吗？"

詹姆斯有些紧张，且有点儿狼狈地说："这些事归我管吗？我跟这些事一毛钱的关系都没有！你就该担这份责任，你自己决定吧。"

"我能提到您的名字吗？"

詹姆斯更加惊讶。"你为什么要提我的名字？"他小声说，"那棵树又不是你的，你最好不要乱动！"

詹姆斯用丝质的手帕擦了一下眉毛。他们一同走进房子。室内的装修让他格外惊讶，表情跟斯威森如出一辙。

詹姆斯盯着柱子和走廊看了许久，然后问道："这些地方的花销必定不小吧！你现在给我讲讲这些柱子建好之后，一共花了多少钱？"

"我现在还不能跟你讲，"菲利普思考片刻之后回答说，"据我所知数目应该不小！"

"我早就猜到会是这样，"詹姆斯说，"当初我就应该……"这时，菲利普的眼神刚好跟他的眼神碰撞在一起，他沉默了。从这个时候开始，每当詹姆斯想要询问某个地方的开支时，他都极力打压自己这种好奇心。

菲利普好像铁了心要把所有的东西都展现在他面前，假如詹姆斯再愚蠢一些，恐怕菲利普就会带着他再参观一次。菲利普好像很乐意回答他的问题，这使得他必须时时刻刻提高警惕。他有些撑不住了，虽然他体形瘦长健壮，可是他已经75岁了。

詹姆斯的心情有些低落。这次过来看房子，他想要了解的事情好像一点儿进展都没有，并且一丁点儿信息都没有，只是让他对菲利普更加反感和怀疑。菲利普貌似对他毕恭毕敬的，可是私底下却将他耍得团团转，况且此刻他敢确定菲利普必定是带着讽刺的态度在对待自己。

这小子的长相要比詹姆斯想象的帅多了，可是詹姆斯却低估了他的狡猾。他最不能容忍的是，菲利普总是摆出一副"随意"的样子——冒险是詹姆斯这辈子最受不了的事情。他那奇怪的笑容总是出现在不该出现的时刻，他的眼神也很奇怪。詹姆斯后来回忆说，他的表情让自己联想到饥肠辘辘的猫。跟艾米丽交谈时，他毫无保留地全说出来了，他对菲利普的描述是这样的：奇怪的、狡猾的、喜欢嘲讽的、总是惹人生气的。

最终，詹姆斯将室内的东西都看了一遍之后，就从刚进来的门出去了。此刻，他感觉自己一无所获，时间、金钱和精力全都浪费了。最后，他鼓起勇气——福尔赛家族特有的勇气，紧握双手，凶巴巴地瞪着菲利普说：

"你跟艾琳见过很多次面，这个我敢肯定。她对这所房子有什么看法吗？她该不会还没来看过吧？"

詹姆斯这样说就表明他知道艾琳来过，事实上她来看房子这件事不要紧，可是她说那句"回不回去对我来说都无所谓"的话让人晕头转向的——况且詹姆斯也知道琼听说之后是什么反应。

詹姆斯默默地告诉自己，他已经想好了，他这样问是想给这个小子一次机会。

菲利普好像一直在等他这样问，但是他却死死盯着詹姆斯，这让后者很难受。

　　"艾琳已经来过了，可是我却不能跟你讲她的想法。"

　　紧张感和疑惑感涌上詹姆斯心头，但是他依旧穷追不舍，这是他的天性，他绝对不会任由事情随便发展。

　　"啊，"詹姆斯说，"艾琳已经来过了？那她应该是跟索米斯一起来的吧？"

　　他笑着回答道："不，他们没有一起来！"

　　"嗯？难道她是自己来的？"

　　"不，并不是一个人！"

　　"那么——谁跟她一起？"

　　"我不确定应不应该跟你讲跟她一起来的人是谁。"

　　这个人是斯威森，詹姆斯已经知道了，可是菲利普的回答让他难以理解。

　　"难不成……"菲利普结巴着说，"你……你已经知道……"詹姆斯感觉菲利普要中计了，他不再追问了。

　　"行吧，"他说，"你不想跟我讲，我能有什么办法！谁也不会跟我讲这些事。"

　　让人意外的是，菲利普居然主动提问：

　　"你家里还有其他人要来看房子吗？我保证随叫随到！"

　　"谁还会来呢？"詹姆斯感到迷茫，"我不可能知道还有谁愿意来。再见！"他看着地面，跟菲利普象征性地握了一下手，然后用手抓住雨伞中上部，顺着小路离开了。

　　到了拐弯的地方，詹姆斯扭头瞟了一眼菲利普，发现他居然跟在自己后面——"像一只巨猫"，詹姆斯心想，"偷偷摸摸地溜着墙根走"。

菲利普跟他抬帽示意了一下，却被詹姆斯直接忽视了。

走到车道上，菲利普的身影消失了，詹姆斯终于可以放缓脚步，慢慢走了。他步履蹒跚，腰弓得更加严重，身体显得极为修长，他饥肠辘辘并且失望地向车站走去。

那个"强盗"看到这位老人垂头丧气地离开，内心可能会有一丝悔意吧。

索米斯和菲利普的通信

詹姆斯自始至终都没有跟索米斯说过自己去看过那所房子。可是有天早上，所有人都在蒂莫西家商量老乔里恩被检疫部门限制排污的事时，他还是无意间提到了。

他称赞那所房子的确不错。他能预测到，这所房子将来一定大有用处。作为建筑师，菲利普还是很出色的，虽然距离它建成不知道还要投入多少资金。

尤菲米亚刚好也在聊天的房间里——她要去借《爱情与止痛药》这本书，这可是当下最流行的小说，它的作者是牧师斯考尔。

"昨天我在商店遇到艾琳了。她跟菲利普在一家食品店待着，他俩聊得很高兴！"

她这句话只是把粗枝大叶给讲出来了，可是她昨天看到的那一幕却给她留下了很深的印象。那天尤菲米亚慌慌张张地去教会商店买丝绸——这家商店有经营许可证，所以它允许那种信用度良好的人先付钱再送货，这种商店简直就是为福尔赛家族量身定制的——尤菲米亚是要给她的妈妈买一段丝绸，她的妈妈就在外面的马车上等着。

路过食品店时，一个美丽动人的背影将她深深吸引了，这种吸引充满了妒忌，并且只存在于女人之间。这个背影不胖不瘦、不高不矮、穿着端庄大方，尤菲米亚的第六感告诉她，这种背影的女人一般都不守节操——"节操"这个词并不经常出现在她的脑海里，不管怎样她自己是不会做出这样的事情的。

她的第六感很快就得到了确认。一个背对着她的男人从药店出来，他急忙摘下帽子跟艾琳打招呼。

直到这个时候，她才看出那个跟艾琳约会的男人是谁，毋庸置疑，那个男人就是菲利普。尤菲米亚不想让熟悉的人看到自己拿着一大堆东西，这样显得她很愚蠢，所以她急忙借买一盒突尼斯大枣为名把自己藏起来。在这繁忙的早上，她能跟这对小情侣偶遇，她还是很愿意多观察一会儿的。

艾琳的脸平时都像纸一样白，可是这个时候却红彤彤的，让人看了非常喜欢。菲利普的举动有些奇怪，虽然他的魅力依旧没有减少（在尤菲米亚眼中，菲利普非常帅气，那个乔治取的绰号"强盗"好像充满了浪漫）。他似乎在向艾琳请求什么。他俩真的很能聊得来——也许聊得很投入，原因是艾琳并没有怎么讲话——他们站在那里聊天，并没有考虑过别人的感受，以至于进出食品店的人为了避免打扰他俩，全都绕着走。有一个老军官要去雪茄柜台，他已经在他俩周围走了一大圈，可是当他看到相貌迷人的艾琳时，居然脱帽致敬，真是老不正经！男人都这样！

可是，最让她吃惊的是艾琳的眼神。当菲利普跟她面对面站着的时候，她一眼都没看他，可是当他扭头离去时，艾琳却深情脉脉地看着他。啊，那种眼神！

那种眼神让尤菲米亚非常紧张。更准确地说，艾琳的眼神深深打动了她，那种眼神中流露着缠绵、无法抹去的细腻感情，还有那种将他迅速勾回来的欲望以及为刚才的话而后悔莫及的含意。

啊！她拿着那段丝绸，没有心思再去考虑其他的事情，可是她却手段高明——一流的高明！尤菲米亚走近艾琳，然后朝她点头，表明自己已经目睹了一切。事后，她私底下跟好闺蜜弗朗西娅①说："艾琳似乎被抓个现行……"

詹姆斯很讨厌这些让他的怀疑得到证实的消息突然出现，所以尤菲米亚刚讲完，他就驳斥她。

"啊，"詹姆斯说，"他们应该是一同去买墙纸了。"

她面带微笑地小声回复说："难道买墙纸要去食品店吗？"她将放在桌子上的《爱情与止痛药》迅速拿起来，然后说："我的好姑姑，这本书让我拿走看看好吗？再见！"话音刚落，她就拿着书跑了。

詹姆斯随后也走了，他上班时间早就过了。

詹姆斯来到福尔赛·博思达·福尔赛律师事务所的时候，看到自己的儿子正趴在一张转椅上写辩护书。索米斯简单地向父亲问过早安后，就将一封信从口袋里拿出来，对他说：

"你看一下吧，你应该很好奇这里面的内容。"

詹姆斯读了起来：

斯洛安纳大街，309D室，5月15日

福尔赛先生：

您的房子已经竣工，我的工作也已经结束了。假如需要我负责

_____
①罗杰的女儿。

室内装修，那您必须要请我，否则我是绝对不会管的。

每次跟您见面，我们的想法都不统一。我这儿有您写的三封信，上面的建议都大大出乎我的意料。您的父亲昨天也来看房子了，并且也提了很多宝贵的建议。

因此，请您决定这个室内装修究竟要交给谁来做，就算那个人不是我，我也同样很开心。

但是我想说的是，假如要交给我负责，那就全权交给我，我不希望任何人插手。

假如我继续负责，我绝不允许任何人打扰我。

菲利普·波辛尼

这封信出现的原因以及它的导火索是什么，谁都不知道。可是建筑师忽然厌烦了自己跟索米斯的关系，这种可能性也不是不存在——艺术和财富之间无休止的战斗——在那些常见的生活用品上就表现得很明显，堪比塔西佗里那些优美的句子：

发明者：托马斯·T.索罗

所有者：伯特·M.潘德兰

"你准备如何跟他说？"詹姆斯问。

索米斯低着头说："我还不知道。"讲完这句话之后，他就接着写他的辩护书。

他的某位委托人因为在别人的土地上违规建房，突然接到警告，务必把房子全部推倒。经过对实际情况的认真钻研，他找到了应对措施：他主张自己的委托人并不是真的将这块土地占为己有，可是他有权留住这块土地，这是最好的选择。此刻他正在依据这条主张写出相应的方案——就像水手讲的一样——"就这样办"。

索米斯向来就有"军师"的美称，其他人总是会说："去请索米斯帮忙吧——他一向足智多谋！"他自己也很看重这个美称。

默不作声是他的天性，这为他的事业也带来了帮助；有产业的人（索米斯的客户都是有产业的人）认为，默不作声的人才是最让人信任的人。并且他也的确是个讲信用的人。他的职业之所以能积攒这么多信用，都源自传统、习惯、教育以及基因，谨小慎微的天性——当然，跟这些截然相反的是他对所有涉险行为的拒绝。跌倒是他灵魂深处最讨厌的事情，他好好地站着怎么会跌倒呢！

福尔赛家族里不计其数的成员，在进行财产交易时（从老婆到用水的权利），都应当找一个诚信的人去办理，索米斯自然就成了最好的人选。他略带骄傲并且事必躬亲的行为，也为他能获得大家的信任而加分——他清楚自己的能力，所以才会骄傲！

实际上，索米斯才是事务所的顶梁柱，虽然詹姆斯每天都来上班，可是你瞧瞧他就明白了：他盘着腿在座椅上坐着，只需要稍微思考一下自己决定的事情，就走了。博思特是另外一个合作伙伴，他非常值得大家同情，因为他的工作量很大，可是他的想法却总是不被认可。

因此，索米斯接着写他的辩护书。可是我们绝对不能说他现在无忧无虑。他预感大麻烦就要来了，因为它已经很久没有光顾了。他尝试着把这些归咎到身体不适上——肝脏不适——可是他很清楚并不是这样的。

索米斯看了一眼表。再有15分钟，他就要去老乔里恩的其中一个公司——新煤矿公司参加股东大会。在那里他会遇见乔里恩大伯，他打算跟这位大伯聊一聊菲利普——他还没想好该如何回复他，所以想征求一下他的意见。索米斯起身将那份辩护书的草稿收好。他来到一间漆黑的房子里，将灯打开，用褐色的香皂将手洗干净，然后又用滚筒毛巾把手上的水珠擦掉。随后他整理了一下头发，特意打理了一下分割线，然后拿着帽子，关上灯，跟事务所的人说自己下午两点半过来，就顺着鸡鸭街走了。

新煤矿公司距离他的事务所很近，就在打铁巷。别的公司都将股东大会选在坎农大街的旅馆内举行，以此来彰显公司的实力，只有老乔里恩将股东大会选在会议室举办。最初老乔里恩就不赞同媒体介入公司的事情，他说，公众跟公司一点儿关系都没有！

索米斯准点到达，并且在董事席就座。所有董事坐成一排，统一面朝股东，每个人面前都放有一瓶墨水。

老乔里恩坐在股东们的正中间，他留着白胡子，穿着黑色的贴身大衣，在董事席上一眼就能认出来。他将后背靠在椅子上，手上拿的是营业报告和账目。

"长尾巴"海明斯是董事会的秘书，坐在他右侧。海明斯看着比平时大许多，他的眼中经常布满伤感，他那铁灰色胡子总是带着发丧的凄凉感，给人一种胡子下面就是一条漆黑的领带的感觉。

此刻的确有件让人伤心的事情发生了。斯克里是被私人派去勘查矿场的煤矿专家，他6个星期之前传来电报说，煤矿负责人皮平自杀了。皮平这两年都很少发言，不过居然死前还给股东们写了一封信，此刻，它就放在会议圆桌上。股东们将被告知这封信的内容，他们有权了解整件事的经过。

海明斯习惯性地用两手将衣角分开，他站在壁炉旁，对索米斯说：

"索米斯先生，我实话跟你讲吧，凡是我们股东不知道的事情都是没必要知道的。"

老乔里恩有一次因为这句话差点儿跟海明斯翻脸。老乔里恩严厉地说："海明斯，你真会信口开河！你居然敢说股东不知道的事情都是没必要知道的！"老乔里恩向来讨厌骗子。

从海明斯通红的眼睛中能看出，他要气炸了，可是仍然面带微笑，就像已经被驯服的狮子狗那样，并且给出一些违心的掌声草率地说道："是的，您说得没错——就应该那样。"然后尴尬地对索米斯说："令等到下次见到索米斯的时候，他就会抽空儿跟他说："索米斯董事长岁数大了——许多事情他都理解不了，并且他还很执拗——他的下巴都长成那样了，你还能期望他做些什么呢？"

索米斯点头表示同意。

老乔里恩的下巴让所有见过的人都心生畏惧。虽然今天他的面孔非常适合股东大会，可是他的面部神情却有些焦虑。索米斯今天必须要找机会跟他谈谈关于菲利普的事情。

矮小的布克先生坐在老乔里恩的左边，他的面孔也像老乔里恩那样，非常适合股东大会，那些容易对付的股东就成了他的寻找对象。那位聋董事长眉头紧皱地坐在布克先生旁边；布里汉姆坐在聋董事身旁，他对所有事都漠不关心，却在模仿道德高尚的人——因为他很清楚那个棕色纸袋就在帽子（老式平边礼帽，帽子上有个大蝴蝶结，他的嘴角没有一丝胡楂，脸颊红扑扑的，下巴上的胡子是白色的并且很整齐）后面藏着，这是他每次来开会都必带的东西。

索米斯不会落下每一次股东大会，他觉得这样做对自己有利无弊，以免"有什么事发生"！ 他看着室内的墙壁，满脸都是紧张和高傲。墙上挂着煤矿和港口的地图，旁边是一张很大的照片，上面画的是一个通向煤矿的竖井，亏损最厉害的就是这个煤矿。自从这张照片被挂在墙上之后，整个商业部就遭受着巨大的嘲讽。老乔里恩最喜欢这幅画，可是它却像一只亡命的羔羊那样存在那里。

此刻到了老乔里恩陈述营业报告和账目的时候，他立刻站起来了。

他面无表情地看着这些股东。实际上，董事长和股东们永远都处于对立面，可是他依然要把和气和自然的状态表现出来。索米斯也看着这些股东，有几张脸还是他很熟悉的。老斯克鲁波索尔是个柏油商人，每次开会他都必来，正如海明斯说的那样，"每次来都添堵"。从外表看上去他不太好相处，他的脸颊红彤彤的，阔腮，膝盖上放着一项巨大的帽子。还有一位是波姆斯牧师，他每次都建议大家要如何感谢老乔里恩，并且还总是希望董事一定要记得提拔那些雇员，"雇员"这个词他总是再三强调，并且用的还是极标准的英语①。会议结束后，他还习惯性地拉着某位董事，询问他们接下来一年的生意会如何。依据这位董事的回答，紧接着的两周内，他会买进或卖出3只股票。

军人奥巴利少校很喜欢发言，就连改选查账人员的事情他也会发表看法。有时他会在会上制造惊慌——某次，有人收到要让他发表观点的纸条，可是他还未发言，这位少校就抢先开口了。

对于那5个沉默不语的股东，索米斯非常喜欢——他们都是商人，跟自己有关的事情他们喜欢事必躬亲，除此之外，他们都不喜欢插手别人的事情——他们都是心存善念、诚实可信的男人，每天过来上班，晚上就会回到那个心存善念、跟他们一样诚实可信的老婆身边。

---

①尽管他是牧师，可是他依旧具有强烈的帝国主义倾向。

心存善念、诚实可信的老婆！不知道为什么，这句话让索米斯有种无法言说的紧张。

他究竟要跟老乔里恩伯伯聊什么？这封回信他该如何写？"假如股东们还有问题，欢迎提出来，我乐意逐个回答。"老乔里恩将营业报告和账目表轻轻放在桌子上，保持站立，大拇指和食指一直在抚摩那副玳瑁边的眼镜片。

一抹淡淡的微笑出现在索米斯脸上。股东们最好讲快点儿！他大伯常用的手段他是最清楚的（满意的办法），老乔里恩会立刻说："我提议，账目和报告都无异议，全票通过！"股东们压根儿就没有机会表达意见——尽人皆知，他们白白来这一趟。

一个老人站起来了，他个子很高、胡子花白，干瘪的脸上带有一丝抗议，他说：

"董事长，我想提出一个关于账目上5000英镑用处的问题，我这样做符合议程。'花费在寡妇和家庭上'——他充满敌意地看了看四周——'花费在刚去世的煤矿负责人身上'，他很傻——啊——我是说愚蠢的自杀，他自杀时刚好是公司最需要他的时候。你讲过，他跟公司签的合同是5年，可是他刚服务一年，就单方面违约了——我——"

董事长通过手势表达了他的不耐烦。

"董事长，我这样做并没有违反什么——我想询问支付——啊——支付给自杀那个人的钱是因为他的付出吗——假如他还活着的话？"

"众所周知，这是因为他的贡献特意奖励给他的——我相信你也明白——对公司而言，他的贡献很大。"

"可是，董事长先生，我要说的是他的贡献已经翻篇儿了，给他的钱却远远超出他所做的贡献。"

讲完这些,这个股东就坐下了。

过了不久,老乔里恩就说:"现在我提议这份报告和……"

刚才发言的股东又起身说:"我需要跟各位董事声明,这些钱不是他们的——我可以直言不讳地说即便是他们的……"

一个脸庞既大又圆的人站起来了,索米斯认出这个人正是死者的姐夫,他站起来,平和地说:"各位股东,我感觉这笔钱太少了!"

波姆斯牧师站起身来说:"我将自己的观点大胆讲出来,实际情况大概是这样的:我们尊敬的董事长曾经认真思考过自杀者的问题。我所说的话既代表我自己的观点,也代表坐在这里的每一个人的观点——我们都非常信任董事长。我坚信我们每一个人都愿意与人为善。可是我感觉,"这个时候他用厌恶的眼神看了一眼死者的姐夫,"他应该留下一封信,那种降低补偿的信最好。事实上,对于死者自杀这件事,我们都有看法,自杀者前途无量,也对社会很有价值,可是他丝毫不顾及上帝对他的爱,就这样终结了自己的生命,我们的利益也因此而受到了损害——请容许我这样表述——他继续活着能给我们带来利益。我们不应当,确切地说是不能对这种不忠于职守的人进行表扬或怜悯,这种做法在神灵或群众中都是行不通的。"

波姆斯讲完这番话,又返回自己的座位。这个时候死者的姐夫再次起身。"我还是刚才那句话,"他说,"我感觉这笔钱太少了!"

第一个股东再次插话说:"我怀疑这笔补偿金不合法。以我的看法,这笔钱就是违法的。公司的法律顾问也在场,我感觉这些规章流程应该咨询他。"

这个时候,大家都看着索米斯。他居然有些不安!

索米斯双唇紧闭，表情严厉地站了起来。他的精神有些亢奋，最初隐藏在他大脑中的疑惑终于烟消云散了，如今终于可以想些其他事情了。

"这个看法，"他声音压得既低又细地说，"如今还不知道。由于公司之后不可能从中获取利益，所以补偿金是否合法还有待考证。假如非要知道答案，那只能交给法院了。"

死者的姐夫眉头紧皱，略带嘲讽地说："找法院是谁都知道的事情。我想知道是谁想出了这么聪明的办法？难道是索米斯·福尔赛先生吗？啊，当真是他！"他用锋利的目光扫了一眼索米斯和老乔里恩。

索米斯的脸颊顿时红彤彤的，可是他的骄傲却毫无缩减。他将眼神停留在这个人身上。

"假如，"老乔里恩说，"死者的姐夫已经讲完的话，我提议营业报告和账目表……"

可是这时，原本一言不发的5个股东中居然有一个人站起来了。这5个股东都是索米斯很欣赏的人，他们虽然沉默寡言，却实力满满。站起来的这位股东说：

"我反对这项提议。我们被告知要善待死者的家属，因为你们说这个家庭的开支全靠他一个人。可能这的确是事实，可是我对这些丝毫都不关心。原则上我是不赞同这件事的。此刻就应该有人挺身而出反对这种人道主义。这个国家不缺乏人道主义。我就不赞同把我的钱给陌生人，他对我没用，为什么要拿我的钱。我极力反对，这跟经商无关。我现在提议将补偿金从营业报告和账目表中清除。"

在这位沉默许久又突然发言的股东讲话的时候，老乔里恩自始至终都是站着的。这番话说出了所有人的心声，大家都有同感，他这样做引来了大家对他的崇拜，他们都不赞同慷慨解囊的人道主义，这段演讲就是最好的说明。

董事们也被那句"这跟经商无关"所打动，他们每个人都认为这个善举不应该存在。可是老乔里恩那种咄咄逼人的态度以及他那顽强不屈的性格，他们是很清楚的。老乔里恩也清楚这跟经商无关，但是他依旧不会将自己的提议撤回。难道要他违背自己的意愿吗？这很不现实。

每个人都在等待他的回复。这时，老乔里恩那只捏着眼镜的手颤抖着举起来了，这当中带有胁迫的意思。

老乔里恩对那位原本一言不发后来又主动发言的股东说：

"当你知道这位死者为煤矿开采做出的巨大贡献的时候，你依旧反对我的提议吗？"

"我依旧反对。"

董事长提出了修正案。

"你们谁还有意见吗？"老乔里恩问，他平静地看了看四周。

索米斯这时盯着老乔里恩看，他认为谁都不敢跟老乔里恩身上带有的那种意志力相抗衡。老乔里恩看着那个股东说：

"那我继续说，'一致通过1886年的营业报告和账目表'。你还有什么要说的吗？请同意的人举手表态，不同意的人——一个都没有。行，我们来进行下一项程序，股东们……"

索米斯在心里默默地乐了。董事长的确很有手段。

他又开始思考如何给菲利普回信。

他为什么总是会想到菲利普，即便工作的时候也不例外呢？真是奇怪。

艾琳已经看过那所房子了——就算什么事都没发生，她最起码

179

也应该跟索米斯讲一下。可是，艾琳一个字都没提。她现在一天比一天变得更加安静、更难讨好了。索米斯祈祷上帝保佑他，让他的房子快点建好，他们迅速搬过去住，这样就可以离伦敦远远的了。艾琳不应该生活在城市里。她的想法总是在不停地变化，这段时间，她又主张分房睡，这件事真是太荒谬了。

会议就在这个时候结束了。波姆斯牧师在那张亏损的煤矿照片下把海明斯叫住了。矮小的布克先生正在跟老斯克鲁波索尔争吵，他的脸上露出生气的笑容，眉毛都直了。他们两个像仇人一样讨厌对方。他们两个之所以不和，是因为布克先生抢了老斯克鲁波索尔的柏油生意，并且还将生意让给他的侄子做。这还是那个总爱搬弄是非的海明斯告诉索米斯的，他最爱议论这些董事们的闲话，当然这里面并不包括老乔里恩，因为他对老乔里恩充满了恐惧。

索米斯在寻找机会。直到最后一位股东走出会议室很远之后，他才来到老乔里恩身旁，那时，这位老人正在戴帽子。

"大伯，我能占用您一分钟时间吗？"

索米斯自己也不清楚讲这句话的意思是什么。

家族中的每个人都对老乔里恩存在一种不可言说的敬重感，可能是源于他对哲学的看法，也可能是——跟海明斯讲的相同——源于他的下巴，所以在索米斯和老乔里恩之间隐藏着一股对抗的力量。他们见面时只用几句简单的招呼语带过，对于对方也都没有什么建议，可能跟老乔里恩说的一样，年轻的索米斯骨子里就有种执拗，这让他常常质疑他是否会给自己面子。

虽然他们两个在很多方面的意见都不统一，就像南北极那样，可是他们却有共同点——与家族的其他人相比，他们两个更加聪明——他们内在都具有坚强的品质，在做事情方面谨小慎微，在他们所处的阶级中，他们应当属于领军人物。无论他们两个中的哪一个，只要把握好了运气和机会，就必定能够做出一番大事业；他们或许会成为出色的金融家、精明的政治家、知名的承包商。虽然有时，老乔里恩抽完雪茄之后或受到其他影响之后，也会对自己的地位存在藐视或怀疑，可是索米斯从来都没有这种感觉，因为他不碰雪茄。

还有一点，让老乔里恩暗自伤心，他是詹姆斯的儿子——啊，詹姆斯，这个让人鄙视的男人，索米斯居然这么优秀，他的儿子……

最后一点，应当算是最重要的一点——作为福尔赛家族的一员，老乔里恩应该也听到了很多闲言碎语——有关菲利普的传言，他可能已经知道了。这件事也让他很困惑，同时还有些许的愧疚。

依照老乔里恩的想法，艾琳并不怎么让人生气，反倒是索米斯真的让人恼火。他一想到艾琳——索米斯为什么不将艾琳看好！啊！索米斯可真是无辜！他要怎么做才能看好！艾琳勾引的对象竟然是菲利普，老乔里恩感觉这件事真丢人。面对这种突发事件，他的做法跟詹姆斯不同，他并不愿意隐藏事实，而是采取以静制动的态度，这件事不可能是真的。艾琳的确是个魅力满满的美女！

老乔里恩和索米斯同时走出会议室，来到熙熙攘攘的齐普赛街。老乔里恩猜测这个家伙是想跟他聊事情。他们谁都不说话，沉默着走了几分钟，索米斯在路上东张西望，脚步迈得很小，老乔里恩则身体笔直，拄着伞慵懒地走着。

没过多久，他们就来到了一条稍微安静的街道，老乔里恩还赶着去莫瑞兹大街附近参加第二场董事会。

这个时候，索米斯低着头说："这是菲利普给我写的信。你看看里面的内容吧。我感觉不应该瞒着你。这所房子的花销远远超出了我的预算，因此我想把这件事讲清楚。"

老乔里恩不乐意地瞟了一眼信，回复说："信里他讲得很清楚了。"

"可是菲利普要求全权交给他。"索米斯回答说。

老乔里恩看了一眼索米斯。索米斯居然因为个人的事情来找他谈，并且还打搅他。老乔里恩之前的所有不悦和仇视全都迸发出来了。

"你不信任他，还聘请他做什么？"

索米斯用余光扫了一眼老乔里恩。"现在再说这个已经晚了，"索米斯说，"我是想跟他解释一下，这件事情可以全部交给他负责，可是我不希望他欺骗我。我感觉这话如果由您来说，可能更有分量！"

"我是不可能说的，"他果断地制止索米斯，"我跟这件事情不存在任何关联！"

两个人的对话都有双重意思，并且他们真正想表达的都是那层隐含的意思。他们两个互相看了一眼彼此，这表明他们已经明白对方的意思了。

"行吧，"索米斯说，"我认为看在琼的面子上，我也应该跟你说一下，事情就是这样的。我认为你有必要清楚，我对欺骗向来是零容忍的！"

"这对我有什么影响呢？"老乔里恩反问他说。

"啊，这个我就不清楚了。"他说，当他的眼神与老乔里恩犀利的眼神对视时，他沉默不语了。"不要埋怨我没跟你讲。"他压低声音，然后一切就又变得像以前那样平静。

"那就讲清楚！"老乔里恩说，"我不明白你究竟想说什么。

你跟我讲的事情都是让我担忧的事情。我一点儿都不关心你的私事，你想怎么处理就怎么处理！"

"好的，"索米斯冷漠地说，"我会按照你说的去做！"

"那就回见吧。"老乔里恩讲完就走了。

索米斯沿着原路返回，路过一家著名的饭店时，他进去点了一盘熏鲑鱼和一杯夏布利酒。他中午不仅吃得少，而且还喜欢站着吃饭，他认为这样做能够保护肝脏，虽然他的肝脏并没有毛病，只不过他常常将所有的烦心事都归因到自己肝脏不好上面去。

他吃完饭就慢吞吞地返回办公室了，他一路都没有抬头，不理睬街上的任何人，同样，街上也没有人留意到他。

太阳快要下山的时候，菲利普收到了一封回信：

福尔赛·博思达·福尔赛律师事务所
中东区，鸡鸭街，布兰奇巷，92001号
1887年5月17日
波辛尼先生：

　　你的来信我已经收到了，对我而言并不意外。在我的回忆里，建造房子的事情，一直是你一个人说了算，我们两个并不存在意见分歧。在给予你——满足你的要求——"全权交给你"时，我需要提前声明一点，在最后交房的时候，将你的雇佣金、室内室外的所有装修都包括在内，我们之前谈好了，一定不能大于12000英镑。你很清楚，这是我的上限，况且这个数字已经超出我的预算很多钱了。

索米斯·福尔赛

索米斯第二天就收到菲利普的回信：

菲利普·拜恩斯·波辛尼

建筑师

斯洛安纳大街，309D室，5月18日

索米斯先生：

假如你觉得我能将室内装修的费用把控在准确的几英镑之间，那估计要让你失望了，因为这可是十分细致的工作。我能感觉到你对所有的事情都厌烦了，同时也包括我，因此，我认为最好的做法就是我辞职。

菲利普·拜恩斯·波辛尼

索米斯因为不知道该怎么回复菲利普，所以他绞尽脑汁地想了许久，那天晚上等艾琳入睡后，他才在客厅写了回信：

蒙彼利埃广场，S.W.62号

1887年5月19日

波辛尼先生：

房子已经建到现在这个阶段了，假如这个时候放弃，对我们彼此都只有坏处没有好处。我在信中提到的那些钱数10镑、20镑或者50镑，并不是说超过这些数额我们的关系就会受到影响。装修费用是没办法精确到具体的数额的，这个我清楚。我感觉你有必要再慎重考虑一下你的决定。这封信可以作为"全权交给你"的凭证，我知道想要具体的数额不是一件容易的事情，我期盼你能按照自己的想法进行装修。

索米斯·福尔赛

第二天菲利普就回信了：

5月20日

索米斯先生：

　　我同意。

菲利普·波辛尼

老乔里恩游玩动物园

　　老乔里恩简单地将第二个会议应付过去了——只不过是一个普通的会议。别的董事都感觉老乔里恩变得更加独断专行了，他就没给其他董事留有发言的余地。等他离开之后，其他董事议论道，他们实在忍无可忍。

　　老乔里恩乘地铁来到波特兰车站，他要从这里打车去动物园。

　　老乔里恩跟别人约在那里见面。最近，他外出约会的次数越来越多，这都应该归因于琼的焦躁不安，她变得跟之前大不一样，这些都促使这位老人必须要这样做。

　　琼比以前更瘦弱了，她对所有人都避而不见。老乔里恩询问她原因，她要么一言不发，要么乱说一通，有的时候她的眼泪就在眼眶里打转。她的变化很大，这跟菲利普有关。可是关于菲利普的事情，她一句话都不说！

　　他在车上思考了很久，衔在嘴里的雪茄也快抽完了，面前的报纸压根儿就没动。他对琼非常疼爱，因为从琼3岁开始他就整天陪伴在她的左右！

有一股力量正在将老乔里恩源自家庭、社会地位和世俗的能量各个击破。明知道有些事情很急迫，可是他却无能为力，这种感觉就像他的头上被一层阴影笼罩着一样，他无法摆脱。通常他遇到事情都会按自己的想法处理，可是这件事他却无从下手。

他气愤地说自己所坐的车太慢，话音刚落就到达动物园门口了。他生来性格就很开朗，所以他打算享受当下，到达动物园的时候，他已经把这些烦心事通通忘掉了。

小乔里恩和他的两个孩子原本站在熊栏的阶梯上，看到他过来，就急忙跑到他身旁，将他带到狮子洞附近。孙子孙女每人挽着爷爷的一只手——小乔里恩还像以前那样调皮，他想用父亲的伞柄钩路人的脚。

小乔里恩跟在他们三个身后。

父亲和孩子们走在前面，在小乔里恩眼中这仿佛像一场戏一样，只不过这场戏虽然是喜剧，却有点儿心酸。老人和两个小孩一同走着，这种场景屡见不鲜，可是他的父亲跟他的两个孩子在一起的场景就非常独特，从中可以看到很多隐藏在内心深处的东西。这个头发花白的老人对这两个小孩真是唯命是从，这让小乔里恩很感动。就像一种自然反应一样，小乔里恩碰到这样的事情时经常在心里大喊"上帝啊"，此刻这个词已经出现在他心里了。福尔赛家族的每个人都能很好地控制自己的感情，从而不被别人发现，眼前的这一幕真的让他感觉很难受。

他们来到了狮子洞前。

今天早上植物园有个游园会，有一大拨人——衣帽整齐、坐着马车的福尔赛人，他们为了让自己的钱花得更有价值，在回到拉特兰郡大门或布莱恩斯特广场之前，逛完植物园直接来到动物园。

"我们接着游玩动物园吧，"他们对彼此说，"今天一定是有趣的一天！"今天的门票是1先令，那些让人厌烦的穷鬼绝对买不起。

那些人在围栏旁整齐地站着，那些黄褐色、饥肠辘辘的动物成了参观对象，它们等了一天一夜，只为这时的欢乐。动物的饥饿程度跟魅力是成正比关系的。究竟是动物巨大的食欲让围观者羡慕，还是讲得更理性一些，它们的食欲很快就能得到满足，小乔里恩并没有找到答案。他耳旁不断传来人们的议论声："那只老虎看起来凶巴巴的！""啊，它的嘴巴真小，好迷人呀！""对呀，它真的太漂亮了！妈妈，离远一点儿！"

小乔里恩遇到了一两个奇怪的人，他们总是拍拍自己的后口袋，然后回头看看小乔里恩，好像需要他或其他不感兴趣的人从里面拿出东西一样。

一个穿背心的胖子故意低声说："这些动物太贪心了。它们不应该饥饿，因为它们从来都不运动。"他的话音还未落，一只老虎就抢走了一个沾满鲜血的肝脏，这个胖子嘴角出现一丝微笑。那个穿巴黎款式大衣、戴着金边眼镜的女士是他老婆，她训斥他说："哈利，这种血腥的场面你也能笑得出来？"

小乔里恩眉头紧皱。

虽然他这一生的境遇让他能够平静地应对许多事情，可是他依然会鄙视很多事情。就比如面对他所在的阶级——车马阶级——他常常为此哭笑不得。

将老虎或狮子关在笼子里，这实际上是一种恐怖的暴力行为。可是每一个很有修养的人都否认这一点。

比如老乔里恩，他一定不会认可将野生动物关在笼子里就是暴力行为的观点。他的观点很老旧，他感觉把狒狒和黑豹关在笼子里是很人性化的、修养很高的行为，只要关在笼子里，就能避免它们无缘无故地死掉或者得病，也能给社会省下一大笔钱！他认为，这些野兽就跟福尔赛家族的每个人一样，都没有被上帝束缚自由，虽然它们待在笼子里真的有很多不便的地方，可是待在里面得到的欢乐要远远大于这些。对于这些野兽而言，这样做再好不过了，这样它们就能规避那些毫无征兆的危险，并且还能让它们在这个封闭的空间里发挥最大的作用！毫无疑问，这些笼子就是为野兽量身定制的。

可是小乔里恩向来通情达理，他认为这样做是不正确的，不能将暴力行为污蔑为想象力欠缺的行径。因为拥有这种想法的人从来没有到笼子里体验过，所以他们不能做到感同身受。他们还在动物园游玩——孙子孙女玩得非常开心——老乔里恩终于找到合适的时机将那件让他牵肠挂肚的事情讲给儿子听。"我不清楚这件事究竟发展到哪个地步了，"老乔里恩说，"我不清楚她还会坚持多久，也无法预料到以后会发生什么事情。她不听从我的安排，坚决反对去看医生。她跟她妈妈真像，跟我一点儿都不一样。她非常倔强！她不愿意做的事就算用八匹马也拉不回来，任凭谁也无能为力！"

小乔里恩看着老乔里恩的下巴，嘴角微微上扬。他想说："她跟你是截然相反的两种人，你们刚好互补。"可是他并没有讲出来。

"然后就是，"他继续说，"当然要说琼的未婚夫。我真想给他一拳，可是我不能这样做，但是，我认为——你完全可以这样做这件事情。"他想要看看儿子的反应，故意这样说。

"他做错什么了吗？假如他们两个不合适，那就当断则断！"

他盯着自己的儿子看。他们这个时候聊的可是男女之间的事情，关于这些事情，他一向对小乔里恩的观点存疑。对于男女之间的事情，小乔里恩向来都很随便。

"行吧，我也不清楚你的想法，"老乔里恩说，"我十分确定地说你对菲利普还存在一些怜悯——这一点儿也不意外，我认为他的行为非常卑鄙，就算当着他的面，我也敢这样说。"之后，他就找其他话题聊了。

关于菲利普行为下流的本性和后果这个话题是无法跟小乔里恩讨论的。15年前，小乔里恩的所作所为不是跟现在的菲利普也没差多少吗？这种愚蠢的行为似乎总是不间断地在上演着。

小乔里恩一言不发，他在短时间内就能猜到父亲的想法，原来地位高高在上的时候，他对事情的看法总是停留在表面，但是自从他被高高在上的阶级抛弃以后，他对事情的看法就变得很敏感了。

15年前，他对男女关系的处理方法，他的父亲始终无法理解。他们之间的代沟很大。

小乔里恩从容地说："我猜想他爱上别人了。"

老乔里恩似信非信地看着自己的儿子："我也不清楚，据说是这样的！"

"如果是这样，那这件事就差不多是真的了，"老乔里恩有些意外地听小乔里恩说，"我想那些知道的人已经跟你说过他出轨的对象是谁了吧？"

"是的，"他说，"出轨对象是艾琳！"

小乔里恩一点儿也不感觉意外：他自己一路走来的遭遇让他能平静地看待这些事情，可是再看看父亲，他笑了。

就算老乔里恩看到了，他也不会留意的。

"艾琳跟琼可是无话不谈的好朋友！"老乔里恩义愤填膺地说。

"琼真可怜！"小乔里恩小声说。在他父亲眼里，琼永远都是个3岁的孩子。

老乔里恩忽然停下来了。

"我不会相信那些胡言乱语的，"老乔里恩说，"这都是那些老婆子瞎编的。儿子，赶快给我找辆车，我太累了！"

他们站在角落里等待空的出租马车过来，可是过来的每辆车上都坐着从动物园离开的福尔赛家族的人。在初夏阳光的照耀下，马具、仆人以及马背都亮光闪闪，有活顶车、敞篷对座车、半活顶车、轻便的双人车，还有单人车，它们都自豪地向前行进着，似乎在唱着：

"我、我的马车、仆人，这些东西的开支都很大。可是我花的每分钱都用在刀刃上。寒酸！你瞧瞧你的老爷和夫人，他们是那么的开心——啊！这才叫时尚！"

尽人皆知，这种场景很符合福尔赛家族的人外出的气场。

在所有马车中，有一辆跑得最快，它是由两匹枣红色的马拉着的四轮四座马车。车身被下面的弹簧带得左摇右摆，车内坐着的四个人像坐在摇篮里一样。

小乔里恩的注意力全都放在这辆马车上，他突然看到，詹姆斯叔叔坐在马车后排的座位上，他一定不会认错。在他对面坐着的、用遮阳伞挡着后背的是瑞秋·福尔赛和她已经出嫁的姐姐——威妮弗雷德·达尔第，她们衣着简洁大方，都将头抬得高高的，就像他们刚刚在动物园里看过的两只鸟那样。詹姆斯一旁坐的是达尔第，他的外套非常新，板型也很正，扣子扣得很严实，两只袖口都露出显眼的衬衣袖子，他的衬衣是用绸缎做的。

这辆马车最显眼——可能由于车身上涂了一层高质量的高光漆——让它从所有马车里脱颖而出，可是又不是那么高调。就好比那些艺术品——只不过比一般画多画了一笔，所以才能脱颖而出——这辆马车就像福尔赛家族的尊贵座椅那样不同凡响。

老乔里恩并没有留意到经过的这辆马车，他正忙着哄孙女霍莉，因为她已经累坏了。可是车上的人却注意到他们了，两位女士的头忽然从遮阳伞里伸出来了，她们一会儿躲进去，一会儿又伸出来；詹姆斯也伸出头来，他的表情很纯真，嘴巴因为惊讶而缓缓张开，跟只很长的鸟一样。两位女士的遮阳伞宛如盾牌，正在慢慢地从人们的视野中消失。

小乔里恩发现他们将自己认出来了，包括威妮弗雷德也认出小乔里恩了，当他离开福尔赛家族的时候，她只有15岁。

他们都没变化！他们全家外出的场面，他清楚地记得：马、马车、仆人——如今这些当然都换了，可是——气势却跟15年前一样，并没有改变；像之前那样精益求精的装饰，像之前那样怡然自得的高傲神情！同样的左摇右摆的马车，同样的握太阳伞的手势，一样的场景一样的派头。

为了躲避阳光，有许多遮阳伞都高举着，马车从他们身边陆续经过。

"詹姆斯叔叔刚才带着他的女眷从我们身边经过。"小乔里恩说。

老乔里恩的脸色立马变严肃了："他认出我们了吗？认出没有？哼！他为什么要来动物园？"

有辆空马车从他们面前经过，老乔里恩立马叫住了。

"儿子，我们过两天再见！"老乔里恩说，"我刚才跟你讲的关于菲利普的事情，你不要放在心上——我一点儿都不相信！"

孙子孙女拉着老乔里恩，他亲过他们就上车走了。

霍莉在小乔里恩怀里待着，小乔里恩纹丝不动地站着，看着父亲的背影。

蒂莫西家的下午时光

假如老乔里恩想要如实将自己的想法表达出来，他就应当在上车之前说那句"我一点儿都不相信"。

想起詹姆斯以及他的家眷目睹了自己和小乔里恩相聚的场景，老乔里恩那种深藏许久的愤怒被唤醒了，并且他们兄弟之间与生俱来的敌对情绪也被激发出来了，这种敌对的情绪在他们很小的时候就开始生根发芽了，伴随着他们慢慢长大，这些情绪也在不断蓄积能量，虽然平时不明显，可是在适当的时机还是会显现出来。

截至目前，他们6个兄弟之间只存在那种私底下的较量——谁比谁过得更好——并不存在很大的敌意；可是百年后每个人都会死去，可能到那个时候大家的好奇心最重——死后什么都要留下。可是那个负责保管他们财产的人却什么都不愿意讲。他的确很聪明，他对尼古拉斯说自己并不清楚詹姆斯的资产有多少，对詹姆斯说自己并不清楚老乔里恩的资产有多少，对老乔里恩说自己并不清楚罗杰的资产有多少，对罗杰说自己并不清楚斯威森的资产有多少。斯威森询问的时候，他只说尼古拉斯真的很有钱。因为蒂莫西持有的是可靠的金边证券，所以并不包括在内。

可是就目前而言，最起码老乔里恩和詹姆斯之间存在一种不同寻常的恩怨。自从詹姆斯粗鲁地打听老乔里恩的私事开始——老乔里恩的说法是这样的——他铁了心地不会相信那些有关菲利普的谣言。詹姆斯一家居然嘲笑琼！老乔里恩打心底里坚定地认为菲利普是无辜的。菲利普做出不得体的行为，一定有他的理由。

可能琼跟菲利普拌嘴了，也可能是因为别的事情，琼也许非常生气！

无论如何，老乔里恩都要让蒂莫西见识一下他的厉害，以此来制止他到处宣传这个谣言！他不想再听到这个谣言，于是立马采取行动，他迅速来到蒂莫西家，他一定要好好治治他，以防自己再跑第二趟。

老乔里恩看到，詹姆斯的马车就停在"花鸟亭"门口。这样看来他们很早就来了——詹姆斯胆子很大，一定在畅谈自己所看到的一切！老乔里恩向里面走了几步，就看到斯威森的灰色马正跟詹姆斯的暗红色马在交谈，它们聊的似乎正是老乔里恩家的事情，并且马车的主人交谈的也是这件事情。

之前菲利普将帽子放在窄窄的过道的座椅上，居然有人将它错看成猫，老乔里恩今天也将帽子放在那里。他用衰老的双手捋了一下那雪白的胡子，似乎要抹去一切表情那样，之后他就到楼上去了。

老乔里恩看到前厅到处都是人。这间前厅在最理想的时候可能是最有价值的——没有来访者——一个人也没有——由于蒂莫西和他的姐妹们全都遵照家族习俗，感觉某个屋子全都是家里人，这样最好不过。因此，这间前厅里摆放着：11把座椅、1张沙发、3张桌子、2个柜子、不计其数的小摆件和小玩意儿、1架三角形的大钢琴。此刻屋里坐着：斯茂夫人、海斯特姑母、斯威森、詹姆斯、瑞秋、威妮弗雷德、尤菲米亚——她要过来还《爱情与止痛药》这本书，以及她的知己弗朗西娅——罗杰的女儿。所以只有一张空椅子，其实，本来是有两张空椅子的——那只猫将唯一的一处空地方也占领了，因此老乔里恩直接站在这里。

最近，蒂莫西家总是来很多人，这并没有什么奇怪的。之前安姑母总是让人畏惧，可是如今她已经去世了，因此他们来花鸟亭的次数也变多了，并且在这个地方打发了许多时光。

第一个到来的是斯威森，他进来就直接慵懒地坐在椅子上，好像这把椅子能让他长命百岁一样。这把座椅是用红色绸缎做成的，靠背表面还镀了一层金。菲利普给他取的"大胖子"的绰号真是恰如其分。他体形庞大，头发花白，胖胖的脸上没有一丝胡楂。在这个被悉心装扮的房间里，他跟那些原始的长辈们都很像。

最近这段时间，他总会提到艾琳，他见到茱莉姑母和海斯特姑母要做的第一件事就是询问她们关于这些传言的观点。不——他经常说——艾琳可能只是想要调戏一下菲利普罢了——毕竟漂亮的女人也需要释放一下自己。可是他一概质疑其他的谣言。艾琳的举止很矜持，她具有明辨是非的能力，对自己的定位很清楚，知道自己已经嫁人了！压根儿就跟——他原本想说"绯闻"，可是这样似乎不太合适，因此他挥着双手说——"就让这件事翻篇儿吧！"

假设把斯威森当成单身汉来思考这个问题——那原因必定不会出在家族方面，福尔赛家族有很多优秀的人物，他们不是都得益于这个家族吗？虽然别人评论他的祖辈是"不值一提的人物""出身贫贱的农民"，可是他并不认可。

对！他绝对不会认可！他自己的那套理论可是很强大的。他将这套理论埋藏在心底，他认为自己的祖先一定有优点。

"那是肯定的。"他跟小乔里恩讲过这句话，那个时候小乔里恩还没有离婚。"瞧瞧我们，瞧瞧我们拥有的一切！我们家族的血统就是高人一等。"

他之前对小乔里恩的印象非常好：在大学期间，小乔里恩的人际交往非常好，查理·菲斯特爵士的儿子们都是混蛋，可是小乔里恩却跟他们处得很好——其中有个儿子彻底变坏了。但是他的这个儿子也很有派头——他居然跟一个外国家教远走高飞了！假如他要远走高飞，为什么不选一个优秀的呢！如今他做什么工作？在劳埃德保险社上班，据说他还靠绘画挣钱——绘画！他原本能像小乔里恩那样获得男爵的称号，在会议室里拥有自己的一席之地，在乡下有自己的房子！

很多名门望族总是经不住好奇心的诱惑，去纹章局打听信息，斯威森就在其中，那里给他提供的消息是：福尔赛家族是毋庸置疑和声望很高的家族，"黑底红线，右侧三颗扣子"就是他们的纹章，毫无疑问，纹章局的人之所以给出这个消息，是希望他能遵从。

可是，斯威森的做法却完全不同，当他知道他们家族的徽章是"一只雄鸡"，后面还写着"致福尔赛"的箴言时，他的马车和马车夫衣服上的纽扣上也都出现了这种徽章，他的信纸上不仅有徽章，还有箴言。他将打听到的家族徽章埋藏在心底，原因只有两个，第一是他并没有给纹章局付费，假如在马车上印上纹章会显得很高调，他不喜欢这样做；第二是他跟伦敦务实主义的人相同，他很讨厌那些不理解或很晦涩的东西，"黑底红线，右侧三颗扣子"，这很难懂，假如换成别人，他们的做法也会跟斯威森一样。

可是，他永远都记得纹章局的人跟他讲，如果他立刻付费，他就可以使用这个徽章，他由此也更加肯定自己的绅士地位。福尔赛家族里越来越多的人使用"雄鸡"，并且还非常严肃地使用了那条箴言。但是老乔里恩却并不使用那条箴言，他认为这些都是假的，毫无意义。

也许只有家族里上了年纪的人才能知道当年到底发生了什么事，才有了这个徽章。假如有人非要刨根问底，家族里的其他人不愿意说谎，就直接说他们是从斯威森那里知道徽章和箴言的——他们讨厌说谎，在他们的记忆里，法国人和俄国人最喜欢说谎。

这个问题在年轻人那里都很少谈论，他们不想让别人嘲笑自己，也不想让长辈伤心，他们只用"雉鸡"的徽章……

"并不是这样的，"斯威森说，"他有一次亲眼看见过，他的意思是，艾琳对待菲利普，或者说那个'强盗'，和对待别人并没有差别。实际上，应该说他……"他们的交谈突然中止了，因为弗朗西娅和尤菲米亚进来了，这个话题不能当着年轻人的面来谈。

虽然谈话突然中止让斯威森很不开心，可是没过多久，他的情绪就平复了。在他看来，弗朗西斯还是很讨人喜欢的——她也叫弗朗西娅——所有人都这样叫。她智商很高，据说她依靠给别人编曲赚了很多零用钱，在他看来，这是聪明的举止。

他对女士的看法很超前，在他看来，女士们能作画、编曲或者写作，做些这样的事情就可以了，如果顺便能给她们带来财富，那就再好不过了。这样做可以帮助她们逃离事端。不能将她们跟男人归为一类！

他们时常叫她"小弗朗西娅"，这是一种无意中夹杂着嘲讽的口吻，他们称赞她是个让人刮目相看的人物，并且从她的形象中也能看出整个家族对艺术的追求。事实上，她个子很高，她的眼睛和头发都是棕色的，很像"凯尔特人"，看起来一点儿都不小。她创作的歌标题一般都是这种的，例如"无谓的叹息""啊，母亲，请在我死之前亲吻我"，歌曲里重复唱的地方像极了赞美诗：

啊，母亲，请在我死之前亲吻我；

亲吻我吧，母亲！

在我临死之前，亲吻我吧！

母亲，在我临死之前，亲吻我吧！

她不但写歌词还写诗。高兴的时候她还写过华尔兹舞曲，比如《肯斯通旋舞曲》，在肯斯通人人皆知，并且大家都很爱听。

她写的歌很独特。那些"给小朋友的歌"不仅有教育意义，还很有趣，尤其是《祖母的鲷鱼》，那首《一拳把他的小眼睛打青》歌词很有预见性，好像能预料到马上降临的帝国主义精神。

她写的歌在任何一家出版社都很抢手，比如杂志《奢侈生活》和《大家闺秀》将她看成天才，并且对她高度认可："福尔赛小姐的歌就像精神小调那样，一会儿让我们掉眼泪，一会儿又让我们没心没肺地欢笑。她未来必定发展得很好。"

弗朗西娅天生就具有福尔赛家族的特质，她结交的朋友都是对她有所帮助的——那些记者、那些议论的人，当然也包括有权有势的人——她很清楚哪里能施展她的魅力，她私底下偷偷观察到自己创作的歌曲价格在不断攀升，这让她看到了希望。她也因此而得到大家的肯定。

唯有一次，弗朗西娅由于爱上了一个人而情绪波动很大——她的父亲罗杰一生都在忙着收集房产，这可是他的最爱，这也正是弗朗西娅将爱情视为奋斗目标的原因——她这次创作的歌曲伟大又诚意满满，并且她还用小提琴演奏，采用奏鸣曲的形式。在她的所有歌曲中，这首歌曲是整个家族最讨厌的一首。他们认为这首歌销量一定不高。

罗杰向来以他这个聪明的女儿为荣，并且经常跟别人提起自己的女儿靠写歌能赚很多零用钱，但是这一次，他对这首歌充满了失望。

"那首歌真的很烂！"他的评价是这样的。弗朗西娅还向尤菲米亚借了小弗拉格莱特，并且还在王子园演奏了一遍。

实际上，罗杰说得没错。这首歌的确很烂，并且——让人讨厌！这么糟糕的东西一定没有销量。整个家族的人也知道，假如这么烂的东西有销量，那也不算太烂。

但是，除了整个家族对艺术价值的统一观点——艺术能有什么用，家族中的某些人也会为弗朗西娅感到遗憾，比如那个酷爱音乐的海斯特姑母，因为她创作的不是古典音乐，也不是古典诗歌。可是，海斯特姑母认为现在已经不存在真正的诗歌了，一切诗歌都是"松散的小调"。

没人能写出超越《失乐园》[①]和《恰尔德·哈罗德游记》[②]的诗了，无论这两首诗中的哪一首都会让你有所感悟。虽然这样，她能让自己有事可做，还是很好的，别的女孩都在花钱，而她却在挣钱！

并且海斯特姑母和茱莉姑母非常喜欢听她讲自己创造的歌曲价格在不断攀升。

此刻，弗朗西娅就在讲，虽然斯威森也在，可是他装出一副没听到的样子。年轻人说话太快了，并且吐字还不清晰，他总是跟不上节奏。

"我想象不到，"塞普蒂默斯夫人说，"你是怎样做到的，我可是没勇气！"

弗朗西娅笑着说："跟女士相比，我更喜欢跟男士合作，因为他们不像女人那么精明！"

"我的宝贝，"斯茂夫人声音洪亮地说，"我敢肯定我们都不

[①]17世纪英国著名诗人约翰·弥尔顿（1608—1674）的作品。
[②]19世纪英国浪漫主义诗人乔治·戈登·拜伦（1788—1824）的作品。

是那种女人。"

尤菲米亚偷偷地笑了，最后她声音很刺耳地说："二姑母，总有一天我会因为你而笑死。"

这并没有戳到斯威森的笑点。他不喜欢别人都在笑，而他自己却没笑。他的确不喜欢尤菲米亚，每次说到她的时候，他总是说："尼克的女儿，她的名字是什么——白脸？"其实她刚出生的时候，斯威森就不赞同给她起这个奇怪的名字，如果不是这样，他很有可能就成了尤菲米亚的教父。他并不喜欢做别人的教父。他严肃地对尤菲米亚说："啊，今天的天气应该是一年中最好的了。"可是尤菲米亚知道他之前不愿意给自己当教父，索性跟海斯特姑母聊天，跟姑母讲述自己在百货商店看到艾琳的全过程。

"索米斯陪着她吗？"海斯特姑母问，原来斯茂夫人还没来得及给她讲述整件事情。

"索米斯当然没有跟她一起了！"

"难道只有艾琳一个人待在伦敦？"

"啊，当然不是了。菲利普陪着她呢，她穿得非常漂亮。"

当听到艾琳的名字时，斯威森凶巴巴地看了一眼尤菲米亚。无论什么时候，尤菲米亚只要一穿上衣服就跟美丽一点儿关系都没有。她这时说："穿得真漂亮，看到她真的是一种视觉上的享受。"

詹姆斯和他的女儿们就在这个时候到达了。达尔第酒瘾上来了，就谎称自己要去见牙医，他在马博拱门下车后，重新坐了一辆马车，此刻，他顺利到达皮卡迪利大街的俱乐部里。

他跟他的好哥们儿说，自己的老婆想带他探亲访友。那跟他的风格不符——一点儿都不符。

他告诉服务员，让他帮自己看看4点30分的赛马谁是赢家。他说自己很疲惫，没有丝毫力气，这一点儿都不假，一整个下午，他都跟着老婆四处乱逛。他说什么事都不做了。一个人最起码应该过自己想过的生活吧。

这个时候，他向窗外看了一眼——他钟爱这个座位，因为在这里能看到路过的所有人——可是这对他而言不算好事，也不算坏事。他看到索米斯了，他从格林公园过来，很显然他也要来这个俱乐部，因为他们都是这里的会员。

达尔第急忙站起来，拿起酒杯来到索米斯一次都没去过的棋牌室，嘴里还小声说着"4点30分的赛马"。他独自在灯光昏暗的棋牌室待到晚上7点30分，这段时间是属于他的个人生活，他猜测索米斯应该离开了。

"不可以，"当他忍无可忍，想要去窗户附近找人聊天时，他反复跟自己说——绝对不可以，像他现在正遭遇金融危机，并且石油生意失败后，"老头子"[1]对他爱搭不理的，虽然错不在他，但如今他不能冒任何风险，必须跟威妮弗雷德和睦相处。

假如索米斯看到自己了，那么他老婆就会知道他撒谎了。以前他从没见过家庭的内部事情可以以这么快的速度传播出去。他忐忑不安地坐在绿呢子棋牌桌上，脸色蜡黄蜡黄的，眉头紧皱。他的腿跷着，穿的是一条格子裤，真皮皮鞋在灯光下闪闪发光。他将食指含在嘴里，计划着假如色马输了兰卡郡杯的比赛，他该从哪里弄钱补这个窟窿。

他本来就很烦闷，突然又想到了福尔赛家族。他们家族的人很罕见！从他们身上一点儿东西都得不到——就算得到了，那也是无比艰难的。钱在他们眼中比什么都重要。他们所有人都不愿意担风

---

[1]达尔第私下里总是这样称呼詹姆斯。

险，哪怕一点儿也不行，但是乔治除外，他还能承受一点儿风险。比如索米斯，假如有人向他借10英镑，他就会大发雷霆，就算他不生气，他也会用高傲的眼神瞪着你，就好比因为缺钱，你就自然而然地成了地狱里的亡灵一样。

想起索米斯夫人，达尔第就垂涎欲滴，他以前多次向艾琳抛出橄榄枝，就跟所有男人都情不自禁地讨好嫂子一样，可是艾琳压根儿就不理他。在艾琳眼中，他就像垃圾一样，是个脏东西。可是达尔第敢肯定，艾琳在那方面绝对有手段。他最了解女人了，含情脉脉的眼神、前凸后翘的身材可不是无缘无故存在的。比如索米斯和菲利普就先后被她迷住了，这些传言都是有依据的。

达尔第站起来，围着屋子走了一圈，最终停在大理石炉子上方的镜子前。他在这里站了很久，仔细端详自己的脸。他的那张脸不同寻常，宛如在蓖麻油里浸过那样，他的黑胡子硬硬的，周围还有两撮很特别。他的双眸最终停在鼻子上，这个鼻子略歪，并且很肥大，上面还有很多丘疹。看到这张脸，自己都有些紧张。

这个时候，老乔里恩来到蒂莫西家的前厅里，看到了那张空椅子。他的到来让场面变得很尴尬，他们的交谈也因此而停止了。茱莉姑母是出了名的热心肠，她想缓解这种尴尬的气氛。

"对呀，乔里恩，"茱莉姑母说，"我们刚才还提到你，说你很久都没来这里了，你今天过来了让我们很惊讶。你总是没空儿，对吗？詹姆斯刚才还提到现在就是一年中最忙的时候……"

"他当真这样讲的？"老乔里恩回答说，并且冷漠地看了一眼詹姆斯，"假如所有人都专心干自己的事情，不去八卦跟自己无关的事情，那么每个人都将过得比现在舒服。"

詹姆斯正坐在较低的座椅上想事情，他的膝盖显得很高，听到老乔里恩这样说自己，他紧张地挪了下脚，可是他却没注意脚下，以至于踩到了猫身上。这只猫真蠢，居然不老老实实待在老乔里恩身边，非要来到自己的脚下。

他感觉到脚下有软绵绵的东西，立刻将脚收回去了，生气地说："猫怎么在这儿！"

"好几只都在这儿，"老乔里恩一边看着这些猫，一边回答说，"我刚才也踩到一只。"

紧接着大家又沉默了。

斯茂夫人转动着手指，冷静地问道："琼过得怎么样？"

一丝可笑的神态出现在老乔里恩的眼神中。这个老婆子，茱莉！她真是最不会讲话的人！

"一点儿都不好！"老乔里恩回答说，"琼不适合待在伦敦——这里人多嘴杂。"他故意加强了语气，并且还看了一眼詹姆斯。

谁都没有再说什么。

所有人都感觉无论说什么都很危险。所有人都认为他们宛如在看一部希腊悲剧，在这间装修别致的房子里，一场灾难即将来临。这里面坐的都是头发花白、身穿大衣的老人和穿着时尚的妇女，他们拥有同样的血统，他们之间有一种神秘的相同感。

这一点他们并未察觉——只是察觉到悲苦的命运即将降临。

这个时候，斯威森站起来了。他不愿意坐在这里备受煎熬——他不会听任何人对自己的评论！随后，他绕着屋子走了一圈，跟所有人握手。

"请你帮我转告蒂莫西，"斯威森说，"他的保养过量了！"接着，他又对着弗朗西娅，这个他很认可的女孩说，"有时间了你来找我，我领你到城外逛逛。"讲完这些，他突然想起来上次带艾琳出去逛后，所有人都指指点点，风言风语，因此他的目光有几秒是看向一个地方纹丝不动的，他似乎在等待这句话带来的后果。随后，他想明白了，这件事情跟自己一点儿关系都没有，他对老乔里恩说："好吧，乔里恩，我们再会吧！假如你依旧穿着这件外套四处乱逛，你真的会得风湿病的。"最终，他用自己油光发亮的皮鞋碰了一下那只猫，就拖着肥胖的身体走了。

他离开以后，剩下的所有人都偷偷看了一眼彼此，他们想知道刚才他提到的"城外"会带来怎样的后果——这个词如今人人皆知，并且蕴含了很丰富的意义，因为这个词是唯一与在家族中流传的那些风言风语有直接关系的。

他离开后，弗朗西娅就忍不住了，她微笑了一下，然后说："我可不希望跟斯威森叔叔一块儿到城外转转。"

斯茂夫人为了解除她的顾虑，也为了避免任何人尴尬，回复说："小可爱，他向来都喜欢跟穿着漂亮衣服的人一块儿出城，他认为这样很有面子。那次他带我出城的经历，无论什么时候我都清楚地记得，真是太难忘了！"她那张圆乎乎的脸上片刻间出现了满足感，之后，她就嘟着嘴，满眼都是泪水。她联想到了塞普蒂默斯·斯茂以前带她出去的场景。

詹姆斯又坐到那张较低的座椅上，他早就陷入了沉思，这个时候，他突然清醒了。"斯威森的确很有意思。"他漫不经心地说。

所有人都被老乔里恩的沉默和严肃的眼神吓得闭口不言。自己刚才说过的话又让他感到困扰——这些话似乎增加了所有人对传言的猜忌，他原本是想打消大家的猜忌，可是如今他仍然很气愤。

他不能就此善罢甘休——不可以，绝对不可以——他还要治治他们。

那几个侄女跟他之间并不存在矛盾，他不会责备她们——他对待年轻有成就的女士一向都很包容——可是，詹姆斯这个家伙，还有别的人，可能詹姆斯没那么坏，但是也难逃责备。他现在就在询问蒂莫西。

茱莉姑母似乎感觉到蒂莫西要遇到困难了，急忙给老乔里恩端了一杯茶。"给你泡的，"她说，"在后厅就给你泡上了，凉了就不好喝了，斯密斯立刻再去给你泡壶新的。"

老乔里恩站起来。"谢谢你，"他说着，可是眼睛却死死地盯着詹姆斯，"我不仅没空儿喝茶，也没空听那些绯闻，包括其他闲言碎语！我要回去了。再见，茱莉、海斯特、威妮弗雷德。"

他直接走了，并没有跟其他人再道别。

在马车里，他的愤怒再次烟消云散了，不管多么愤怒，只要发泄出来，一切就都好了。可是一股悲伤的情绪出现在心间。可能他管住了他们的嘴巴，可是做这些需要他付出什么？他所要付出的就是对这些谣言从不信到信。菲利普不要琼了，这都是因为索米斯的老婆！他认为这个谣言不假，他越认为它是假的，内心就越坚定地认为它是真的。这种隐藏在心里的痛苦，慢慢地转化为对詹姆斯父子的怨恨。

前厅里只有6个女人和1个男人了，经过老乔里恩这样一闹之后，他们试图聊一些轻松的话题，因为每个人都不想自己成为那个散布谣言的人，尽管他们都很清楚其他6个人都有参与。他们感觉有些生气，但又找不到原因。詹姆斯非常紧张，所以他一直闭口不言。

不一会儿，弗朗西娅说："你们有感觉吗？最近几年，乔里恩大伯变化很大。海斯特姑母，您觉得呢？"

海斯特姑母往回缩了一下身体。"啊，你去问茱莉姑母吧！我什么都不清楚。"她说。

对于她的意见，其他人并不惧怕赞同。因此，詹姆斯看着地板抱怨说："他远不如以前。"

"我很早就发现了，"弗朗西娅说，"这几年他苍老的速度很快。"

茱莉姑母摇着头，她的脸忽然皱到了一起。

"乔里恩很可怜，"她说，"他需要有人照顾。"

大家再次陷入沉默。不久，其他5个人似乎担心自己会被单独留下，所以就一块儿离去了。

前厅里只剩下海斯特姑母、斯茂夫人和她们的猫，从远处传来了开门声，这一定是蒂莫西回来了。

那晚，住在后卧室的海斯特姑母刚睡着的时候——这里原来住的是茱莉姑母，她搬去安姑母的房间了——她卧室的门开着，戴着红色睡帽的斯茂夫人手里举着蜡烛就进来了。"海斯特！"她喊道，"海斯特！"

被子里面的海斯特姑母颤抖了一下。

"海斯特，"她又喊了一声，确认海斯特是否醒了，"我很担心乔里恩，你认为我能为他做些什么？"讲最后几个字的时候，她的语气很重。

海斯特姑母又颤抖了一下，用不耐烦的语气说："你能做什么，我怎么知道？"

茱莉姑母转身满意地回去了，关门的时候，她故意动作很轻、很温柔，以便不打扰海斯特。伴随着一阵"咔嗒"声，那扇门滑过她的手指间后关上了。

她回到自己的房间，站在窗前，透过窗帘缝，她能看到月亮，为了不让别人看到自己，她立刻将窗帘拉好。她依旧戴着红色睡帽，整张脸皱在一起，眼眶里都是泪水，她心里很想那个"亲爱的老乔里恩"，他衰老了许多，也非常孤单，她能做些什么。这样他才能喜欢上自己，自从她的丈夫去世之后，就再也没有出现喜欢她的人了。

罗杰举办舞会

罗杰位于王子园的房子装修得无比璀璨。大厅里的大吊灯是枝形的，是用玻璃切割制作而成的，里面还放着不计其数的精致的蜡烛，那间长套间镶花的地板将群星密布的灯光衬托得五彩缤纷。由于所有家具都放在楼上，客厅无比宽敞，轻便的板凳遍布四周——那些奇特的人类文明的附属品。在很远的一个角落里有一架竖式小钢琴，被许多棕榈植物包围着，钢琴上放着一本《肯斯通旋舞曲》的谱子。

罗杰一向不喜欢请乐队。他真的搞不懂请乐队的意义在哪里，他也不愿意白白花钱，因此这件事没有任何商量的余地。弗朗西娅找来一个吹小号的青年人，以便跟钢琴合奏，这样做就全当她请乐队了。她把棕榈树布置得惟妙惟肖，宛如后面藏有很多乐师。她已经决定通知小号乐师，让他务必大声演奏——假如这个人尽心尽力吹，小号的声音肯定不小。

借用一句优雅的美国语，她这算是"顺利通过了"——她的规划不仅不落后，还符合整个家族节约的习俗，为了顺利通过，她可是冥思苦想地拼凑了许久。尽管她很瘦弱，可是她却拥有高智商，她穿着一件黄色礼服，礼服肩膀上被很多薄纱装饰着。她将手套戴好，反复查看着，眼睛不断打量着周围。

她跟那个雇来的男用人（罗杰向来只用女用人）交谈，告诉他关于酒的事情。罗杰打算只用从怀特利酒庄买来的那一打香槟招待客人，假如香槟喝完了（她觉得许多女士都喝水，香槟应该够喝），假如真不够，男用人就应该想办法用加有香槟的果子酒来对付。

她不喜欢跟男用人讲这些事情，她认为这样做有失自己的身份，可是她又不能左右自己的父亲。实际上，虽然罗杰对办舞会这件事百般阻挠，可是当舞会开场时，他依旧脸颊通红地从楼上下来，似乎这场舞会是他发起的一样。他会全程保持微笑，并且十有八九会跟舞会上长相出众的女士共进晚餐。到了两点钟，当所有人跳到兴致很高的时候，他向来喜欢默默地走到乐师身旁，命令他们演奏国歌，然后自己又迅速离开。

弗朗西娅真诚地希望他能早早感觉到劳累，然后悄悄地回去睡觉。

有三四个具有奉献精神的女士和几个男士一直待在这里帮助弗朗西娅布置舞会现场，忙了很久之后，这些女士跟她一起去楼上的空房间吃了些冷鸡腿，喝了些茶水。为了好好招待那几个男士，她还特意安排他们去尤斯塔斯俱乐部吃饭。

斯茂夫人9点独自准时出现。她刚来就忙着替蒂莫西道歉，并且解释他为什么不能来，可是并没有提到海斯特姑母，海斯特姑母是在出发前一分钟才突然说不想被打扰，放弃了这次舞会。弗朗西娅盛情满满地将斯茂夫人招呼进来，并将她带到长凳上，然后就走了。斯茂夫人孤独地坐在那里，嘟着嘴，她今天穿了一件绸缎衣服，并且还是浅紫色的——安姑母去世以后，她还是第一次穿这种亮色的衣服。

那几个有奉献精神的女士刚好从楼上下来，她们好像早早就说好了似的，每个人穿的裙子虽然颜色不同，却都是长裙，肩膀和胸部都被大片薄纱装饰着——她们的胸很小，肩膀也没有一点儿肉。她们被别人带着找到了斯茂夫人，分别跟她打招呼，可是只有短短几秒时间之后她们便聚在一起，商讨她们的节目。她们悄悄地看向门口，等着迎接第一个到来的男士。

这个时候，尼古拉斯一家来了，他们向来很守时——守时在兰朴林那个地方很流行。紧接着是尤斯塔斯以及他的男性朋友，他们每个人都看起来萎靡不振，并且身上还有一股烟味。

弗朗西娅那三四个情人一个接着一个都来了，她跟他们讲过，一定要早点来。他们的下巴上一点儿胡楂都没有，个个瞧上去都精神饱满，这种精神饱满的男孩子最近在肯斯通地区很普遍。他们丝毫不会介意自己的同类也来参加这次舞会，他们穿着白色的衬衫和袜子，领带都打得鼓鼓的，还戴着手表。他们袖口的地方都藏了一条手帕。他们高兴地走来走去，个个都看上去喜气洋洋，似乎有大生意等着他们去做。他们跳舞时候的表情跟那些带有传统严肃的英国绅士不同，他们是一点儿都不放在心上，温柔但又魅力无限。他们跳得很尽兴，抱着舞伴到处转圈，虽然不是太合拍，却也没有愚钝的神态。

在欣赏别人跳舞的时候，他们带有轻飘飘的讽刺——他们这群年轻人，可能在肯斯通舞场跳了很多次——那些正确的举止，优雅的舞步只有在他们身上才能看到。

紧接着来了很多人，正对着入口那面墙坐的都是年轻人的监护人，年轻的、开朗的人都迅速加入跳舞的行列。

男士不多，那些没有舞伴孤零零地坐着的人，她们的表情看上去都很可怜，并且还很有耐心。她们尴尬地笑着，似乎在说："啊，不是这样的！不要不理解我，我知道你的舞伴不是我。我压根儿就没想过！"

弗朗西娅常常会找到自己的情人或任何一个年轻人，恳切地对他说："品坷是个很优秀的女孩，请允许我介绍给你！"然后她就拉着这个男士，对品坷说："他叫盖泽库尔，他想跟你跳支舞，你愿意吗？"这个时候，品坷小姐激动得脸色都变了，她微笑着说："啊！当然可以了！"然后她悄悄地将这位男士的名字写到她的空白卡片上，假如男士想要多跟她跳一支舞，她就会激动地将他的名字拼出来。

当这个男士小声地抱怨这里很热，他要换个地方时，她又再次陷入那种绝望的状态，尴尬地笑着，耐心等着。

这个时候，妈妈们就看看所有女孩，然后将目光锁定在自己女儿身上，从孩子的眼神中就能看出他们经历了什么。至于妈妈们，她们只能在这儿熬时间，既累又无聊，有时会聊几句——不过这些都无所谓，只要女孩们开心地玩就好！当看到自己的女儿孤零零地坐着，无人问津的时候——啊！她们的脸上依然带着微笑，只是眼神跟生气的天鹅很像，似乎要杀了别人。她们真想上前抓住盖泽库尔的腰带，将他拖到女儿面前——这个骄傲的年轻人！

源自生活的无情和冷漠，苦难和不公平的经历，它的傲慢、陶醉、忍让，肯斯通舞会上统统都有。

在每个地方都有情人——可是，这跟弗朗西娅的情人不同，他们只是普通的情人——他们红着脸、颤抖着，沉默地看着对方，他们都想借着舞会彼此亲热一下，偶尔在一起跳舞，他们眼中只有对方，没有其他人，这引起了很多人的注意。

詹姆斯一家10点整才到——艾米丽，瑞秋，威妮弗雷德，年龄最小、第一次出来交际的西西里，索米斯和他老婆走在他们后面，他们是在家吃过晚饭才乘马车过来的。

詹姆斯一家的每个女士都没有薄纱，只有肩带——她们勇气十足地将自己的肩膀裸露在外面，故意显示她们来自潮流公园的另外一侧。

为了不碰到跳舞的人，索米斯特意侧着身体，来到一个靠墙的位置站着。他站在这里欣赏，脸上故意做出微笑的表情。华尔兹不间断地放着，许多情侣从他面前经过，有的开心地笑着，时不时还耳鬓厮磨地说些悄悄话；有的面色凝重，双眸在人群中寻找着什么；有的一言不发，眼睛盯着舞伴看，嘴唇微微张开。花香、开心的氛围、女士头上精油的味道，再加上夏日的热气，让人简直无法喘气。

他不说话，笑容中带有讽刺，他的眼睛好像无视所有的东西；可是有时，当他看到自己找寻的那个人时，他就会盯着那个人看，并且目光跟随那个人在人群中移动，这个时候，他的笑容就消失不见了。

他不会跟她跳舞，许多人都在跟自己的老婆跳舞。可是，按照他的原则，自从他将艾琳娶回家之后，他就拒绝再跟她跳舞，可能只有整个家族的神灵才知道他这样做到底是对还是错。

艾琳跟别的男人在跳舞，并且还从他面前经过，她的彩虹裙飘了起来，她跳得很棒。索米斯早就听腻了那些眼红的女人微笑着对他说："你老婆跳得真棒，看她跳舞简直是件赏心悦目的事情啊！"这个时候，他总是瞟对方一眼，然后简短地回复说："这是你的真实想法吗？"

他旁边是一对小情侣，他们迅速地扇动着扇子，四周的气氛让人很难受。弗朗西娅跟她的一个情人也在他旁边，他们正在情话绵绵地聊着。

他的身后传来了罗杰给仆人交代晚饭的声音。这里的一切都非常糟糕！要是自己压根儿就没来过该有多好！出发前他还询问艾琳愿不愿意跟他一同前来，艾琳用那种惹人生气的笑容回复说："啊，不愿意！"

他为什么非要来这里？在刚过去的15分钟内，他压根儿就没看见艾琳。乔治带着他惯有的奎尔斯式的脸走到他身旁，索米斯想躲开他，可是太晚了。

"你看到菲利普没有？"他向来很幽默，"他整装待发，准备登场了！"

索米斯说没看见，此刻是休息时间，大厅有一半都是空的，他来到阳台，看着窗外的街道。

一辆马车缓缓驶来，车上坐着现在才来的客人，门口有很多人耐心地站着，等着围观。只要有灯光或音乐，这些人就会围观，这样的人在伦敦街头很常见。他们的脸向后仰着，像纸一样白，身体漆黑一片，看起来行动迟钝。索米斯讨厌看到他们麻木的表情。大街上为什么允许这种人逛来逛去？警察为什么不驱赶他们呢？

可是警察对他们置之不理。他的脚叉开站在红色地毯上，这条地毯直接通往大厅。他的脸藏在帽子下面，也跟那些人一样充满了冷淡和麻痹。

索米斯看到街道对面，栏杆那边有微弱的灯光，树枝映射着光芒在微风中摇曳；再向远处望去，高楼里的灯光就像许多双眼睛一样，看着黄昏里静悄悄的花园。伦敦的天空广阔无边，许多路灯将天空照得像被尘土笼罩着一样。这个穹顶是由一个在星际间用人类的欲望和想象映射出来的——宛如一个广阔无边的镜子，将人类的不幸和辉煌全都映射出来。它每天晚上都嘲讽地看着不计其数的房屋、花园以及高楼大厦，嘲讽着污秽和龌龊，嘲讽着福尔赛家族和警察，以及街上那些耐心看热闹的人。

索米斯转身，将身体藏在窗边的阴影处，然后双眼直勾勾地看着灯火通明的大厅。他站在这里感觉很凉爽。新来的客人是琼和老乔里恩，他尽收眼底。他们为什么这么晚才来？站在门口的他们满脸倦意。乔里恩大伯为什么这个时候会在这里出现？琼以往总是跟艾琳一同前来，可是她今天为什么没跟她一起呢？他忽然想到自己跟琼已经很久都没见过了。

索米斯无所事事地恶狠狠地注视着琼的脸，她的脸由白如纸张变成了通红一片。他很好奇琼看到了什么，于是就顺着琼注视的方向望去，结果艾琳挽着菲利普的胳膊出现了，他们正从屋内的花房走过来。艾琳眨着双眼看看他，好像在回答菲利普的提问，并且菲利普也深情款款地看着她。

索米斯又将目光转移到琼身上。她的手搭在爷爷的胳膊上，好像在请求爷爷做些什么。老乔里恩脸上出现了一个惊讶的神情，索米斯将这一切尽收眼底。然后他们转身，迈过大门到外面去了。

音乐再次响起——还是华尔兹——索米斯就像雕塑那样站在原地纹丝不动，他脸上的神色变化不大，除了笑容消失不见之外。不久，他就挪到距离那个漆黑窗台一尺的距离，艾琳和菲利普跳着舞走过来了。他不仅闻到了艾琳身上的栀子花香水味，还看到她的胸口一起一伏。艾琳满眼都是柔情，她的双唇微张，脸上的表情从未在索米斯面前展现过。他们踩着节奏缓缓地、轻轻地跳着，索米斯认为他们两个似乎牢牢地粘在一起了。他看到艾琳抬起头，用那乌黑又柔情满满的双眼看着菲利普，之后又缓缓低下头。

他的脸色像纸一样白，他转过身，倚靠着阳台，看着下面的广场。那些喜欢凑热闹的人依旧抬着头目光呆滞地看着灯光，警察也同样抬头看着，可是他一个人都看不到。有辆马车停下了，两个人坐上之后，马车就驶走了。

那天晚上，琼和她的爷爷像平时那样坐在一起吃晚饭。老乔里恩穿着很随便，琼穿着她经常穿的那件高领衣服。

吃早饭的时候，琼提到她想去罗杰爷爷家参加舞会，可是她非常蠢，她说自己忘了找个人陪她一起去，如今再找人就来不及了。

老乔里恩将他那双犀利的眼睛抬了起来。琼以前每次遇到舞会总有艾琳陪伴，她喜欢那样！他特意盯着琼问道："你为什么不跟艾琳一起？"

不！琼不想跟她一起。假如要去参加也是跟爷爷一起，就算去一下就走也无所谓！

老乔里恩注视着琼的表情，她虽然已经精疲力竭，可是仍然很想去参加舞会，老乔里恩最后不得不同意了。他不知道琼为什么要去参加舞会，他断言去那样的舞会一定不会发生什么好事，更何况琼现在的身体状况很差，还不如一只猫！琼应该呼吸海边的新鲜空气，他准备等这次全球金矿大会一闭幕，就立刻带琼到海边去。不知道琼愿不愿意去。唉！她这是要把自己折磨死！老乔里恩看了一眼琼，眼神中充满了悲伤，然后低着头继续吃饭。

琼早早就出去了，在炎热的天气里，她买了各式各样的东西。瘦弱的她最近一向有气无力，今天倒是神采奕奕。她买了一些鲜花送给自己。她想——自己一定要把最好的一面展现出来。菲利普一定会出现！琼很清楚他也同样会收到请柬。她要表明自己一点儿都不在乎他。可是在心底，她却抱着必胜的信念，她一定要把他夺回来。她很紧张也很高兴，吃午饭的时候，她的话突然变得很多。老乔里恩看看她，也被她的外在表现欺骗了。

下午时，她忽然感觉很悲伤，就大哭了一场。她倒在床上，将脸捂在枕头里，以防别人听到。可是当她哭过以后，照镜子时才发现自己的眼睛红通通的，黑眼圈很重，脸也肿了。她就这样静静地待在漆黑的房间里，直到吃晚饭。

她心里无比纠结，可是依旧默不作声地吃着晚饭。

老乔里恩看到琼疲劳不堪，就吩咐"山奇"将马车叫回来，他们不去参加舞会了，他不想让琼外出……她必须要好好歇歇！琼没有说什么，而是直接回到那个漆黑一片的房间。10点钟，她将女用人叫进来。

"给我送点热水，顺便告诉爷爷我已经不累了，此刻感觉很棒。如果他因为疲惫而不能陪我去参加舞会，那我就自己去。"

女用人用难以置信的眼神看着她，她却声音很大地命令女用人说："赶快去，立刻将热水给我送来！"

她用力将礼服穿在身上，拿起鲜花下楼了，她那厚重的头发高高地竖在那张小脸上。路过爷爷的房间时，她听到了爷爷踱来踱去的脚步声。

老乔里恩无法理解，更确切地说他有点儿生气，他开始换衣服。现在10点多了，他们11点可能才到，琼当真精神失常了。可是老乔里恩依然要顺着她的意——此刻他满脑子都是琼在吃晚饭时的表情。

他的头发在巨大的黑檀木梳子的梳理下，变得油光发亮，灯光下看起来宛如一团银子。随后，他从黑漆漆的楼梯走了下来。

琼在楼下沉默地等着他，他们一同坐进了马车。

那段路似乎非常长，但是最终还是到达了，她佯装坚强地来到舞会大厅，极力将心底的焦急和伤心的情感掩藏起来。也许菲利普不在这里，也许她见不到他，可是她抱着必胜的决心一定要把他夺回来——至于如何取胜，她还在考虑，想到这里，纵然别人说她"追他"，她一点儿也不在意。

她看到舞会现场熠熠发光的地板显得非常高兴，因为她酷爱跳舞，每次跳舞她都感觉自己轻飘飘的，像个热情洋溢的精灵一样。菲利普经常邀请她做自己的舞伴，因此假如他这次邀请她了，他们的关系就会得到恢复。琼迫切地想要搜寻到菲利普的身影。

琼看到菲利普和艾琳从花房那边走过来，菲利普的神情是那么的专注、沉迷其中。琼从未见过这种表情。这一切让她身受重创。谁也没有看到——一个人都没有看到——她的难过，包括老乔里恩。

她将手搭在爷爷的胳膊上，声音很小地说：

"爷爷，我需要马上回去，我感觉很不舒服。"

老乔里恩急忙将琼带走了，他还嘟囔着说自己早就预料到会是这样。

他一句话都没有对琼说，他们来到门口，发现他们的马车还停在那里。当他们上马车坐好之后，老乔里恩询问琼说："我的宝贝儿，你没事吧？"

琼哭得很厉害，并且身体颤抖不止，这让老乔里恩慌乱不已。明天一定要把布兰科医生请来给她瞧瞧，这次由不得她。老乔里恩不能任凭她再这么胡闹下去了……行了，行了！

琼的哭声慢慢变小，她躲在车篷的角落里，用披肩将脸遮住，同时牢牢地握着爷爷的手。

老乔里恩唯一能看到的是琼的眼睛，他坚定地注视着昏暗的地方，不停地用自己的手去安抚琼的手。

里士满的晚上

不仅琼和索米斯看到艾琳和菲利普从花房走出来了，别人也看到了，并且他们也留意到菲利普脸上的表情了。

平常，自然的外表看起来平淡无比，可是它偶尔也会将埋藏在心底的热情释放出来——炙热的太阳穿过紫色的云彩，暖暖地照在盛开的杏花上；一座座雪峰迎着月光顶着一颗颗孤星，高高地挂在激情满满的苍穹上；也许是在一个落日的傍晚，一棵老紫杉似乎在为守护着滚烫的秘密而矗立着。

有时候，在画廊里欣赏作品，可能在欣赏者的角度来看，某一部作品只不过是"……提香①——很棒啊"，假如这种情况发生在一位午饭比同伴吃得好的福尔赛人身上，他必定是要好好发表一下自己的看法。他宛如中邪那样沉迷于那幅画。他认为这幅画有东西——对，真的有东西，毫无缘由地找到了他。当他想用现实主义去定义这个东西的时候，它又悄无声息地不见了，宛如饮过酒之后的灼热感不见了一样，只留他一个人在那里闷闷不乐，并且他能感觉到肝脏很不舒服。他感觉自己太浪费、太奢靡了，宛如遇到了鬼一样。他压根儿就不想看到那本目录上的三个星号都隐藏着什么含义。上帝不让他对那些东西了解得太多！上帝让他否认那些他原以为的东西！假如不否认，他又会如何呢？进门支付1先令，看目录再

————————
①意大利文艺复兴后期威尼斯画派的代表人物。

付1先令。

菲利普呈现在琼以及其他福尔赛人面前的表情，跟许多想象中的油画一样，一抹蜡烛的火焰从山洞里忽然出现，它带有奇怪、模糊的光圈，隐隐约约地散发着迷人的魅力。这幅画中暗藏的不安全因素，那些旁观者随后才发现。因为这个时候他们看得很尽兴，但是后来他们才明白这些是不能看的。

可是，这也刚好解释了琼来得晚，也没跳舞，并且也没跟菲利普握手道别的原因。别人说这是由于琼生病了也就并不奇怪。

然而，这时他们虽然相互看着彼此，却各怀心思。他们并不是故意散布谣言，也并没有坏心思。任何人都不会那样做！依据福尔赛家族默认的规矩，对于外人他们绝对只字不提。

之后就有传言称，琼跟她的爷爷去海边了。

老乔里恩带着她去了当下很受欢迎的布罗德斯泰，雅茅斯已经没人去了——即使这样，尼古拉斯依旧是那里的常客。假如在布罗德斯泰住上一周，自己的坏心情依旧没得到释放，那么福尔赛家族的每个人都会觉得这笔钱真是浪费了。这种想法跟他们的始祖喝马德拉酒时一样。

可是琼是在这种状况下去的海边，整个家族的人都无能为力，只能静待事态发展。

可是菲利普和艾琳发展到哪个阶段了？他们要往哪个方向发展？他们还要继续吗？他们都很穷，所以不会有什么结果的。他们不过就是调情而已，等到时机合适，他们还是会分开的，这不是这种事情的一贯结局吗？

威妮弗雷德·达尔第是索米斯的妹妹，她住在格林大街。由于受梅菲尔区上流风气的干扰，她对婚姻的看法，比现在公认的观点——比如兰朴林地区的看法——更时尚，而且，她对这种公认的观点嗤之以鼻。尽管她没有艾琳高，可是她习惯叫她"小东西"，由此可见福尔赛家族的尊贵地位——那个"小东西"过得真没意思。她怎么不自己找点儿乐子呢？索米斯可是个很无聊的人，可是菲利普却很英俊，唯有乔治这种丑角才会叫他"强盗"。

她的那句"菲利普很英俊"，引来了一波小轰动。大家并不赞同她的说法，所有人都感觉他属于"还可以"的类型，但并不属于"英俊"这一类。高高的颧骨、奇怪的眼神，以及他的毡帽，这并不符合福尔赛人眼中的英俊标准，这又一次说明威妮弗雷德很时尚，她经常随心所欲。

就是那个夏季，随心所欲开始流行，大地也变得随心所欲。栗子树在繁茂生长，花的香气也很浓；玫瑰花遍布每个花园里；天上挂满了星星，似乎没有一点儿空位置；阳光拿着盾牌，将公园照成古铜色。人们吃午饭的地点开始选在露天的地方，他们也变得很奇怪。更奇怪的是，金灿灿的泰晤士河上穿梭着不计其数的出租马车或私人马车，车上坐着千千万万个中产阶级，他们要去布歇享受绿色时光，到里士满、裘园、汉普顿行宫去。凡是能算作车马阶级的每家每户，这一年都要去看看外面的世界，去布歇看看马栗花，坐着马车去看里士满公园的西班牙栗子花。虽然马车走得很稳，可是依旧尘土飞扬，马车行驶在云雾缭绕的尘土中。路旁的鹿眼睛睁得圆圆的，吸引着他们那好奇的目光。这些鹿将头从欧洲蕨丛中伸出来，这一大片欧洲蕨可是恋人们在秋天谈情说爱的绝佳场所。偶尔还会飘来一股由栗子花和凤尾草混合在一起的香气，每当这香气接近一对情侣时，其中一个就会对另一个说："亲爱的！这香气好特别！"

那一年菩提花开得很茂盛，快要开成蜜黄色了。伦敦的每个角落里都有这种花香，太阳落山后，这种香味闻起来比蜂蜜还甜。福尔赛人和他们的同类吃饱喝足之后，就会去花园纳凉。只有他们才有花园的钥匙，才能出入花园。每次他们闻到这种香味，都会从心底产生一种难以言说的渴望。

受到这种渴望的驱使，他们在傍晚花坛留下的阴影里来回走动，宛如在等待恋人出现——直到树枝的阴影没有丝毫光亮。

在多重因素的驱使下：可能是她的同情心被菩提花的香味唤醒；可能是她受到血浓于水的亲情驱使，想要亲自去看看；也可能是想证明自己曾经说过"他们两个什么事情都没有"；也可能她想和那个美丽的夏天一样，亲自前往里士满。总之，达尔第孩子们[1]的妈妈给艾琳写了这封信：

亲爱的嫂子：

据说，索米斯哥哥明天晚上要待在恒利。我想假如我们开个小型聚会，再坐着马车去里士满，必定会玩得很尽兴。我叫上小弗雷帕，你叫上菲利普，可以吗？

艾米丽（他们认为这样叫自己的母亲很酷）会让我们用马车的。晚上7点，我就去接你和菲利普。

爱你的妹妹

威妮弗雷德·达尔第

6月30日

"在蒙塔古看来，皇家饭店的饭很可口。"

———————————
[1] 小帕普柳斯、伊莫金、穆德及本尼迪克特。

达尔第的第二个名字就叫蒙塔古，大家对这个名字并不陌生——摩西是他的第一个名字，他可是真正的名流。

她如此有趣而且缜密的谋划却遭到了反对。小弗雷帕第一个回信：

亲爱的达尔第夫人：

对不起，我太忙了，没时间参加。

奥古斯塔斯·弗雷帕

真糟糕，已经没有时间想别的办法了。凭借一个母亲的智慧，她准备叫上自己的丈夫。她做事毫不犹豫，也很有包容心，体态好，头发好，眼睛也是碧绿碧绿的，这种气质往往就体现在这种人身上。她好像一次都没有失误过，就算失误了，她也总能想到补救措施。

达尔第心情很好。在兰卡郡的赛马中，赛马输了。事实上，那匹著名的赛马压根儿就没有抬脚。它属于一个富翁，可是这个富翁早就偷偷下了几千英镑的注，买这匹马输。就这样，达尔第在比赛结束后的两天两夜里都伤心不已。

他担心詹姆斯找到自己。他想起詹姆斯就很生气，可是他又抱有一丝希望。周五晚上，他醉成一摊泥。可是次日一早，他作为商人的天性又萌发了，又想下赌注。他借到了一笔自己根本还不起的巨款——几百英镑，随后便去了城里，将这些钱全都投在"八音琴"身上，它是一匹马，正在参加盐城市障碍马赛。

他在伊斯姆俱乐部跟斯科顿少校吃午饭时说道："这个消息就是内森那个犹太小子给我的。"他此刻毫不在意。他原本就过得很困难。假如这次又失败了——行吧，管他呢，那个老头会买单的！

他喝完一瓶保罗杰香槟，就变得更加瞧不起詹姆斯。

最终成绩揭晓了。"八音琴"取胜——以一个脖子的距离险胜！可是，这跟达尔第说的一样：胆量对这件事情起了决定性的作用！

达尔第不会阻止这次在里士满举行的聚会，反而会举双手赞同！因为他已经爱慕艾琳很久了，总是想要找到机会跟她近距离接触。

下午5点30分时，一位来自柏宁酒店的服务员跑来通知他：福尔赛夫人无法赴约，因为她马车中的其中一匹马咳嗽不止。

针对这个突发状况，威妮弗雷德太太不屈服，她迅速命令保姆陪着只有7岁的小普布利乌斯去蒙彼利埃广场。

他们将于晚上7点45分坐着双座马车在皇家饭店跟他们碰面。

达尔第得知这个消息无比开心。他不喜欢背对着马屁股坐！他渴望跟艾琳同坐一匹马车。他料定那两个人应该会在蒙彼利埃广场跟他们碰面，然后他们雇一辆四个人坐的马车。

当达尔第知道到达皇家饭店才能见到艾琳，并且他必须和妻子同乘一辆马车时，他顿时就不开心了，还抱怨马车走得太慢了！

他们是晚上7点出发的，达尔第跟马车夫打赌到达皇家饭店的用时绝对要超过45分钟，并且还下了半个克朗的赌注。

达尔第在路上只跟自己的老婆交谈过两次。

第一次他说："假如索米斯哥哥知道艾琳跟菲利普同坐一辆马车，那他估计要气晕过去了。"

威妮弗雷德回答说："蒙蒂，请不要瞎说！"

"瞎说！"他说，"我的好夫人，你对女人真是太不了解了！"

第二次他问："我看着如何？腮帮子肿得明显吗？那种烈酒真是乔治老兄的挚爱！"

达尔第跟乔治在哈弗斯内克俱乐部共进了午餐。

艾琳乘坐的马车先到了。他们就站在落地窗前，看着眼前的河流。

那个夏天，窗户不分昼夜地开着，花香、树的味道、被太阳炙烤的青草的气息以及浓露的清凉都会从窗口涌进来。

达尔第的眼神很犀利，他能看出他们两个什么事都没有，他们虽然距离很近，可是并未交谈。菲利普看起来饥渴难耐——他估计一点儿甜头都没尝到。

他去点菜，吩咐妻子去跟他们碰面。

对于福尔赛家族而言，菜品只需是好东西即可，是否精致并不那么重要，可是达尔第却要求这家饭店的菜既可口又精致。他赚钱就花，什么好吃的都吃，他吃喝都要求顶级的。在伦敦，很多酒跟达尔第的身份是不匹配的，他只喝最好的酒。他没必要对自己要求严格，反正总会有人买单。不舍得给自己花钱的人都很傻，可是达尔第从来就不属于这类人。

一切都要最好的！这条原则是支撑他活在这个世上的动力，詹姆斯收入很高，并且他向来都很疼爱自己的外甥们。

詹姆斯的这个软肋早就被达尔第看穿了，从第一个孩子小帕普柳斯出生开始，他就知道了这一点，达尔第从中可是获利颇丰。他的终身保险就在四个孩子身上。

毋庸置疑，那条红鲤鱼是整场聚会的特色。这条味道很棒的鱼可是从遥远的地方经过精心保存才运过来的；拿到后，先炸再去骨，之后放入冰，再将掺有马德拉酒的酱汁浇到上面即可。很多上流社会的人都不知道这个菜。

大家只谈了谈达尔第这次聚会的账单，就没有谈别的了。

吃晚饭的时候，达尔第全程都非常和善。出于对艾琳的爱慕之心，他的目光不停地打量着她的脸和身体。即使他的爱慕之心表现得淋漓尽致，可是艾琳依旧无动于衷——她很冷漠，就跟乳白色蕾丝披肩下的冰凉的玉肩一样。达尔第想要从艾琳和菲利普的小动作中挖掘点什么，可是毫无收获，艾琳很矜持。至于菲利普，他情绪低落得像一只得了头疼病的熊——威妮弗雷德什么都问不出来，他只喝酒，没吃东西，脸色惨白，表情也很奇怪。

真有趣！

达尔第很兴奋，他滔滔不绝地讲着，明显话中有话，他可是非常精明的人。虽然他已经很注意了，可是他讲的一两个故事依旧不得体，因为他知道的都是不得体的故事。他跟艾琳碰杯的时候，又讲了一堆无稽之谈。谁都不愿跟他喝酒，他夫人提醒他说："蒙蒂，能不能不要像个小丑一样！"

威妮弗雷德建议吃过饭后到河对面的公共走廊散步。

"我觉得观察平凡人谈恋爱很有意思！"她说。

很多恋人出现在阴凉的地方，空气中的炽热散去之后，各式各样的声音就活跃起来，有聒噪吵闹的，有轻声细语的，似乎在小声讲着什么秘密。

不久，威妮弗雷德就利用自己的慧眼——她可是在场独一无二的福尔赛家族的人——发现了一张长凳。他们并排坐着。他们头顶被一棵大树笼罩着，这时河对面的景物已逐渐看不清楚了。

达尔第坐在凳子的一头，然后是艾琳、菲利普，威妮弗雷德坐在凳子的另一头。他们4个人勉强挤在一条长凳上，达尔第能清楚地感觉到他自己的胳膊和艾琳的胳膊贴得很紧。他清楚只要自己不过分，艾琳的胳膊就会一直放在这里，这让他无比激动，他大脑中不停浮现出各种让他跟艾琳更加贴近的动作。他心想："可不能全都便宜了那个'强盗'，我也要紧紧贴着艾琳！"

一首老歌曲从漆黑一片的河对面传来，曼陀林响着：

"你乘着船渡过河岸，我们举杯痛饮，大声欢笑，畅快地喝着棕色的雪利酒。"

月亮忽然从树后慢慢升起，不仅年轻而且温柔，宛如也在呼吸。空气中多了一丝凉爽，却有热扑扑的菩提花香飘来。

达尔第在抽雪茄的同时，也在观察菲利普，看到他的眼睛直视前方，双臂交叉放着，面部表情跟他的内心一样忧伤。

达尔第又迅速看了一眼艾琳，她头上的阴影宛如面纱，黑暗让这层阴影更黑，做成带有生命的形状，让人更能感觉到温柔、神秘和魅力。

公共走廊忽然悄无声息，宛如每个散步者都感觉到神秘而无法言说。

达尔第心想："女人哪！"

河流上的光晕慢慢消失了，歌声也停下来了。年轻的月亮藏在树后，此刻一切都陷入了黑暗。他用力紧紧贴着艾琳。

他没有注意到自己闻到的菩提花香中的恐惧，也没有注意到艾琳那紧张的、鄙视的目光。他笑了，因为他感觉艾琳想把身体移走。

达尔第喝多了，这是不争的事实。

他那厚厚的嘴唇在微卷的胡子下微张，他那渴望的眼神瞟着艾琳，那种表情跟不怀好意的色狼没什么区别。

在两旁树篱的天空上，形成了一条繁星满布的长廊，宛如普通人那样不断打闹着、变化着、低语着。走廊上人声又重新升起来，达尔第心想："啊！那个菲利普真是个穷鬼！"他再次将身体紧紧地靠向艾琳。

这次终于见效了。艾琳站起身来，他们也都站起来了。

此刻，达尔第的决心更加坚定，他要瞧瞧艾琳究竟是个怎样的人。在走廊上走着的时候，他紧紧贴着艾琳的胳膊肘。他满肚子都是好酒呀。距离到家的路程还很长，在昏暗的天色中还要走很久——世上发明这种隐秘马车的伟人简直是天才。那个菲利普估计要跟他夫人同坐一辆马车——他期望他们两个能够开心！另外，他舌头已经硬了，还是少说话为好，可是他厚厚的嘴唇上一直都挂着笑意。

他们的马车已经在路尽头等着了，他们直奔马车而去。他的策划和其他的伟大策划一样，简单粗暴——他只管跟在艾琳身后，只要她一上马车，他立刻也上去。

可是，当她走到自己要乘坐的马车旁边时，却并未上车，而是走到了马头的位置。达尔第路都走不稳，所以没能追上她。艾琳轻轻地抚摸着马鼻子，然后，菲利普第一个来到她身边，这一点让达尔第很气愤。她转身小声跟菲利普交谈，达尔第仅仅听到她说"那个家伙"。达尔第依旧站在马车旁等艾琳。

此刻，他穿着的白背心、胳膊上搭着的轻便大衣以及纽扣上的粉色小花都暴露在路灯的灯光下。他不胖不瘦，看起来却很强壮。他黑黑的脸上充满了自信，他的模样很高傲，真是地地道道的社会名流。

他的夫人已经坐上马车了。达尔第认为，假如菲利普不迅速坐上马车，他有可能在车里会过得很难受！忽然有人从背后推了他一下，害得他差点摔倒。之后菲利普贴在他耳边小声对他说："艾琳我来送，你清楚了吧？"在达尔第看来，菲利普的脸色如白纸，眼神宛如野猫。

"啊？"他语无伦次地说，"这样行不通，你负责送我夫人！"

"你有多远滚多远！"菲利普生气地说，"你想尝尝被扔到大路上的滋味吗？"

达尔第害怕了，他很清楚菲利普绝对是个说一不二的人。他放艾琳走了，艾琳迅速离开他身边，路过他的时候，裙子还碰到他的腿了。菲利普跟在她身后。

"走吧！"达尔第听到菲利普喊道。出租马车的马车夫立刻驱车前行。

达尔第站在原地愣了一会儿，之后，他也迅速坐上了他夫人的那辆马车。

"快走！"他命令马车夫说，"紧紧跟着前面那辆马车！"

他坐在夫人身旁，情绪也变得激动起来，开始破口大骂。他用了很大力气才平静下来，补充道："事情这么糟糕，都是因为你，你为什么要让他送艾琳，你怎么不阻拦呢？蠢蛋都能看出来，他爱艾琳爱得要死！"

他的夫人还未出声，他就又开始向上帝倾诉，马车已走到巴恩斯了，他还在继续讲着自己的愤怒。在他倾诉的过程中，他的夫人、岳父、索米斯、索米斯夫人、菲利普、福尔赛家族的其他人、自己的孩子都是他辱骂的对象，他甚至还诅咒自己结婚的那天。

他的夫人原本就很刚强，如今更是不跟他计较，最终他自己板着脸停下来了。他一路上都怒视着前面的马车，好像那辆车是他错失的机遇一样，一直困扰着他。

庆幸的是，菲利普热忱的请求并未被他听到——菲利普的热忱被达尔第这样一闹，彻底给激发出来了。他没注意到颤抖的艾琳就像被人扒了衣服一样，也没看到她那凄凉的双眸就像挨打的小孩一样。菲利普多次请求，他都没听到；艾琳的哭泣声，他没听到；菲利普志忑地去触碰艾琳的手指，他也没看到。

达尔第的马车夫听从他的安排，跟着前面的马车，在蒙彼利埃广场也停了下来。达尔第和他的夫人同时看到菲利普先下车，艾琳低着头脚步轻快地跟在后面。艾琳很快就消失了，很明显，钥匙在她手里。不知道她会不会转身跟菲利普再交谈。

他们两个从艾琳刚乘坐的马车旁经过，路灯下，他们两个看出菲利普脸上的欲望还依旧存在。

"波辛尼先生，晚安！"威妮弗雷德说。

菲利普大吃一惊，拿上帽子就迅速离去了。很明显，他已经不记得他们也在。

"你瞧！"达尔第说，"你看到他的丑恶嘴脸了吧？我刚才怎么说的？他做了件漂亮事！"他再次找到滔滔不绝的讲话机会。

威妮弗雷德也承认，他们两个一定在马车里发生过什么事情。

威妮弗雷德说："我不会将这件事情告诉其他人。这件事情闹开了一点儿好处都没有！"

这个观点得到达尔第的认可，在他看来，詹姆斯是自己的保护人，他不容许别人的事情去打扰他。

"没错，"达尔第说，"让你哥哥来解决吧。他一定能办好！"

说话间，他们已经到达了自己位于格林大街的住所，这里的租金是詹姆斯交的。此时已经夜深人静了，没有福尔赛家族人监督的菲利普还在外面乱逛。谁也没看到他又回到广场，靠在黑暗处的栏杆上；谁也没看到他站在树荫下凝视着那所房子。漆黑一片的房子里住着的是他愿意付出任何代价只看一眼的女人——如今艾琳就是他的心脏，就是他的白天与黑夜，就是他认为的菩提花香。

福尔赛人的特点

每个福尔赛人都不能明显地感觉到自己是福尔赛人，但是小乔里恩却能清楚地感觉到。他之前也感觉不到，可是自从他因为那个决定而被赶出家门之后，他就能清楚地感觉到，并且自此之后他一直都能感觉到。由于他的第二个妻子并不是福尔赛人，所以他是在这次婚姻中感觉到的。

他明白正是由于自己具备福尔赛人的品质，才知道自己想要什么，并且还持之以恒地坚持着，这次结婚他付出了巨大代价，所以自己应该珍惜——简单地说，他之所以跟她共度15年的拮据生活，一直不被理解，在第一个妻子去世后还说服她嫁给自己，他熬了很久，瘦了很多，但依旧面带微笑，是因为他具有"财产意识"。

他跟中国那些盘着腿坐在用自己的心做成的神龛上的小佛那样，常常笑着质疑自己。可是这种亲近和永不停歇的笑却丝毫不影响他的言行举止，他的言行举止宛如自己的下巴和性格，是一种掺杂着温柔和坚定的合成体。

他对自己的画作有清楚的认知。和每个福尔赛人一样，虽然水彩画是他的挚爱，并且也耗费了他许多精力，可是他时刻警告自己，不能对这种不务实的东西用心，何况这还不能增加自己的收入，由此他内心产生了一种莫名的紧张感。

他很了解福尔赛人，所以当他收到父亲的来信时，他的内心产生了既怜悯又厌恶的矛盾感。

沙德阁，布罗德斯泰，7月1日
亲爱的儿子：

我们待在这里的两周，天气都非常好，连空气都让人兴奋。可是我的肝脏生病了，假如能立刻回去，我举双手赞同。我不能跟琼聊很多，她的身体和精神依旧没有好转，我真的不知所措。这些天她说的话屈指可数，可是我能看出来她还惦记着这桩婚事，他们订婚前和订婚后没区别。如今我不知道是否要让她回伦敦去直面这件事，但是她太倔强了，也许不知道她什么时候就又回来了。我们应该派人跟菲利普聊聊，以便知道他的想法。我害怕假如我去了会把他的腿给打断，可是我认为假如派你去——你们两个在一个俱乐部——应该能谈得来，了解一下他的真实想法。但是你千万不要跟他提起琼。假如你在以后的几天内打听到什么消息，请务必告诉我，我很乐意知道。我整夜为这件事情而苦恼。

　　我爱乔利和霍莉。

爱你的父亲

乔里恩·福尔赛

　　读完这封信，小乔里恩思考了很久，他的妻子通过观察他脸上凝重的表情留意到他很反常，因此她询问他是否有什么事情发生。他简单地说了句："什么都没发生。"

　　他向来不在妻子面前提起琼。夫人可能会想许多，可是他一点儿也不清楚她的想法。他竭尽全力地去掩藏自己的不安，可是在这一方面他跟他的父亲一样失败。他完美地继承了老乔里恩的坦率，无论耍什么花招都会被家人看穿。妻子做家务去了，走的时候还不断扭头看看他，她双唇紧闭，一脸迷茫。

　　到了下午，虽然他还没有拿定主意，却还是拿着信到了俱乐部。

他很讨厌去询问某个人的"真实想法"。这跟他在福尔赛家族中的特殊地位无关，而是这种做法就是福尔赛人的作风。比如像那些他认识的并且有交流的人那样，他们习惯性将自己的看法强加在其他人身上，让其他人符合自己的标准，在解决家庭矛盾时，他们习惯性地用生意场上的原则。

就比如信上就有很明显的标志——"你千万不要跟他提起琼"。

可是，信中对琼的关心，那些私人恩怨，以及提到"把他的腿给打断"，都不足为奇。老乔里恩很生气，并且想要弄清楚菲利普的真实想法，这都可以理解。

这件事不容易推掉！可是为什么要选他呢？他其实也不是合适的人选。可是身为福尔赛人，只要能达到目的，方法不重要，不要太失面子就行。

他该如何推掉这件事，或如何解决这件事？这两个办法似乎都不太奏效。唉，小乔里恩啊！

下午3点，他来到俱乐部，一眼就看到菲利普了，他自己坐在角落里，望着窗外。

小乔里恩坐在不远处，心神不宁地思考着自己的处境。他悄悄地观察着菲利普。他对菲利普这个人不了解，这还是他第一次认真观察他：他的长相不同寻常，他的穿着、模样、行为都不同于俱乐部的其他人——可是无论小乔里恩在心态和性情方面变化有多大，他依旧具备整个家族所具有的那种沉默。整个家族的人都知道菲利普的绰号，但是并不包括小乔里恩。这个人只是与众不同，可是并不奇怪。他看着非常累，他那憔悴的、凹进去的脸颊隐藏在突起的颧骨下面，但是却很健康，他身体很棒，卷曲的头发又给他增添了不少活力。

他的表情和姿态有时让小乔里恩很同情。他很清楚痛苦的表现，菲利普看着就很痛苦。

小乔里恩走到他身边，碰了他一下。

他最初很惊讶，当认出是谁之后，就表现得很自然了。

小乔里恩坐在他身旁。

"你好久没在这里出现了，"小乔里恩说，"索米斯的房子建得如何了？"

"差不多一周之后就该竣工了。"

"那要祝贺你了！"

"谢谢——不过我没发现哪里需要祝贺。"

"难道不该祝贺吗？"他不解地问，"我以为工期这么长的工程终于结束了，你会开心。不过我应该知道你的感受，就跟我完成一幅画作之后，就把那幅画看成是自己的孩子一样。"

小乔里恩用温柔的眼神看着他。

"对，"他诚实地回答说，"一切都要画上句号，孩子要离开了。我还不知道你会画画呢。"

"只是水彩画，对于自己的作品，我还不能称为信心满满。"

"你对自己的作品缺乏信心？那么你是如何画画的？你肯定对自己的画有信心，不然这画就没价值了！"

"是的，"他回答说，"我正想说这个。你是否留意到，人们每次说'是的'时，总是要加一句'我正想说这个'！假如你想知道我是如何坚持下去的，我只能告诉你，我是福尔赛人。"

"福尔赛人，我不认为你是个福尔赛人！"

"福尔赛人，"他回答说，"非常常见。有好几百福尔赛人都是这个俱乐部的会员，也有成百上千的福尔赛人在外面的大街上。

不管你在哪里，都能碰到福尔赛人！"

"你能跟我讲讲你是如何看出他们是福尔赛人的吗？"菲利普问道。

"福尔赛人都具有财产意识。福尔赛人惯用的观点是实用主义——大家可能认为这种观点很普遍——对待事物，实用主义的本质就是财产意识。你会发现每个福尔赛人都把自己隐藏得很好。"

"你是在逗我吧？"

小乔里恩两眼放光。

"我是认真的。作为福尔赛人，我可能没资格说这个。可是我属于纯杂种犬，但是你，什么也不是。我们两个的区别就跟詹姆斯叔叔和我的区别是一样的，他是福尔赛人的典型代表。他的财产意识很浓厚，而你却毫无财产意识。假如我不在你们中间，你可能就是个奇怪的存在。我不过是中间环节，我承认我们都是财产的奴隶，只是在程度上存在差别罢了，可是我口中的'福尔赛人'是真真切切的财产奴隶。他们很清楚好东西都是什么，靠得住的东西有哪些，他们显著的特点就是将一切紧紧地攥在手心里——无论老婆、房子、钱，还是名誉。"

"啊！"菲利普小声说，"这个词应该作为你的专有发明。"

"财产和福尔赛人的特点：这种不起眼的物种，假如遭到同类的讽刺，他们就会紧张，如果是异类（例如我们两个）的讽刺，他们就会漠不关心。他们生下来就鼠目寸光，眼中只有他们的同类，也许只有他们才能既相互争抢又相安无事地生活着。"

"你这样说，就好比一半的英国人都是福尔赛人一样。"菲利普说。

"的确是这样，"小乔里恩说，"那一半英国人是过得好的，生活有保障的，能拿3厘利息的①。这一半人对半壁江山至关重要。他们的财富和证券让一切变得皆有可能，让文学、科学、宗教以及你的艺术都成为可能。这些东西并不被福尔赛人信任，他们只是利用而已。可是缺少这些福尔赛人，我们又该如何生活？亲爱的菲利普，那些中间商、经商者、社会的顶梁柱都是福尔赛人，他们是社会习俗的基石，也是值得敬佩的人！"

"我不确定自己是否真的明白你在说什么，"菲利普说，"不过，我认为我所从事的建筑行业，一定也有很多像你所说的福尔赛人。"

"是的，"小乔里恩回复说，"大多数建筑师、画家、作家跟福尔赛人一样，没有什么原则。艺术、文学、宗教能得到发展，要得益于那些信以为真的傻蛋以及利用这些赚钱的福尔赛人。我们算少点，皇家院士中的福尔赛人就占了3/4，小说界的福尔赛人就占了7/8，出版界大部分都是福尔赛人。我不了解科学界，可是宗教界大部分也都是福尔赛人，议会下议院的福尔赛人最多，贵族里当然也是如此。可是我并不嘲讽他们。跟这种大多数人树敌真的很危险，并且这种大多数人数量大得惊人！"他盯着菲利普，"无论你是迷上了他的字画，还是房子或女人，这都很危险！"

他们看了彼此一眼——小乔里恩做的这件事，每个福尔赛人都不会做——他讲了实话，所以把头收了回去。菲利普将这种尴尬打破。

"你为什么要选自己的家人做例子？"菲利普问道。

"我的家人，"小乔里恩说，"还不是非常典型，他们就跟其他家庭一样，都有自己的家庭特点，但是你可以凭借以下两个特点来判断他是不是福尔赛人——第一是不会为任何人奋不顾身，第二

———————————————
①指那时政府发行的3厘利息的公债。

是'财产意识'。"

菲利普面带笑容地说："那个大胖子当例子如何？"

"你说的是斯威森？"小乔里恩问道，"他身上还是有原始东西的印记的。这种印记还未被城镇和中产阶级的生活消磨掉。他都已经对以前农场的工作和劳动强度很大的工作习以为常了，并且一辈子也不会改变了，虽然他给别人留的印象很神奇。"

菲利普似乎是在想什么。"的确，你对索米斯的形容真准确，"菲利普忽然说，"他必定不会自杀。"

小乔里恩用犀利的眼神看了一眼菲利普。

"对，"小乔里恩说，"自杀对他而言的确是不可能的事情。可是你也不能太粗心了，你要当心他毒害你！嘲笑他们很简单，可是不要误会我。轻视或忽视福尔赛人都没用！"

"可是你自己的做法就是这样的！"

听到这句话后，小乔里恩脸上的笑容立刻就烟消云散了。

"你要记清楚，"他语气傲慢地说，"我能忍——因为我是福尔赛人。我们都是一人与众人为敌！每个人只要从大家庭里独立出来——啊——你应该懂我说的意思。我不赞同，"他不紧不慢地说，宛如警告一样，"不赞同别人走我的老路。这需要视情况而定。"

菲利普原本通红的脸一下就又恢复到原来蜡黄憔悴的模样了。他笑了一下，之后嘴边挂着奇怪的笑容，他眼神中似乎流露出对小乔里恩的嘲讽。

"太感谢你了，"菲利普说，"你真善良。可是能坚持下去的人也不止你一个。"讲这句话的时候，他故意将声音抬得很高。

小乔里恩看着菲利普离开的背影，手托着头，叹了口气。

这个房间空荡荡的，只能听见报纸的沙沙声和划火柴的声音，安静得让人想睡觉。他待在那里一动不动，反复回想着以前的生活。那个时候，他长时间坐在钟表前数着过去的一分一秒——内心长期充满紧张感，并且被浓烈的甜蜜所折磨着。那个时候经历的缓慢的、开心的、纠结的、心酸的事情全都浮现出来了。菲利普憔悴的脸庞和那种焦急不安的眼神让他很同情，并且同情中还伴随着奇怪的、难以抵抗的忌妒。

他很明白这种现象代表着什么。以后的路他要怎么走？命运会如何呢？究竟他被哪种魅力巨大的女人所吸引，让他愿意放下名誉、原则和一切利益？只有逃跑这条路可以走。

逃！菲利普要逃跑的原因是什么？只有当他感觉到破坏了别人的家庭，才会逃跑；只有当他有孩子了，感觉到自己的理想破灭的时候，他才会逃跑。但是他在这里听到的却是，他什么都没做就已经失败了。

小乔里恩却并未逃跑，即使再让他选择一次，他还是会这样做。可是他的做法比菲利普更过分，他破坏的是自己的家庭。他想到了一句话：自作自受。

命由心造！最起码要先品尝一下禁果的味道，可是菲利普并没有品尝到。

他想起了艾琳，虽然他们没见过面，可是关于她的事情他全都听说了。

悲剧的婚姻！不存在虐待行为——只是有些莫名的不安，天底下所有美好的东西都会被这片死寂所毁掉。日复一日，周复一周，年复一年，直到生命终结。

可是小乔里恩的痛苦感已经被时间抹去了，他感觉现在这种问题也同样出现在索米斯身上。像索米斯这种一心只想着自己所处阶级的偏见和观念的人，该从何处获得能打破他那悲剧生活的灵感和认知呢？他需要想象未来的生活，不要去管那些流言蜚语；想象和艾琳分开后，他自己要如何生活；需要战胜那些所谓的正人君子的责备，战胜生活中不再有艾琳的短暂悲伤。可是像索米斯所在的这个阶级，很少有这种具有想象力的男人。这个世界上普通人占多数，能够超然物外的人屈指可数！并且亲爱的耶稣，许多人都是说的和做的是不一致的！大多数男人，可能也包括索米斯在内，在这种问题上依然存在狭义的看法，可是当自己的鞋子不合适脚的时候，他们总能找到自身之外的原因。

可是，这些看法他自己就不怎么相信。小乔里恩亲身经历过这些，并且也知道悲剧婚姻带来的苦果，可是这些他并未经历过，又如何要求他去平心静气地处理这件事呢？他的经验是从实践中得来的——宛如久经沙场的战士得到的作战经验一样，普通人没有遇到不幸，也没有经历过战场。在大多数人看来，索米斯跟艾琳的婚姻是成功的。男的有钱，女的漂亮，双方都有自己的优点。就算他们厌恶彼此，这也不能作为他们结束这段婚姻的理由。彼此在外面释放一下是可以的，只要都留有面子——确保婚姻的神圣和他们的家庭就好。在上层阶级中，有一半的婚姻都被这些条条框框所约束，社会和教会都是不能惹的。为了不惹这些，个人愿意放弃自己的私人感情。一个稳定的家庭所带来的优点是显而易见的，宛如钱财那样，维持现状是零风险的。破坏别人的家庭不仅是自私的表现，还是一次危险的尝试。

他叹了一口气，这就是辩护书。

小乔里恩想："婚姻是钱财，但是大多数人都反对这种说法。大多数人愿意用'神圣的纽带'去定义婚姻。可是这种神圣的婚姻离不开神圣的家庭和神圣的财产。但是，我认为这些人可能都是没有钱财的基督徒。真奇怪！"

想到这里，小乔里恩不由叹了一口气。

"假如我把路上遇到的穷人领回家吃饭，我吃到的饭会减少吗？或者我的夫人该吃不饱了吧？我的健康和幸福全都由她来决定。因此，索米斯为保护他的权利和财产所采取的措施可能是正确的，他依据的是财产神圣不可侵犯的原则。除了正在这个过程中备受煎熬的人，这对我们而言都是好的。"

所以他站起来，经过那些胡乱摆放的凳子，拿着帽子，倦意满满地从喧闹而拥挤的大街上穿过，满身尘土地回家了。

还没到家，他就将父亲写给他的信撕得粉碎，抛撒在布满尘土的大街上。

他打开门来到屋内，叫了一声夫人的名字。可是空荡荡的房子里只有他一个人，他夫人带着两个孩子出去了，巴尔塔萨在花园的树荫下忙着抓苍蝇。

他于是搬着椅子坐在了那棵从不结果的梨树下。

获得假释的菲利普

索米斯只在里士满待了一夜，第二天一大早就从亨里乘坐早班的火车回去了。水上运动本来就不是他的最爱，这次游玩准确来说应该是几个大客户邀请他过去谈生意。

他先来到公司，可是没有可做的事情，因此下午3点就准备回家了，他很开心能有这种悄悄回家的机会。他没有提前通知艾琳。换言之，他想知道艾琳在做什么，这种无伤风雅的窥探也不影响什么。

他换好去公园的衣服之后，来到客厅。艾琳正懒散地待在她喜欢的那个角落里，她的黑眼圈很明显，好似一夜没睡。

他问："你怎么没有出去？难道是在等人？"

"是等人，但并不是刻意等他。"

"谁？"

"波辛尼先生说，他可能要来。"

"菲利普吗？他应该在上班。"

艾琳没有说话。

"这个，"他说，"我想让你陪我去商店，然后我们再去公园散步。"

"我头疼，哪里都不想去。"

"每次我想让你陪我，你总是这样。到外面的树下去坐坐，你的身体会变好的。"索米斯说。

艾琳并未回复。

几分钟的沉默之后，索米斯说："我不清楚在你看来老婆的责任是什么。我压根儿就不清楚你的责任是什么！"

让索米斯很意外的是，艾琳居然回复他了。

"我已经尽力在迎合你了，可是我的心不听从我的安排，这并不是我的错。"

"那是谁的错？"索米斯瞟了一眼艾琳。

"结婚前你就答应过我，假如我们的婚姻是个悲剧，你就还我自由。我们现在不悲剧吗？"

索米斯眉头紧皱。

"不悲剧，"他结巴着说，"只要你守规矩，就不可能悲剧。"

"我已经很努力了，"她说，"你愿意还我自由吗？"

索米斯将身体转过去。他很慌乱，只能用不讲理的争吵来应对。

"还你自由？你知道自己在讲什么吗？我要怎么还你自由，你都已经嫁给我了，难道不是吗？你现在在胡言乱语些什么？看在上帝的分上，你就不要再说了！拿上帽子，我们去公园。"

"这样你就会还我自由吗？"

在索米斯看来，艾琳看他的眼神很奇特，让人动容。

"还你自由？"索米斯说，"假如我答应了，你一毛钱都没有，接下来要怎么生活？"

"这是我的事情，我自己会解决。"

他在屋里健步如飞地徘徊着，最终来到艾琳面前。

"你说的那档子事，我压根儿就不会同意，这是我最后一次表态。拿你的帽子去！"

艾琳纹丝不动。

"我猜想，"他说，"你担心菲利普来了会扑个空吧？"

艾琳慢腾腾地从这个房间离开。之后，她戴好帽子来到楼下。

他们两个一块出去了。

下午3点左右，公园里各式各样的人都有，那些坐着马车闲逛的外国人和生活拮据的小市民都感觉自己很潮，可是现在已经不流行这样了。当他们在阿喀琉斯[①]雕像下面坐下时，公园中已经迎来最好的时光，可也将接近尾声了。

他们两个已经很久没有一起逛过公园了。他们结婚的前半年，他最大的爱好之一就是牵着艾琳的手一同外出，他感觉自己能娶到美若天仙的艾琳，整个伦敦人都会羡慕自己的。有许多个下午，他都紧贴着艾琳，坐在她身旁。他手上戴着浅灰色的手套，脸上的笑

①希腊神话中的英雄。

容流露着些许骄傲，他跟认识的人点头打招呼，还偶尔举一下自己的帽子。

他依旧戴着那副手套，依旧有骄傲的笑容，可是那份心情却不知道跑去哪里了。

四周的人都走了，可是索米斯依然坐着，艾琳脸色惨白地坐着，宛如索米斯在惩罚自己一样。中间，索米斯也讲过一两次话，艾琳要么点头，要么面带倦意地随口说一句"是的"。

有个人在公园的小路上健步如飞，路旁的人都目不转睛地看着他。

"瞧瞧那个蠢蛋！"索米斯说，"大热天的走那么快，他可能是疯了吧！"

当看到那个人的侧脸时，艾琳迅速紧张地颤抖了一下。

"啊！"索米斯说，"这不是强盗朋友嘛！"

索米斯坐着，满脸带有讽刺的笑容，艾琳也面带微笑，纹丝不动地坐着。

"艾琳会跟他打招呼吗？"索米斯心想。

可是，艾琳一点儿表示都没有。

菲利普走到小路尽头，又返回来了，他像一只寻找猎物的狗那样在座位间寻找着。看到索米斯和艾琳时，他很震惊，然后就将帽子抬了起来。

索米斯始终微笑着，也抬起了自己的帽子。

菲利普向他们走来，看上去就跟刚做完剧烈运动似的，有些疲惫，眉头上都是汗珠。索米斯在跟他微笑，好像是说："我的朋友，你吃了不少苦吧……"索米斯问道："你怎么来公园了？我想着你瞧不上这种地方！"

他好像没听到索米斯的询问，对艾琳说："我先去了你家，本想着在那里就能见到你。"

这个时候，索米斯的一个熟人拍了一下索米斯的背，跟他打招呼。索米斯就转身去跟熟人打招呼去了，所以没听到艾琳的回复，可是他默默地做了一个决定。

"我们正准备往回走，"索米斯跟菲利普说，"晚上到我家吃饭吧。"他说这句话的时候，特意起了高腔，可是他脸上的表情却很奇怪、很悲伤，那种表情似乎在说："我不会上当，可是瞧瞧——我一点儿都不怕你——我信任你！"

他们三个一同返回索米斯家，艾琳在中间。遇到拥挤的街道，索米斯就主动走在前面。他不关心他们在聊什么，那个让他信任菲利普的决定，似乎让他的任何举止都充满了怒气。就像爱赌博的人叮嘱自己说："这张牌可不能掉以轻心，机会有限，我应当让它发挥最大的价值。"

他换衣服的时候故意在拖延时间，他听到艾琳下楼后，又过了5分钟，他才慢悠悠地从更衣室出来。他下楼的时候，特意把更衣室的门关得很响，好提醒他们自己要下来了。他看见他们站在壁炉旁边，难以判断他们是不是在交谈。

这场闹剧只有他一个人在演，今晚他对这位客人史无前例地好。当菲利普离开的时候，他说："有空常来！艾琳很愿意跟你讨论房子的事！"他的语气中依然带有虚伪和悲伤。

为了遵循自己的决定，当艾琳跟菲利普道别的时候，他离开了，只留他们两个人在互道晚安——吊灯下的艾琳像是镀了一层金光，闪着亮光。他不去看她那微笑着但是依旧带有痛苦的双唇，也不去看菲利普那像狗望着自己的主人那样看着艾琳的神情。

他去床上躺着，他知道菲利普已经对艾琳深爱至极了。

夏天的夜晚寂静又燥热，即使窗户敞开，可是风依旧不凉爽。他躺着，听了很久艾琳的呼吸声。

他难以入眠，艾琳居然睡着了。他大脑清醒，强行说服自己要扮演对夫人心平气和又深信不疑的好丈夫。

夜深人静，他蹑手蹑脚地离开卧室来到更衣室，靠着敞开的窗户站着。

他感觉自己快要窒息了。

他突然回忆起4年前的那个晚上——他结婚的前一晚也像今晚一样闷热。

那天晚上的情景依然历历在目。在靠近维多利亚大街的那间卧室里，那时他正端坐在长藤椅上。下面的临街，有个男人用力将门关上，这时传来一阵女人的叫喊声。他记得很清楚——就好像正在发生那样——他们的打架声、关门声，最终都消失了。最后是清理街道的洒水车，它开过来的那条路，路灯并不管用，并且看上去很奇怪。他似乎听到隆隆的车声，由远到近，又由近到远，最终消失了。

他趴在更衣室的窗户前，将身体努力地伸出去，想看看楼下的小院子。黎明的第一缕曙光已经出现，漆黑一片的墙壁和房顶的轮廓由模糊到清晰。

4年前的那个晚上，当维多利亚大街的路灯变得泛白，他急忙穿好衣服，经过广场和房子，来到艾琳所在的街道，站在她家楼下吃力地仰望着，那所房子像逝者那样寂静和黑暗。

这时，他的脑海中突然闪现出一个念头，就像病人那样的幻想着：他在干什么？——总是困扰我，今晚还在我家出现，并且还爱上我夫人的家伙——他可能就在楼下走来走去，注视着我家所有的窗户，就像今天下午在公园寻找我们那样。我敢肯定，他此刻正在凝视着这座房子！

他悄无声息地从楼梯平台穿过，来到临街的那一侧，悄悄地拉开百叶窗，将一扇窗户打开。

广场的树上被一层灰蒙蒙的光笼罩着，宛如夜晚，一只体形巨大的绒毛蛾为撒下鹅绒而努力地挥动着翅膀。路灯还未熄灭，光线很暗，路上连个人影都没有——猫狗也没有。

可是，一声惨叫将这片寂静打破了，宛如从天堂被轰出来的游荡灵魂在哭喊。那声音接二连三地传来！索米斯身子颤抖着，急忙将窗户关上。

他自我安慰说："没事！这叫声是湖对面的孔雀发出的。"

琼的拜访

站在布罗德斯泰酒店狭窄的走廊里的老乔里恩正在呼吸着油布和鲱鱼散发的味道，这种味道在海边的高档酒店很常见。皮椅被磨得锃亮，左上角破了一个小洞，有一撮马鬃露出来了，上面放着一个公文包，包里面放着文件、《泰晤士报》、古龙香水。今天他要参加"全球金矿会议""新煤矿公司会议"，每场董事会，他都会列席。缺席似乎就说明他已经衰老了，疑心很重的福尔赛人是绝对不会忍受这些的。

当他将公文包装满时，他的怒火好像要从眼神中迸发出来一样。他的眼神中冒着怒气冲冲的光，似乎一个学生被多个学生围困那样。可是，他知道自己势单力薄，所以就极力控制自己的情绪。他是个有修养的人，能管理好自己的情绪，虽然没有以前管理得好，可是他仍然能控制不让自己发火。

小乔里恩给他寄的那份毫无实际意义的信，他已经收到了，信中似乎总是在逃避回答一个简单的问题。"我跟菲利普碰过面了，"小乔里恩说，"他不是坏人。我的见识越多，就越感觉到这个世界上的人没有好坏之分——只有可怜和可笑之分。我的说法可能得不到你的肯定！"

老乔里恩真的将他的说法否定了，他感觉这种说法只是敷衍了事，他还没老到那个阶段。等他到了那个阶段，原本就不信，但不得不遵守的原则和道理以及所有物质的诱惑都会消失。他会对所有事情都心灰意冷——到那时，他才会超然物外，讲那些他之前想都不敢想的话。

可能他跟自己的儿子一样，不相信"好人"和"坏人"之分；但是，假如换他来讲，他只会这样说：我不清楚——说不出口，可能里面包含有哲理。为什么不赞同这个说法呢？这个说法也许对自己有利呢？

他之前很喜欢登山，每个假日都不会落下，虽然（跟纯正的福尔赛人一样）他从未涉险或蛮干，他只是酷爱登山。当登上山顶（在旅游指南中提到过——"虽然辛苦，但是很值得"）——那些奇特的景象出现在他眼前时，一种伟大而神圣的真理涌上心头，那些糊里糊涂的追求、无聊至极的小事都不能跟这种真理相比。这个时候，他那务实的灵魂可能最接近宗教。

可是，他上次登山已经是很久之前的事了。自从他夫人死后，他连着两个季节都带琼去登山，他痛苦地感受到，那些曾经热衷的登山时光已经无法追回了。

因此，他那些年登山获得的信念——凡事都要有一个真理来统治，已经被他遗忘了。

他很清楚自己正在慢慢变老，可是他并不觉得自己老，这种感觉让他很惆怅。他还为另外一件事而惆怅，他想不明白自己是个谨小慎微的人，为什么作为父亲和爷爷，就那么不走运呢？老乔里恩并没有责怪自己的孩子——他是个亲切的孩子！——但是，如今他的立场却很悲观，琼订婚这件事似乎是有百害而无一利的事情。这件事情宛如命中注定。对于老乔里恩而言，他不理解也忍受不了命运这种东西。

他给小乔里恩写信时，并不是真的想要从他那里找到对策。他在罗杰家举办舞会的时候就将事情的来龙去脉弄清楚了——只要有事实，他的推理速度要快于常人——而且，他的儿子还是个典型例子，整个福尔赛家族中他最清楚，无论他们是否愿意，爱情的烈焰总能把陷入其中的人的羽翼灼伤。

琼在订婚之前，跟艾琳交往很频繁，因此菲利普也有充足的机会去认清艾琳，她那种让男人不可抗拒的魅力，他很清楚。她不会勾引男人，更不是风流的女人——他们这一代人很喜欢说这些词，他们就爱好用粗鄙的词来描述一件事情——可是，艾琳是个危险人物。他自己也不知道为什么。曾经有人跟他说，某些女人生来就自带这种品质——魅力十足，自己却毫无控制力！那个时候，他只是回答说："那是谎话，鬼才相信呢！"她是个危险人物，仅此而已。他不想再插手这件事了。假如真的如此，那就只能随他而去了。关于这件事情的任何消息，他都不想再知道了——他只想给琼留点儿面子，并且让她的情绪不要再起伏不定。他依然盼望着以后的某一天，她能再次安慰他。

这就是他写那封信的原因，他从小乔里恩那里什么答案都没得到。关于他跟菲利普的谈话，小乔里恩只提到了那句奇怪的话：
"我料定他已卷入溪流。"溪流！哪个溪流？这是什么稀奇古怪的
谈话方式？

他长出了一口气，最后在皮包隔层里放了一摞文件。他当然知
道那句话包含的意思。

琼从餐厅出来，帮老乔里恩穿上夏衣。从琼的衣着和她那坚定
的神色中，老乔里恩迅速猜出她要做什么。

"我要跟你一起。"琼说。

"宝贝儿，别添乱，我要直接到公司去了。你在那儿跑来跑去
怎么行！"

"我也去公司，我要去见见司米奇夫人。"

"啊，是那类你永远都用不上，但依旧视作宝贝儿的人！"他
小声嘀咕说。他并不信任她说的这个理由，可是他也没有拆穿。她
性格倔强，谁都左右不了她。

他让琼坐着他已经安排好的停靠在维多利亚大街上的马车——
大方是他习以为常的作风。

"宝贝儿，别让自己太累。"他说完就给自己叫了一辆出租马
车去公司了。

琼先来到帕丁顿一个偏僻的小街道里，那个对她毫无用处的司
米奇夫人就住在这儿。司米奇夫人年纪很大，平常依靠给人做帮工
赚钱。琼用30分钟的时间来听她抱怨，接着讲几句安慰她的话，平
复一下她的情绪，之后她就到斯坦霍普门去。那里总是大门紧闭，
一片漆黑。

琼已经下定决心，不管怎样都要了解一点儿信息。面对坏结果最
好能坦然接受，然后将这件事淡忘。她原来的打算是这样的：先去找

菲利普的姑母拜恩斯夫人，假如在她那里得不到信息，她就直接去找索米斯夫人。对于这次拜访，她自己也不清楚想要得到些什么。

下午3点，她来到了朗兹广场。陷入困境的女人，喜欢穿最好的衣服，然后带着像老乔里恩那样英勇的神情奔赴战场，这好像就是女人的本能。她的焦灼不安已经变成盼望了。

当仆人通报琼来了的时候，菲利普的姑母①拜恩斯夫人正在厨房里忙着指挥厨师做饭，她是很优秀的家庭主妇，就像她丈夫说的那样，"一顿好的晚餐很有趣"。晚餐之后，她的办事效率最高。肯斯通那一排排红色的高高耸立的楼房正是拜恩斯建造的，这些楼房跟别的楼房一比，真的是名副其实的"伦敦最丑的建筑"。

听到琼来了，她迅速奔向卧室，从上锁的抽屉里拿出了一个红色的摩洛哥皮质盒子，从中取出两只大手镯戴在雪白的手腕上——她的财产意识很明确。众所周知，这是福尔赛人的标志，并且也是高尚品德的标配。

那个白色木衣柜上的镜子将她的体形照出来：身高中等，体形偏胖，存在肥胖的可能性，她身上的长袍是自己裁剪的，颜色谈不上深也谈不上浅，让人看到就能想起旅馆刚刷过的墙壁。她急忙整理一下自己的头发——她梳的是公主头，动动这里，摸摸那里，好让发型更蓬松。她看着自己，满眼都是无意识的神色，似乎出现在她眼中的是生活中那些污秽的事情，她要极力掩盖它。年轻时，她面色红润，可是现在上年纪了，脸上长斑了。当她拿着粉扑擦额头的时候，那种丑恶的、冷漠的神情又出现在她眼前。当她放下粉扑，纹丝不动地站在镜子前，她的笑容浮现在她那既高又大的鼻子、下巴（她的下巴本来不大，如今脖子变粗，下巴就显得尖

①本名为路易莎。

了）、下垂的嘴唇上。为了保证效果，她立刻提着裙子跑去楼下。

这段时间，她急需这种拜访的机会。她也听到了一些风言风语，大概知道菲利普和琼之间出现问题了。他们两个好几个星期都没来她这里了。她多次邀请侄儿来家里吃晚饭，可是菲利普都以忙为借口拒绝了。

这种事情，女人的第六感最准，当她得知琼来了，就猜到肯定不是什么好事。她就应该做福尔赛家族的一员，依照小乔里恩讲的那些话，她对这个特权当之无愧。

她的三个女儿都嫁得不错，用通俗的话来讲那叫攀高枝，因为她的女儿们长相一般，一般情况下，只有她们的母亲是司法界的名人，她们才会有这么好的嫁人机会。不计其数的慈善机构的名单上总有她的名字，比如舞会、义演、义卖以及和宗教有关的活动。可是每次她允许自己的名字出现在名单上的前提是她要确认活动的各项事情都已经安排好了。

跟她常说的那样，她觉得所有事情都必须要有个商业基础。不管是教会、慈善机构或者其他别的组织，"社会"的组织是它们功能正常运行的目的。因此她认为个人的捐献是违背道德的行为，团体才是正确的方式。因为只有通过团体，你才能确保你的钱花得值。团体——无论怎么说，团体都是重中之重！毋庸置疑，她就是老乔里恩口口声声说的"组织强手"——他还更严重地将她称为"骗子"。

那些她允许加上自己名字的单位，都管理得非常好，善款一旦到了他们手上，就像脱脂的牛奶那样，将人们的善心脱去，只剩下冷漠。可是跟她时常讨论的一样：意气用事一点儿用都没有。实际上，她身上还带有一点学究的气息。

她是福尔赛神庙里最重要的女牧师，她在教会圈里是备受爱戴的伟大女人，她终日在财产之神面前点着一盏神圣的油灯，祭坛上写着"以无还无，6便士很少"这几个鼓舞人心的字。

当她进来的时候，人们能明显感觉到她像一块肥肉那样，这可能就是她受爱戴的重要原因。每个付过钱的人都想要看到一些实质性的东西。所有人都看着她——慈善舞会上的人也都看着她，她穿了一件上面全是亮片的制服，鼻子高高的，身材也很圆润——看起来她把自己当成将军了。

她的家世可能是唯一一件拖后腿的事情。在中上层阶级里，她很有分量，社会上有上百个宗教团体和集团都是她的，它们全都穿插在不同的慈善机构里，并且跟上流社会相处得很愉快。她算是一种社会势力，她的那些商业化的基督教制度、准则跟道义在那些更大的、更重要的、更有权的团体中被赋予了生命，它们在这些地方畅通无阻，成为真正的商品，而不是那些在较小的社会团体中生存的仿冒品。在那些熟悉她的人眼中，她很正常——正常的女人从来都将自己的真实想法隐藏起来，并且但凡她有办法，她就绝对不会将自己的东西拱手让人。

她跟菲利普父亲的关系坏到了无以复加的地步，因为他经常狠狠地嘲笑她。现在菲利普的父亲已经死了，每当提到他的时候，她总是感慨说"亲爱的、可怜的、有失礼貌的哥哥"。

她用自己谨小慎微的热情方式跟琼打招呼，这是她的强项，可是她有点儿害怕琼，对她这种在商业界和基督教都声名远扬的人而言，这种害怕是有限的——虽然琼很瘦弱，可是她那无所畏惧的双眸给了她无上的荣耀。聪明的拜恩斯夫人还感觉到，虽然琼的行为很莽撞，可是这些特点跟福尔赛人很像。假如琼只有莽撞和勇气，她绝对瞧不起她，还会把她看成神经病；假如琼像弗朗西娅那样，摆出福尔赛人的身份，那拜恩斯夫人就会将自己大人物的模样摆出来。可是，琼虽然很瘦小，却让她很紧张，因为拜恩斯夫人总是将有重量的人看得很重要。琼在拜恩斯夫人的安排下，坐在了背光的座椅上。

拜恩斯夫人之所以敬重琼，还有其他原因，身为女教会的优秀会员，她不应该这么世俗，因此这个原因她最不愿承认。最重要的原因是，她丈夫常常告诉她，老乔里恩腰缠万贯，还非常疼爱这个孙女。此刻拜恩斯夫人的心情跟那种讲述英雄和继承者的小说相同，着急不安，时刻担心作者一不留神就让这位继承者一无所获。

她对琼很热情。她以前并没有仔细端详过这个女孩，可是现在这个女孩看上去那么顺眼，那么高贵。她询问老乔里恩的身体状况。跟他这个年纪的人相比，他真了不起，笔直的身板瞧上去一点儿也不老。他高寿？81岁！这还真是出乎她的意料！他们度假的地方还选在海边！真是太好了，她猜想自己的侄儿每天都会给琼写信。她在询问这个问题时，那双灰色的眼睛睁得很大，可是琼却仍然面无表情。

"他一封信都没写过！"琼说。

拜恩斯夫人的眼皮出乎意料地垂了下来，但是又迅速抬起来了。

"肯定不会写信。菲利普总是这样！"

"真的吗？"琼问道。

经琼这样一问，拜恩斯夫人的笑容里出现了一丝犹豫。她将裙角重新整理了一下，以便能将自己的犹豫掩藏起来，她接着说："亲爱的，怎么了——他原本就是个粗鲁的人，从不操心自己所做的事情！"

琼突然感觉自己是在白白耗费时间，她已经把话说得这么明白了，这个女人依旧没有说出半句有价值的话。

"这段时间，你有没有见过他？"琼满脸通红地问。

拜恩斯夫人擦着粉的额头上沁出了汗珠。

"啊，肯定见过呀！只是我不记得他上次是什么时候来的——说实话，这段时间我们也很少跟他见面。他忙着给索米斯建房子，那房子很快就竣工了。我们务必要为庆祝这件事而办个宴会，你到时候也一定要参加，跟我们一起开心一下！"

"太感谢你了！"琼回复说。她心里再次想起："我是在白白耗费时间。她什么都不会让我知道。"

琼站起来要离开，拜恩斯夫人迅速变了脸色。她也起身，嘴唇颤抖着，双手不知道该放在哪里。一定是发生什么事了，但是她却没勇气询问琼。琼站在那里，身材瘦小但笔直，有着决绝的脸庞、倔强的下巴，以及满是愤怒的双眸。拜恩斯夫人向来不畏惧提问题——所有组织建立的基础都是提问题！

可是如今这个问题很严峻，她那平时强大的神经居然变弱了，原因就是那天早晨她丈夫告诉她："老乔里恩家的财产多达10万英镑。"

如今这个女孩居然向她伸手了——对，伸手了！

这个好机会可能就这样错失了——她也不清楚——把她留下就是最好的机会，可是她没勇气说。

她的目光随着琼来到门口。

门关上了。

拜恩斯夫人尖叫着冲了出去，她拖着肥胖的身体，摇摇晃晃地把门打开。

已经晚了！她听到前门的关门声后，站在原地纹丝不动，神色既愤怒又后悔。

琼迅速来到广场。曾经那些快乐的日子里，她一直把这个女人当成好人，可是如今她对她无比讨厌。她要这样继续撑着，让这份焦虑只来折磨她自己吗？

她要亲自去找菲利普，问清楚情况。她有权利知道。她顺着斯隆大街迅速来到菲利普家门前。穿过楼下的弹簧门，她一路小跑上楼了，她痛苦的心怦怦直跳。

到达三楼楼梯的地方，她止步不前了，她喘息着，双手紧握栏杆，站在原地听着。可是楼上没有丝毫动静。

终于爬上最后一层楼了，她的脸色像雪一样白。她看到门牌上菲利普的名字，刚刚的冲动居然不见了。

她忽然想到自己在做什么。她感觉浑身火热，手心里的汗将薄薄的丝质手套都沾湿了。

她并没有下楼，只是退到楼梯上。她倚靠在楼梯的栏杆上，感觉自己喘不过气来，她尽力控制这种感觉，眼睛带着可怕的勇气盯着门看。不下去！她坚决不下去。她不在乎别人把她想成什么样，别人压根儿就不知道！假如她不帮自己，就没人能帮自己了！她务必要通过这一关。

她尽力让自己脱离栏杆的支撑，来到门前，按响门铃。她虽然丢掉了所有的畏惧感和羞耻心，可是门没开。她反复按响门铃，宛如要从里面拉出一些东西来弥补自己丢掉的东西一样。门依旧锁着，她不再按门铃了，而是捂着脸坐在楼梯上。

不久，她就悄悄下楼了。她感觉自己好像大病初愈一样，此刻什么都不去想，只想快点回家。遇到她的人似乎都知道她去过哪里，做了哪些事。忽然，她看到菲利普出现在对面的街上，他正穿过蒙彼利埃广场准备回家。

她转身打算到对面去。他们的目光相遇了，菲利普抬了一下帽子。这时，她的视线被一辆出租马车挡住了；之后，她站在人行道边缘，透过马车的空隙，她看到菲利普继续向前走着。

她看着他的背影，自己却站在原地。

房子竣工

"清甲鱼汤、牛尾汤各要1份，波特酒要2杯。"

詹姆斯正跟儿子在芙兰琪饭店吃午饭，在这个饭店里每个福尔赛人吃到的英国食物都是足量的。

这是詹姆斯最喜欢的饭店，这里没那么多花样，可是饭菜可口，并且量也很足。近些年，为了赶时髦，同时也跟自己的收入保持平衡，他的口味也变得很挑剔，但是，很久以前那种在饭店里安静品尝美食的时光，他依旧很怀念。这个饭店的服务员都是英国人，并且一个个都穿着围裙，留着长头发；地板上撒有木屑，有一面圆形镀金铜镜挂在平时视角稍高的地方。他们最近不开小隔间了，那些小隔间还蛮好，在里面吃煎羊肉、上等排骨，再搭配一份土豆泥，跟绅士一样，你看不到自己的邻座。

他把餐巾塞在西服背心第三个纽扣里面，他的这个动作因为在伦敦西部住了很多年而早已放弃了。一整个早上，他都在清算老朋友的房产，此刻该好好尝尝这份汤了。

他嚼着不怎么新鲜的自制面包，开口问道："你准备如何去罗宾山？跟老婆一起？带上她再好不过了。我感觉你们在很多事情上都要好好把把关。"

索米斯低着头回复说:"艾琳不会去。"

"不去?为什么?难道她不打算住这所房子吗?"

索米斯没回复。

"现在的女人我真搞不懂,"詹姆斯小声抱怨说,"以前,我和女人之间才不会出现这种麻烦。她是过度自由了,你把她宠坏了……"

索米斯抬头看着他父亲:"我不愿听到你讲她的坏话。"这句话出乎詹姆斯的意料。

此刻他们谁都不说话,詹姆斯喝汤的声音不绝于耳。

服务员将2杯波特酒端上来,索米斯让他停下来了。

"这种酒的喝法不是这样的,"索米斯说,"把这个拿走,换成瓶子。"

詹姆斯正在认真喝汤,却被索米斯的话打断了,他立刻观察现场的情况,以便清楚到底发生了什么事。

"你母亲不舒服,"詹姆斯说,"你可以坐家里的马车去看她。我猜你老婆应该也喜欢乘坐这辆马车。菲利普估计也在,我想他会把新房子展示给你们看。"

索米斯也这样认为。

"我感觉自己应该跑一趟,去看看他的成品,"詹姆斯说,"我坐着马车去接你们吧。"

"我准备坐火车过去,"他儿子回答说,"假如你坐马车去,那就让艾琳跟你一起吧,我也说不好。"

他让服务员把账单拿来,詹姆斯买单。

走到圣保罗大教堂,他们就分开了。索米斯到火车站去了,詹姆斯被马车拉着向西走了。

索米斯选了一个离售票员最近的座位坐着，将两条腿伸得很开，谁都不能靠近他，从他身旁经过的人都被他恶意满满地瞪了一眼，好像四周的空气他们都没有权利使用。

詹姆斯准备今天下午抽空儿去找艾琳聊聊，防患于未然嘛！她既然同意到乡下去，那就有的是机会从头再来！他能看出，索米斯不会对艾琳这种行为忍太久！

他忽然不知道该如何表达他所说的"她的行为"，这种描述范围太大，跟每个福尔赛人都符合。况且詹姆斯吃饱之后更有勇气。

回家后，他让马车夫把一切都准备好，还让他跟随自己去。他想要好好对艾琳，给她一次从头再来的机会。

来到索米斯家门前时，他听到了艾琳的歌声，他迅速说出此行的目的，以便用人放他进去。

对，艾琳在家，可是女用人不确定她愿不愿见客人。

詹姆斯尽管体形修长，表情木讷，可是他的速度快到让人惊讶，没等艾琳同意，他就闯进客厅了。

他看到艾琳面前摆着一架钢琴，此时艾琳手指正放在琴键上，很明显，她听到了外面的声音。她礼貌性地问候了一下詹姆斯，可是并没有笑。

"你婆婆生病了，正在床上躺着呢，"他说着，想要博取艾琳的怜悯，"马车在门口，此刻你戴上帽子跟我走吧。这对你有帮助！"

艾琳看着他，似乎要说"不"字，却又突然改变了想法，迅速上楼，戴好帽子下来了。

"你要带着我去哪里？"艾琳问。

"罗宾山，"詹姆斯啰里啰嗦地说了一些话，"我要遛遛这两匹马，顺便去那里看看房子建得怎么样了。"

艾琳还在考虑，可是她的想法再次变了，她坐进马车里，詹姆斯轻轻推着她，担心她跑掉。

还没走到一半，詹姆斯就开口说："你丈夫很喜欢你——他不允许任何人讲关于你的坏话。你对他不好的原因是什么呢？"

艾琳满脸通红，声音很小地说："我对他没感觉，装不出来。"

詹姆斯用犀利的目光看着艾琳。他觉得马车、马车夫都是自己的，艾琳又坐在马车上，他理所应当掌控全局，她是不能停车把他赶下去的，并且她从不在公共场所大吼大叫。

"我不知道你的真实想法，"他说，"我儿子是个很优秀的丈夫！"

艾琳说话的声音很小，在聒噪的马车里几乎都听不到。他只听到："嫁给他的人又不是你！"

"你说的这些跟这有关系吗？你想要什么他都满足你。他能立刻带你去所有地方，现在他在乡下也给你盖了一所房子。假如你有一点点钱，那还好办。"

"我一点儿都没有。"

詹姆斯又看着她，却看不懂她脸上的表情。她看起来好像马上要落泪了，可是……

"我敢拍着胸脯说，"他立刻唠叨着说，"我们都尽心尽力在对你好。"

她的双唇在颤抖着，詹姆斯不知所措，因为他看到艾琳的脸颊上挂着一行泪。他感觉自己语塞了。

"我们都不讨厌你，"詹姆斯说，"只要你……"他本来想说"检点"，可是他换了种说法，"只要你认真履行老婆的义务就行。"

他们两个都陷入了沉默。艾琳的沉默让詹姆斯很紧张，他只想说艾琳这种表现并不是抗议，更像是默认。可是他依然有话要说，这让他自己也很难理解。

可是，他忍不住长时间不说话。

"那个菲利普应该快跟琼结婚了吧？"

艾琳听到这句话，脸色大变。"我怎么会知道，你应该问琼。"她回答说。

"她没给你写信说这件事？"

"并没有。"

"怎么可能？"他说，"你们以前不是最要好的朋友吗？"

艾琳看着他，回答说："这你应该要问她吧！"

"行吧，"她的眼神让詹姆斯很紧张，"我的问题如此简单，可是最基本的回答都没有，太奇怪了，不过算了吧。"

他心里回味着艾琳对他的冷漠，最终说道：

"无论如何今天我要提醒你，是你自己把路堵死了。索米斯尽管一句话都不说，可是我认为你的所作所为已经马上要达到他忍耐的上限了。你怨不得别人，只能怨自己，另外，没有人会觉得你可怜。"

艾琳面带笑容地给他鞠了一躬："太感谢了。"

詹姆斯不知道该说什么。

早晨还晴空万里、热气腾腾的天气，下午就乌云密布了。从南方飘来一大片乌云，这种灰里夹杂着黄色的乌云表示有雷雨，并且乌云越飘越高。

路两旁都是垂下来的树枝，叶子纹丝不动。地面长期与燥热的马车摩擦，产生了淡淡的胶味，这味道飘浮在混浊的空气里挥之不去。车夫和马夫挺直身板在车厢里小声嘀咕着，他们好像从未将头抬起来过。

让詹姆斯唯一感到暖心的是，他们终于到达目的地了。这个他曾经以为十分温柔的女人坐在旁边，他能明显感觉到她的无比神秘和缄默，为此他也有些恐慌。

马车就停在房子门口，他们下车来到房子里。

门厅很凉快，里面一片寂静，像坟墓一样，詹姆斯后背感觉到一阵凉意。他穿过柱子间的皮帘子来到内厅。

他忍不住惊叹着。

房子装修得既大方又有派头。在大厅中间，放着一个凹陷的装满水的白色的大理石盆，四周种的都是鸢尾花，从这个地方到墙根全都铺着看起来价格不菲的暗红宝石色瓷砖。最让他赞叹不已的是那个紫色的皮帘子，它是用来遮挡墙上装的白色瓷砖壁炉的。打开中间的天窗，一股暖洋洋的空气从外面吹进来。

他将手背在后面，在原地站着，抬起头认真察看着长廊下面乳白色墙壁上的图案以及柱子上的花纹。很明显，这些做工都非常仔细，肯定没有偷奸耍滑。绅士就应该住在这样的房子里。他走到窗帘处，当他弄明白这些窗帘的作用时，便将它们打开，露出里面的画廊，画廊的尽头是一面大窗户，墙壁是乳白色的，地板是黑橡木。他接着打开不同的门，以便察看里面的装饰。所有东西都摆放好了，立刻就能入住。

他转身想跟艾琳交流，却发现她跟索米斯和菲利普站在花园入口处。

虽然詹姆斯的敏感度不高，可是他立刻察觉到不太对。他略带紧张地来到他们身旁，可是他不清楚遇到了什么事，因此他想帮着解决。

"波辛尼先生，你好呀？"他说着将手伸了出来。"我猜，你在这里花钱很随意！"

索米斯转身离开了。

詹姆斯瞟了一眼眉头紧皱的菲利普，又瞟了一眼艾琳，之后，他好像无比激动，将心里话全说出来了："我也弄不清楚是什么事。也没人跟我讲，所有事情都不跟我讲！"讲完，他就跟随索米斯离开了，他听到菲利普的短笑以及他说道："行了，谢谢上帝吧！你看着也太……"只不过他没听到后面的话，真可惜。

究竟怎么了？他扭头瞟了一眼。艾琳跟菲利普贴得很近，此刻她似乎变得陌生起来。他迅速找到索米斯。

索米斯在画廊里徘徊。

"究竟发生什么事了？"他问道，"怎么回事？"

索米斯依旧用冷漠的表情看着他，可是他明白儿子已经气坏了。

"那个朋友，"索米斯说，"花费再次大于预算，就是这件事。这次可没办法客气了。"

他走到门口。詹姆斯迅速超过他，走在最前面。他看到艾琳将手指头从嘴唇上拿下来，听到她在用通常的口气说话，还没走到他们面前，他就开腔了。

"暴风雨要降临了，我们躲进屋里再好不过了。我想波辛尼先生你不能跟我们一起进去！是的，我们带不了你。所以，回见吧！"他伸手去跟菲利普握手，可是菲利普并未抬手，而是转身大笑着说："回见，詹姆斯先生。我可不能被暴风雨困住！"说完他就离开了。

"啊，"詹姆斯说，"我真不明白……"

看到艾琳的表情，他咽下了后半句话。他拉起艾琳的胳膊，将她带到马车旁。他敢肯定，非常肯定，他们是在约会或……

世上最让福尔赛人讨厌的事情就是，实际的花销大于原计划。不过这也能理解，索米斯的生活之所以都安排好了，全都是因为他的精确估算。假如他不了解财产的定值，那么他的指南针就不准了，他将痛苦地迷失在水上。

自从上次他通过写信跟菲利普讲明白花费的事情之后，他就没有再关心过房子的花费。他敢肯定自己已经把花费问题说得明明白白了，他没有想过，花费会再次大于预算。索米斯听到菲利普说花费达到12000英镑并且还超了400英镑时，气得脸色惨白。索米斯本来的预算是10000英镑，反复大于预算已经让他很难受。但是，最后这笔超出预算的钱，菲利普无论如何也讲不通。索米斯从来没有想过世上还有这么笨的人；可是这已经成定局了，他长期积攒的对菲利普的愤恨和忌妒都在此刻爆发了，这些超出的花费就是发泄的对象。信心满满并且善良的丈夫已经不存在了。为了保住他的财产——他的夫人——他以前必须要装成那样，如今为了保住他其他形式的财产，他又变了一副嘴脸。

"哼！"索米斯在自己还能讲话的时候对他说，"我猜你很满意自己的行为。我想我有必要跟你说，你看错人了！"

那时候他也不知道自己讲这句话是什么意思，可是吃过晚饭，他想要把某件事情搞清楚，就将他自己跟菲利普的通信全找出来。关于最终的花销不可能有两种说法——菲利普必须要自掏腰包支付那400英镑，或者，不管怎样，他最起码要支付350英镑，他务必要赔偿。

当他得到这个结论的时候，他正看着艾琳的脸。她坐在经常坐的那个沙发的角落里，把玩着衣领上的蕾丝。今天晚上，她一句话都没跟索米斯说。

他走到壁炉前，在镜子前仔细地打量自己的脸，然后说道："那个强盗是在自欺欺人呢，他一定要尝尝苦头！"

她鄙视地看着他，回答说："我听不懂你说的是什么！"

"你很快就会懂。仅仅400英镑，你都不会放到眼里。"

"你的意思是他要因为这所让人憎恶的房子而赔偿你400英镑吗？"

"没错。"

"他穷得叮当响，你难道不知道吗？"

"当然知道。"

"那你更加卑鄙，并且这种卑鄙远远大于我的想象。"

索米斯转身，习惯性地从壁炉上拿起一个瓷杯子，两手紧握着像是在祈祷。他看到艾琳的胸口一起一伏，她那怒气冲冲的眼眸越来越黑，面对她的嘲讽，索米斯根本不在意，而是问：

"你跟他在谈情说爱吧？"

"没有的事情！"

他们两个的眼神遇上了，索米斯立刻逃避了。他对她谈不上信任或不信任，可是他很清楚这个问题不该问。不管是以前还是以后，他都不可能知道她的真实想法。他看着艾琳神秘莫测的脸，想到不计其数的晚上他都看到她乖巧地坐着，他就莫名其妙地怒火中烧。

"我坚信你是石头人。"索米斯说，他用力太大，居然将瓷杯子握碎了。碎片掉落在炉排上。艾琳大笑。

"你可能忘了，那个杯子的材质并不是石头！"艾琳说。

索米斯紧握着她的胳膊，对她说："将你暴打一顿，你可能会清醒一点儿。"可是，他突然转身离开了。

坐在台阶上的索米斯

那天晚上上楼的时候，索米斯隐约觉得自己有点儿过分了。他打算找个理由来解释那些话。他走到房间外面的走廊上，把煤气灯熄灭了，然后走到门口，将手放在门把手上，想着该如何跟艾琳道歉，因为他不想让艾琳看到自己如此不安。

可是门是锁着的，他用力转动也无法打开。肯定是艾琳因为什么原因把门锁上，忘记打开了。

他来到更衣室，屋内是昏黄的煤气灯，他迅速来到另一个门前，那个门也上锁了。然后他发现自己偶尔睡的行军床已经整理好了，他的睡衣也在上面放着。他用手支着头在思考，拿下来的时候手里全都是汗。他突然想到自己是被锁在外面了。

他返回门口，一边继续转动门把手，一边大叫道："快开门，你听见没有？快开门！"

一阵轻微的摩擦声从屋内传来，可是里面仍然没人吭声。

"你听见没有？我一定要进去——立刻开门！"

他能感觉到艾琳的呼吸声，她应该就待在门后，那种呼吸声就像受到威胁的动物发出的。

然后两个人一直沉默不语，他不能抓到她的感觉让他很恐怖。他又来到另一个门前，拼尽全力想用身体把门撞开。可是这个门是他叫人新做的，原计划是度蜜月回来后用的。他愤怒之下想把它踹开，又担心会吓到用人们。他忽然感觉到巨大的挫败感。

他心情低落地坐在更衣室，手里拿着一本书。

可是，他满眼都是艾琳，根本无心书上的字——她那金黄的头发垂到裸露的肩膀上，以及她那黑溜溜的双眼——她就这样像一只困兽一样站着。他很清楚她想通过反抗表达什么。她不打算跟他过了。

他焦躁不安，再次返回门前。他还能听到艾琳的呼吸声，他大叫着："艾琳！艾琳！"

他感觉自己的声音听起来很可怜。

那种摩擦声停止了，感觉应该是坏征兆。他站在原地，双手握拳，内心思考着。

不久，他蹑手蹑脚地离开了，他忽然冲到另一个门前，想要把它撞开。门都发出吱吱声了，可是依旧紧锁着。他在楼梯上坐着，双手捂着脸。

他在漆黑一片的地方坐了许久，一束白月光透过天窗照了进来，并且缓缓地靠近他。他尝试从哲学方面来分析这个问题。

她既然锁门了，那就证明她在逃避作为老婆的责任，这样他就可以去找其他女人了。

他以前找的女人从来都没有给他带来过开心的回忆。他爱好不多，如今是一点儿都没有了。他感觉自己无法恢复了，只有艾琳能满足他的欲望，可是她现在却躲在屋里，毫不示弱，充满了畏惧。其他的女人对他都不管用。

这种有力的结论是他在黑暗中得出来的。

他的哲学思想如今被暴怒所代替。她的行为是无法饶恕的、违背道德的，他如何处罚都合理。他只想她不要离开，可是她还不同意！

艾琳一定无比恨他！他自始至终都不相信，包括现在。这对他而言是不可思议的。他觉得自己的判断力似乎丧失了。他以前总是感觉艾琳温文尔雅、逆来顺受，可是如今她这么决绝——他接受不了。

他无法接受把他们的夫妻关系公之于众，变成公共财产。现在还没有十足的证据，他不能相信，因为他不想用这种方式来惩罚自己。可是长期以来，他的内心早就把这当成真的了。

他弯着腰倚靠在楼梯上，身上被一层白茫茫的月光笼罩着。

菲利普被她吸引了！他讨厌那个家伙，如今更是无法原谅他。比12050英镑多出的部分，他一毛钱都不会出——这个限度在通信中他早就说好了。也许他会出这笔钱，但是付过之后他必定会把菲利普告上法庭，索要赔偿。他会把这个案子委托给乔柏林和布特勒。他要把这个穷光蛋给毁了！忽然——这是两码事吧，有联系吗——他想起艾琳也一分钱都没有。他们都是穷光蛋。这让他获得了一份莫名的满足感。

墙边的吱吱声打破了这份寂静。艾琳最终要睡了。哼！好梦！此刻就算她开门了，他也拒绝进去！

但是他的嘴唇却因为苦笑而颤抖着，他双手捂着眼睛……

第二天下午，索米斯情绪低落地站在餐厅的橱窗前看着窗外的广场，这个时候天色已经很晚了。

不过，法国梧桐叶上仍有阳光，微风将法国梧桐树叶吹得摇摇晃晃，它们跟随角落里的手摇风琴在欢笑。手摇风琴演奏的是过时的华尔兹，沉闷的调子好像预示着会有不好的事情发生。它不停地演奏，可是只有那些树叶跟它一起跳舞。

演奏的女人累坏了，看起来不太高兴，楼上的人并没有给她扔一个铜子儿。她抱着琴走了三家，又放下来摇。

这次演奏的曲子是罗杰家举办舞会时，艾琳和菲利普跳的那首华尔兹。他再次回忆起艾琳身上的栀子花香水味，那味道随着这首让人厌恶的曲子飘到他身旁，飘过时，她的秀发发出明亮的光泽，她满眼都是柔情，她跟菲利普紧紧相拥，好像要跳一辈子一样。

那个女人慢慢地摇着琴柄，她这样反复不停地摇了将近一天，在附近的斯隆大街摇过，可能也在菲利普面前摇过。

索米斯转身去雕花烟盒里拿了一支雪茄，又返回窗户边。他沉迷于这首曲子。突然，他看见了艾琳，她手里拿着一把未打开的伞，匆匆忙忙地穿过广场回家了，她穿的是索米斯没见过的玫红色短外套，袖子自然垂落。她走到摇琴女人面前停下了，从钱包里给她拿钱。

索米斯急忙退回去，找了一个能观察到她的隐蔽的地方。

她打开门，放下遮阳伞，站在镜子前面照了照。她的脸颊很红，似乎是被紫外线晒伤了；她的嘴唇微张，嘴角挂着笑容。她双臂大张，似乎是在跟自己拥抱，忽然又发出大笑声，听着好像在哭泣。

索米斯出现了。

"你真漂亮呀！"他说。

她像中弹那样迅速地转身，想忽视他直接到楼上去。可是她被拦下了。

"这么着急干什么？"索米斯盯着她飘落在耳边的鬓发说。

他快不认识她了。她像着火那样，脸颊、眼睛、双唇通红，她的外套也是红色的，一切颜色都那么浓艳。

她抬手打理耳边的鬓发。她的呼吸很急促，就像刚跑步回来一样，她秀发上的香水味跟呼吸同步，身体中散发的香水味像盛开的花朵一样。

"我讨厌你这件外套，"索米斯说，"太软了，没有质感！"

他抬手指着她的胸口，可是她一巴掌把他推开了。

"不要碰我！"艾琳大叫说。

他一把握住她的手腕，她挣脱了。

"你这是去哪儿了？"索米斯问。

"上天堂去了——房子外面就是！"她一边回答，一边跑到楼上。

房子外面——你是想表达谢意——门外面那个女人正在演奏华尔兹。

索米斯毫无表情地站在原地。他为什么不去追她呢？

可能因为自己太相信了，他似乎看到菲利普透过斯隆大街高楼里的窗户向这边看，想最后再看一眼艾琳。他努力让自己滚烫的脸颊凉下来，同时还回忆着刚才跟艾琳拥抱的情景——他满脑子都是艾琳身上的香水味和她那跟哭泣似的笑声。

第三部分

马克安德的说明

毋庸置疑，那个时候很多人，包括刚流行起来的"极端的活体解剖者"也都感觉索米斯太不像男人了，男人就应该把房门踹开，将艾琳暴打一顿，然后全当什么也没发生，接着过幸福的生活。

虽然如今残暴的行为不会像过去那样被仁慈冲洗掉，可是走温情路线的人也大可放心，无论如何索米斯是不会用残酷的手段来处理这件事的。你要明白，这种暴力行为并不被福尔赛人所称赞，他们向来做事很谨慎，总的来说，他们都是心地善良的人。就比如索米斯吧，他也有普通人的那种自尊心，虽然这种自尊心不能让他变得很大方，可是在制止他做出出格的事情方面还是够用的，当然不包括他非常生气的时候。无论如何，一个真正的福尔赛人拒绝让别人看自己的笑话，但是他只能想到把老婆暴打一顿这一种办法，因此他什么都没做，默默地忍受了。

整整一个夏天和秋天，他都照常去办公室，照常收藏字画，还像平时一样约朋友到家里来吃晚餐。

整个夏天他都待在伦敦，因为他的老婆什么地方都不去。虽然罗宾山的房子已经建好了，可是依旧空着。他已经对菲利普提起诉讼，要求他赔偿350英镑。

菲利普请的辩护律师来自弗里克—亚伯律师事务所。他们承认超出预算的事实，但是那封信又成了他们的证据，扣除法律字眼，就变成这样了："全权交给你。"这真是自相矛盾。

这种偶然的机会在那种掌握重要内容的法律人士眼中是十分珍贵的，可是也不是时常都会出现的。索米斯也听到了许多关于这项诉讼的对策，这些对策都是他公司里一个叫博斯达的同事跟他讲的，那天在法院诉讼检察官沃尔米斯雷家中用晚餐的时候，这个人刚好就坐在年轻的普通律师钱克里旁。

跟女人聚在一起总谈论商场一样，所有男人聚在一起时也爱谈论自己的工作。因此这个年轻的普通律师钱克里就跟坐在他身旁的人聊起了这件不包含私人问题的事情，由于博斯达一直在幕后工作，很多人不知道他的名字，所以钱克里自然不知道他旁边坐的人是谁。

钱克里跟他讲自己接手了一个"很微妙的案件"。然后讲述了索米斯案件中遇到的种种难题，讲的时候还带有专业的谨慎。他说听过他讲述这起案件的人都有很微妙的感觉。案件中的钱对索米斯来讲不值一提，"可是却跟当事人有很大的关系"——检察官准备的香槟并不可口，却很多。他害怕法官轻视这个案件。这个案件很微妙——他想做出成效。坐在他旁边的人是怎么说的呢？

博斯达是沉默人群中的典型代表，所以他一句话都没说。可是他却心怀恶意地将这个消息讲给索米斯听，这个沉默的男人也有普通人的情感，因此他认为这个案件真的"很微妙"。

索米斯已经委托乔柏林和布特勒事务所来处理这件事情，此刻他很懊悔为什么不是自己来处理。收到菲利普的辩护书之后，他就到那家律师事务所去了。

乔柏林很多年前就去世了，因此由布特勒来接手这个案件。他跟索米斯讲，这个案件很微妙，他想知道专家的建议。

索米斯同意去找专家，他们两个找到王室法律顾问华特布克，询问他关于这个案件的建议。华特布克研究了6个星期，最终的意见是这样的：

"我认为，当事人双方的真实意图和审判时提供的证据决定着如何真正解释那封信。我建议你应尽力去找证据，通过证据来说明菲利普明白他的花销上限是12050英镑。关于那句'全权交给你'，我留意到这句话了，用得真微妙，不过我认为宏观方面可以参考'波瓦留对白拉斯水泥公司的诉讼'。"

他们就是依据这个建议着手准备的，然后才给对方送去质疑书，可是弗里克—亚伯律师事务所的回信却很狡猾，他们毫不偏袒，并且什么也没承认。

10月1日那天的晚饭前，索米斯在餐厅看了华特布克给他写的那封建议信。

读完信后他觉得很紧张，这并不是因为"波瓦留对白拉斯水泥公司的诉讼"可以借用，而是他自己在看这个案件时也感觉很微妙。这个案件中有一个论点备受法律界人士的喜爱，这个论点能让他们彰显才能，符合他们的胃口。不仅那个王室法律顾问是这样认为的，如今他也这样认为，这怎能让他不慌张呢。

他坐在那里不断思考，呆呆地看着空壁炉上的炉栏，原来已经到了秋天，可是今天的天气却暖洋洋的，宛如8月。被一件事情困扰真烦，他对菲利普恨之入骨，真想把他的脖子扭断。

虽然那天下午在罗宾山见过菲利普之后，他们没有再见过面，可是他每时每刻都能感觉到他的存在——他眼前始终浮现出菲利普那瘦弱的脸颊、凸起的颧骨、热情洋溢的双眼。如果说从那天黎明他听到孔雀叫声后，菲利普就一直困扰着他，这跟事实非常符合——他感觉菲利普就在他家附近偷偷地观望着。晚上，他看到有个男人的影子经过他家楼下，他感觉那是菲利普。他认为，乔治给他取"强盗"这个绰号再合适不过了。

他敢肯定，艾琳经常跟他见面。至于他们见面的地点是哪里或者如何见面，他一次都没问过，所以他并不知道。他心里隐约有个念头，知道得多了反而不好解决，他们这个时候的一切活动都是在地下进行的。

他有时也怀疑艾琳到哪里去了，跟所有的福尔赛人一样，他也会问。艾琳看起来很奇怪。她泰然处之的模样可真不得了，可是某一瞬间，在这张冷酷无情的脸上，也会出现无法猜测的表情，以及某些他不经常见到的表情。

她基本上都不在家吃午饭。当他询问用人贝尔森艾琳是否在家吃午饭时，得到的答案总是："没在家吃，先生。"

他很讨厌艾琳一个人在街上溜达，并且很早就跟她讲过这个问题。可是她把他的话当耳旁风，这让他既愤怒又惊讶，并且还感觉很可笑。她在内心深处扬扬得意，感觉自己真的把索米斯压下去了。

他仔细看过王室法律顾问华特布克给他的建议信后，起身来到楼上艾琳的房间。他发觉艾琳还是顾大局的，为了不让用人们在背后议论，她晚上睡觉不再锁门了。她正在擦头发，看到索米斯进来就立刻将身体转过去。

"你要干什么？"艾琳说，"请你从我的房间消失！"

"我想搞明白我们这种状态还要继续多久？我已经忍得够久了，不能再继续这样了。"索米斯回答说。

"请你从我的房间消失，可以吗？"

"你能待我像丈夫那样吗？"

"我做不到。"

"那我就要想办法了，我非强迫你，让你把我当丈夫看待。"

"你随便！"

他目不转睛地看着艾琳，她镇定自若的回答让他很吃惊。她的双唇紧闭，裸露的肩膀上是她散乱的头发，金黄的头发与深褐色的双眸形成奇特的对比——双眸中全是恐惧、厌恶、轻视，以及奇怪的、浓浓的成就感。

"此刻，请你从我的房间消失，可以吗？"索米斯转身悲伤地离开了。

他知道自己不会采取任何措施去逼迫艾琳，这一点儿艾琳也很清楚——她明白索米斯还是有所顾忌的。

他习惯性地跟艾琳讲述每天发生的点点滴滴：今天来找他的客户是什么样的；关于帕克斯家的房屋抵押他是如何安排的；那件已经开始很久的关于福莱尔起诉福尔赛的案件进行到哪里了，这个案子的起因是那位伟大的尼古拉斯叔叔太在意自己的财产，他视财产如命，谁都别想拿到他一分钱，这个案子好像变成了几个律师的金饭碗，永远都不会有结果。

他还说自己在乔布森行见到了布歇①的一幅作品，可是在蓓尔美尔街让塔列朗跟他的儿子买去了，他错过了一个好机会。

像布歇、华托所代表的流派，他都非常喜欢。他总是要跟艾琳讲发生的所有事情，这好像成了他的习惯，如今他依然坚持这个习惯，晚餐时他口若悬河地讲着，似乎只有不停地说话，才能把他内心的痛苦掩藏起来。

当只有他们两个的时候，艾琳跟他说晚安，他总是想要试着去亲吻她。他可能也在提醒艾琳，某些晚上他应该亲吻她，可能他只是感觉作为丈夫应当有这个权利。即便她讨厌索米斯，不管怎样她也不能拒绝他，她这种做法严重违背了从古至今的传统。

可是她为什么憎恨自己呢？到现在他也依然无法相信这件事。被别人憎恨的感觉很奇怪——这种感情太偏激了。可是他也憎恨那个强盗菲利普，他是夜晚的流浪汉，是行为不检点的人，是潜伏在他们身旁的人。因为他理解的是，菲利普好像在等待什么——精神恍惚。啊，不过他生活得很颓废！一位建筑师小伯基特曾见他从三级小餐馆里出来，那模样非常寒酸！

他白天头脑清醒时，总是情不自禁地去幻想那个场面，那个场面似乎遥不可及——当然不包括艾琳忽然想通了——毕竟他一次都没想过要跟艾琳分开……

那些福尔赛人？他们在索米斯幕后的悲剧中究竟都扮演了什么？

事实却并非如此，因为他们此刻正在海边度假。

光天化日之下，那些福尔赛人正在宾馆、水疗院、出租的别墅里洗海水澡；他们在存储臭氧，以便度过寒冷的冬天。

每一家都待在自己细心甄选的葡萄园里，把最爱的海边空气看

①弗朗索瓦·布歇（1703—1770）法国画家、设计师和版画家。

成葡萄园里的葡萄，来栽培、筛选、取汁和装瓶。

他们直到9月底才陆陆续续地回来。

他们每个人都身强体壮，面色红润，从不同的地方赶回家。且第二天他们就精力充沛地投身到工作中。

他们度假回来的那个星期天，从午饭到晚饭，蒂莫西家都来了很多的福尔赛人。

大家议论着各种谣言，这些谣言数不胜数，并且都很有意思，真的是没时间一个个细说。小塞蒂默斯的老婆提到，索米斯夫妇俩最近都没出门。

可是关于他们的另外一件有意思的事情，却由另一个旁观者来说。

9月的某个傍晚，威妮弗雷德·达尔第最要好的朋友——马克安德夫人，和小奥古斯都·弗利帕德一起在里士满公园骑着自行车锻炼身体，恰巧看见菲利普跟艾琳穿过凤尾草丛，到杏恩大门去了。

可能是因为他们在这条干燥的马路上骑了很久，并且她一路都声音响亮地跟小弗利帕德交谈，明眼人都知道这会让身体吃不消，所以这个小女人口渴了；也可能是因为那对甜蜜的恋人刚从凉爽的凤尾草丛中出来，她百般羡慕。凤尾草丛上面有一片浓郁的橡树，宛如一个巨型的盖子，让凤尾草丛里无比阴凉，不计其数的鸽子待在树上不停地传来轻快的歌声；每当驯鹿蹑手蹑脚地经过这里的时候，秋天宛如藏在草丛中的恋人那样在窃窃私语着。那片凤尾草丛呀！承载着无法追回的欢乐，是无数漫长黑夜里的那些兴奋时光，是驯鹿的乐园，是山羊神的殿堂——那些山羊神在夏天的薄暮中围绕桦木女神的身体在跳舞！

对于每个福尔赛人而言，这个女人并不陌生，她也参加了琼跟菲利普的订婚宴，她自己一点儿都不紧张。她的婚姻并不幸福，她计划得很好，做事也相当干脆利索，因此顺利逼迫她的丈夫办了一件错事，让她不仅能顺利摆脱这段婚姻，还远离社会上的谴责。

自此以后，她能准确地判断出男女之间的事情，她住在有许多小公寓的大厦里，住在这里的人大部分都是福尔赛人，他们一天到晚都在忙生意，最大的娱乐就是讨论别人的私事，当然并不包括她。

让人同情的小女人，可能她想喝水，并且还非常无聊，因为弗利帕德像个演说家一样口若悬河。因此当她看到他们两个的时候，感觉很惊喜。

全伦敦的人见到她的时候，都会停下来看一看。

人们实在无法忽视这个体形瘦小但是人品优秀的女人。她能洞察出每个人的内心，并且口才还很棒，这些都为她替天行道提供了条件，尽管许多人都不清楚这些。

她经验丰富，好像她拥有一种出人意料的力量，能好好照顾自己。她在摧毁依旧阻挡人类文明前进的骑士精神方面做得很出色，远远超过别的女性。她聪慧能吃苦，因此别人提起她时，总是喜欢叫她"小马克安德"！

她穿的衣服总是很紧身，她还参加了多个俱乐部活动，只不过她参加的并不是那种神经兮兮的、沉闷无趣的，并且一心想着如何争取女性权利的俱乐部活动。这些权利她都是在浑然不知的情况下，轻而易举地得到的。她很清楚怎样利用这些权利，并且还不让她所依附的那个伟大的阶级所讨厌，那个阶级不仅不讨厌她，还很佩服她。她成功的原因并不能完全归因于她那平易近人的态度，而应当归因于她的家庭背景、教养，以及她待人接物的真诚的、神秘的权衡——财产意识。

她的父亲是贝德福德郡的律师，外祖父是牧师，丈夫是一个酷爱大自然的画家。她丈夫为了一个女演员而抛弃了她，尽管这种经历很难过，可是她那种来自上流社会的戒律、信仰和感受并没有因此而丧失。她获得自由之后就立刻全力以赴地去倡导福尔赛主义。

她总是神采奕奕的，并且知道很多信息，因此人们都很喜欢她。当别人看到她或者跟一位女士，再或者跟两位男士在莱茵河或赛马特山游玩时，并不会为她而感到紧张，因为大家都知道她能把自己照顾好，不会上当受骗。福尔赛人也很钦佩她的这种能力，他们打心眼里喜欢她，因此她才能不花一分钱去享受别人的所有东西。所有人都普遍认为假如要对女性的形象进行存储或增加的话，她是最好的榜样。她一个孩子都没生过。

假如说有什么是马克安德夫人所不能容忍的话，男人口中所说的"魅力"，那些矫揉造作的女人所具有的魅力，应该算是一种，因此她自始至终都很讨厌艾琳。

她常常思考，假如对女人公认的标准变成了"魅力"，那么精明能干的女人就会被替代。她也承认艾琳魅力很大，因此才非常讨厌她——特别是当她也对这份魅力束手无策时，她就更加讨厌艾琳了。

可是她却扬言自己瞧不出艾琳的魅力——她的确瞧不出来——她一定无法控制自己——每个人都能占她便宜，让她上当受骗，这点轻易就能看出来——她真的想不明白男人为什么都对艾琳那么着迷！

马克安德夫人心肠并不坏，但是经历过那次痛苦的婚姻之后，她想要维持现在的社会地位，就应当掌握大量的信息，因此对于在公园看到他们两个这件事，她从未考虑过该不该讲出来。

她偶尔会到蒂莫西家用晚餐，按照她的说法就是"把那些老骨头逗乐"，她常常这么说。来陪她的客人从来都没变过：威妮弗雷德·达尔第夫妇俩；弗朗西娅，因为她常在艺术圈活动，大家都知道，马克安德夫人常在《妇女乐园》杂志上发表一些关于女性服饰的文章；假如能找到海曼家的两个男孩的话，也必定会叫他们来，这两个男孩虽然从未讲过，但是所有人都相信他们很放荡，并且对当下的新玩意儿也了如指掌。

晚上7点25分，马克安德夫人将公寓里的灯全熄灭了，她穿上那件去看戏剧穿的兔领外套，走到走廊时，她停了一下，确定自己带了钥匙后才出门。这些自成格局的小公寓住着很方便，尽管缺少阳光和空气，可是想要出去直接锁门就可以了。这里没有哕嗦的用人，那位一贫如洗而又忧郁的弗莱德再也不会在她面前徘徊，让她烦躁了。她对贫穷的弗莱德并不憎恨，他是个傻子。可是一想起他跟那个女演员在一起，她脸上总能浮现出一种讽刺的笑容。

她将门用力锁上，穿过走廊往外走去，走廊两侧的墙壁是沉闷的暗黄色，放眼望去是不计其数的棕色门牌号。电梯正在下来，她用大衣领子包着耳朵，红褐色的头发一点儿都不凌乱，她纹丝不动地站着，静候电梯下来。伴随着铁门"咣当"一声，电梯打开了。电梯里已经有3个人了，一个长着一张大脸像还没断奶的孩子那样的男人只穿了一件白背心，另外两个老太太都戴着无指手套。

这三个人她都认识，所以她跟他们微笑了一下。这三个人原本都不说话，见到马克安德夫人之后，他们就开始交谈了。这就是她成功的诀窍，她总能找到话题跟大家聊天。

从5楼开始，电梯里的交谈就没有停止过，管理电梯的男孩背对着他们站着，透过电梯栏杆能看到他那满是嘲讽的笑脸。

电梯到一楼之后，他们就分开了。那个穿白背心的男人开心地去了弹子房，两个老太太去吃晚餐了，她们讨论说："这个小女人真有趣！""话题可真多！"马克安德夫人则坐上了自己的马车。

当她在蒂莫西家吃晚饭时，福尔赛人在交谈中总是使用上等社会的语气，即便是在蒂莫西家，可是任何人都无法说服蒂莫西到场。马克安德夫人在这种场合很吃香。

在斯茂夫人和海斯特姑母看来，马克安德夫人是很幽默的人。她们感慨说："假如蒂莫西能跟她见上一面，那就再好不过了！"她们认为这两个人应该很能聊得来。例如，通过她能知道查尔斯·费斯特爵士的儿子在蒙特卡洛的近况；如今声名煊赫的女小说家苔妮茅斯·埃迪最流行的小说里，真正的女英雄到底是谁；她还会跟你讲那些穿大脚管裤子的妇女在巴黎的一些事情。她也很通情达理，明白每个人的闹心事，比如，小尼古拉斯的大儿子应不应该依照母亲的想法去海军部队，或者跟他父亲一样做会计，做会计风险更小一些。她不赞同让他的大儿子去海军部队。假如这个孩子没有过硬的关系或者没那么聪明，又不能吃苦，那他永远不会成为提拔的对象，那还有什么发展前途呢？就算你当上海军大将——你的工资还是非常少！当会计就不一样了，机会多，钱也多，只要给他找个好公司，不犯什么错误就行了！

她偶尔也会将一些股票交易的消息透露给大家。可是当她讲这些的时候，斯茂夫人和海斯特姑母只是听听，并不会投资，因为她们没有钱。可是这些话却让她们兴奋，因为她们了解到了生活的真实状况。她们说这是一件非同小可的事情，她们要征求一下蒂莫西的意见。可是她们并不会真的去询问蒂莫西，她们很清楚这些话只会让蒂莫西更加烦心。只不过，接下来好几个星期，她们都悄悄地翻看马克安德夫人提过的那家报纸——她们把这家报纸看得很重要，因为在她们眼中这就是当今的趋势——去看看"布拉得红宝石"或"羊毛雨衣公司"的股票是涨还是落,她们许多次甚至连公司名字都找不到。那样等到罗杰或詹姆斯或斯威森来的时候,她们就能怀揣高兴或八卦的心情问他们购入的玻利维亚石灰亚铅公司的股票怎样了——她们询问时,声音微颤,你要明白,她们在报纸上甚至找不到公司的名字。

罗杰常回答:"这些东西都是废纸,你们买来做什么?守着这些废纸,你们的股票肯定会跌得无休止——谁让你们把钱投在石灰和那些你们并不了解的东西上的!"可是他总是在听完马克安德夫人的说法后才离开,然后直接来到股票公司询问,搞不好自己也要投资某只股票。

当时晚饭吃到一半,准确地来讲是史密赛尔把羊肉端上来的时候,马克安德夫人的表情无比兴奋,她看了一下四周,接着说:"啊!你们猜我今天在里士满公园遇到谁了?你们肯定想不到——艾琳和琼的订婚对象。他们肯定是一块去看山下的房子了。"

在场的所有人都一言不发,只有威妮弗雷德·达尔第发出了几声咳嗽声。这种说法每个人在心里都等了很久。

在这里必须要替马克安德夫人说句话,她并不知道索米斯和菲利普已经闹翻了,因为彼时她跟另外3个朋友到瑞士和意大利湖畔游玩去了。所以她压根儿不知道她讲的话让在场的所有人多么震惊。

她身体笔直地坐着,脸上带有红晕,她用那双精明的小眼睛观察着在场每个人的脸色,试图察看她这句话带来的影响。海曼家的两个兄弟分别坐在她两旁,他们两个那瘦弱的、一言不发的、饥肠辘辘的脸对着盘子,继续吃着羊肉。

吉尔斯和杰西模样相同并且总是待在一起,因此所有人都叫他们德米欧斯家的兄弟。他们经常沉默,似乎在忙着做些什么。所有人都感觉他们应该是在备考。他们常常不戴帽子，带上书，带着一条猎狐的短毛狼犬在距离他们家最近的公园里散步。他们不说话，只抽烟，就这样度过几个小时。每天清晨，他们都会骑着一匹租来的瘦马缓慢地向坎普登山而去，马腿瘦得跟他们的腿一样，他们之间总是保持50码①的距离。1个小时之后再返回，他们依旧走得很慢，中间还保持50码的距离。无论每天晚上他们在哪里吃饭，大约10点30分在阿兰布拉音乐厅总能看到他们待在观众池里靠着栏杆欣赏音乐的身影。

他们好像一直形影不离，一次都没分开过，他们就这样度过每一天。很明显，他们很满意这种生活。

在这种尴尬的情况下，两兄弟似乎觉得身为绅士应当尝试着进行缓解一下，所以他们未经商量都看向马克安德夫人，声音几乎重合地说："你看见的是……"

他们的询问出乎马克安德夫人的意料，她将叉子放下。史密赛尔就站在她面前，立刻将盘子端下去了。可是马克安德夫人却像没事人一样说："我想再要点羊肉，真是太美味了。"

吃过晚饭以后，她想要把这件事情搞清楚，于是她来到客厅坐在斯茂夫人身旁，对她说：

"艾琳真是魅力十足的女人啊。她还那么的善良！索米斯真是太幸运了！"

她一门心思想要打探消息，竟然把福尔赛人爱面子这回事抛之脑后了，这个家族的人什么苦衷都不愿意让外人知道。斯茂夫人立刻将身体坐得笔直，她满脸严肃，声音颤抖着说：

"亲爱的，你说的事情我们从不谈论！"

---

①合约45.7米。——编者注

夜晚的公园

斯茂夫人的回答并没有不合适的地方，可是这让马克安德夫人更加迷茫了，但是这已经是实话实说了。

即便是福尔赛家族的人，也不会随便谈论这个话题——用索米斯自创的词来讲，他当前的处境就叫"地下活动"。

可是，从马克安德夫人在里士满公园遇到他们两个开始，好像每个人都认为他们做得太过分了。每天只在鸡鸭街和公园巷这个家庭圈子活动的詹姆斯很清楚这件事，每天在海弗斯耐克俱乐部的大拱窗口和红蓝紫酒店的弹子房闲逛的乔治也很清楚这件事，只怕如今不知道这件事的人就只剩蒂莫西了，所有人都在极力隐瞒，为的就是不让他知道这件事。

在社交圈里，乔治在表达自己的感受方面创造了很多时尚的说法，当所有人得知那两个人的行为时，借用乔治以前跟他弟弟欧斯戴斯说过的话来形容就再合适不过了，他说"强盗"最终还是"干了"，想来索米斯一定"吃不消"了。

所有人都感觉索米斯必定吃不消，可他又能怎么办？他也许应该想点儿办法，大闹一场，可是这样做又让他很没面子。

他们只能想出将这件丑事公之于众的办法，在家里怎么折腾都没用。遇到这种尴尬的事情，大家认为，不要当着索米斯的面谈起，他们彼此也不聊这件事，就是最好的解决办法，实际上，就是不过问这件事情。

假如所有人都对艾琳漠然置之，可能还会起一点儿作用，可是如今所有人都不经常见她，所以这个方法也不太现实。詹姆斯常常因为索米斯的不幸而伤心不已，他偶尔会在卧室跟艾米丽倾诉自己愁苦的心情。

"也不知道该如何说，"他常说，"我一直被索米斯的事困扰着。这件事情闹得满城风雨，对他一点儿好处都没有。我也不知道该如何跟他说，可能这个丑闻压根儿就是假的吧。你对这件事有什么看法？""我听说，艾琳的眼光极具艺术性。""你在说什么？啊，你跟'真正的茱莉'一样！""行吧，我一无所知。最初我就感觉奇怪，我猜想可能是因为他们没有自己的孩子。他们从没跟我讲过他们不准备生孩子——他们什么都没跟我讲过！"

他两条腿在床前跪着，眼睛睁得圆圆的，忧虑地凝视着前方，他向被窝里呼气。他穿着睡衣，伸着脖子，弯着腰，看起来像极了一只白鸟。

"我们的父亲——"他反复说着，大脑中一直浮现着那个可能性极大的丑闻。

跟老乔里恩一样，他在内心深处也认为都是福尔赛人爱干涉别人的事情，才会酿造了这场悲剧。斯坦霍普门的那群亲戚开始浮现在他大脑里，其中包括小乔里恩和他的女儿，为什么要选菲利普这种人作为家人？他从别人那里得知乔治给菲利普取了个"强盗"的绰号，他不明白原因是什么——菲利普是建筑师呀！

通过这件事，他开始认为那个让他一直敬重并且愿意听从他想法的兄长老乔里恩也不过如此。

只不过他没有老乔里恩倔强，这件事对他而言，难过的成分要大于愤怒。他最喜欢到威妮弗雷德家，带上两个小达尔第坐着马车到肯斯通公园去，坐在圆池塘旁边。他总是在这附近徘徊着，眼睛死死地盯着小帕普柳斯·达尔第的那艘小船，似乎要想这艘他押了一便士的小船不要靠岸。可是当他凝视小帕普柳斯时，他总是感觉很开心，因为这个孩子并不像他的父亲——这个孩子总是蹦蹦跳跳的，并且想让詹姆斯再押1便士，他通常都会照做。他常常会付1便士，有时单单一个下午，他就会付3到4便士，小帕普柳斯沉迷于这个游戏，詹姆斯付钱时总会说："这钱是替你存起来的。没错，你也在慢慢变富有！"一想到孙子越来越有钱，詹姆斯就无比开心。可是小帕普柳斯的心思早就跑到了那个糖果店上。

他们总是经过公园徒步回家，詹姆斯面色凝重，肩膀高耸，眼睛紧紧地盯着伊莫金和小帕普柳斯这两个肥嘟嘟的小家伙，坚守他瘦长的安保人员的工作，可惜没有一个路人留意到他。

可是詹姆斯并不是那些花园和公园的持有者。花园和公园里面不仅有福尔赛人，还有别的游玩的人，有小孩，有恋人，他们全都不分白天黑夜在这里游玩，想要以此来摆脱工作中的烦心事和大街上的喧嚣声。

树叶渐渐变黄，似乎是对落日和宛如夏天的傍晚恋恋不舍。

10月5日是周六，湛蓝的天空临近夜晚的时候变成了葡萄紫。月亮还没有爬上来，黑漆漆的天空宛如一件黑丝绒的衣服，覆盖着公园里的树木；干枯的树枝像羽毛一样，在温暖的黄昏一动不动。整个伦敦的人都来到这个公园享受夏天美好时光的尾声。

不断有情侣从公园的每个大门进来，他们有的顺着小路在公园里散步，有的在滚烫的草坪上走着。他们成双入对地偷偷躲进稀疏树荫里的空地上，他们有的靠着树站着，有的躲进灌木丛里。黑暗温柔地将他们包裹起来，好像天地间只剩他们自己。

又有一部分人来到公园小路上，他们觉得那些先到的人就是这片漆黑的温柔的一部分。可是时不时有窃窃私语声从那片黑暗中传出来，听起来宛如心脏在怦怦跳。当灯光下那些恋人听到这些私语时，他们的声音颤抖着，中止了。他们的胳膊叠在一起，双眸开始在黑暗中寻找着、观察着、搜索着。忽然，他们似乎被黑暗之手抓去那样，越过栏杆，像影子一样消失在了灯下。

这片宁静被远处发出的轰隆的城镇喧嚣声包裹着，这里有许多无名小人物的各种情感，激情、期望跟爱。虽然市政府这个巨大的福尔赛集团感觉爱神严重威胁了这个社会，堪比阴沟的排泄问题，因此对其十分不屑。可到了晚上，在这个公园和其他数百个公园里依旧上演着爱情。假如没有这些，由他们监管的那千千万万个工厂、教会、商场、税务局和排水管场就会变为缺乏血液的血管，没有心脏的人。

当这些情人们把一切都抛之脑后、你侬我侬地躲避在树荫下，避开他们冷漠的敌人——"财产意识"的监督，悄悄地举办着快乐盛会时，索米斯正孤独地顺着河岸沿贝斯沃特路到蒂莫西家吃晚饭。他心里正在思索着那个案件，当偷笑声和亲吻声从黑暗中传到他的耳朵里时，他忽然感到血液都沸腾了。他想明天一大早就给《泰晤士报》写信，让他们多留意一下公园里的男女，以免他们做出有伤风化的事。可是因为害怕别人在报纸上看到他的名字，他又放弃了这个念头。

可是他却极度渴望这种爱情，在他看来，黑暗中的窃窃私语，隐约可见的情侣们，都像疾病一样折磨着他。他顺着河道离开小路，悄悄来到黑暗树荫下的空地上。这里更加黑暗，更加隐蔽，因为栗子树枝向下垂得很低。索米斯特意在这里兜圈子，以便能偷看那些靠着树或并排坐着拥抱在一起的恋人们。当这些恋人们发现他时，都用异样的眼光看着他。

此刻他脚下就是高耸的小山丘，他看着下面灯光照耀的蛇盘湖，银白色的湖水跟黑夜形成对比，看起来很有趣。有一对恋人静静地坐在湖边，女人的脸深埋在男人的怀里——那姿势看着就跟雕塑一样，代表着甜美的爱情，让人感觉不到丝毫的害羞。

这种场景让索米斯很受伤，他迅速躲进树荫深处。

他究竟在寻找什么？他心里是怎么想的？是在寻找解决饥饿的食粮，还是在黑暗中寻找希望？没人知道他想找什么——是对爱情的认知，还是他那场悲剧的结局？可是反过来说，没人敢说黑暗中那些不知姓名的恋人们比不过他和她。

尽管他在寻找，可是像艾琳这样的女人会跟这些低贱的女人一样躲在公园的黑暗处吗！他感觉应该不会。虽然他不相信这种想法，可是他依旧仔细搜查着每棵树，并未停下脚步。

有一次一对恋人骂了他；有一次他听到有人喃喃地说："能一直这样就再好不过了！"这句话让他血气上涌，他在这对恋人身旁等着，耐心地等他们离开。可是经过他身边的是一个衣着破烂的售货员，紧紧拐着恋人的胳膊。

在寂静的树荫处，成百上千的恋人们也在喃喃着那样的盼望，其他的恋人们紧紧相拥着。

索米斯忽然感觉到一阵恶心，他抖了抖身体，终止了这种奇怪的搜寻，再次返回小路。

相约植物园

跟别的福尔赛人不同，小乔里恩并没有多余的钱去乡村短途旅行或游览自然风光，可是身为一个水彩画家，如果他不去这些地方，就很难获得灵感进行好的创作。

因此，他总是带着颜料盒去植物园，实际上，这也是别无选择的选择。在植物园中，他会在智立松的树荫下或橡胶树的背风面放上小板凳，一画就是大半天。

前段时间有位画家看过他的作品，他是这样评价的：

"就某种程度而言，你的作品还是挺好的，你的风格跟色调让人感觉清新自然。可是，你瞧瞧，你的画作主题并不集中，以至于很难引起买家的注意。假如从今天起，你就集中于某个特定的主题，例如'伦敦晚上的风景''春天的水晶宫'，并且作品带有系列风格，那么别人在欣赏的时候就能立马知道你创作的这些作品是在讲什么。这一点至关重要，可是三言两语是讲不明白的。那些艺术界声名显赫的画家，比如卜丽德或克拉姆·斯通，他们就是为了作品容易理解才画系列画的。他们的取景范围都很有限，以便观众看到作品就能明白内容。让买家知道你画的内容，这一点至关重要，因为每个收藏画作的买家都不愿意让别人趴在画布上研究很久才知道这幅作品的作者是谁，他想让别人一看就知道，'这是福尔赛的画作呀'！就拿你来说吧，能够挑选一个鉴赏者能相中的题材至关重要，因为你的风格并不特别。"

小乔里恩面带笑容地站在钢琴旁边听着，钢琴上面放着花瓶，里面摆放的是枯萎的玫瑰叶子，包裹它的花缎子早已褪去了颜色。

小乔里恩面向妻子，妻子正怒气满满地看着刚才讲话的那个人，脸上是难掩的生气，他对她说：

"亲爱的，你听明白了吗？"

"我不明白，"她夹杂着外国口音时断时续地说，"你有自己的风格。"

那个评论家看着她，谦虚地笑了笑，然后就沉默了。他也知道面前这对夫妻的恋爱史。

小乔里恩从这些话中得到了真真切切的好处。他以前的想法跟这些理论大相径庭，他在艺术领域所推崇的理论跟这些理论也完全不同，可是有一种神秘的、深刻的力量推着他，让他放弃自己的理论，去验证这种说法能否给他带来好处。

所以某天早上，他突发奇想：他要画主题是伦敦的系列水彩画。他自己也不明白这个想法是怎么产生的。直到第二年，他的伦敦系列画卖价很好时，他才想起那个评论他画的画家，并且通过这些小成就想起自己骨子里还是福尔赛人。

因为他之前就画了很多植物园的画，所以他打算从这里开始画起。他选中的主题是那个人造小池塘，池塘上空刚好有飘落的红叶和黄叶，像下了一阵秋雨。虽然园丁们将植物园其他地方的落叶全都扫走了，可是这个地方他们却无法触及。园内的其他地方每天都打扫得很干净，凋零的树叶都被扫到一起，堆成小堆，然后一起焚烧掉，一缕刺鼻但带着异样香味的烟气升起。布谷鸟的鸣叫声代表着春天，菩提花的香气代表着夏天，烟气便是秋天的代表。园丁们讨厌草地上有由金黄色、红褐色、绿色组成的图案。那些石子路一定要干净整洁，不仅不能彰显生命的真实情况，也不能反映大自然那种缓缓而美丽的衰落。可是，踩着皇冠，将衰落繁华都铺在大地上，经过四季交替，春光再次涌现，大自然只是这样衰落而已！

所以，每片叶子从它发芽到凋零，园丁们都会注意。

可是飘落在这个人造小池塘的、被夕阳照射着的落叶却称赞着大自然的华丽。

小乔里恩就是在这个时候发现它们的。

10月中旬那天，当他到达人造小池塘准备画画时，发现有个人

286

在距离画架20步远的长椅上坐着。他心里很不舒服，因为他很害怕创作的时候身旁有人。

那是个年轻的女子，她穿着丝绒外套，静静地坐在那里看着地面。刚好有一棵月桂树挡在他们之间，他就将画架放在这棵树下。

他像艺术家那样，有条不紊地安置画架，凡事只要影响了自己的工作，他都要留意，他发觉自己正在偷瞄坐在那边的陌生女子。

跟老乔里恩一样，他也具备欣赏美丽脸庞的能力。这张脸好像魅力十足！

他看到乳白色的褶子衣领中藏着一个丰满的下巴，她的脸娇嫩无比，眼睛大大的，嘴唇软软的，头上是一顶黑色宽边的卷帽。她轻轻地将身体靠在椅背上，双腿叠在一起，就这样坐着，裙子下面是一双黑皮鞋。这个女人看起来的确非常妖媚。小乔里恩万般着迷的还是她脸上的神情，这让他情不自禁地想起了自己的老婆。看起来似乎这张脸承受了一种她难以抵抗的压力。这让他很难受，爱慕和骑士的激情油然而生。她叫什么名字？自己坐在这里干什么？

两个看起来既腼腆又粗鲁的青年从她身旁路过，这种类型的青年在摄政公园很常见，他们准备去草地打网球。路过时，他们向这个女子投去爱慕的眼神。一位园丁为了观察她，停在潘八草旁边做着无关紧要的工作。一位从帽子来看是园艺学教授的老人从她身旁过了3次，偷偷地观察她，他观察了好久，嘴角还带有奇怪的表情。

小乔里恩看到这些男人们很气愤。虽然她不会看从这里经过的男人们，可是他敢打赌他们都会仔细打量着她。

她的脸具备一种独特的魅力，她的一举一动都让男人们心动。可是这种魅力不同于福尔赛祖先倡导的"妖冶"。她跟巧克力盒子上的美女不同，也不同于家中壁画上或现代诗中所描绘的激情中带有圣洁或圣洁中带有激情的女子，她也不同于那种戏剧家经常创造的有意义的但是心理脆弱，最终自杀的女性形象。

从脸形和肤色来看，就她那种魅力十足的温柔、超然脱俗的气质而言，能让他联想到提香创作的《圣母之爱》，在餐厅的碗筷柜上，他就挂上了一幅自制的复制品。并且她之所以吸引人就在于她的温柔，给人带来一种只要有压力她就会屈服的感觉。

她静静地坐着，在等什么人，树上不断有落叶掉下来，一只只身上带有秋霜的画眉鸟昂首挺胸地走在草地上。之后，这张魅力十足的脸庞开始变得焦躁不安，她不停地环顾四周。小乔里恩怀揣着那种类似情人的忌妒，看到菲利普飞快地向她走去。

他满是好奇地看着他们两个约会的场景，两人凝视着彼此，同时握着对方的手。虽然他们想尽力维持端庄的举止，可是他们的身体却紧紧地贴在了一起。他只听到他们快速小声地交谈着，但是听不到具体的内容。

这种场景他可是亲身经历过的！他很清楚那种等待几个小时只能相处几分钟的半隐蔽会面，那种担惊受怕的折磨缠绕在这地下情人心间。

可是，看一眼他们的脸，就能知道他们一定不是那种城市中被情欲所驱使、只图一时之乐的情人关系。他们之间不存在那种突然无法抑制的欲望，兴致来的时候狼吞虎咽，6个星期之后就结束了的情感。他们这才叫爱情！因为这种事他经历过！这种类型的情人什么事都敢做！

菲利普好像在祈求什么，可是她却表情温柔，坚定无比，毫不动摇。

这个男人能将她带走吗？这样一个美丽动人的女子，可能为自己什么都不会做，但是如果为了这个男人，让她去死她都愿意，可是她可能永远都不会跟他私奔。

小乔里恩好像听到她说："可是，亲爱的，这样你就彻底完蛋了！"因为这些他都经历过，他知道女方的担心，她并不想成为男人的绊脚石。

他不想再注视他们了，可是他的耳朵中还时不时传来他们小声的快速的交谈声，同时他还听到鸟儿在歌唱，似乎是在用尽全力地回想着它在春天的曲调：到底是快乐还是忧伤？

他们之间的交谈慢慢地停下来了，然后沉默了很久。

"她这样做有考虑过索米斯的感受吗？"小乔里恩心想，"其他人可能想着她会畏惧欺瞒丈夫的罪行！其他人真是太不懂女人了！她饥肠辘辘，此刻在吃东西——她这是在报复！愿上帝能保佑她——因为索米斯也做着同样的事情！"

他听到一阵衣服的摩擦声，通过月桂树的枝丫，他看到他们两个的手悄悄地握在了一起，他们一起离开了……

7月末时，老乔里恩带着琼去了瑞士爬山。这次旅行是最后一次了，琼无论是身体还是精神都恢复得很好，几乎跟以前一样。旅馆里住的都是来自英国的福尔赛人——因为老乔里恩难以忍受"那群德国人"，这是他对所有外国人的统称。在这里，大家都很尊重琼，因为她是独一无二的集富有和美貌于一身的老乔里恩的孙女。她并不会随便跟这些英国人交谈，她没有这样的习惯。可是她却结识了几个要好的朋友，特别是在龙河谷认识的那个法国女孩，她得了肺病，将不久于人世。

那个时候，她就决定务必要帮这位朋友脱离险境，在帮法国女孩的时候，她几乎忘记了自己的悲伤。

老乔里恩对她的这段友谊既欣慰，又反对。因为这再次印证了琼总是把时间耗费在这些可怜的人身上，这让他很担心。她为什么不能结识一些对她有帮助的人呢？她为什么不能做一些对她有利的事情呢？

"总是跟那帮外国人混在一起"，他的看法是这样的。但是每次他回来时，总会带葡萄和玫瑰花，眼睛笑成一条线，把这些送给马姆赛尔。

快到9月末的时候，马姆赛尔·维尔格死在圣卢克①的一家小旅馆里——是其他人把她送过去的，这让琼非常难以接受。她为这件事付出了巨大的努力，却以失败告终，她心情很低落，所以老乔里恩带她到巴黎去了。看过巴黎的"米洛维尼斯"雕刻和"马代兰"教堂，琼的忧愁总算消失了。10月中旬，他们回来了，老乔里恩感觉这次旅行还是有效果的。

可是让老乔里恩悲伤的是，他们刚在斯坦霍普门住下，琼就又恢复了从前的模样。她常常用手托着下巴坐着，眼睛盯着一个地方，跟北方神话里的小精灵很像，表情专注又狰狞。她周围装的是新电灯，整个大客厅都被新电灯照得很亮；客厅里的墙壁是用绸缎糊的，整个客厅摆放的都是从白波—布尔布莱德店铺买的家具。客厅里有一面镶着金边的镜子，那些德莱斯登瓷人出现在镜子中，女人都是大胸，每个女人都在抚摩膝前那只可爱的小绵羊，许多年轻男人就坐在她们脚下，这些男人穿着绑腿裤。这些都是老乔里恩结婚前买的，在艺术不景气的那段时间里，他把这些瓷人看得很重要。老乔里恩的思想很开放，他是所有福尔赛人中最能跟上时代的人，可是他一辈子都会记得这些瓷人是他花高价从乔布森行里买到

———————————
①比利时的一座城市。

的。他经常带着失望又轻视的语气跟琼说：

"这些东西并不是你喜欢的！跟你还有你朋友喜欢的东西不同，我为这些瓷人付出了70英镑！"他有很多理由去证明自己喜欢的东西都很高雅，并且不会随便更改。

琼回去之后，就去了蒂莫西家。她编的理由是长辈都在那个地方，她应该去探望一下，并且把自己这次的旅行讲给他们听。可实际上她很清楚，只有在蒂莫西家才能直接或间接地从大家的交谈中知道关于菲利普的消息。

大家都热情满满地招待她：询问老乔里恩的近况如何，上次见他还是5月份的事。蒂莫西正在为打扫烟囱的用人把他的卧室搞得乱七八糟而烦心，那个傻瓜把烟囱里的灰全扫下来了！蒂莫西愤怒至极。

琼在这里待了很久，她怀揣矛盾的心情，渴望有人能谈论起菲利普。

可是这次塞普蒂默斯·斯茂夫人居然变得谨慎了，关于菲利普她一个字都没说，也没有询问琼。最终琼真的无计可施了，只好询问索米斯夫妇俩在不在城里——她还没去他家呢。

海斯特姑母的回答是这样的：啊，是的，他们当然在，根本就没出去过。新建的房子出问题了。这件事琼早就知道了！她还是去询问茱莉姑母吧！

琼转身看着斯茂夫人，她双手紧握，身体笔直地坐着，满脸都是小肉球。面对琼的问题，她一直沉默不语，当她说话时，询问的却是山上的旅馆一定很冷，琼晚上是否要穿睡袜。

琼的回答是否定的，这种让人喘不过气的问题，她很厌恶，讲完她就离开了。

就琼而言，斯茂夫人这种谨慎的沉默比说任何话都让人不安。

离开还不到30分钟，琼走到了娄恩德广场，遇到了拜恩斯夫人，从她口中琼了解到索米斯因为房子装修的问题，已经把菲利普给起诉了。

得知这个消息之后，琼不但没有伤感，反而觉得如释重负。在这场即将要到来的战斗中，她似乎看到了希望。她听说距离这个案子开庭只剩一个月时间了，菲利普好像注定要输。

"反正我难以想象他有什么补救措施，"拜恩斯夫人说，"这对他来说是件大事，你很清楚，他身无分文。并且我敢肯定我们没办法帮他。我咨询了一下，据说假如没有抵押品，没有人愿意借钱给他，可是他什么抵押品都没有。"

拜恩斯夫人最近又胖了，她正在为秋季的团体活动而奔忙，桌子上到处都是慈善机构的节目单。她那灰色的大眼睛睁得圆圆的，正在观察琼。

站在她面前的这个女孩脸颊忽然变红了——她必定是看到希望了，所以才会是这种表现——她突然笑得很甜。她的这个表情在很多年后还会浮现在拜恩斯夫人的脑海里。拜恩斯之所以被封为男爵，是因为他建造了那所公共艺术博物馆。虽然这所博物馆是给劳动阶级建的，但是劳动阶级并没有受益多少，反而是当官的从中得到了很多好处。

那个突然出现的、栩栩如生的、触动人心的表情，跟突然绽放的鲜花一样，跟穿过漫长冬夜的第一道曙光一样。许多年后，就算拜恩斯夫人忙得昏天黑地，眼前也会突然出现那个表情。

在小乔里恩在植物园发现那场约会的同一个下午，老乔里恩去了一趟鸡鸭街的福尔赛·博斯达·福尔赛律师事务所。索米斯去了苏摩赛大楼；博斯达正独自待在封闭的屋子里整理文件，单独给他一间办公室再合适不过，因为这样他的工作效率就能提高很多；詹姆斯坐在律师事务所的外间，他将手指放在嘴里，认真地看着起诉菲利普的诉状。

这个案子里那个"微妙的论点"让精神正常的律师感到异常的担心，他感觉这一点只会让人们虚惊一场或看笑话。因为他的理性告诉他，假如他是法官，他根本就不会留意这一点。可是他害怕菲利普宣告破产，这样索米斯不但得不到赔偿，还要支付诉讼费。并且那种隐藏的麻烦总是躲在这些烦恼后面，深藏在那里，繁杂而又时有时无，跟噩梦一样，可这个噩梦凸显出来的信号应当是这件诉讼案了。

当老乔里恩进门时，他抬头问道："乔里恩，你最近过得怎样？好久不见你了。据说你刚从瑞士回来。这个小菲利普真是惹事精。我早就料到会这样！"他拿出诉讼文件，不安而忧伤地看向老乔里恩。

老乔里恩默不作声地看着诉讼状，詹姆斯依旧将手指放在嘴里，盯着地面。

看完之后，老乔里恩将文件"啪"一声扔出去了，它刚好落在一堆"关于已故的彭康姆"的供词上。这堆供词是"福莱尔控诉福尔赛"的附件之一，像一枝繁茂的树枝上的一个小枝。

"我搞不懂索米斯到底在做什么，"老乔里恩说，"我原本以为他是个有产业的人，没想到他居然为了几百英镑闹得沸沸扬扬。"

詹姆斯的愤怒全都表现在他那长长的上嘴唇上，他难以忍受别人在他面前抨击索米斯。

"这跟钱无关。"他说，可是当他跟哥哥的眼神相遇，看到那个率真、精明又严肃的眼神，就不自觉地停住了。

接下来是一片寂静。

"我过来是要拿我的遗嘱。"老乔里恩捋胡须的同时讲出了他这次过来的目的。

詹姆斯的好奇心立刻被唤醒了。可能一生中，他最感兴趣的事就是遗嘱。遗嘱是财产的最高处理，遗嘱就是一张清单，能看到一个人的财产数量，他的身价通过遗嘱就能讲得很清楚了。他按响电铃。

"把乔里恩先生的遗嘱找来。"他吩咐一个很烦躁的黑头发员工。

"他是要变更遗嘱吧？"詹姆斯心想，"我的财产会不会跟他差不多呢？"

老乔里恩把遗嘱塞进胸前的口袋里，詹姆斯沮丧地扭动着双腿。

"据说你最近入手了几处很好的产业。"詹姆斯问道。

"谁跟你说的，"老乔里恩不留情面地说，"这个案子是下个月开庭吗？我真搞不懂你们满脑子都在想什么。你们的事情必须你们自己来解决，假如要征求我的意见，我建议私底下解决。再见！"老乔里恩冷漠地跟他握完手就走了。

詹姆斯那双青灰色的眼睛睁得圆圆的，他巡视着四周那个隐蔽的烦躁的身影，然后再次将手指放进了嘴里。

老乔里恩拿着遗嘱去了新煤业公司，他在空无一人的会议室里坐着，开始读遗嘱。"长尾巴"海明斯看到董事长在会议室里坐着，就将新矿长写的第一份报告送来。老乔里恩严厉地批评了他，这让他很没面子，一脸严肃地出去了。之后他就把气撒在管股票过户的小职员身上，这个小职员被骂得都不知该怎么办了。

海明斯看不惯类似的事，因为像他这种初出茅庐的青年人来到事务所便目中无人。他已经做了很多年的办公室领导，跟他一样的年轻人他见得太多了，假如他感觉自己把工作做完之后就可以坐在那里无所事事，那他就不应该叫海明斯。

老乔里恩一直坐在绿呢子门后面的桃花木和皮面做成的长桌子前，他鼻梁上架的是副眼镜腿已松动的粗边玳瑁眼镜，握在手里的金铅笔随着遗嘱上的字迹在移动。

这张遗嘱的内容并不复杂，有很多遗嘱会把许多笔钱都捐赠给慈善机构，将一个富翁的财产搞得乱七八糟，让最终刊登在晨报上关于10万英镑富翁去世的消息显得一点儿都不气派。但是这份遗嘱可不一样。

遗嘱的内容一点儿都不复杂。扣除给小乔里恩的2万英镑，"其他所有财产，包括动产和不动产，以及具有动产和不动产性质的财产——设定信托，将属于或源自这些财产的利息，比如房租、年产、分红或利息都移交给我上面提到的我的孙女琼·福尔赛或者她的让受人，供她一生独自使用，并且没有……在她离世后，应该像琼·福尔赛的临终遗嘱和遗言证书或属于遗言、遗嘱证书或遗言处分书类似的所有字据，尽管她是处在有在世丈夫保障的地位之上，均以这种字据所记载的主旨、目的、用途，一般都应尽力依照遗嘱中所写的样子、方式、方法来设定信托，将上面提到的土地以及传承的一切产业、房产、款项、股票、投资和担保物等，或在当时即作为财产，或者代表这些财产的东西，调度、转让或委任、给予或处分，这些东西必须由她依法具立、签字和公告。假如是书据等……可是常常……"类似的内容，总共7张对开本大小的简单明了的叙述。

拟定这份遗嘱的时候是詹姆斯工作的巅峰时刻。各种可能的情况，他似乎都能预见。

老乔里恩在那里坐了很久，反复在读这份遗嘱；最终，他从格架上拿了半张纸，用铅笔做了一些标记。封好遗嘱之后，他让人叫了一辆马车，然后坐着马车到了林肯法学院广场，巴拉莫和海润律师事务所就在这里。杰克·海润已经去世很多年了，不过他的侄子还在这里工作，老乔里恩关上门跟他的侄子聊了30分钟。

他让马车夫在外面等着，在律师所聊完之后，他去了维斯塔利亚大街3号路。

有一种神秘的满足感油然而生，就好比他赢得了跟詹姆斯和那几个有产业的人竞争的胜利。他们无法再去评论他的私事，就在刚才，他取消了他们对他遗嘱的管理权，他的一切事情都不再让他们插手了，全都委托给小海润了，随后公司律师事务这一部分，他也准备移交给他。假如索米斯真是有产业的人，他才不会将每年1000英镑的收入看在眼里。想到这些，老乔里恩藏在大白胡子下面的嘴上浮现出阴险的笑容。他知道自己的行为纯属报复，可是这是公平的，也是合情合理的。

就像那种内部腐蚀慢慢地摧毁一棵老树一样，老乔里恩所受的重创，比如自己的幸福观、意志力、个人尊严方面也正在一步一步地慢慢将代表他人生观的大厦推倒。他的一面已经被生命磨平了，跟他作为长辈所在的福尔赛家族一样，已经失去了平衡。

他坐着马车一路向北，准备去小乔里恩家，刚刚看着像一气之下变更的新遗嘱，现在看来倒好像是对以詹姆斯父子俩为代表的那个家族和社会的惩罚。他把财产已经还给儿子了，这种归还让他那报复的私心得到了满足——他要报复时光老人、报复悲伤、报复干预，报复这15年间整个世界加在他独子身上的所有难以估量的挫折。他认为这个决定是他重拾坚定意志的方式，他要制止詹姆斯和他儿子以及众多的福尔赛人，包括整个家族——这些人就像洪水一样，将他一人构筑的大坝冲垮——他要让这些人一辈子都记住，他才是整个社会的主宰。一想到小乔里恩将来会变得比索米斯更有钱，他就心满意足。他爱自己的儿子，愿意给他钱。

小乔里恩还在植物园画画呢，他的老婆也不在家，可是女仆告诉他，主人很快就会回来。

"先生，他们总是会回来喝茶，以便跟孩子们一起玩耍。"

老乔里恩说自己愿意等，所以他在那间该粉刷的、破烂无比的客厅里坐着，那些夏天用的花布椅套已经换掉了，破烂的椅子和长沙发毫无保留地展现出来。他盼望着孩子们能到他跟前来，倚靠在自己身上，他们柔软的身体靠着自己的膝盖，乔利说着："爷爷好！"摇摇晃晃地扑向自己；霍莉小手偷偷地摸爷爷的脸颊，他能感觉到。可是这种福气是他渴望而不可得的。他这次来是要办一件很严肃的事情，办完之后，他才能玩。他想，只要自己动动笔，这座房子就会焕然一新。他可以将这个房间重新布置一下，或者让他们直接搬进摆放着从白波—布尔布莱德店里买来的艺术品的大公寓；他可以送小乔利去哈罗公学和牛津大学读书；霍莉在音乐方面很有天分，他可以让她接受最好的音乐教育。

他眼前不断浮现出这些场景，这让他很开心，他起身来到窗前，低头看着那个长长的小园子，还没到深秋，梨树的叶子已经落光了，干枯的树枝耸立在秋天午后慢慢凝聚的暮色中。小狗巴尔塔萨在园子的一侧走着，它的尾巴紧紧地贴着那个黑白相间全是毛的背，它用鼻子嗅着花草，时不时地将脚伸在墙上拉展一下身体。

老乔里恩思考着。

他现在的乐趣恐怕就只剩给人东西了，当你遇到那个因为你的给予而感恩不尽的人的时候——前提是他是你的孩子，给予是非常开心的事情！可是如果把东西给陌生人或你不具有任何抚养权利的人，你就不会得到满足感！并且这种给予跟他一辈子所坚持的个人主义、他的勤奋、他的劳动以及平时的节俭也不符，跟那些伟大而高傲的事实也不符。他和以前、现在和以后的千千万万个福尔赛人一样，开创了自己的家业，并把它保存了下来。

　　当他低头看着被煤灰覆盖着的月桂树叶子、布满黑斑的草地、小狗巴尔塔萨的动作时，这15年来因为被剥夺合法权利而受的苦难全部一涌而出。在他的心底，伤痛跟接下来的甜蜜完美地融合了。

　　小乔里恩终于回来了，他很满意这次创作，并且呼吸了一天的新鲜空气之后，他精神抖擞。当用人告诉他老乔里恩在客厅等他的时候，他立刻询问他老婆是否在家，得知她不在家，他长叹了一口气。他小心翼翼地将画具放在一个不起眼的衣柜里，然后来到客厅。

　　老乔里恩还像以前那样直接，开门见山地说："小乔，我的遗嘱已经改了，你可以过得好点儿了——以后你每年都有1000英镑的收入。我去世之后，琼只能拿到5万英镑，剩下的全是你的。换作我是你，我肯定不养狗，你的狗把花园都搞砸了！"

　　此刻巴尔塔萨正在草坪中央蹲着，凝视着自己的尾巴。

　　小乔里恩想看看那条狗，可是他的眼前一片模糊，原来他的眼睛湿润了。

　　"我的儿子，你所得到的会超过10万英镑，"老乔里恩说，"我感觉最好还是告诉你。我一把年纪了，将不久于人世。从此以后，我再也不会提遗嘱的事了。你老婆还好吗？啊——代我向她问声好。"

小乔里恩默默地将手放在父亲的肩膀上，这件事就这样画上句号了。

等老乔里恩坐上出租马车之后，他返回客厅，来到父亲刚刚站着的地方，看着下面的小花园。他尽力想着这一切给他带来的影响，身为福尔赛人，那笔财产给了他无限的憧憬。过了这么多年的拮据生活，他的天性仍然没有被磨灭。他想的都是很现实的东西，比如旅行、给老婆买漂亮的衣服、让孩子们接受更好的教育、给乔利买匹良马等。可是在这些想法中，菲利普跟艾琳居然出现了，并且还有画眉鸟悲伤的歌声。到底是快乐还是忧伤？

以前所经历的那些日子——栩栩如生的、悲伤的、激情的、有趣的，是钱都买不来的，那种炙手可热的甜蜜全都浮现在他脑海中。

妻子回来时，小乔里恩一把将她拥入怀里。他什么都没说，就这样紧紧地抱着她，她既惊讶又开心地看着他。

地狱的旅行

这天夜里，索米斯终于像男人一样，行使了作为丈夫的权利。第二天一早，他独自享用了早餐。

他将煤气灯点上，11月末的雾很大，就像一层被子那样将这座城市包裹起来，透过餐厅的窗户几乎已看不到广场的树。

他自己默默地吃着饭，可是偶尔有种感觉萦绕着他，让他觉得吞咽都很有难度。他昨天晚上做得正确吗？这个女人是他法律上的妻子，他为了她痛苦了很长时间，他的饥渴最终将她的抵抗打破了，这样做正确吗？

很奇怪，他总是忍不住想起艾琳那张脸。当初他看到这张脸时，想要拉着她的手安慰她——以前他从来没有听过她那让人害怕的哭泣声，如今这种声音好像常常在他耳边响起。那时他借着烛光在那里望着她，然后悄无声息地逃跑，之后就有一种奇怪的、难以容忍的感伤和愧疚涌上心头。

不知为什么，他为自己所做的事情而感到奇怪。

发生这件事之前的两个晚上，他陪马克安德夫人在威妮弗雷德·达尔第家吃晚饭。她那双尖锐的绿色眼睛看着他，对他说："你老婆是波辛尼先生最要好的朋友吗？"

他不想问她这句话是想表达什么意思，只是在心底反复思考着这句话。

这句话在他心里生成了强烈的妒忌，这种妒忌十分反常，然后又变为强烈的欲望。

受到马克安德夫人这番话的刺激，再加上他意外发现艾琳的门竟然没锁，这才让他有机会趁着她睡着的时候做了那样的事。

他的疑惑好像随着一夜的熟睡消失了，可是早上一睁眼，他的烦恼又来了。但是至少有一点他大可放心：谁都不会知道这件事——她绝对不会到处声张。

的确，清醒理性的头脑就像他平时工作的车轮那样——当阅读工作信件开启工作时，这些宛如噩梦的疑惑并不重要了，慢慢地被他遗忘了。在平时生活中，这些都是小事，但是在小说里，女人总是表现得很震惊。可是依照想法正确的人、见过世面的人，或者他见过的在法庭上被法官赞同的能冷静判断的人，他这种做法只是想让婚姻更加神圣，以防艾琳不履行自己的职责，她可能从那时开始就一直在跟菲利普约会……

做出这样的事，他一点儿都不后悔。

既然已经迈出了跟她和好的第一步，之后的事就比较……

他走到窗前，脑袋里又发出嗡嗡的响声。他的耳边再次响起艾琳的哭声，挥之不去。

他穿上毛皮外套在雾里穿梭，他要从斯隆广场坐地铁到市里去。

头等车厢的乘客全是市里的商人，索米斯找了一个角落坐下去，他的耳边依然是艾琳的哭声，他用力将《泰晤士报》打开，尝试用报纸的声音去掩盖艾琳的哭声，他低头悄悄地读起了报纸上的内容。

报纸上刊登的是法律记录员在前一天交给大陪审官的犯罪名单，看起来要长于前些天的犯罪名单。他看到单子上的谋杀案有3起、凶杀案有5起、纵火案有7起、强奸案有11起——看到这些数字他很震惊，还有一些不是很重要的案子，即将在下次开庭时审理。他逐条看着新闻，脸依旧躲在报纸后面。

他虽然是在读报纸，可是眼前浮现的却是艾琳那流着泪的脸以及她心碎的声音。

这一天他非常忙碌，不仅要打理公司的日常事务，还要去跟他的经纪人们见面。他来到格林—格林尼事务所，建议他们卖掉新煤业股份的股票，他并不清楚这家公司的运营状况，只是凭猜测。最近经营很不景气，之后这家公司就逐渐衰落，最终被一个美国企业以很低的价格收购了。之后他又来到华特布克事务所——王室律师内阁商谈了很长时间，参加的人还有布特勒、法律顾问菲斯克，他很年轻，以及王室法律顾问华特布克。

明天就要开庭审理索米斯起诉菲利普的案子了，审判官是本萨姆。

本萨姆法官对法律方面的专业知识并不是很清楚，可是常识方面的知识却是他的强项，所有人都认为由他来审理这个案子再合适不过了。他是个"有力量"的法官。

那个王室法律顾问很关注索米斯的案子，不知道是直觉的缘故还是别人说过，他认为索米斯是有产业的人。可是他并不把布特勒和菲斯克放在眼中，对他们的态度也很差。

他的说法跟之前在信中说的一样，法庭上提供的证据在很大程度上决定着这个案子的判决，他毫不隐瞒地给索米斯建议，让他提供的证据越详细越好。"福尔赛先生，直率点，"他说，"直率点。"说完他哈哈大笑，之后就双唇紧闭，将假发推到后面挠了挠头皮，那副模样跟乡下的绅士很像，可是他偏偏喜欢别人把他看成乡下的绅士。他在处理违约案件方面可是公认的高手。

回家的时候，索米斯依然乘坐地铁。

斯隆广场的雾气越来越大。男人们都摸索着行走在这片纹丝不动的浓厚的雾气中；女人不多，就算有，她们也用手帕捂着嘴，将手提包挡在胸前；马车浅浅的影子若有若无，坐在上面的高高的车夫宛如一个怪瘤，怪瘤四周是时隐时现的灯光，好像还没到达地面就淹没在水汽中了。下了马车的人就跟兔子一样，迅速地钻到窝里。

那些穿着厚重的人，每人都裹着一小片雾气，他们一点儿都不在乎别人的眼光。在这个大兔子园里，每只兔子都径直钻到自己的地铁里，特别是那些穿着贵重毛皮外套的人，他们会在这种天气里没来由地生出对马车的恐惧。

距离索米斯不远的车站门口正站着一个焦急等待的人。

所有福尔赛人都会猜想，这是某个"强盗"的情人吧："这个可怜的穷鬼！他瞧着心情很不好。"他们的心脏为这个可怜的在雾中焦急等待的人而快速跳动着，可是他们很快就不这样了，他们明白自己没有多余的时间和金钱去关注别人的痛苦，他们自己还有痛苦。

只有一位警察在巡逻，有时他会兴致勃勃地看一下那个等待的身影。那个人将帽子歪戴着，半边冻红的瘦弱的脸颊躲避在帽檐下。他偶尔会用手擦一下脸，想通过这个动作来缓解一下内心的着急，或坚定等下去的决心。只不过，这个焦急等待的情人（假如他是的话）好像已经对警察的审视习以为常了，又或者他的焦急让他没有心思去留意别人。这个人是磨炼出来的，长久的等待、着急、大雾、寒冷，只要他的情人最后能来就可以了。真是一个傻瓜！雾天能一直延续到春天，雨雪天气也同样不好受。无论你把她带出来还是让她待在家里，你都会有些紧张！

"他自找苦吃，谁让他不早早地计划好自己的事情！"

这是每个有身份的福尔赛人必说的话。可是，如果有一个正常的市民上前去倾听这位在寒冷的大雾中等待情人的男人吐露心声时，他可能又会感慨道："啊，这个人的心情很低落！"

索米斯坐上马车，将车窗放下，马车先是顺着斯隆大街前行，然后又顺着布隆顿大街前行，一路都走得很缓慢，下午5点时，他才顺利到家。

艾琳出去了。她是在他回家前的15分钟才出去的。今天的雾这么大，时间又这么晚了！她这样做是什么意思？

他坐在大门敞开的壁炉旁，极其烦躁地拿起了一份报纸。这种心情是无法通过一本书而平静下来的——只有当天的报纸能让他不那么清醒，但也只是麻醉一小会儿而已。他能从报纸上报道的平凡事件中得到一丝慰藉。"一名女演员轻生了"——"某政界名人病情严重"（就是那个长期生病的人）——"军官离异"——"煤矿着火"——这些他全都看了。看完后他感觉好多了，他自己的好恶是全世界最优秀的医生，给他开了药方。

7点左右，他听到艾琳进屋了。

她选择在这种大雾天气外出，让他十分焦虑，他已经不把昨晚的事情放在心上了。可是如今她回来了，他眼前再次浮现出她那因伤心而抽泣的画面，一想到要面对她，他就很不安。

她已经上楼了，穿的是那件过膝的灰色毛皮大衣，衣领竖得高高的，将整张脸都挡住了，她的脸上戴着一张厚厚的面纱。

她既没有说话，也没有看他，就算是鬼魂或不认识的人路过也不会像她这样一声不吭。

贝尔森进来，打算把晚饭端过来，并通知索米斯说夫人要在自己的房间里喝汤，就不跟他一起了。

索米斯这次居然没有换衣服，这可算是破例了，他居然穿着袖子脏兮兮的衣服在餐桌前吃晚饭，并且他自己毫无察觉，还边喝酒边发呆，这种状态持续了很久。他吩咐贝尔森把放画的那个房间的火生上，没过多久他就到楼上去了。

他将灯点着，长长地叹了一口气，宛如身在藏满宝物的房间里，现在他才平静下来。他直接来到最名贵的"开门见山"的透纳前，将它迎着灯光放在画架上。这个时候透纳在市场上还是炙手可热的，可是他还没想好是否要卖。他久久地望着那幅画，在他的立领上，一张没有胡须、像纸一样惨白的脸探了出来，看他的样子，好像是在算计着什么。他的眼神中流露出不满，他可能认为不划算吧。他把画从架子上拿掉，打算将它继续挂在墙上。经过艾琳的房间时，他停了下来，耳朵中好像又传来她的哭泣声。

根本没有什么事情发生，疑心生暗鬼。没过多久，他将高隔火屏放在很旺的火炉前，就偷偷下楼了。

明天又是新的一天！他这样想着，过了很长时间才睡着……

如果想知道那天下午还发生了哪些事情，我们必须要关注乔治·福尔赛。

他是福尔赛家族中最有趣的一个，并且还很讲义气。一整天，他都在位于王子园的老家读小说。自从他的经济状况出现危机之后，在罗杰的保释下，他只能待在家里。

下午5点左右，他坐着火车到南肯斯通车站去了。受大雾天气的影响，今天大部分人都选择地铁出行。他原计划是先吃晚饭，然后到红蓝紫打一晚上弹子球。红蓝紫是一家很特别的小旅馆，跟俱乐部、旅馆、豪华饭店都不一样。

他平时都在詹姆斯公园下车，可是这次为了洁明路上的灯光，他在查林路就下车了。

乔治不仅长相安详，打扮得也很潮流，并且他还拥有一双锐利的眼睛，他总是观察四周，想要找准机会讥讽别人。他看到月台上有个男人从一等车厢跌跌撞撞地向出口走去。

"啊，那不是我的'强盗'菲利普老兄嘛！"他喃喃自语地说，然后就拖动着肥胖的身体跟在菲利普身后。在他看来，偷看一个喝醉酒的人是一件很有意思的事情。

菲利普把帽子歪戴着，停在乔治面前，菲利普突然转身，向刚下来的车厢跑过去，可是已经晚了。有个服务员迅速抓住菲利普的大衣，车已经开动了。

乔治透过车厢的玻璃看了一眼，一张女士的脸庞映入眼帘。是艾琳——乔治感觉太有意思了！

他继续跟着菲利普，比刚才更近了——跟在他后面向出站口走去，路过售票员，他们来到街上。可是之后，乔治的感觉变了。

那种好奇和有趣变成了怜悯，他感觉菲利普很可怜。"强盗"并没有醉，他这副模样都是被极端的高压逼迫的。菲利普在喃喃自语，可是乔治只听到他说："啊，我的天啊！"菲利普好像不知道自己要去哪里，要做些什么。菲利普像疯了一样，眼睛一会儿睁得圆圆的，一会儿又疑惑困顿。乔治原本只是想逗他，可是如今他感觉自己有必要看好这个家伙。

菲利普"受了什么打击"——"受了打击"！他猜想一定是艾琳跟他讲什么了，她在车厢里到底跟他说了些什么。艾琳看起来状态也很差！想起她要独自面对那些烦恼跟苦难，乔治就很难过。

他紧跟着菲利普——一个又大又高的体形，默不作声，偷偷地跟着他——直到他来到大雾中。

这不是在开玩笑，一定发生什么事了！让人佩服的是，乔治尽管很激动，可是他很理性，因为他不仅有同情心，好奇心也已经激发出来了。

菲利普一直在路中间走着——路上一片漆黑，可见距离只有6步。漆黑的路上充斥着人声和口哨声，忽然出现的身影从他们身旁缓慢地经过，偶尔出现的灯光就像漫无边际的大海中的一个忽明忽暗的小岛一样。

夜色漆黑，菲利普步履匆匆，乔治紧跟着他。假如他想用头去撞马车，乔治必定会阻拦！菲利普穿过大街时横冲直撞地走着，跟那些摸索前进的人不同，好像跟在他身后的乔治在用鞭子抽他一样。乔治也感觉跟在这个走火入魔的人后面就像是在驱赶他一样，很有趣。

可是如今事情又有了新的发展，到现在乔治都记忆犹新。在跟踪的过程中，菲利普有一次忽然停下了，乔治通过菲利普说的话明白究竟发生了什么事。艾琳在车上跟菲利普讲的话也不是秘密了。通过菲利普的自言自语，乔治得知原来索米斯强迫一个已经不爱他的老婆跟他同房——这是占有财产的最高权利。

乔治满脑子都是这件事，菲利普必定十分惊讶。乔治猜测菲利普心中充满了怒气。乔治心想："是的，真的有点难以接受！怪不得这个让人同情的家伙像疯了一样。"

他跟踪菲利普来到特拉法尔加广场，菲利普坐在一个斯芬尼克怪兽①的石狮子凳子上，这个怪兽也跟菲利普一样在黑暗中迷失了方向。菲利普默不作声地呆坐在这里，乔治就坐在他身后，耐心和爱心相互交织。爱心是一种品质，可以避免他掺和其他人的悲剧。乔治像石狮子那样默默地等着，把耳朵和红彤彤的脸颊都包在毛皮大衣竖起的领子里，只把满是嘲讽和同情的眼睛留在外面。路上是一拨接着一拨的下班人群，他们从生意场离开，来到各自的俱乐部——他们的身体被白雾包裹得像蚕蛹一样，又像鬼魂那样若隐若现。随后乔治的怜悯心将他那圭尔普式的幽默打破了，让他情不自禁地想拉着路过他身旁的人说：

"嘿，朋友！像这种场面可是很罕见的！这里有个可怜虫，他刚从他的情妇那里得知了一个关于他情妇的丈夫的故事。快来，快来，你们快看，他受刺激了！"

他想象着路过的人都过来围观这个家伙；他想象着人群中可能有个体面的刚结婚的丈夫得知菲利普的遭遇之后，能从自己的甜蜜中感受到菲利普的难过，然后张着嘴大笑；他想象着那个人的嘴越张越大，雾气越变越浓。乔治一向看不上那些已经成家的中产阶级——他这个阶级最独特的地方就是放浪不羁、讲义气。

---

①狮身人面的怪兽。

乔治的耐心很快就消失了。他本来就没准备一直坐着。

"无论如何，"乔治心想，"这个可怜虫能顺利通过这一关，在这座小城里可没少发生这种事！"他害怕菲利普又讲出什么难听的、生气的话。乔治非常激动，轻轻地拍了一下菲利普的肩膀。

菲利普忽然扭头。

"你是谁？你要做什么？"

假如是在明亮的煤气灯下面，在他所处的正常的世界里，乔治肯定无比冷静。可是如今浓雾密布，四周都阴沉沉的，给人一种身处幻境的感觉，况且没有任何东西带有福尔赛人平常拿来和非福尔赛人联系到一块的那种实用价值，他对眼前的场景一点儿都不熟悉。当他拼尽全力回过神跟菲利普四目相对时，他心里默默地说：

"假如有警察过来，我一定让他把这个疯子抓起来，到处乱跑可不合适。"

可能是因为得不到回答，那个疯子再次冲进大雾里，乔治远远地跟着他，乔治决定务必要追上他。

"他这样跑不行，"乔治心想，"如果不是上帝显灵，马车早就把他撞死了。"他不再盼望遇到警察，他心中重新燃烧起那种讲义气的神圣火焰。

菲利普迅速来到一片黑暗中，虽然他看起来是疯了，可是乔治能看出来这个疯子的目的——很明显他要去西边。

"他当真要去找索米斯！"乔治心想。这个想法让他无比激动。他感觉自己这番辛苦是值得的——他向来就讨厌这个堂兄。

一辆飞驰而过的出租马车跟乔治擦身而过，吓得他直接跳到一边。他可不想为了这个"强盗"或别人而赔上自己的性命。大雾把所有东西都笼罩起来了，只能看到"强盗"的身影和周围昏暗路灯下的夜色，可是乔治带着与生俱来的坚持，接着追菲利普。

乔治依靠自己游荡者的特性，得知他们已经走在皮卡迪利大街了。他对这里再熟悉不过了，排除掉不认识路的恐慌感，他的心思又铺在那个疯子的烦心事上。

他这个高级游民从这条街上得到了不计其数的经验，在这件凌乱的、模棱两可的爱情事件里，他的心里突然浮现出了年轻时候的记忆。这个记忆历久弥新，将干草香、微弱的月光、夏季吸引人的情调全都带到这片昏暗的、恶臭的伦敦雾气中——那个夜晚，在一片伸手不见五指的草地上，他听到有个女人说自己不是他独有的。有一小会儿，乔治感觉自己跌倒在阴影里了，他心里很难受，月亮的长影子被白杨树遮住了，他就这样躺着，将脸贴在满是露水的芬芳的青草上。

他很想一下就把菲利普的胳膊抓住，跟他讲道："算了吧，老兄，一切都会被时间治愈的。我们去喝酒吧！"

可是这时的叫卖声把他吓回去了。一辆马车出现了，然后又消失了。乔治忽然发现菲利普不见了。他到处寻找，心中满是担心，这种担心正是浓雾笼罩的后果。汗水从他的眉毛上滑落下来，他纹丝不动地站着，用心在听。

"之后，"当天晚上在红蓝紫俱乐部打弹子球时，乔治跟达尔第说，"我就找不到他了。"

达尔第一边思考，一边捋着胡须。他刚才一次打了23点，可惜最后那个边球没进。"那个女人是谁？"达尔第问。

乔治毫不慌张地望着这个有钱的黄脸胖子，一抹坏坏的微笑出现在他的脸颊和厚眼皮四周。

"不，不可以，我的伙伴，"他心想，"我绝对不能让你知道。"即使他跟达尔第关系很好,可是他打心眼里认为他这个人有些流氓。

"啊,是某个情人。"他说话的同时在给球杆上粉。

"情人!"达尔第尖叫起来——他脸上的神情更加内敛,"我敢确定她是索……"

"你确定吗?"乔治简短地回复说,"只可惜,你猜错了。"

这一杆他失手了。接下来他十分谨慎,对这件事绝口不提,11点左右,他借用自己创作的充满诗意的话说:"瞧瞧杯中的酒,变成黄色了。"他将窗帘拉开,注视着外面的街道。红蓝紫的灯光仅仅穿透一小片浓厚的黑雾,放眼望去什么都看不见。

"我忍不住又想起那个可怜的菲利普了,"乔治说,"此刻,他可能还在大雾的某个地方闲逛呢。除非他已经死了。"他最后附上一句这么奇怪的话。

"死了!"达尔第说,上次在里士满破财让他火气很大,"我敢打赌10对1,他必定喝醉了!"

乔治转过身,胖大的脸上满是忧郁的神情,他的表情很恐怖。

"闭嘴!"乔治说,"我跟你说过,他仅仅是'受了点儿刺激'!"

开 庭

索米斯诉讼案开庭那天,他没有跟艾琳道别就早早出门了,因为他的案子排在第二个。对他来说这样也挺好,他还没有想好要该如何面对她。

法院为了防止第一个案子迅速结束,要求他务必在10点半到,可是那起违约案异常激烈，双方都各执一词，这类案子本来就是王室法律顾问华特布克的强项，如今他的名声因为这个案子变得更大了。他的对手是另一位违约案的高手拉姆律师。这场对决规模巨大。

快到中午的时候，这起案子才宣判。陪审员都起身去吃饭了，索米斯也去吃饭了。在餐厅里，他偶遇了詹姆斯，后者站在卖午餐的小酒柜里。长走廊跟旷野一样，詹姆斯就像旷野上的鹈鹕鸟，他弯着腰在喝雪利酒，吃三明治。他们父子两个站在楼下空旷的大厅正中间，面对着大门发呆，戴着假发的律师时不时从他们身旁匆匆经过，老妇人或衣着破烂的男人也时常经过，他们都带着恐惧的神色看着上面；还有两个比同辈人看起来要勇敢的人坐在靠窗的桌子前讨论。他们的声音宛如废井里的气味一样升上来，再加上走廊里本来就有的气味，就形成跟英国司法界紧密结合的相同的气息了，跟精炼的奶酪味一样。

他们就这样待了一会儿，詹姆斯开口了。

"你的案子什么时候开庭？我感觉这个案子不麻烦，应该很快就结束了。菲利普讲再难听的话我都感觉很正常，我预感他说话一定不会好听。假如他败诉了，那么他就一贫如洗了。"詹姆斯大口吃着三明治，大口喝着雪利酒。他说："你妈让你们夫妻俩晚上回家吃饭。"

索米斯冷笑着望着父亲。假如有人看到他们父子俩彼此的眼神这么冷漠并且还偷偷摸摸，他一定不理解这两个人是那么的心有灵犀。詹姆斯把杯子里的雪利酒一饮而尽。

"买单！"他大声说。

返回法庭后，索米斯立刻靠着自己的律师坐下来。他悄悄地瞥了一眼，察看父亲是否坐在后面，任何人都没注意到他的这个动作。

詹姆斯手握雨伞，贴着椅背坐在律师背后的长椅子上发呆，坐在这个地方的最大优点就是等案子结束后能迅速出去。他感觉无论从哪个方面看，菲利普的行为都非常荒谬，可是他一点儿都不想跟他碰面，尤其因为这种场面很尴尬。

估计这个法庭吸引人们眼球的程度仅次于离婚案，这里一般审判的都是诽谤案、违约案和其他商业诉讼案。因此，后排坐了很多跟这个案子无关的人，走廊里还有一两顶女士的帽子。

戴假发的律师们很快就把詹姆斯前面的两排座位坐满了，他们有的在聊天，有的在剔牙，还有的在用铅笔写字。但是，当王室法律顾问华特布克进来之后，詹姆斯就把所有注意力全都放在他身上了。穿在王室法律顾问华特布克身上的袖袍的两个袖子跟翅膀一样发出呼呼的响声，他的脸色红润，还有两撇棕色的短胡须。詹姆斯毫不避讳地称赞他真的是律师界的盘问高手。

尽管詹姆斯也是经验丰富的律师，可是他跟华特布克却从未谋面，他跟法律界中下层的福尔赛人很像，也非常崇拜华特布克律师。当他看到这位盘问高手，特别是当他穿着丝绸长袍作为索米斯的辩护律师时，他的脸颊上满是惆怅的长胡须才得到放松。

华特布克用胳膊撑着身体转过去跟他的帮办律师聊天，这时波萨法官进来了。他的长相很猥琐，是个消瘦的，略微有些驼背的人，他那一点儿胡楂都没有的脸在白如纸张的假发的衬托下更明显。跟法庭上的其他人一样，华特布克也站了起来，律师坐下他们才坐下。詹姆斯只不过象征性地站了一下，他原本坐得很舒服，并且向来都瞧不上波萨，他们之前在博雷·汤姆家里一起吃过两次晚饭，他们中间只隔了一个座位。博雷·汤姆虽然运气很好，可是他却非常搞笑。他的第一个案子就交给詹姆斯了。并且詹姆斯此刻很开心，因为他发觉菲利普没来。

"如今是怎样的情况？"他心想。

开庭了，华特布克将文件打开，他的肩部动了一下，弹了一下袍子，环顾一圈法庭，跟马上要去板球场击球的人那样，站着在法庭上发言。

实际上，他说完全不必争辩，索米斯只要把他们的通信内容公布出来就可以了。被告是建筑师，这些信件跟房屋的装修有关。但是，他个人认为这封信只能有一个明确的解释。然后他简单地陈述了建造那所房子的经过和实际用掉的建筑费用——经过他的描述，房子变成了皇宫——之后他接着说：

"我的当事人——索米斯先生不仅是个绅士，还是个有产业的人，他最烦遇上诉讼案，可是因为房子的事情，他必须要起诉这位建筑师，法官大人已经很清楚，这位建筑师用了12000英镑——12000英镑，这笔费用远超我当事人的预算。我要强调一个原则，为了别人的利益，他感觉这次诉讼很有必要。被告辩护律师提出的辩护词并不具备可参考性。"然后他把那封信读给大家听。

他的当事人，"一个有产业的人"打算来到法庭，当场宣誓自己并未授权，并且他压根儿就没想过答应让那个建筑师用超过12050英镑的钱进行装修，这一条他已经说得很明白了。为了节约法庭上的时间，他会立马让索米斯先生进来。

索米斯镇定自若地来到法庭上。他那白如纸张的脸上带有傲慢的神色，一点儿胡楂都没有，眉眼连成一条线，双唇紧闭。他着装整齐，其中一只手戴着手套，看起来很干净，另一只手上并没有手套。他回答问题时声音很低但却很清晰。他拿出证据接受讯问时，表现出很不情愿多说的样子。

他不是提到"全权委托"吗？没有。

"信中不是写了！"

他在信中说"凭借这封信全权委托"。

"你跟法庭讲过，你用的是英语吗？"

"没错！"

"你这样说是想表达什么呢？"

"我说什么了？"

"你是准备不承认这个论点吗？"

"没错。"

"你是爱尔兰人吗？"

"不是。"

"你是有教养的人吗？"

"没错。"

"按照这种说法，你的陈述不更改了吗？"

"不更改了。"

刚才和随后的盘问都是围绕"微妙的论点"，詹姆斯坐在旁听席上，注视着自己的儿子，他将双手放在耳朵后面。

他为索米斯骄傲！他认为假如站在法庭上的是自己，他也会跟索米斯一样默不作声。当他的儿子缓慢转身，面无表情地走下法庭后，詹姆斯满心欣慰地叹了口气。

到菲利普辩护律师的陈述时间了，詹姆斯注意力高度集中，他在整个法庭看了一圈，确保菲利普真的没有在场。

最初小钱克里陈述时很害怕，菲利普的缺席让他倍感尴尬。因此，他尽力将菲利普未出庭这件事讲得对自己有好处。

他说自己有些莫名的担心——担心菲利普会不会遭遇车祸了。

还说自己很希望菲利普能出庭。他们早上很早就派人去看过菲利普的家和办公室了，虽然他明白他的家就是事务所，可是他感觉最好隐瞒这一点。不过菲利普的下落依旧不明，他感觉当前的情形很不乐观，他很清楚地知道让菲利普出庭对他来讲是一种煎熬。可是，菲利普并没有提交延期审判申请书，既然没有这份申请书，那就证明他会来。假如将菲利普未出庭的某些不好的原因排除在外，他必定会支持辩护律师的陈述，比如"全权委托"这种陈述是无法用什么明确的意思来定义、束缚或消除的。况且他还陈述说，面对菲利普建筑师指定或实施的工程，索米斯先生一次都没有否认。索米斯先生否认被告的工作，这让被告感觉很意外，假如他早早就预料到这些，他肯定不会接手这份工作，就像信中说的那样——这份工作十分谨慎，需要耐心和效率，被告的做法完全是出于对索米斯先生苛刻要求的考虑——他不仅是鉴赏家，还是有产业的人。他感觉这一点有很强的说服力，因此说的时候有些兴奋，可能当他说这场诉讼出乎意料、有失公平，是个先例时，因为兴奋，他说话有些偏激。假如法官能去看看那所漂亮的房子，能看到它被当事人装修得多么豪华——菲利普堪称装饰领域的专家——他敢肯定法官一定不会让这种逃避法律责任的猖狂企图得逞。

他将索米斯的通信拿起来，似乎是在不经意间说到"波瓦留对白拉斯水泥有限公司的诉讼"。"我不知道，"他说，"这个案子是依据什么判的。无论如何，原告和我们都可以参考一下这个案子。"然后他就围绕这个"微妙的论点"展开说明。在反驳索米斯先生那句话不具备法律效力时，他态度很恭敬。他的当事人很穷，这件事对他而言比什么都重要。菲利普是个才华横溢的建筑师，他在专业领域也享有盛名。结语的时候，他发表了一点儿个人的看法，相当于求情，他期望法官能对艺术充满热情，给艺术家以充分的保护，让他们远离偶尔会出现的资产阶级的压榨。他说："假如有产业的人都跟索米斯先生类似，并且法律也同意他们可以不履行合同上的责任，那么该如何确保那些专业的艺术家的地位呢？"他此刻提出申请，要传唤他的当事人出庭，假如最后菲利普出现了，那么他依旧能出庭做证。

法官叫了三次"菲利普·拜恩斯·波辛尼"的名字，整个走廊里都回荡着这个名字，这种感觉让人感觉很凄凉。

已经叫了三次，依旧无人应声，詹姆斯却感觉很奇怪：宛如在叫一只丢失的小狗。一个大活人居然不见了，这让他很恐慌，即便他舒服地、安全地坐着，可是依旧有种诡异的感觉。可是又难以言说，这让他很紧张。

他看了看时间——下午3点15分！再有15分钟审判就进入尾声了。那个"强盗"究竟到哪里去了？

他的心一直悬着，直到波萨法官宣布审判结果。

法官跟律师中间隔着一个竖立的木台——那个满腹诗书的法官身体向前倾着。他那像纸一样白的假发刚好就在电灯下面，他的脸上宛如被橘色的光笼罩着，长袍既宽又大，他的身体就像一尊神圣的雕塑那样面对着昏暗的法庭。他清了一下嗓子，喝一小口水，拿起一支鹅毛笔的笔尖按在桌子上弄断了，他那两只消瘦的手放在胸前，准备宣布判决。

詹姆斯第一次感觉波萨很高大，法律的神圣就在于此。可是借助灯光，还能看到一个总是喜欢戴华特·波萨爵士帽的普通福尔赛人在走动。假如这个人跟他的性格迥异，那他必定看不出来。

他将此案的判决宣布如下：

"本案的事实无可否认。5月15日晚，被告菲利普给原告索米斯写了一封关于自己不愿意继续接受原告房屋装修工作的书信，但是'全权交给你'的情况除外。5月17日，原告索米斯的回信是这样说的：'在给予你——满足你的要求——"全权交给你"时，我需要提前声明一点，在最后交房的时候，将你的雇佣金、室内室外的所有装修都包括在内，我们之前谈好了，一定不能大于——12000英镑。'5月18日，被告的回信是这么说的：'假如你觉得我能将室内装修的费用把控在准确的几英镑之间，那估计要让你失望了，因为这可是十分细致的工作。'5月19日，原告的回信是这样说的：'我在信中提到的那些钱数10镑、20镑或者50镑，并不是说超过这些数额我们的关系就会受到影响。装修费用是没办法精确到具体的数额的，这个我清楚。我感觉你有必要再慎重考虑一下你的决定。这封信可以作为"全权交给你"的凭证，我知道想要具体的数额不是一件容易的事情，我期盼你能按照自己的想法进行装修。'5月20日被告简单地回复原告说：'我同意。'

"在房子装修完工时，算上拖欠和支出的费用，被告共付了12400英镑，这个数额已经超出原告的预算。双方在信中已经协商好最终开支不得大于12050英镑，可是如今原告多付了350英镑，他要求被告赔偿这350英镑，这就是他把被告告上法庭的原因。

"本法官需要判决的是被告菲利普应不应该偿还那350英镑。在此，我宣布他应该偿还。

"实际上，原告索米斯想表达的是'你只要确保总支出不大于12 000英镑，那么这个房子的装修就由你来负责。假如你超出一定的数额，最多50英镑，我还能接受；假如你最终超过12 050英镑，那就超出了我的委托范围，我就要追究责任了'。本法官觉得假如原告违反被告的要求，并不承担所有的费用，那么原告的负担会小一点。可是他却承担了一大笔费用，他把所有款项都结了。如今他是在维权，依据双方的协商赔偿自己的损失。

"我判决，原告有权要求被告偿还多出的350英镑。

"有人想要维护被告，试图从两个人的通信中说明他们并没有提到总费用的限额。假如限额真的不存在，那么原告索米斯在信中说起的12 000英镑是什么意思，而且之后又说了50英镑。被告律师想要掩盖这些数字的意义。我看得很清楚，在5月20日的通信中，被告清楚地知道这个限额。

"综合以上的原因，原告要求被告赔偿350英镑是合理的。"

詹姆斯长叹了一口气，弯着腰把刚刚滑落的雨伞捡了起来，他听到法官说"两个人的通信"的时候，伞"咚"的一声就滑落到地上了。

他迅速迈开步子从法庭上离开。他没等索米斯，提前坐上一辆马车（那天晴空万里）来到蒂莫西家，他看到斯威森也在。然后他就把法庭上的整个经过全部讲给塞普蒂默斯·斯茂夫人、海斯特姑母以及斯威森听，他边吃松饼边讲，讲完之后共吃了两个松饼。

"索米斯表现得很出色，"他最后说，"他一直昂着头。老乔里恩听到这些估计要难过了。这个判决对菲利普可不是好消息，我敢说他必定会倾家荡产。"然后过了很久，他一句话都没有说，只是呆呆地看着火炉，他说道：

"他为什么不在那里？"

这时有脚步声传来。走进来的是一个身体健康、脸色红润、胖胖的男人，他来到客厅后面，抬起他那只被黑色燕尾服遮挡的只能看到一根食指的手。

"嘿，詹姆斯，"他说，"我——没法藏下去了。"讲完这些，他就离开了。

原来是蒂莫西。

詹姆斯站了起来。"我知道！"他说，"我知道！我知道一定发生什么事情了……"他没再说下去，呆呆地看着远方，就像看到坏征兆了那样。

索米斯的告知

索米斯从法庭上离开后，也并未回家。他很不情愿去城区，虽然他被胜利的快感拥抱着，他也需要别人的怜悯，所以他慢吞吞地朝着蒂莫西家走去。

他的父亲刚走不久，斯茂夫人和海斯特姑母为了得知完整的故事，对他无比热情。她们十分肯定索米斯一定饿了，因为他在法庭上待了很久。史密赛尔原本烤了松饼给他留着，可是詹姆斯全吃了。他应该将腿伸在沙发上舒展一下，喝一杯梅脯白兰地酒提提神。

斯威森还没离开，他今天待的时间跟往常相比已经够久了，他感觉自己有必要好好运动一下。当夫人们的那些建议传到他的耳朵里时，他"呸"了一声。年轻人真过分！斯威森的肝脏有点儿问题，他难以忍受除了他之外还有别人可以尽情地饮用梅脯白兰地酒。

听完这句话他就迅速离开了，走之前他跟索米斯讲道："艾琳怎么样了？你转告她，假如她感觉没意思，可以偷偷来找我，我愿意陪她共进晚餐，让她品尝她平时没喝过的香槟。"借助他那高大魁梧的体形，他低头看了一眼索米斯，他那又黄又厚的手指缩成一团，那姿势好像要勒死这个家伙一样，然后趾高气扬地慢悠悠地离开了。

斯茂夫人跟海斯特姑母都有些担心，斯威森这个人太搞笑了！

她们很好奇艾琳怎么看待这个结果，可是她们知道这件事不能问索米斯。他可能会自己提到这个问题，或者讲一点儿有关的消息，这个问题如今变成了她们生活的重心，可是索米斯却对这个问题避而不谈，这让她们备受煎熬。如今蒂莫西也知道了这件事情，他的健康肯定会受到冲击。琼会怎么做呢？她们同样很感兴趣这个话题，尽管这个话题是不能私下讨论的。

她们时刻铭记老乔里恩上次的来访，那次离开之后，他就没有来看过她们。老乔里恩给在场的所有人的警告，她们都记得清清楚楚，整个福尔赛家族已经跟以前不同了——他们已经不团结了。

但是索米斯只是将腿盘起来坐着，并没有给她们提供任何有价值的信息，他在畅谈他刚发现的巴比赞派的那些画家。他认为这个画派前途无量，他会毫不犹豫地斥巨资买他们的画。那个叫考洛特－加龙省的画家画的两幅画作，他很欣赏，这两幅画作真是有吸引力。假如对方出价合理，他肯定会买——他认为以后必定会升值。

塞普蒂默斯·斯茂夫人和海斯特姑母都很有趣，她们都没有发表自己的疑惑，只是随声附和索米斯的讨论。

有意思——太有意思——索米斯无比聪明，假如这些画全都能卖掉，他必定能再成就一番事业。可是现在官司赢了，他又有什么规划呢？是打算迅速离开伦敦搬到新房子去住，还是打算做点其他事情？

索米斯回复说他也没想好，他想他们应该过不了多久就会搬进新房子。他站起来逐个亲吻姑母们。

茱莉姑母知道这预示着他要离开，她的脸色迅速变了，似乎突然迸发出很大的勇气，她脸上的每一寸肌肤都好像要逃脱出那个面具一样。

她站起来说："这件事我想了很久，亲爱的，假如没人跟你说，我打算……"

海斯特姑母开口了。"茱莉，记好了，你如果做了这件事……"她激动得上气不接下气地说，"你就要负责！"

斯茂夫人似乎没听到海斯特姑母的提醒，她接着说："亲爱的，我感觉你有必要知道，你老婆跟波辛尼先生在里士满公园散步了，马克安德夫人亲眼所见。"

海斯特姑母刚起身，现在又坐下了，她把脸扭过去。茱莉真是——她就不该在有自己在场时把这件事说出来。她屏住呼吸，静候索米斯的答案。

索米斯得知这件事后，两眼之间红彤彤的，这跟他脸红时的模样一样。他将手放在嘴边，挑选一根指头，咬着上面的指甲。然后，将指头从嘴唇间移开，说："马克安德夫人跟一只猫一样！"

他还没等到姑母们开口就离开了。

在去蒂莫西家之前，他就已经计划好要从哪条路回家。他直接去找艾琳，跟她讲：

"官司我已经打赢了，这件事结束了！我一点儿都不想强迫菲利普，我想看看我们的意见是否统一，他不会受到逼迫。从今天起我们从头再来吧！我们将从这所房子里搬出去，摆脱伦敦的雾气。我们迅速地搬到新房子去。我——我压根儿没想对你实施暴力！我们和好吧——并且——"也许艾琳愿意让他亲吻，然后将过去的不开心全都抛之脑后！

走出蒂莫西家时，他感觉自己想得太简单了。几个月来隐藏在心里的妒忌和猜疑现在都迸发出来了。他要一次性地把这件事情全都解决掉，他不容许艾琳给自己的名声带来任何污点！假如她没办法爱上他或者不愿意爱他，不履行自己的责任或阻止他行使男人的权利——她无论如何都不能跟另一个男人在他背后嘲笑他！他将逼迫她缴税，通过离婚来威胁她！这样也许她就不会做出格的事了，她肯定不同意离婚。可是——假如她同意了呢？他难以抉择。这是他第一次遇到这么棘手的事情。

假如她同意了该如何是好？假如她把一切都和盘托出该如何是好？他要如何做？到那时，他只能离婚！

离婚！这个词跟他近在咫尺，让他全身动弹不得，离婚跟他自始至终所奉行的生活原则格格不入。离婚让他感觉恐怖，他认为自己宛如一位船长，正向船的边缘走去，要亲手丢掉自己最珍贵的包袱。亲手把自己的财产扔掉，这让索米斯无法接受。他的事业会被这件事所波及；他必须要放弃罗宾山的房子，那所房子耗费了他大量的金钱和精力——并且还把艾琳给搭上了！她将不再属于他，连姓氏都要更改！她将从他的生活中消失，并且他——他再也见不到她了！

但也有可能她不会和盘托出，即便到现在也极有可能没有什么事情需要讲。这件事被闹大，是不是很蠢呢？到时候自己又把讲出来的话吞回去，会不会也很蠢？菲利普已经被这个审判结果彻底摧毁了，他肯定绝望透顶，但是——他要做什么呢？他可能去国外，被摧毁的人都喜欢跑到国外。他们会做什么事呢？——假如他们聚在一起——他们可是一分钱都没有。最好静候接下来这件事如何发展吧。假如非要这样，他打心眼里想让艾琳看到这些。妒忌的愤怒——宛如一个人牙疼那样——又出现了，他几乎要叫出来了。可是他必须在进家之前想好方法。当马车载着他到家时，他还是没有想出对策。

他的脸色像白纸一样，手心全是汗，进家后，他想见艾琳，可是又惧怕见到她。

他询问站在客厅里的女仆贝尔森说："夫人去了哪里？"贝尔森说，艾琳中午就拉着一个大箱子和一个手提包走了。

索米斯急忙将自己毛皮大衣的袖子从贝尔森手中夺回来，对她说："你说什么？"他大叫说，"你什么意思？"他突然觉得自己有失体面，所以平复心情，再次问道，"她是否留有什么消息？"他察觉到女仆眼神中流露出的惊讶后，心凉了一半。

"先生，夫人一句话都没留下。"

"什么话都没留，非常好，太感谢你了，快去忙吧。我去外面吃晚饭。"

女仆下楼了，只剩索米斯一个人拿着毛皮大衣站在原地，他无事可做，就翻看在地毯雕花木箱子上放着的瓷盘子里的名片。

巴勒姆先生和夫人，塞普蒂默斯·斯茂夫人，拜恩斯夫人，所罗门·索恩沃斯先生，百丽丝女士，赫明·百丽丝小姐，埃拉·百丽丝小姐，威妮弗雷德·百丽丝小姐。

这些都他妈的是谁？他好像失忆了。那句"一句话都没留下——拉着一个大箱子和一个手提包"，在他的大脑中玩起了躲猫猫。艾琳一句话没说就走了，这让他难以置信，他将那件毛皮大衣穿在身上，一步迈两个台阶，像新婚丈夫那样冲进艾琳的卧室。

艾琳的房间既整洁又清新，还带有香味，所有物品都整齐地摆放着。她的床上铺的是淡紫色的丝绸被，亲手做的放睡衣的大口袋就放在上面，大口袋上还有绣花；她的拖鞋整齐地摆放在床下；靠近床头的被单掀开着，似乎是在等她回家。

她的化妆包放在桌子上，他送给她的镶银的梳子和瓶子就插在里面。一定是弄错了。她把哪个包拿走了？他准备通过摇铃将贝尔森叫上来，可是他又突然想起，自己一定要假装知道艾琳到哪里去了，他一定要通过自己的猜测将线索挖掘出来。

他将门锁上，仔细回想，可是他感觉脑袋一直在打转。突然，他潸然泪下。

他迅速脱下大衣，看着镜子里的自己。

他已经衰老了，全脸都灰蒙蒙的。他倒了一些洗脸水，迅速洗了起来。

她那把镶银的梳子上还留有她头发上带的那种搽香水的清淡香气，这种香气又把他那浓烈的忌妒诱发出来了。

他急忙穿好毛皮大衣，冲到楼下来到街上。

可是他的理智并没有完全丧失，他来到斯隆大街，为了防止在菲利普家找不到艾琳，他编造了一个谎话。可是假如他找到了呢？他的决断力忽然又不见了。他已经到达菲利普家了，可是还没想好如果在这里找到艾琳之后他该怎么办。

已经过了办公时间，大街上的门都关上了。女门卫也不知道菲利普是否在家，她不仅今天没见他，最近两三天都没看见他了。她不伺候他了，现在也就没人伺候他，他……

索米斯将她的讲话打断了，他要亲自到楼上看看。然后，他就带着坚定而苍白的神情到楼上去了。

最顶层的灯是暗的，门也没开，他按过门铃也无人回应，他最讨厌这种沉默了。他只能到楼下去，包裹在毛皮大衣里的身体在瑟瑟发抖，他的心一片冰凉。他坐上出租马车，到兰恩公园去了。

路上他一直在回忆自己上一次给艾琳支票是什么时候，她手里最多也就三四英镑，当然并不包括她戴的珠宝。他很艰难地合计着她究竟有多少钱，不仅够他们一块到国外，还能维持几个月的生活！他艰难地计算着，他从马车上下来的时候还没算清楚。

　　管家询问索米斯夫人有没有在马车里，主人告诉他，他们很想跟他们共进晚餐。

　　索米斯回复说：“我的夫人染上了风寒，她来不了。”

　　管家做出很遗憾的表情。

　　索米斯感觉管家看自己的神情不太对劲，才想起自己忘穿礼服了，他急忙问：“沃姆森，还有谁要来？”

　　“还有达尔第夫妇。”

　　索米斯再次感觉管家看自己的眼神不太对劲。他实在没办法故作镇定。

　　“你在看什么？”他问道，“我哪个地方很奇怪吗？”

　　管家脸颊通红，他一边将索米斯的毛皮大衣挂起来，一边小声说：“没有，先生，真的没有。”说完他就下去了。

　　索米斯来到楼上。他没去客厅，直接到爸妈的卧室去了。

　　詹姆斯正斜坐着，他那穿在身上的衬衫和晚礼服马甲，以及修长的身材让他看上去很显眼。他低着头，有一侧白领结从白胡须中钻了出来。他的眼神集中在一个地方，嘴唇凸起，原来他在给夫人扣内衣挂钩。索米斯停下来了，不知道是上楼上得太急还是因为别的原因，他感觉自己像噎住了一样。他——他自己没有——一次都没有被艾琳这样需要过……

　　父亲的声音传到他的耳朵里，詹姆斯嘴里似乎含有一枚针，他问道：“你是要扣哪个？”母亲说：“这个地方，菲丽斯还是你来吧，老爷干不了这件事。"

索米斯将手放在喉咙处，声音嘶哑地说：

"我是索米斯！"

他留意到母亲脸上兴奋的表情："啊，是我亲爱的儿子吗？"詹姆斯迅速放下挂钩："索米斯！你为什么突然来这儿了？你没事吧？"

他机械地回答说："我非常好。"随后他看着爸妈，此刻好像不适合说那件事。

詹姆斯迅速察觉到什么了，他说："你瞧着并不怎么好。我认为你受到惊吓了——一定是你的肝脏出毛病了，你不说我也清楚。让你妈妈快给你……"

可是艾米丽却将他打断，她问道："艾琳跟你一起来了吗？"

索米斯摇头否定。

"没有一起，"他支支吾吾地说，"她——她要抛弃我！"

艾米丽起身离开镜子，迅速来到索米斯跟前，她以前那种神圣好像从她那丰满修长的身体中消失了，进而转变成慈祥了。

"我亲爱的儿子！我的心肝儿！"

她拉着儿子的手，在儿子额头上亲了一下。

詹姆斯也面对着儿子，他看起来好像一下子苍老了许多。

"抛弃你？"他问，"真奇怪！你这样说是什么意思？你一次都没说过她会抛弃你。"

索米斯失落地回复说："我怎么会知道？如今我该如何是好？"

詹姆斯徘徊着，因为没有穿外套的缘故，他看起来跟长颈鸟一样非常奇怪。"该如何是好！"他反复说着，"我哪儿知道该如何是好？你问我也没用，没人跟我讲过发生了什么事，你却过来问我对策，我凭什么知道！你妈妈也在，她还没说话呢。我想说的是，对策就让你妈妈来想吧！"

索米斯脸上浮现出奇怪的骄傲的笑容，那笑容看着很让人同情。

"我不知道她的下落。"他说。

"你不知道！"詹姆斯说，"你这话是想表达什么，她去哪里你不知道？你猜她会到哪儿去？她肯定跟菲利普私奔了，她去找他了。我早就猜到会这样。"

索米斯一句话都没说，通过手掌传来的力量，他能感觉到母亲很用力。这一切都像梦一样，索米斯似乎已经不具备思考和行动的能力了。

詹姆斯满脸通红，脸上的肌肉在颤抖着，似乎就要流泪了，他哆嗦着说了几句好像从灵魂深处迸发出来的话。

"我一直都在强调，出丑闻是早晚的事情。"然后就没人再说话，"你们娘儿俩就都站在这儿吧！"

艾米丽用平静而骄傲的语气说："詹姆斯，行了吧！这件事儿子会尽全力去解决的。"

詹姆斯注视着地板，时断时续地说："行吧，我太老了，也帮不了你了。你慢慢解决吧，我的儿子。"

艾米丽说："索米斯会全力以赴将她找回来的。我们不聊这个了。我打赌一切都会变好的。"

詹姆斯说："我可没有这种感觉。假如她不是跟菲利普私奔了，那么我认为不用听她解释，直接把她带回来就好。"

索米斯感觉母亲通过轻拍他的手在表达赞同，他宛如在复述那些神圣的宣言，从牙缝中挤出一句："我会的！"

他们三个到客厅去了。达尔第和他的三个女儿已经都坐在自己位置上了，现在就只差艾琳没来。

詹姆斯坐在他那把手扶椅上，一直到晚饭开始，他都沉默不语，当然不包括他跟达尔第寒暄所讲的几句话。他向来看不上达尔第，但又有些害怕他，就好像后者的钱一直都不够用，索米斯也不说话；只有艾米丽，她非常镇静，还跟威妮弗雷德讨论生活中的琐事。她的一言一行再正常不过，宛如今晚什么事都没发生一样。

今晚大家都很有默契，谁都不提起艾琳。毋庸置疑，紧接着发生的所有事中，所有人的意见都跟詹姆斯的意见统一："不用听她解释，直接把她带回来！"对于这件事，每个人的看法都一致，不仅詹姆斯一家是这种看法，尼古拉斯一家、罗杰一家和蒂莫西一家也都一样。就好比全伦敦的福尔赛人都这样想一样，只不过他们还不知道发生什么事了，如果知道，必定也是这种看法。

虽然艾米丽尽力把气氛维持得跟平时一样，可是沉默一直穿插在沃姆森和男仆的上菜过程中。达尔第感觉太没意思了，所以喝了很多酒，女孩们彼此也不畅谈。只有詹姆斯在询问琼的下落以及她的近况。谁也没回复他。他的心情变得十分郁闷。当他女儿讲到小帕普柳斯给乞丐一个坏便士时，他才哈哈大笑起来。

"哈哈！"詹姆斯说，"这孩子太聪明了。照这种发展趋势，我都猜不到他将来会变成什么样的大人物。一个充满智慧的家伙，这孩子太好了！"

可是这件事过去之后，他的郁闷又再次出现了。

晚饭都准备好了，一家人谁都不说话。饭桌正上方的电灯的灯光将墙上那幅《特纳的海景图》照得很清楚，可是这幅画上呈现的却是缰绳和一些快要淹死的人，这幅画很诡异。

香槟端来了，接着是詹姆斯放了很多年的一瓶好酒，可是摸起来却跟由冷冰冰的鬼手送来的一样。

索米斯10点钟就走了，这中间有人两次询问他夫人的去向，他都以艾琳生病为由搪塞过去了，这番话连他自己都不信。他母亲吻了他一下，他轻轻拍了一下母亲的手，脸庞红彤彤的。寒冷的冬夜里，他居然走回家了，街角的寒风呼啸而过，深蓝色的天空很清澈，繁星无数。他没有留意跟他打招呼的寒冬，没有留意脚下干枯树叶发出的声响，没有留意衣着破烂的女人匆匆忙忙地出来倒垃圾，没有留意街上的乞丐脸都冻僵了。冬天到了！索米斯很显然是想快点儿回家，他透过门口镀金的金丝笼将从门缝里新塞进来的信拿出来。

里面没有艾琳写的信。

他来到客厅，火炉正在燃烧着，他常坐的椅子就在火炉旁放着，拖鞋也摆放在那里，桌子上还放着威士忌酒瓶和雕花的香烟盒，他只看了一两分钟，就把灯关上到楼上去了。他的更衣室也有火炉，可是艾琳的房间不仅一片漆黑，还无比冰冷。索米斯来到她的房间。

他把蜡烛点上，然后在门和床之间徘徊了很久。到现在为止，他还无法接受她离开的这个事实，他似乎在找寻线索，找寻缘由，挖掘出隐藏在他们婚姻中的秘密，他把卧室里的衣柜和抽屉全都打开了。

艾琳的衣服都在这里。从前他很喜欢，更确切地说是坚持艾琳一定要穿着端庄——她最多带了两三件衣服，抽屉里存放的是亚麻和丝绸内衣，她一个都没带。

可能这一切只是大惊小怪罢了，她只是到海边散心去了，过不了多久就回来了。假如真的是这样，假如她回来了，他一定不会再做之前晚上做的要命的事情了，也不会再去冒险了——即便这是她作为夫人的责任，尽管她是他的——可是他不会再冒那样的险了。艾琳的神经出问题了！

他弯腰查看艾琳存放珠宝的抽屉。抽屉没上锁，他一下就拉开了，钥匙就放在珠宝盒上。这让他很惊讶，他忽然想到，盒子一定是空的，就打开察看了一下。

可是里面却塞得满满的。他送给她的各种珠宝都整齐地摆放在珠宝盒的小分格里，就连手表也在盒子里放着——一张叠成三角形的纸条塞在放手表的盒子里，上面是艾琳的字迹，写着"给索米斯·福尔赛"。

"你还有你家人给我的所有东西，我一样都没带走。"只有这一句话。

那些钻石、珍珠别针和手镯，那些项链和戒指，那只用蓝宝石镶一大颗钻的金表，全都放在小格子里，他都看到了。他的泪珠滴落在这些首饰上。

她所做的一切，之前所做的一切，都没有这次效果好，这次她的态度再明确不过了。可能他这一刻才真的清楚——艾琳很讨厌他，她这么多年来一直都瞧不起他，他们就像在两个星球生活的人一样，他压根儿就不可能把她追回来，她从来就不属于他。对于艾琳所忍受的痛苦，他甚至有些同情。

就在那一瞬间，他将福尔赛从身体内丢掉——他记不起自己，记不起他的利益，记不起他的财产——他全都记不起来了，他飘到了无私和非现实的高度。

这样的时刻很短暂。

虽然哭了，可是不能脆弱，他站起来，把盒子锁上，哆嗦着把它带到另外一个房间。

琼的获胜

琼每天从早到晚都不辞劳苦地把报纸上那些无聊的专栏翻看一遍，她一直在寻找时机，这让老乔里恩万般迷茫。瞅准时机，她立马就会采取措施，雷厉风行、不假思索正是她的作风。

她此生都不会忘记那个早上，她通过《泰晤士报》，在开审案件专栏第13庭波萨法官下面终于了解到了索米斯控告菲利普的案子。

琼就像一个手握着最后一点儿硬币的赌徒一样，打算将这些钱全都投在一个赌注上面，她从来都不会考虑失败的后果。她凭借被恋爱冲昏头脑的女人的感知，知道菲利普一定被这个案子整得很糟糕。依据这个感知，她已经做好准备，就跟她笃定这样的事不可避免一样。

11点30分，她一直在13法庭的走廊里眺望着，直到整个案子结束。菲利普没出庭，她丝毫不惊讶。她的直觉告诉她，他是不会来这里替自己辩护的。审判结束时，她迅速来到楼下，坐上一辆马车去了菲利普家。

她偷偷地经过三层面对街道而开的房门和办公室，到达顶层时，她才感觉有些困难。

她将门铃按响，可是无人回应。她不确定是到楼下门卫那里拿钥匙进到菲利普家等他回来，还是在门口耐心地等待着，她敢肯定任何人都不会突然出现。于是，她选择在门口等候。

她纹丝不动地站在楼梯间等了30分钟，忽然记起他以前习惯性地在门口地毯下面藏一把钥匙。果然，她在这个地方找到了钥匙。之后的几分钟，她还没想好该如何使用这把钥匙，最后她决定打开门，到里面等，以防有人突然过来看到她在这里。

跟5个月前她哆嗦着过来找他那次相比，这次她镇定了许多。她已经被这几个月的痛苦和克制折磨得没那么敏感了。来这里之前，她思考了很久，并且计划得很好，她已经把所有能遇见的困难都想到了。这次她只能成功，要不然谁也帮不了她。

就跟动物妈妈在寻找自己的孩子一样，她拖着敏捷的身体不停地在房间里到处走动，她从这面墙走到另一面墙，从窗户边走到门口，摸摸这里，摸摸那里。屋内灰尘密布，看着似乎好几周都没打扫了，对琼而言，她能留意到所有充满希望的新事物，比如通过这个房间很久都没扫这个事实，她能看出菲利普由于缺钱，很早就不用仆人了。

她认真地察看他的卧室，被褥大概整理了一下，这很明显是男人整理的。她听了听门外没有动静，就直接来到卧室，察看他的衣柜。柜子里只放了几件衬衫和几条大衣领子，以及一双灰尘密布的靴子，室内的衣服很少。

她又蹑手蹑脚地来到客厅，此刻她留意到，菲利普的小玩意儿都不见了，这些东西平时就放在客厅里。他母亲留下的钟表；挂在沙发旁边的望远镜；哈罗早期真正有价值的两幅作品，他父亲当年曾在那个地方上学；以及她送的日本陶瓷。这些东西都不在了。这个世界未免对他太残忍了吧，一想到这一点，她那正义的火焰就熊熊燃烧着，可是她又想到这些都不在了，刚好表示她的对策成功了。

当她看着之前放日本陶瓷的地方发呆时，她察觉到好像有人在看自己，她一转身，就看到了门口的艾琳。

她们两个人看着彼此，谁都不说话，就这样静静地看了一分钟。然后琼走过去打算跟艾琳握手，艾琳却并未伸手。

被拒绝后，琼直接把手放到后面。她眼神中满是怒气，等着让艾琳先说话。她满怀妒忌、猜测和新奇地等着，时不时用眼神上下打量着艾琳的神情、穿着以及身材。

艾琳穿的是一件长款的灰色皮大衣，戴着一顶远足帽，前额露出一缕金发。她的脸被宽松而柔软的大衣衬托得像婴儿一样。

艾琳的脸颊毫无血色，像白纸一样，并且皮肤由于寒冷而绷得紧紧的。她眼睛下面的黑眼圈很明显，手中还拿着一束紫罗兰。

艾琳毫无笑意地看着琼。琼看到她用这双既大又黑的眼睛盯着自己，感觉既生气又害怕，艾琳身上那种难以抗拒的吸引力又散发出来了。

最终，琼先说话了。

"你来这里做什么？"她询问艾琳的同时似乎也在问自己，所以她又急忙附上一句，"这个案子真是太惨了。我过来是想跟他说他输了。"

艾琳一句话都没说，她自始至终都注视着琼的脸庞，琼最终大叫道：

"你不要像个石头人一样！"

艾琳笑着回答说："如果我是石头就好了，刚好跟我希望的一样！"

琼回复说："闭嘴！不要跟我讲！我不想知道！我也不想听你讲你来这里的目的。我不愿意知道。"就像焦躁的灵魂那样，琼开始不停地徘徊着。她忽然又大声说：

"我先到的。我们两个不能都在这里待着！"

艾琳脸上浮现出短暂的笑容。她依然纹丝不动，柔弱的身体站在原地。琼突然看到她肆无忌惮的决心，这种决心充满危险，无可阻挡。艾琳取下帽子，用手将额前的金发整理了一下。

"你不配站在这里！"琼对她大声嚷嚷说。

"为什么我不配？"艾琳回复说。

"你想说什么？"

"我已经从索米斯那里离开了。你不是一直这样劝我吗？"

琼双手捂着耳朵。

"闭嘴！我不愿意听——我什么都不愿意知道。我无法跟你抗争！你站在那里干什么？你为什么不离开呢？"

艾琳的双唇嚅动了一下，似乎是说："我还能去哪里呢？"

琼来到窗前，看到大街上的钟表，她知道已经下午4点了。说不定什么时候他就会回来！琼看着艾琳，脸都快气变形了。

可是艾琳依旧纹丝不动，她那只戴手套的手不停地把玩着另一只手中的紫罗兰。

琼的脸上流着愤恨和绝望的眼泪。

"你为什么要来这里？"琼说，"我真是瞎了眼，交到你这样的朋友！"

艾琳脸上再次浮现出笑容。琼知道自己这一步又失算了，于是她才失控了。

"你怎么会来？"琼哭着说，"我的人生已经毁在你手上了，现在你是要将他也毁掉吗？"

艾琳双唇抖动着，充满泪水的眼睛跟琼的眼睛遇上了，"不，不是这样的！"

艾琳将头垂到胸前。她突然转身，用那束紫罗兰花捂着嘴跑走了。

琼追到门口，听到艾琳的脚步声渐行渐远。她大声喊道："艾琳，你快回来！"

脚步声已经消失了……

她站在楼梯上发呆，感到无计可施、心力交瘁。艾琳为什么又走了，难道留下自己变成这个地方的女主人了？这是什么意思？她真的放弃菲利普了吗？再或者是……她心里就这样犹豫着……菲利普还没回家……

那天下午6点左右，老乔里恩回到家中。最近他几乎每天都要去维斯塔利亚大街，询问琼是否在楼上。当他得知她刚上楼，他必定会到她的房间，让她陪他聊聊天。

他已经决定要跟琼讲他准备和小乔里恩和好这件事了。在未来的时光里，过去的就让它过去吧。他将摆脱孤苦伶仃或者近乎孤苦伶仃的生活。他打算将那座大房子卖了，然后在乡下给小乔里恩买个房子，这样一家人就能住在一起了。假如琼不愿意跟他们一起住，那么她可以单独住。反正对她而言区别也不大，因为她很久以来就表现得冷漠无比。

可是当琼从楼上下来时，她看着很难受，脸上的表情像僵住了一样，不安和让人怜悯的神情透过眼神流露出来。她依旧像从前那样靠在他身旁，拐着他的胳膊，他原本计划好的那段严肃的又让人伤心的话等到讲出口时，又变成委婉的、柔和的了。他很难过，就跟鸟妈妈看到自己孩子的翅膀被折断了一样。他时断时续地讲着，似乎是在跟她说对不起，因为他违反了自己的道德，追随自己的天性。

他好像很不安，生怕在说明意图的时候给琼树下了坏榜样。最后，他终于说道，假如她不想跟他们一起住，她可以单独住，这都随她。他在说这一点的时候表达得很委婉。

"假如，我的心肝儿，"老乔里恩说，"你发现你很难跟他们相处，这点我非常理解。你可以按照自己的想法。我们可以在伦敦给你租一套小公寓，你完全可以搬过去住，我会常去看你的。那些孩子们，真是太可爱了！"

然后，在转换这个权威的、清楚的话题时，他的眼神中流露出笑意。"这样做的话，蒂莫西那脆弱的神经一定会受伤。他必定会议论我，或者说我是个傻蛋！"

琼一言不发。她的头埋在爷爷肩膀上，身体靠在他的胳膊上，所以老乔里恩很难看清楚她的面部表情。可是他忽然发现琼将自己热乎乎的脸贴在他脸上，无论如何，面对这件事她的态度还是很柔和的。他开始鼓起勇气。

"你会喜欢你父亲的，"老乔里恩说，"他很平易近人，让人感觉很好相处。并且你会发觉他极具艺术家的天分，还有一些别的事情。"

突然，他想起了那一打一直被他小心谨慎地锁在卧室里的水彩画。他以前认为这些画一点儿用处都没有，可是既然小乔里恩也将变成有产业的人，那么在他看来，这些画也并不算什么坏东西。

"关于你的——后妈，"老乔里恩艰难地说，"我感觉她是有教养的人——跟葛密芝夫人很像，她跟你的父亲感情深厚。孩子们，"他反复地说着这句话——实际上，他说的时候跟哼自己喜欢的小曲一样——"全是招人喜欢的小东西！"

假如琼理解的话，这些话正是他对孩子疼爱的转化，那些弱小的孩子是他的最爱。以前他为了琼抛弃了小乔里恩，可是现在历史再次重演，他为了这些小孩儿，又要抛弃琼。

可是当他感觉琼一言不发时，他的警惕性立刻变得很高，他耐心地问："你有什么要说的吗？"

琼离开他的膝盖，她也有许多话要说，此刻终于轮到她了。她说她认为这样的安排也挺好，她一点儿问题都没有，并且她也不在乎别人的看法。

老乔里恩转动了一下身子。啊！人们会有什么看法！这么多年过去了，他认为人们不会再议论这件事了！好吧，他也无能为力！但是，他很反对孙女的做法——她不应该不在乎别人的看法！

可是他一句话也没说。他心情复杂并且还有波动，他自己也讲不明白这种感觉。

琼接着说，她没必要去在乎别人的看法，这跟他们有关系吗？唯一一件事——她的脸放在爷爷的膝盖上，他立即明白这件事绝对不是小事。既然他打算到乡下买房子，那为什么不把索米斯在罗宾山建的那座漂亮的房子买下呢？这样会让她开心一些。房子很漂亮，刚建好，并且还没有入住。他们住在那里，一家人都会很高兴的。

老乔里恩的警惕性立刻提升了。"那个有产业的人"不准备搬到新房子住了？现在他每次提到索米斯都用这个称号。

"不会住，"她说——"他不会去住！"

她是怎么知道的？

她不能跟他讲，可是她就是知道。她无比确定他们不会搬过去住。情况不同了！她的脑海里不停地出现艾琳说过的话："我已经从索米斯那里离开了。我还能去哪里呢？"

可是她对这件事情只字未提。

假如她的爷爷能够买下菲利普建造的房子，并且帮他把欠债都还了，那该多好啊！这对每个人来说都是一件好事，每件事——每件事都会越来越顺利。

琼用力亲了一下爷爷的额头。

可是他极力想要摆脱这份热度，他脸上的神情变得严肃起来，

337

此刻是办正经事的时候。他问："你什么意思？背后又有什么事发生了吗？——难道你跟菲利普见过面了？"

琼回复说："并没有，我去过菲利普家。"

"去他家？谁送你去的？"

琼镇定自若地看着他："我自己去的。那场官司他输了。我才不管谁对谁错。我只是想给他提供帮助，并且我必须要帮他！"

老乔里恩接着问："你跟他见面了吗？"他那眼神似乎能透过她的双眸直视她的灵魂。

"并没有，他没在家。我等了，可是他仍然没回去。"琼回答说。

老乔里恩扭转了一下身体，这下他才放心了。她站起来俯视着他，脆弱的眼神中流露着光芒，这么年轻却这么倔强，像铁了心一样。他心里乱糟糟的，有点儿生气，紧皱的眉头也无法阻挡他那坚定的眼神。他感觉自己输了，手中的缰绳已经滑落了，他感觉自己苍老了，疲惫了。

"唉！"他最终说，"我能预料到迟早有一天你会给自己惹一身麻烦的。无论做什么你都太由着自己的性子了。"

他的哲学观点突然出现在大脑里，他接着说："你出生时是这样，上岁数了依旧是这样！"

可是他呢？他在跟商人、董事以及各式各样的福尔赛人和非福尔赛人打交道的时候，也不是由着自己的性子吗？他满眼难过地望着倔强的琼——他在看她的时候，情不自禁地认为她比一切东西都好。

"你知道他们在背后是如何议论你的吗？"他语速缓慢地说。

琼满脸通红。

"知不知道有什么区别！反正我也无所谓！"她将脚用力地踩

在地上说。

"我坚信，"老乔里恩看着地面说，"就算他死了，你也要跟他在一起！"

他沉默了很长一段时间。

"可是对于买房子这件事——你真不明白自己在做什么！"

琼的回答是她知道自己在做什么。她明白只要他愿意买就肯定能买到。他只要把房子的造价支付了就可以。

"造价是什么！你什么都不懂。我才不会去找索米斯——我不愿意跟他有任何生意上的来往。"

"你完全不用去找他，找詹姆斯爷爷就行了。假如你买不到那所房子，你愿不愿意为他支付诉讼费？我很清楚他现在处境很艰难，你可以把我的钱拿出来给他！"

一丝笑意从老乔里恩的眼神中浮现出来。

"把你的钱拿出来！这办法真好。那么，没钱了，你怎么办？"

他已经对买下罗宾山那所房子的事情默默地感兴趣了。他在福尔赛交易所的时候就听到了大家对这所房子的称赞。"艺术感十足"，地理位置也很好。他已经决定要把这个房子从那个"有产业的人"手里抢过来了，这样做不仅能帮他打败詹姆斯，还能说明他要把他儿子变成有产业的人，让小乔里恩重新恢复到原来的位置上，此生都不再有忧愁。他要把所有的仇攒到一起统统替儿子报了，证明给那些看不起小乔里恩、感觉他是穷困潦倒的被放逐的人看。

他要瞧瞧！他要瞧瞧！这个问题压根儿就无须考虑。假如价格高昂，他肯定不会买；假如价格适中，他必定会购买！

并且他心里很明白，琼的所有要求他都必定会满足。

可是他并没有表现出来。他只是跟琼说自己会考虑一下。

菲利普的死亡

老乔里恩不会随随便便地决定一件事。如果不是琼的神情告知他，他假如不买那所房子可能就没办法过安宁日子，他可能会一直思考有关买入那所房子的具体事宜。

他们两个聊完的第二天早上，琼询问她爷爷出租马车要定几点的。

"定马车？"他满脸迷惑地说，"我又不出门，为什么要定马车？"

琼回复说："假如你不早点儿去找詹姆斯爷爷，他恐怕就去商业区了。"

"詹姆斯爷爷怎么了？"

"那所房子，"她用严肃的语气回复，这让老乔里恩没办法再继续装糊涂了。

"我还没想好。"他说。

"你务必迅速做出决定！务必！啊！爷爷——你替我想想！"

老乔里恩带着抱怨的语气说："我无时无刻不替你着想，可是你却只为你自己着想。如今你可能还不知道自己会陷入怎样的处境中。行吧，让马车10点过来！"

10点15分的时候，他把雨伞放在兰恩公园的伞架上——可是他不愿意将大衣和帽子脱掉。他跟沃姆森说他想见他家主人，还没等沃姆森进去通报，他就直接来到书房坐下了。

索米斯在早饭前就到这里来了，这个时候詹姆斯还在餐厅跟索米斯聊天。从沃姆森那里得知老乔里恩过来了，他不安地嘟囔着说："他现在来这儿做什么？"

然后他就站起来了。

　　"这样，"他跟他儿子说，"你可不能做傻事。现在最关键的事情就是找到艾琳——假如换作是我，我会委托斯泰纳去办理这件事。他们擅长做这种事，假如他们都无能为力，那么艾琳就真的失踪了。"他突然柔声细语地说，"让人怜悯的家伙，我真猜不透她的想法！"他用鼻子叹了一口气，就离开了。

　　看到詹姆斯来到书房，老乔里恩并没有站起来，而是把手伸过去，用福尔赛人特有的派头跟他握了握手。

　　詹姆斯用手支着头坐在桌旁的另一个座椅上。

　　"你过得怎么样？"他问，"我们已经很久没见过面了！"

　　老乔里恩似乎没听到他在说什么。

　　"艾米丽好吗？"他问了一句，詹姆斯还没来得及回答，他就接着说，"我是为菲利普的事情才来的。据说他建的那所房子是个累赘。"

　　"我不知道你在说什么，"詹姆斯说，"我只知道这场官司他输了，我敢肯定这次他必定要破产。"

　　老乔里恩绝对不会让机会就这样悄悄地溜走。

　　"我一点儿都不意外！"他表示认同，"假如菲利普破产了，那么那个'有产业的人'——索米斯就要破财了。现如今我是这样想的：假如他不准备搬进去的话……"

　　他注意到詹姆斯眼神中流露出的惊奇和疑问，就接着说："我什么事都不知道，我只不过是猜想艾琳不会搬进去住——当然这不关我的事。可是我打算在乡下买个房子，只是位置不能离伦敦太远，假如房源合适，我愿意去看看，如果价格能商量那就再好不过了。"

　　詹姆斯听完这段话，心中不仅有疑虑还有些许安慰，只不过最终这些感觉都变成畏惧，他担心这件事的背后会有其他阴谋。老乔里恩在他心里一直是公平和忠诚的代表，他非常敬仰他。他无比焦灼，老乔里恩必定是知道什么了，是怎么知道的呢？看来琼跟她的未婚夫还有瓜葛，要不然他不会急着帮那个"强盗"。总之他无比困惑，可是他想把这件事隐藏起来，所以他说：

"据说你把遗嘱修改了，给小乔里恩分了很多遗产。"

压根儿没人跟他讲过，他只知道老乔里恩最近总是跟他的儿子和孙子们在一块儿，并且他还知道他已经从福尔赛—博斯达—福尔赛那里把遗嘱拿走了。这只不过是他把这些内容连在一起得出的结论罢了。

"谁跟你讲的？"老乔里恩问道。

"我也不知道，"詹姆斯回复说，"那个人的名字我记不起来了——有人跟我讲这个房子花了我儿子很多钱。如果价格不合适，他是不会出售的。"

"行吧，"老乔里恩说，"假如他把我看成冤大头，那可能是他看走眼了。我可不像他一样愿意在这上面花一大笔钱。让他尝试着卖吧，等到必须要公开拍卖的时候，我看他能卖多少钱。据说这个房子并不是谁都能买得起的！"

其实这也是詹姆斯的想法，他回复说："这是属于绅士的房子。假如你要见索米斯，刚好他就在这里。"

"不必了，"老乔里恩说，"我还没想好要怎么办，并且按照这种情形压根儿就没办法往下谈！"

詹姆斯有些害怕了，当遇到跟数据有关的实际商业交易时，他对自己还是自信满满的，因为他要面对的不是人，而是真真切切的数字。可是像这种初步谈判就让他非常不安——他从来不清楚他能进行到哪一步。

"行吧，"他说，"我对这个一窍不通。索米斯也没跟我讲太多。我感觉他会乐意谈这个，只不过是价格的问题罢了。"

"哼！"老乔里恩说，"我不需要他看我的面子！"说完，他满是怒气地拿上帽子打算离开。

门打开了，索米斯进来了。

"外面有个警察，他是来找乔里恩大伯的。"索米斯似笑非笑地说。

老乔里恩怒气满满地望着索米斯，詹姆斯问道："警察？我又不认识警察。可是我想你应该认识，"他一脸迷茫地对老乔里恩说，"我建议你去外面看看！"

一名巡警在客厅里面无表情地站着，关注着客厅那套英国古家具，这套家具是詹姆斯在波特曼广场举办的那场有名的拍卖会——马洛戛纳拍卖会上买来的。"我哥哥就在里面。"他说。

巡警用手指将尖帽抬了一下，然后就到书房去了。

詹姆斯看着他，感觉心里怪怪的。

他对儿子说："我认为我们有必要等一下，看看巡警究竟有什么事。你大伯到这儿来是想谈房子的事情！"

他跟索米斯再次返回餐厅，但是他的心情难以平复。

"如今他想怎样？"他又开始喃喃自语。

索米斯问："你在说那个警察吗？我只知道他是从斯坦霍普门那边过来的。我猜应该是大伯家那个用人偷拿东西了吧！"

虽然他看起来什么事都没有，可是事实上他非常紧张。

10分钟之后，老乔里恩从书房里走出来。他来到桌子旁捋着胡须，一言不发。詹姆斯第一次看到老乔里恩这样的神情，他呆呆地望着。

老乔里恩把手抬起来，不慌不忙地说："菲利普死了，他是在大雾天被撞死的。"

然后他起身，用严厉的目光低头看着詹姆斯和索米斯说："有人说他是自杀。"

詹姆斯的下巴都快被吓掉了："自杀！他为什么要自杀？"

老乔里恩严肃地说："假如你跟你的好儿子什么都没做，那就只有苍天知道他的死因了！"

可是詹姆斯这次并没有说话。

对于上了年纪的人而言，尤其是每个福尔赛人，这种痛苦他们在生活中都经历过。旁观者看到生活在世俗、财富和舒适生活里的福尔赛人，绝对不会认为他们的人生道路也会出现这种黑暗的阴影。对于像华特·波萨爵士这种上了年纪的人而言，他就无数次想过要自杀。这种念头就停在他的灵魂接待室门口，等着进来，只不过最终灵魂深处的一些偶然现实、一些神秘的惊慌、一些悲伤的希望将他拒之门外。对福尔赛人而言，对财产的最终否定是很困难的，异常困难！一小部分人——可能没有人——能舍弃他们的财产。可是有些时候，他们也能做到！

詹姆斯也是如此！他忽然从凌乱的思绪中跳了出来，不假思索地说："这则新闻我昨天在报纸上看到过，'有人在大雾中丧命了！'他们还不知道他叫什么！"他神志不清地看着所有人，可是从本能上他依旧不承认自杀这个传言。这种想法他不敢接受，这会对他本人、对索米斯和整个福尔赛家族的利益造成损害。他从心底拒绝这种可能，他的本能总会主动拒绝他想要抗拒的想法。于是，他的恐惧慢慢消失了。这绝对只是意外！

他的思绪被老乔里恩打断了。

"当场就没命了。他昨天在医院待了一天，没人认识他。我现在要去一趟，你最好带上索米斯跟我一块过去。"

于是，他们三个一块从房间离开了。

这一天天空澄澈透亮，老乔里恩一行四人乘坐着开着车窗的马车，从兰恩公园来到斯坦霍普门。老乔里恩坐在马车后面的厚坐垫上，抽着雪茄，欣赏着外面的天气，看着马车外熙熙攘攘的人群和车辆，他感觉很开心。伦敦在经历过一段时间的大雾后，雨过天晴的第一天，总会有这种无比活跃的风景，让人仿佛置身巴黎。几个月来，今天是他心情最好的一天。他已经忘记了他对琼的那段告白，此刻他只希望未来小乔里恩、孙子们能陪在他身边——他已经跟他儿子说过了，他们将在什锦俱乐部再次聊聊这件事。一想到能跟儿子再见面，他就无比开心，而且，还即将在这场关于房子的战争中打败詹姆斯和索米斯。

他突然不想再欣赏街上的繁华场面了，急忙关上了马车窗户；并且他觉得，别人看到福尔赛人和警察在一起也不是什么光彩的事。

在马车里，巡警再次提到菲利普死去的事情：

"那天的雾并不大。车主说死者有足够的时间看到车向自己驶来，他似乎是故意迎上去的。他好像很穷，我们只在他的房间里发现了几张当票，他的银行账户已经透支了。这都刊登在今天的报纸上。"他冷淡的蓝眼睛把三个福尔赛人逐个看了一遍。

坐在角落里的老乔里恩注意到，詹姆斯的脸色变了，他在沉思，神情越来越焦躁。听到这位警察的话，詹姆斯的疑惑和担心又涌上心头。穷——当票——透支的支票！这些对他而言就像遥不可及的噩梦，那个他不愿相信的自杀假设如今好像变得真实可信。他看了一眼索米斯的眼睛，索米斯双眼放光、面不改色，并未回看他的父亲。老乔里恩认为，他们这是在保护彼此，就好像在这场去看死人遗体的战争中，老乔里恩一人对抗他们两个。他一直在想如何避免这件事把琼牵扯进来。詹姆斯带着索米斯跟自己对抗！他为什么不叫小乔里恩过来呢？

他拿出名片袋，用铅笔写道：

"速来。我会派车去接你。"

刚下车他就把名片递给了车夫，并且告诉他迅速送到什锦俱乐部，假如乔里恩·福尔赛先生在的话，请立刻把名片递给他。假如他不在，就等到他来。

他挂着自己的雨伞，紧跟着其他人上楼，偶尔还停下来喘口气。巡警说："先生，停尸房到了。请抓紧时间。"

在这间四面都是光秃秃的白墙的房间里，除了有一束阳光照在干净的地面上之外，再没有其他的了，那具尸体躺在白色罩单下。巡警一把将罩单掀开，神情冷漠。一双无神的眼睛和福尔赛家三个人无神的眼睛对视着。他们每人各自隐私的感情、畏惧和失落一起一伏，跟生命的一起一伏一样，他们都非常同情菲利普。每个人的天性不一样，精神境界不一样，所以在他们产生了相同的同情心之后，又产生了各自不同的感情和看法。最初他们站得远远的，然后就都站在一块儿了，每个人都在这里站着，各自体会着死亡和静谧。

巡警小声问道：

"先生，您认识吧？"

老乔里恩将头抬起来，轻轻点了一下。他看到，站在他对面的詹姆斯正拖着修长的身体低头看着这具尸体，看菲利普那红润的脸颊，看菲利普那发呆的灰色双眼；他又看了看站在詹姆斯身旁的索米斯，他的脸色非常惨白。面对死亡的时候，他忽然发觉自己并不恨这两个人了。什么时候死去的——以什么方式死去的？以前发生的事情又涌上心头。死亡后会到哪里去呢？生命的火焰悄无声息！每个人都要被沉重残酷的现实所碾压，让清醒和勇敢永远停留在他们的眼神中，直到生命终结！每个人都像蚂蚁那样渺小！老乔里恩的眼珠迅速转动了一下，索米斯小声跟巡警说了什么，巡警出去了。

詹姆斯突然抬起头看着老乔里恩，那困惑的眼神似乎在说："我根本不是你的对手。"然后，他拿出手帕，拭去了额头的汗珠。他低着头悲伤地盯着尸体看了一会儿，就转身离去了。

老乔里恩像雕塑一样站在原地，死死地盯着这具尸体。没人知道他在想什么。他想起自己了，当年自己的头发也是深棕色的，跟这个已经死去的年轻人一样。他回想起当年自己开始人生战斗的日子，这种长期战斗正是他的最爱。可是对这个年轻人而言，这场战斗还未开始就已经画上句号了。又或者想到了琼，以及她那碎了一地的希望。另外两个女人、这一切的离奇、一切的惋惜都浮现在他的脑海里。可是结局却充满嘲讽，让人哭笑不得。公正啊！压根儿就无从谈起，因为人们总是待在黑暗里！

也可能他在用哲学的方式思考着：以这种方式解脱也挺好！跟他一样也挺好……

忽然，他感觉自己的胳膊被碰了一下。

他的睫毛被一行眼泪打湿了。他说："我还是离开吧，在这儿也帮不上什么忙。小乔里恩，你把这里的事情处理完了就来找我。"他鞠完躬就离开了。

现在站在菲利普身旁的是小乔里恩，他似乎看到每个福尔赛人都屏气凝神地趴在他四周。这个打击太突然了。

每一个悲剧背后都潜藏着这种力量——这种力量能冲破阻挠，越过纵横捭阖的变化，直接推向那个嘲讽意味十足的结果——最终聚在一起，霹雳一响，所有受害者都逃跑了，并且受害者四周的人也被打倒了。

在小乔里恩眼中，受害者四周的人好像都躺在那具尸体身边。

小乔里恩拜托巡警将整件事再给他讲述一遍，巡警似乎感觉这样的机会来之不易，所以他又把事情的每个细节都清清楚楚地讲了一遍。

"可是先生，我感觉这只不过是表面现象，"他说，"事情并没有那么简单。我不相信他是自杀，也不相信这只是意外。我更倾向于那个时候他是受到什么打击了，所以才没留意到那辆马车。可能你能顺着这个线索去看待这件事。"

警察将放在口袋里的小包掏出来放在桌子上。他小心翼翼地打开，里面是一条叠着的女士手帕，上面还有一根褪色的镀金别针，别针上镶的宝石已经掉了。小乔里恩闻到了一股干紫罗兰的花香。

"这个东西就放在死者胸前的口袋里，"巡警说，"可是手帕上的名字已经被剪去了！"

小乔里恩艰难地说："我可能没办法帮你！"可是那张脸立刻清楚地浮现他眼前，兴奋中带有些许颤抖的脸，在静候菲利普到来！他拿出了大把的时间想她，甚至超出了他想念女儿和每一个孩子的时间——她那深色的眼球、温柔的眼神和那张娇小温柔的脸颊，他看见她正在阳光下等着这个已经死去的男人，此刻或许依旧在等待着。

他难过地离开医院，走向父亲的家。他觉得，整个福尔赛家族可能会因为这件事而分裂。这一击直接打在福尔赛人防护林的树木上。他们可能会跟之前一样恢复到以前的繁盛场面，在整个伦敦人面前维持着高大的形象，可是树干已经伴随菲利普的去世而倒了。现在他们的位置将会被新树苗所替代，每一棵树苗都将会生长成新的财产守护人。

福尔赛家族的树林真好呀！小乔里恩心想——我们国家最繁茂的树林！

福尔赛家族无论如何都不认同菲利普是自杀这个说法，这样有损整个家族的名声！他们只会把这个归为意外事故，或是命运就该如此。他们更认可这是天意所为，命运在报复他——如果不是菲利普威胁到他们最看重的两个宝贝——财产跟家庭，他的下场可能就不一样了。假如他们提到这场事故，必定会说"发生在小菲利普身上的不幸的事故"，可是他们压根儿不会提起这件事。

而且，他觉得马车夫的话也没有什么可取之处。当一个人沉迷于一种疯狂的感情的时候，是不会因为没有钱而自杀的，而且，菲利普也不是个看重钱财的人。因此，他觉得这并不是自杀。他想起了死去的菲利普的脸，他正值大好年华，却这么死了。他本来是一个风华正茂的年轻人，可是一切都因为这场意外而烟消云散，这让小乔里恩感到无比痛心。

之后他想到索米斯一家现在和未来的场景。这家人的骨骼已经被那道阴森恐怖的光线照得清清楚楚，骨头中间的缝隙都在狰狞地笑着，可是伪装掩盖的血肉已经荡然无存了……

斯坦霍普门，老乔里恩的家里，老乔里恩正在餐厅里，坐在一张很大的手扶座椅上，脸色白如纸张，这个时候小乔里恩进来了。老乔里恩的双眸正注视着墙上的画——那幅名画《落日中的荷兰渔船》，以往的生活像电影那样在他脑海中浮现，其中包含希望、收获和成就。

"啊！儿子！"老乔里恩说，"是你，对吧？我已经跟可怜的琼讲过了。可是事情并没有结束。你还去索米斯那里吗？我想说她这是自讨苦吃，可是想起她我还是很伤心，一个人——一辈子就关在这里了。"他将那只干枯的青筋凸起的手伸出来，紧紧地握着。

艾琳归来

索米斯一个人离开停尸间，留下詹姆斯和老乔里恩在那里，他匆忙地在路上走着，却又不知道要干什么。

一切都被菲利普的死改变了。他再也不会觉得短短的一分钟就能酿成悲剧。在审讯结束之前，他不会把艾琳离开这件事告诉任何人。

那天早上他起得很早，并在邮差赶来之前拿走了邮箱里的第一批信。这里面并没有艾琳的信，但是他找机会对贝尔森说，艾琳去了海边散心，他可能会在周六到下周一的时候去海边陪她。这样，他就为自己留下了足够的寻找艾琳的时间。

可是如今，菲利普的离奇死亡将他的所有计划都打乱了，一想到菲利普死了，他的心里就无比疼痛，好像心头被几千斤重的东西压着。他不知道该如何打发今天的时光，就在街上闲逛，看着迎面走来的路人那被焦虑折磨的脸庞。

下午，他路过了一个报摊，看到报纸上的死亡名单已经刊登出来了。为了了解报纸上是如何解说菲利普死亡这件事的，他特意买了一份报纸。如果条件允许，他真想把那些人的嘴巴全部封住。然后他又去了商业区，跟布特勒探讨了很久。

4点30分左右，他在回家的路上走到了乔布森行门口的台阶，与乔治·福尔赛偶遇了。乔治挥舞着手里的报纸，对索米斯说：

"看这里！关于菲利普的报道你看了吗？"

索米斯冷冰冰地回复说："看过了。"

乔治凝视着他。他向来讨厌索米斯，如今他将菲利普的死全都归因到索米斯头上。菲利普就是被他逼死的，要不是他对菲利普的财产实施了暴行，菲利普也不会在大雾中被撞死。

"这家伙太可怜了，"他心想，"他妒忌得要疯掉了，想报仇也想疯了，因此才没能在大雾天留意到马车的声音。"

他是被索米斯逼死的！他看到的一切也是如此。

"报纸上写的是自杀，我觉得不可信。"他最后说。

索米斯摇着头。"车祸。"他小声说。

乔治紧紧地握着报纸，塞进了口袋里。在和索米斯分别之前，他忍不住提到了他的伤心事。

"啊！家里过得怎么样？艾琳还没怀上吗？"

索米斯脸色惨白，可以与乔布森行的阶梯媲美。他的嘴唇抖动着，像是在说脏话。然后他无视乔治，直接离开了……

来到大门口，他掏出钥匙开了门。走进穿堂的时候，他看到了艾琳那把放在地毯箱子上的镶金雨伞。他将毛皮大衣扔下，飞快地冲进客厅。

此时已经是傍晚，窗帘全都放下来了，壁炉里的几块松木烧得很旺。借助壁炉的火光，他看到艾琳正坐在她常坐的角落里。他将门轻轻关上，走到她身边。艾琳纹丝不动，好像没看到他一样。

"你回来了。"他问，"你为什么不开灯？"

然后他留意到了艾琳那苍白的、冷漠的脸颊，似乎她的血液已经不再流动了。她的眼睛睁得既大又圆，跟受惊的猫头鹰的眼睛一样。

她贴着沙发背，缩成一团，躲在那件灰色毛皮大衣下，像一只被捕的猫头鹰一样，将自己的羽毛紧紧地贴着笼子里的铜丝。以前她那种前凸后翘的体形消失了，她似乎经历过一场残酷的劳动，然后垮掉了。她的漂亮、风韵、健硕似乎不需要再展现了。

"你回来了。"索米斯又说了一遍。

艾琳不仅没回答，也没抬头，她那僵硬的身体被火光照耀着。

她突然要起身，可是被他制止了，直到那个时候，他才搞懂艾琳究竟怎么了。

她跟身负重伤的动物一样，不知道自己要做什么，也不知道要到哪里去，所以她直接来这里了。她缩成一团藏在大衣里的僵硬身体就是最好的证明。

他明白了，她的情人就是菲利普。她一定是看了那篇关于菲利普死去的报道——也许她跟自己一样，也在拐角那个地方买了一份报纸，然后看到了这则新闻。

她是主动回来的，重新返回她总是想挣脱的牢笼——一切都真相大白了，他真想大声对她说："带着你那曾经让我着迷、如今让我讨厌的身体，从我的房子里滚出去！带上你那张惨白的脸、冷漠又温情的脸，趁我还没将它打烂，赶快滚出去！不要再让我看见你，一辈子都别让我看见你！"

他还没讲出这些话，就似乎看到艾琳起身了，她缓慢地离开了，跟梦魇的女人一样，拼尽全力想挣脱出来——她起身来到漆黑和寒冷交织的外面，她没想起他，甚至都没看到他也在。

他落泪了，说出了跟刚刚想好的截然不同的话："不要，不要走，留下来！"他面对着她，在火炉的另一侧，坐到了自己常坐的椅子上。

两个人相顾无言。

索米斯心想："怎么变成这样了？我为什么如此难过？我又没有做错什么！"

他仰着脸看着艾琳，她跟一只被射中的鸟儿一样，胸口一起一伏，但是只见吐气，不见吸气。她的双眸凝视着伤她的那个人，目光朦胧又柔美，好像没有看到他。她在和这个世界上所有的美好告别，太阳，空气，她爱的人。

他们就这样一个人坐在火炉的这一侧，另一个人坐在火炉的那一侧，谁都不说话。

索米斯以前很喜欢闻松木燃烧后散发的烟味，可是今天他却被呛住了，他感觉自己要窒息。他走到穿堂，倚靠在窗户旁，大口地呼吸着新鲜的凉气。然后他既没穿外套，也没戴帽子，一个人到广场去了。

一只半饥半饱的猫顺着花园向他走来，他心想："伤心！我的伤心什么时候才能结束？"

他认识的一个名叫鲁德的人正站在自己家的门口擦皮鞋，他家就在索米斯家对面，他的表情似乎是说"这是我的房子"。索米斯接着向前走去。

教堂的钟声从远方寒冷的空气中传来，当时，他和艾琳就是在那里结婚的，如今它正在为欢迎基督的降临而操练，这种声音把所有马车的声音都掩盖了。他感觉，要是此刻有一杯烈酒该有多好，要不就麻痹自己，要不就爆发。这是他平生遭受的第一次挫折，要是他能从中跳出来该有多好。他多希望自己可以克服自己的想法："跟她离婚——让她滚！她都不记得了。你也把她忘掉吧！"

但是又有一个念头产生了："放手吧——她太痛苦了！"

他有自己的欲望："把她变成自己的奴隶，以后就由自己来掌控她！"

他也会忽然迸出一种想法："这一切有关系吗？"就在这一分钟内忘掉自己和所有的问题，忘掉任何一个决定都会伴随着牺牲。

假如他能听从自己头脑一热所做的决定也是很不错的！

他什么都记得，任何想法、念头以及欲望都不能让他屈服，这一切都很正式。他被这一切所包围着，好像一个无法逃脱的牢笼一样。

卖报纸的小孩儿正在广场的另一侧叫卖着，在索米斯听来，叫卖声和钟声掺杂在一起，听起来十分恐怖。

索米斯用双手将耳朵堵上。突然间，他有了一个念头：假如那具尸体是他而不是菲利普，那么艾琳可能就不会像受伤的小鸟那样蜷缩在沙发里发呆了。

他的腿上突然传来一阵柔软的感觉，原来是那只猫正靠在他腿上。他的内心深处喷发出一阵哭泣声，这让他浑身都在颤抖。四周黑漆漆的，所有的房子都在注视着他。每座房子里都有男主人跟女主人，每座房子里都有自己的悲欢离合。

他忽然看到自己家的门被打开了，穿堂里有个男人正背对着他站着。他的心中涌来一阵凉意，然后他就悄悄地跑回去了。

雕花橡木椅子上的毛皮大衣，家里的波斯地毯，挂在墙上的银碗，排排挂着的瓷盘，以及那个陌生男人，他都看得一清二楚。

他大声问道："先生，你要做什么？"

陌生男子转过身，原来是小乔里恩。

"门是开着的，"他说，"我能跟艾琳见一面吗？一分钟就够了，我有话要跟她讲。"

索米斯用余光好奇地看着小乔里恩。

"艾琳不会见任何人。"他坚定地说。

"我只占用她一分钟时间。"小乔里恩平静地说。

索米斯从他身旁经过,直接把去路堵上了。

"她不会见任何人。"他又重复了一遍。

小乔里恩看着大厅,索米斯扭头去看。原来艾琳站在客厅门口,她的眼神中流露着疯癫和渴望,她双唇微张,双手伸了出来。可是当她看到小乔里恩和索米斯时,她脸上又恢复到原来冷漠的表情,她双手落了下来,呆呆地站在那里,像雕塑一样。

索米斯转过身,刚好跟小乔里恩四目相对,他看到小乔里恩的双眸,然后大叫着。他的嘴唇在缓缓地嚅动着,一丝诡异的笑容浮现出来。

"我是这里的主人,"他说,"我的事情我自己来解决。我已经跟你讲过了——现在再跟你讲一次,我们不见任何人。"

伴随着"砰"的一声,索米斯把小乔里恩关在了门外。

约翰·高尔斯华绥作品年表

1867年　8月14日出生于英国伦敦南部。

1890年　获得律师执照。

$\dfrac{1891}{1893}$年　在欧洲游历，结识了对他具有很大影响的波兰裔作家
　　　　约瑟夫·康拉德，开始文学创作。

1895年　开始发表作品，但是没有引起很大的反响。

1904年　出版长篇小说《岛国的法利赛人》，崭露头角。

1906年　出版长篇小说《有产业的人》和剧本《银匣》。

1909年　出版剧本《斗争》。

1910年　出版剧本《正义》。

1912年　出版剧本《鸽子》。

1920年　出版长篇小说《骑虎》，剧本《皮肤游戏》。

1921年　出版长篇小说《出租》，至此第一个三部曲《福尔赛世
　　　　家》写作完成。

1922 年　出版剧本《忠诚》。

1924 年　出版长篇小说《白猿》。

1926 年　出版长篇小说《银匙》。

1928 年　出版长篇小说《天鹅之歌》。至此第二个三部曲《现代喜剧》完成。

1931 年　出版长篇小说《女侍》。

1932 年　出版长篇小说《开花的荒野》。

1933 年　出版长篇小说《河那边》。至此第三个三部曲《尾声》完成。

1932 年　获得诺贝尔文学奖。

1933 年　1 月 31 日在伦敦病逝，享年 66 岁。